第 五 个 喷 嚏

须一瓜

著

目录

大人 / 1

第五个喷嚏 / 43

茑萝 / 78

豌豆巅 / 112

忘年交 / 123

黑领椋鸟 / 164

毛毛虫 / 185

寡妇的舞步 / 202

海瓜子　薄壳儿的海瓜子 / 220

一只叫清净的狗 / 243

义薄云天 / 250

老的人　黑的狗 / 288

风雨总在彩虹后 / 313

在水仙花心起舞 / 337

灶上还有绿豆羊肉汤 / 374

大人

一

一次意外的出差,使我回到三十年前童年的小城。

一个人走在这几十年来早已淡漠的小城,处处感到隔膜,直到走到那个护城河边的古城墙下。晚风中,古城墙石缝中坚韧的芦苇,在我掌面下轻轻摇动。一个七八岁的女童的脸,渐渐浮现出来,又慢慢淡去。三十多年前,她比我更早离开小城,去了北方。在单位大门口,她家奶奶一手擒着她妹妹,一手提着灰色的长行李包。她走在另一边,抱着一个兜着搪瓷脸盆之类东西的网兜,踽踽地走。她一直没有回头,她妹妹和奶奶不断扭身挥手,和送行的大人们说再见,她没有回头,连头都没有歪一下。

几十年过去了,她应该和我一样,已经长成大人。她是害怕大人的,在我的记忆里,她总是用鸭子一样的清亮目光,看着她身边说话、走动的任何一个大人。她不笑,但是,我在记忆里开凿一下,她就笑起来。几十年后的今天,我在脑海里看见她的笑,依然是石破天惊的感觉。她是我迄今见过的最漂亮惊人的小女孩,即使不笑，甚至生气。小时候，我看到无数大人孩子，第一次见到她，都有几秒钟错愕或失语。但是，人们马上就开始议论她，那时候的大人，不很含蓄，他们交换着好奇兴奋的眼神，盯着她的右手臂，那眼光锋利得快撕开那袖子，在这样的眼光下，她会下意识地用左手握紧右袖口。我知道那里永远扣着纽扣，但我看过了它全部裸露的样子。它是令人惊骇的，那是一条黑猪皮一样的手臂，深厚纵横的黑皱纹中，遍布黑色的毛。另一只手臂，还有全身其他部位，都是正常的。

我家搬到大院宿舍的时候，她正好和妹妹从我们身边走过，抬着床板的我父母和姐姐哥哥，看到那异常美貌的小女孩，不约而同都停下了脚步。两个男孩和她们两姐妹迎面跑过，一个男孩把手里可能早准备好的锯糠，统统撒在她头上，另一个大喊：猪毛手！猪毛手！我们不明白什么意思，只看见男孩手一扬，就听到她啊地叫了一声，低下头猛拍自己头发上的锯糠。妹妹捡起石头追打跑远的男孩子。我走到她身边，我很想帮她拍肩上的糠，她比我高了快一头。后来才知道，我比她小一岁半。她可能看到我的脚，侧抬起了脸。我看到一双黑黑的大眼睛，里面亮晃晃的，像风吹的水面。那眼泪没有掉下来。一看清我，她就跑开了，一边跑一边还歪头拍着头发。

我们单位的宿舍，大都是上下两层水泥大楼房，楼上八家、楼下八户。一条公共的、敞开的长走廊，连接着整层八户人家，每户一个日字间套房，两间。爱串门的大人，通过走廊，可以端着饭碗，一家家走过去聊过去。我和她家都住在楼上，我们两家的中间还有两个套房，都是老袁家的，因为他们家有七个孩子，不够住。

搬进去住以后，很快我就知道了，她叫童蓓，妹妹叫童蕾，童蕾和我一样大。也知道老袁伯伯家的七个小孩，都不跟童蓓童蕾玩，因为她们爸爸妈妈是反革命。除了照片，我一直没有见过她爸爸，她妈妈疯了放出来我就看到了，那是一个高大的女人，不穿衣服的样子，很吓人。她披头散发但戴着眼镜。老袁伯伯家的婶婶，好像老是大着肚子，管不了老五老六老七，他们都是比我大一点的男孩子，老四是个十二三岁的干瘦女孩，满口粗话，细细的胳膊，爱学大人老插在后腰上，管天管地，有时和童蕾打架。

宿舍楼两侧墙都有露天楼梯。童蓓家那边靠外楼梯的第一间，住着老吴伯伯家。老吴伯伯有四个孩子，大姐姐、哥哥都很高了，像大人，我们都没有和他们说过话。下面两个是一点儿也不像的双胞胎兄弟，大龙小龙，一个比一个贪吃，偷家里的牙膏皮、偷我们的塑料拖鞋，换叮叮糖吃。额头像融化的红糖一样红亮的老吴伯伯，经常用皮带抽他们。老吴伯伯的脸看上去严肃又霸道。我才搬过去几天，有一天，他就突然一把拽下我裤子，大吼一声：嗨，小鸡鸡没了！我惊慌地提起裤子，走廊上大人都在哈哈大笑。我妈妈爸爸后来说，老吴伯伯爱开玩笑。可是，这使我对他印象很糟。

靠我家这头的第一间是小杨叔叔家，他是司机，是没有找女朋友，还是老婆在乡下，我忘记了，反正他一个人住一个套间，经常把收音机开得整个走廊都听得到。从门口看进去，他家地上总是乱七八糟地摆着热水壶、脸盆、臭袜子团。床架下面都是灰。

就是说，童蓓无论从宿舍的哪一个楼梯上来，不是要经过西边的老吴伯伯家，就是要经过东边的小杨叔叔家。她跟我说，她喜欢坐在篮子里，像一棵大白菜那样，像井里的一桶水那样，被爸爸妈妈直接吊提上楼，因为，她不喜欢和老吴伯伯说话，也不喜欢和小杨叔叔说话。

二

我们宿舍楼后面就是古城墙了。现在我才知道，这是宋朝起建的护城墙，前面就是护城河。属于我们单位的城墙大概有三十多米长、十来米宽。那上面都是土和碎砖，高低不平，遍地野草，还有很多棵随意成长的合欢树、野枣树、柳树和梧桐树，还有一座方形的水泥大水塔。老袁伯伯家还有什么人家在城墙的头和尾，开辟了菜地。我和童蓓结下友谊就是在那里开始的。

我哥哥不要我跟着，我只好拿着他借我的新弹弓，上城墙打小鸟。我看见了几个女孩在城墙中间的水塔边吵架。其中有老袁伯伯家的老四，她叉着腰，声音很尖利。另外有三个女孩在踢一小堆土。童蓓在阻拦，但是女孩子们腿多，她拦了这条，挡不了那条。

这是公家的地！

公家的地，就不能给反革命家种菜！

反革命还敢偷种地！我们去报告！

我过去的时候，正好看见一个女孩把一个鸭蛋大的土豆踢出土，老四一把将土豆连根带叶拔起来，童蓓想抢回，老四推开她，另外两个女孩乘机把仅有的三四棵土豆，全部拔起来，有的土豆比玻璃弹珠还小，几个大小土豆，筋筋吊吊地挂着。童蓓哇地哭了。

敢哭？反革命还敢哭！

偷公家的地还哭！不要脸！猪毛手！走，我们去报告！

不要脸！猪毛手！

我手里的弹弓射了出去,我是打老四的,可是我没打准,打着了另一个女孩的后脑勺。我不知道哥哥的新弹弓那么厉害,一粒只有一半弹珠大的石头,竟然把她打得抱头大哭,而且渗血了,老四她们看到血,一起跳脚尖叫。

这个麻烦挺大的,我记得那女孩妈妈拖着女孩到我家告状告了很久。她说了一句话,让我十分害怕,她说,石头再大一点点,今天肯定出人命!她一直控诉,又劈打自己的女儿屁股,说她惹事贱骨头。这状不依不饶,直告到我爸爸当她们的面,甩了我一大耳光,她才拖着女孩走了。临出门,她大声说,从小偷针,长大偷钟!这孩子不管好,长大就是杀人犯!因为我被甩得嘴角出血,我妈妈和我爸爸又厮打了起来,我哥哥姐姐又想揍我。后来我耳鸣了很久,再见到童蓓的时候,她主动说,小弟,来不来我家玩?

那时候,她妈妈和她爸爸关在监牢、牛棚里还是什么地方。家里只有奶奶和童蓓童蕾。那天我是确定她奶奶不在家我才敢进去的。我不喜欢她奶奶,奶奶老是挥舞着拳头威胁小孩。老吴伯伯家的双胞胎,我和我哥,还有老袁伯伯家的老四老五老六老七,我们都讨厌她。她总把拳头捏成一个"自"的样子,大拇指直翘翘的,压在食指上。上面的指甲很黄很硬。我们的拳头握起来大拇指自然弯曲,是一个好看的拳头。她那个挥来挥去的"自"样拳头,我觉得特别凶,像坏人。奶奶的脸也一脸凶相,小时候,老师一讲到地主婆,我就想起童蓓奶奶的样子。

三

我在童蓓家的裂成拼音"r"字形的压桌玻璃板下,看到了她爸爸的照片。在我看来,童蓓不像她爸爸也不像她妈妈。她爸爸一张长脸,鼻子有点像鸟。鸟鼻子上,架着一副金边眼镜,这使他很像国民党里的坏军官;她妈妈眼睛很大,但没有童蓓的眼睛好看。她妈妈戴了一副发白镜框的眼镜。童蕾长得很像她爸爸,小脸中间鼓出来,像一个橄榄,眼睛也不大,眉毛淡淡的,不骂人打人的时候,看起来总是没精打采。而童蓓就不一样,她像绚丽星光,一下就打在你的眼睛上。玻璃板上,她有好多张照片,噘嘴生气的,抱着洋娃娃发呆的,大笑不止的……我看看照片,看看她,仿佛觉得一切都是奇怪的,人怎么可以长得这样整齐好看呢?我不由伸手打了一下她的脸颊。童蓓一怔之下,立刻也打我。

你……就像个假的人。我说。童蓓大笑起来,噼里啪啦地双手打我:看谁假看谁假!看我打你痛不痛!她露出刚换不久的大门牙,上面还有细细的锯齿边。

我的目光不知怎么地就移到她的右手腕上。那里露出了一些黑皮和黑毛。

她一下就把袖口死死握住。

要是跳舞怎么办?我说。

我才不跳舞。

老师要你跳舞呢?

老师不要我跳。

天热怎么办?

我穿衬衫呀。我不怕热。

天热的时候,我穿背心也热。

我不热。我每个夏天都穿长袖衬衫,一点也不热。

那游泳呢?

我才不爱游!

扣子掉了怎么办?

不会掉。

万一掉了怎么办?

讨厌!不跟你玩了!!

你可以用别针啊!我是说万一扣子掉了……

不会掉!——我不会!不会不会!滚蛋你!不跟你玩了!

我和童蓓还是成了朋友。实际上,她没有朋友。她妹妹仗着奶奶偏爱,老是欺负她;整个单位的小孩,大她很多的,嫌她小不跟她玩,差不多大的,总是叫她猪毛手。我们二楼这几家的小孩子,看到她就喜欢恶作剧,比如我第一次见到她,她被人撒的锯糠,就是老吴伯伯家的双胞胎大龙小龙干的。慢慢地,我还知道了,她爸爸就是单位的局长,是反革命走资派,被打倒了;妈妈是资本家台湾特务,她爸爸妈妈还写过反动标语,那时候叫"反标",罪行十分严重,所以,大人也不爱理他们家的人。我看过很多次游街批斗的街景,那些大人挂着一块大白纸板牌,上面写着自己名字,头上都戴着尖尖的、高高的纸帽子,最吓人的是他们的手,男的女的都用干抹油(沥青)涂得黑黑的,他们举着黑黑的手,站在大卡车上,像鬼魅一样,被汽车拉着到处游街。那时候,我还不认识童蓓,后来她告诉我,她爸爸妈妈就在那上面。她很害怕。因为她看到爸爸妈妈的名字上打了大大粗粗的红叉,人家说那是要被枪毙的人。她问奶奶,奶奶狠狠打了她一巴掌。她就不敢问了。以后,再有游街,她就把自己关在家里不去街上看。

她问我，牌子上打了红叉就是要死的人吗？

我也回答不出。

她说，我很害怕我爸爸妈妈会死掉。

我说，要不你去我家，问问我爸爸。我爸爸什么都懂！

她摇头，你爸爸妈妈是新调来的。

我说那你去问老吴伯伯、老袁伯伯。小杨叔叔也懂吧？

童蓓声音很小，我不敢，他们是大人。

那你问我我又不懂！

童蓓就看着我，什么话也不说了。

四

其实我也不喜欢大人。我哥哥姐姐也不喜欢和大人打交道。妈妈做饭的时候，忽然发现缺生姜、少酱油什么的，就叫我们赶紧去老吴伯伯、老袁伯伯家借。我姐姐总是推我哥哥去，我哥哥总是推我去。每一次都是这样，我不去，姐姐就同意让我选走一张好糖纸，我哥哥就许诺带我去河边挖蚯蚓钓鱼之类，平时，他们两个总是嫌我累赘的。他们有自己的伙伴圈，从来不要我。

我还是非常非常讨厌和大人打交道，可我受不了姐姐哥哥的哄骗诱惑。每一次出门，都是一个十分艰难困苦的历程，要一路默诵妈妈叮嘱的外交辞令，比如，就差一根葱啊，只要一小勺糖啊，还有请你去尝尝呀之类很麻烦的重要句子。我妈妈总要交代哪一句先说哪一句后说的说话顺序，还要求我小嘴要甜，这样大人才喜欢。可我根本不想和他们说话。双胞胎的妈妈，在走廊上碰到我们，一贯愁眉苦脸地对我们小孩视而不见；老袁伯伯家的婶婶，就是那个好像总是在大肚子的女人,不知道为什么一天到晚都狠狠皱着眉头地说话、做事、走路,给我倒酱油的时候,也是这样。反正什么时候你看到她,她都不高兴。

按我那时候的意思,最好不要和大人讲话。他们是很老的、很陌生、很厉害的人,他们太严肃、诡计多端、性情冷漠,说着藏头掐尾你听不懂的话,写出来的签名,都是小孩高山仰止的草书;你永远猜不出大人到底在想什么,又打什么主意,只知道他们无论抽烟骂人狂笑睡觉沉默,都一定会让我们小孩敬畏。一个个大人,都像高山大海一样,深不可测,唯一可以确定的是,他们都是讨厌我们小孩子的。老袁伯伯打小孩的狠毒不比老吴伯伯家差,不单是用皮带抽,有一次他把老四吊起来打。老四鬼哭狼嚎,声音尖得要划破玻璃,惊动了宿舍楼上楼下所有的孩子,大家都急急忙忙赶到他家门口观看。老袁家婶婶赶我们,最后砰地重重摔上门,碰肿了一个迟钝小孩的鼻子,但我们大家又叠罗汉爬窗,使劲往里看,她就对我们泼洗锅水了。漂着小黑片菜渣子、热乎乎的洗锅水,哗啦一锅就泼出来,紧跟着又泼一锅,害我们个个湿湿咸咸的落汤鸡一样仓皇回家,最后,大家都挨家里的大人骂了。

这种热闹,童蕾会来凑,童蓓总是站得远远的,她也想看,但她不来,可能因为战火随时会转移到她身上。无论何时无论何地,童蓓可能都太引人注目了。

后来她告诉我,这一层楼她最讨厌的就是老袁家婶婶。她说,老袁家的婶婶肯定是坏人,说不定是隐藏下来的地主婆。以前,老袁家婶婶没有大肚子的时候,在食堂煮饭。童蓓说,到了晚上,她经常偷偷到她家送东西,一点豆腐皮呀,一点桂圆干呀。童蓓爸爸不喜欢她，什么东西都不要，赶她出去，她就从门缝里硬塞。她还给童蓓童蕾打纱衣，把从工厂里偷来的棉手套拆了，打好一套套小纱衣纱裤来她们家，笑嘻嘻地亲自抱着她们小姐妹试穿。不会打毛衣的童蓓妈妈就高兴极了，叫她姐姐。童蓓那时也觉得老袁家婶婶很好，因为她一看到她们姐妹就夸个不停，说童蓓最招人心疼。但奇怪的是，童蓓小声说，后来，爸爸妈妈被抓起来后，老袁家婶婶就不爱笑了。她的脸变掉了。更可怕的是，在礼堂开批斗会的时候，老袁家婶婶第一个冲上去甩我爸爸的耳光，还打掉了妈妈的眼镜。

真的？我瞪大眼睛。

我都看见了。

我们都不说话了。我觉得真是吓人。我一直以为打人是我们小孩之间的坏事情，而且，大人知道了，总是要教训我们，大人之间怎么会这样呢？老袁家婶婶是女的，童蓓爸爸是男的，他们之间也可以甩耳光吗？而且是开大会很多人的时候？

童蓓说，小杨叔叔也打我爸爸了，他踢爸爸。也是开会的时候。

那他……会打你吗？

童蓓摇头。他不打我，老袁家婶婶也不打我，就是不理我们了。可是我一看见他们……就有点害怕。其实，童蕾也怕，不过她假装不怕，因为我奶奶有时候大骂他们。我奶奶很勇敢，谁都不怕。不过，奶奶肯定打不过小杨叔叔，最多打得过老袁婶婶。

对呀，她肚子那么大。我也打得过她！

不能。他们家很多人，我们家只有三个人，最多加你四个人。他们有九个人。老二和老三还会武术呢。

你很气吗?

童蓓眼睛看着自己的鼻梁,微微点头。

那等我长大吧,我来给你报仇。

老吴伯伯家还有我爸爸的很多书。

什么?

他们半夜来我家抄家抢走的,我想看。是我家的。

以后我也帮你抢回来!

小周叔叔家、小兔子叔叔家、马姐姐家也有。那些书上,都有我爸爸的印章。他们都不还我了,也没有交公。

等我长大,我一家家打过去!

五

城墙前面是我们宿舍楼,我们前面还有一排宿舍,再前面是一大片木头梨树林,夏天它们会结下很大的、肉质很粗的梨子。梨树林前面又是两排宿舍楼,再前面就是大球场和好大的单位食堂。和城墙头垂直排列的,还有三排直线排列的宿舍,它们和城墙构成单位大院的两条外围线。球场对着单位大门,卖牛奶的王伯,从大门进来,就骑着牛奶车,沿着冬青树下的小鹅卵石路,能走到我们每一排宿舍前。

我们总是跟着脖子上搭着擦手毛巾的王伯走,闻那个牛奶香。牛奶自行车后架,一边挂一个半圆形的洋铁皮桶,桶底下有炭火,打开洋铁皮盖子,里面的奶香热气就腾起来了。订牛奶的人拿着空杯子过来了,送牛奶的老伯不慌不忙地拿起勾在桶边上的长柄量杯,平时它们都被浸在牛奶中,也是洋铁皮做的。半斤的,他提起大杯子一倒；二两的，是个小小的铁皮杯子。每次伯伯在倒牛奶的时候，很多小孩的脑袋都快挤到了桶里。我们要看，我们仔细看着那个白得发黄、醇香味十足的牛奶，是怎么从奶桶里被提起来，怎么在杯围上醇厚地流淌着，被汩汩地倒进空杯子里。经常能听到大家一起咕嘟咕嘟吞口水声，有的小孩飞快地沾一点滴在桶面上的牛奶，把手指放进嘴里悄悄吮吸。偶尔看到有人家来打一斤牛奶的，一斤！看到那个大量杯，提起倒了一次，又下去提上来，竟然再倒一次，我们大家都很生气，嫉恨得眼光发抖。这样，往往有个把孩子着迷似的，跟着那个一斤的奶杯子走，一路送那家人的牛奶回家，有时还要等着亲眼看到那家人，把那一斤牛奶喝掉才满足又失落地离去。

　　童蓓家姐妹过去一次打半斤牛奶，小姐妹分喝。后来，她爸爸妈妈关起来，就断了牛奶了。但是，送牛奶的王伯和童蓓很熟悉，一看到她，总是老远就招呼——今天喝不喝奶呀。童蓓就吞着口水走开了。后来我听说，送牛奶的王伯，第一次来这里送牛奶的时候，见到在冬青树下跳房子的童蓓，竟然把车子一头骑到水池墙那里去了，牛奶桶也摔了，牛奶流了一地。王伯事后说，一下子没有明白过来，天下哪有这么漂亮的孩子呵。

　　那天，我和童蓓童蕾在操场玩煮饭过家家游戏时，卖牛奶的王伯送完牛奶正要出单位大门，童蕾见到了，招呼着跑了过去。我也过去了。假扮妈妈的童蓓下班回来，看到小孩不在家，就过来找我们。牛奶王伯停了下来，说，今天还剩一点牛奶，送你们小姐妹喝吧。去，回家拿杯子！

　　童蕾欢呼一声，像离弦之箭。牛奶王伯笑笑，说，蓓蓓多久没有喝牛奶了？

童蓓答不出来，她的时间观念很糟糕，说，很久很久了，妈妈在的时候喝。

牛奶王伯说，很想喝吗？

童蓓点头。

牛奶王伯看着童蓓的右手，那我问你，你这里面真是都是黑的？有毛？

童蓓脸色一下就变了。

她咬住下唇，最后含糊地摇头又点头，又扭头看妹妹过来的方向。

打开扣子给我看看好不好？现在也没有什么人。

童蓓的脸顿时血红。

只看一点点！我就给你喝牛奶。牛奶王伯声音像小偷一样，很轻很轻。

童蓓突然转身就跑。

我呆若木鸡。

前面，冬青树拐弯的地方，童蓓和拿杯子的童蕾相遇了。童蓓可能不让妹妹过来，两人推打成一团，杯子当啷落地。牛奶王伯爽朗地笑起来，他拍拍坐垫大声说，再不过来，我走喽……

突然，我猛抬腿，使劲踢了牛奶桶一脚就跑。空空的奶桶，哐当一声，发出好大的声音。

这事的后果是，我的大脚趾趾甲，第二天发紫发黑，痛不可触。以后牛奶王伯一看到我就怒目圆瞪，做出要骑过来撞死我的样子。但是，我看到了童蓓扣子里面的真正的秘密。也许，除了她家人,这世上,再也没有第二个人看到过它。

六

童蓓那个地主婆奶奶,那天暴打了童蓓。因为童蓓把妹妹的门牙打掉了。其实,童蕾和我一样,也是到了换牙的时候,但是,牙一脱落,童蕾捡了小牙,就没命地奔回家。因为嘴巴里都是血,很吓人,所以,等童蓓捡起那个摔脱几块搪瓷的白搪瓷杯,一进门,奶奶抄起油纸伞劈头盖脸就打下来。童蓓尖叫。我喜欢看这样的热闹,又很担心童蓓被打痛。所以,我一路想跟进去看仔细。结果,童蓓奶奶对我摔了一个解放鞋子,童蕾也一起叫嚣要我滚,她骂我是童蓓的汉奸狗腿子。

那天下午,奶奶带童蕾到河对岸的储木厂买柴火,很远,要过东方大桥。奶奶借了平板车去,把童蓓锁在家里。我是从窗子里翻进去玩的。我翻进去,童蓓很高兴。她站在爸爸妈妈的大床上,给我表演了很多舞。她头上包着枕巾,眉毛中间用印泥点了个红点,然后穿上妈妈的长袖衣服,在床上乱蹦乱跳,跳《阿佤人民唱新歌》的时候,她不断用她妈妈那个长袖,使劲拖摔在地上——哎——巴扎嘿!

要我现在的眼光来看,童蓓不仅爱跳舞,而且是个绝对的舞蹈天才。她自编自演的一招一式,非常好看,那小腰肢、小胳膊、脖子的转动、双腿的动作,真是天赋的律动感,实在令人赏心悦目。因为我喜欢她甩袖子,童蓓就一直伸腿弯腰——巴扎嘿!巴扎嘿!她还会无师自通地动脖子,像新疆人一样,令人惊奇。童蓓跳得满头大汗,才把头上的枕巾拆下来。

我说，要是你的手好了，你就可以去跳舞。

我又不爱跳。

老师不知道你会跳。

她们不要我。

要是这个床铺是大礼堂就好了。

我才不稀罕。我不跳给别人看！

那你跳给谁看呀？

我跳给我爸爸妈妈看，跳给我奶奶我妹妹看，也跳给你看。

童蓓突然叫我，喂，你怕不怕？

什么？

童蓓指指自己的右胳膊。

我不明白为什么要怕，因为我还没有看到过那里面，所以，我摇头。

我敢亲它！童蓓说。

我看着她。童蓓转身猫下身子，倏地爬进大床底下。

进来！

我蹲在床边看她。床下很高，她趴在很里面，小腿还能反翘起来。

进来呀！没有蜘蛛！我经常在这里！

我小心爬了进去。床对着窗子，窗子外面就是城墙。床底下光线蛮亮的，空荡荡，只有一个小木箱。我和童蓓并肩趴着。

你真的不怕？

童蓓握着自己的袖口。我的心怦怦直跳，我一点也没有想到害怕，而是兴奋紧张。我就要看到童蓓的手臂了，我又很怕她改变主意不给我看。

童蓓一下子就把袖子捋开,她早就解开了扣子。我感到眼睛里一条黑影一伸一横,童蓓已经把自己的脸,贴在一条黑乎乎的东西上。童蓓目不转睛地看着我,慢慢移动下巴,她的脸蹭着那个东西,随后,她真的把嘴贴在了那个黑乎乎、毛乎乎的东西上。床下的光线我更适应了,我看到那完全是黑猪皮鞋一样的手臂,从手腕到腋窝,纵横龟裂般的皱纹,深得像铅笔刀刻过,它布满着淡黑色的毛,一厘米长短,往胳膊外方向倒伏,间或有几根特别黑、特别粗长的毛,竖起来,就是和猪背脊上的猪鬃一样。可是,它的臂弯,就是我们抽血的地方,却有一个小橄榄形的白红色皮肤,上面有稀落的白毛,像一只刚睡醒的眼睛。

它很香。童蓓漂亮的脸,摩挲着那个黑色的手臂。她始终看着我,并不停地亲着那黑黑皱皱的皮。那个黑皮有点发亮,就像是我爸爸妈妈重要出访,把猪皮鞋偶然擦亮的那样的微光。

我的心脏好像都跳不动了。以前我看到她袖子里露出的一点点黑色的边,就好像是我们墨水染到皮肤一样,我万万没有想到,里面不是那样的,它是这样的皱、厚,这样的黑,这样的黑毛密布,连胳膊肘都是黑皱的,整条手臂没有一点正常肤色,分明就是一条野兽的腿,而手臂中间那块接近正常的小皮肤,又太像眼睛。再加上手腕下面连着正常的、会跳舞的漂亮的手,整个看起来实在太古怪太惊骇人了。

你害怕了。童蓓说。

没有。这有什么。

我吞了吞口水,指着那块奇异的浅色块说,像眼睛。

童蓓夸张地眨眨自己眼睛。我亲它,你敢亲吗?很香的,它真的很香!童蓓把黑毛胳膊横送在我脸前。我看到她的眼睛在床下闪闪发亮,我听到她紧张的呼吸。她看着我,一动不动。我听到我们两个像跑过步的那样的呼吸声。

你害怕了。

才不怕。我说。

我伸手接过它,那毛茸茸的东西,一到指尖,就炸电一样激起我全身鸡皮疙瘩。而童蓓的眼睛像星星一样闪亮。在她的水钻般的目光里,我把嘴慢慢接近它,靠近它。我的嘴,终于触到了它!霎时——我不知道为什么——我的眼睛里涌起泪水,我不知道那是不是眼泪,因为我不知道我是害怕,是恶心,是巨大的惊震,还是承接了我几乎背不动的信任。那个异样的感觉,像一捆刀一样,统统扎进我心里。

我气都喘不出来了,泪眼汪汪。

童蓓直起身子看我,一颗黄豆大的眼泪,从童蓓的大眼睛里,跌落。

你最勇敢!她说,童蕾是个胆小鬼!

我是在事后很久,尤其是童蓓一家离开去北方以后,才在记忆里捕捉到那条毛胳膊的香味。那是带着婴儿气息的混有奶香的体味,成年后的有一天,我抱着儿子,他身体里一阵体香袭来,我忽然就感到熟悉,几乎同步地想到了遥远的童蓓。这个味觉记忆,我不知道是不是真实的,但是我确实因为儿子的体香,就想到那个童年的小黑毛胳膊。

而我在亲那只胳膊的当时,和亲过之后,我并没有感到和回想到有任何香味，而只有怪异感和巨大的秘密感。当天晚上，我睡在爸爸妈妈身边，再次回忆起童蓓家床底下的经历，回想到嘴唇触动毛胳膊的感觉，我又一次泪水满眶。妈妈发现了。眼睛怎么啦？还不睡？！我说眼睛进灰了，但我接着说了童蓓的胳膊。我马上就说了。也许我心里的这个惊天秘密，快要把我小小的心给撑破了。

我告诉了妈妈爸爸。我甚至顺应爸爸妈妈的好奇心，有问必答，详细地、一次次地描绘了童蓓手臂的皱纹、颜色、面积，上面的长毛、短毛和质地。我的描绘，使爸爸妈妈感到历历在目，就像他们也撕开了童蓓的袖子，他们不断惊叹惊憾。

爸爸妈妈意外而显著兴奋的表情，使我完全模糊淡漠了当时两个孩子相对的微妙心理。我没有说我哭了，也没有说童蓓哭了。我甚至没有敢说我亲了它，我觉得那样不好。我就那样像科学家发现自然秘密那样，对妈妈爸爸有问必答。妈妈甚至问，如果你掐它，它会不会痛？我爸爸说，那手臂中间真的有一只眼睛？我说是呀，好像会眨眼，很奇怪。爸爸妈妈太兴奋了，以至没有阻拦从外间床上，狂躁地要挤进里房来发问的哥哥姐姐，我则因为第一次成了全家人的重要中心而无限亢奋。我姐姐和哥哥在讨论，把童蓓的手，放进开水锅里一烫，能不能就像食堂杀猪那样，褪掉黑毛，变成白白的人的皮肤。

我不知道我播下了什么样的种子。

七

西头的楼梯口，也就是老吴伯伯家那边，夏天总有很凉爽的风。夜里，纳凉的大人在一起聊天打毛衣，他们会讲很多大人的事，别的楼的，也有我们楼的，如果哪一个大人不在，我们小孩就能听到关于这个大人的不太好的事。有时他们也不让我们听，或者头靠在一起咬耳朵，身子都歪向对方，像个"A"字。一不小心让我们听到了，他们就威胁说，不许到外面说！其实大人说的很多话，我是听不懂的，但是，有些话我懂。比如说老袁伯伯家婶婶，我就听懂了。大人说她没有童蓓爸爸照顾，根本进不了食堂做临时工，那七八个孩子早都养不活了，说她敢打童世夫是良心喂狗了；比如，他们说，东头第一间的司机小杨叔叔，是个二百五、乡巴佬花痴；又说我们隔壁楼有个外号叫刁德一的叔叔，见人说人话，见鬼说鬼话，是个为人很阴险的家伙，专门在背后整人；说童蓓爸爸人还可以，就是仗着点权力老子天下第一，童蓓妈妈更是自以为是，以为自己是大学生、老公是局长就爱奴役职工，这夫妻俩挨斗，就是活该；还说过老吴伯伯是个两面三刀最自私自利的农民；童蓓奶奶是个没文化的野蛮北方猪，要是有单位，早就被人斗死了，儿子媳妇都被关了，还以为局里是她童家天下。

　　反正，在那些个星星明亮的夜晚，谁没有来乘凉吹风，谁就要被其他大人背后批评了。童蓓奶奶喜欢早睡早起，几乎不来这里扎堆，而且，童蓓奶奶和老袁伯伯家婶婶、老吴伯伯本身都吵过架，奶奶一见他们面，就爱啐口水，表示厌恶。这样，童蓓姐妹好像也是很早睡觉的。

　　那天，星星高远，古城墙那里吹过一阵阵带着河水气息的夜风，萤火虫在远处飞舞。大人们不知怎么就说起了鬼故事。老袁伯伯为了逼真描绘他们老家农村人看到的无常鬼，他站起来耸着肩膀僵硬地在走廊上走，吓得我们小孩一直拖移小板凳，更靠近自己的妈妈爸爸。

有个大人说——我已经记不得她是谁了——她说,我听说童世夫那个大丫头,那种手,就是有来历的。这跟前世是什么东西有关。

有人低声说,是古怪!你看那孩子的脸,哪里是正常人的脸?听说在学校,两个老师看到她,看看看,走走走,好好的就互相打起来了,谁看谁都别扭。这个孩子啊,老人家都说前世就是妖精!

有人说,狐狸精就这样吧。

又有声音说,哎呀,那么小,哪来的狐狸精。都是封建迷信!

这可不是说着玩的!有人反驳说,那女孩肯定不是正常人,我听人说,她刚出生的时候,还有一条尾巴呢,后来脱掉了。迷信是说她是猪精变人没变好……

是啊,那个毛胳膊上,还有一只眼睛……

忽然听到人家叫我妈妈的名字,说,丽红,你最清楚了,那个猪毛手臂上,到底是一只人的眼睛,还是猪精的眼睛啊?

在打毛衣的我妈妈说,哎哟,害我都漏针了!我不知道,一针,两针,该死……

那个大人说,你家小弟不是看过它吗?小弟,有人在背后推我,她真的让你看到那个猪毛手了吗?喂,那上面的眼睛看得到你吗?

我看着我妈妈,我妈妈还在格外专心地救她的漏针。这个时候我才有了非常不好的感觉,我不知道该生我自己的气,还是生我妈妈爸爸的气。眼睛,眼睛。这是我说的东西。我把秘密告诉了妈妈爸爸,他们把秘密告诉了全部人。

后悔和恼怒像黑暗一样在我四周弥漫,我在黑暗中艰难地吞咽着、呼吸着。有人还在推动我,我假装没有感觉。讨厌!我特别讨厌现在离我最近的这些大人。我闭紧嘴巴,绝不想告诉他们一个字,我根本不愿意他们知道这些事。童蓓会怎么想呢?对于小孩来说,大人的每一句话,都来自一个多么郑重威严的世界。她要是知道了,可能再也不跟我讲话了,因为只有我看过她的秘密。

晚风吹得我额头冰凉,我的眼泪在眼里慢慢转圈。但是,我低着头,没有离去,我没有像我想象的那样,一脚踢开小板凳愤懑离去。我还是坐在我妈妈脚边,坐在大人们的旁边,眼泪很快就凉了收了。那一天晚上,大人们说了很多人啊、妖啊、怪啊的奇异事情。我离不开他们围坐的温暖。对一个五六岁的孩子来说,大人真是无限辽阔、复杂神秘的世界。

那个夏天夜晚,我噩梦频频,一直梦到童蓓变成奇形怪状的妖异样子,要吃了我,梦到她的每一只胳膊都有眼睛,眼睛眨巴着能大声说话,发出呜呜的声音。第二天,我看到童蓓有点害怕。又过了几天,就慢慢好了,我还是和她在一起玩。我喜欢和她玩,她也没有朋友。

我不敢告诉童蓓,我们家里的人和那么多的大人都知道我看了她胳膊的事。

慢慢地,我以为那个事情就过去了。

八

我们玩过家家的时候,童蓓一定是做妈妈,我一定是孩子。童蕾有时候想当爸爸妈妈,有时候想当小宝宝,看她的心情。当妈妈的童蓓，每天上班之前要让我们吃饭，回来还要买菜——主要是一路拔来的草啊树叶野果实什么的。回来又忙着煮饭、洗衣服。她家有一套过家家的玩具，杯啊、碗啊、勺子啊、小锅啊，有趣得不得了。还有两个芭比娃娃。

她最喜欢做的一件事，就是临出门，她要给我拉拉内衣袖子。冬天，她把很冰的指头伸到我的袖子里，把我的内衣袖管捋直，并且一定要责问我，这样不是舒服了吗？！然后，她才煞有介事地挎上虚拟的上班包包，走了。后来，她妈妈疯了被释放回来，老是管童蓓童蕾叫妈妈。我看见童蓓真的像做妈妈一样，给她的妈妈擦眼泪、拉直内衣袖子。她的疯妈妈也真的像孩子一样，乖乖地伸手让童蓓拉直内衣。童蓓边拉边说，这样拉直了不是舒服吗？缩在里面多难受啊！她妈妈就点头。在一边的童蕾说，以前，都是妈妈老要给我们两个拉直袖子，还有里面的裤管。

童蓓妈妈很高大健壮，自然卷的齐耳短发，戴着眼镜。她被释放回来的时候，安安静静地走过我们走廊，好像怕踩到蚂蚁。就是头发被剪得乱七八糟七拱八翘。听大人说是社会反对她的卷发，又说是被剃了阴阳头。我不知道，反正她的头发和其他大人不一样，一边眼镜脚也好像是用白胶布连起来的。她说话带一种奇怪的口音，人家说那是江苏话。

听童蓓说，她奶奶不喜欢她妈妈，说要不是她妈妈，她爸爸就不会被人打倒下台。童蓓奶奶是个偏心眼的人，大人里面，她爱爸爸，小孩里面她爱童蕾。童蓓出生，奶奶一看到童蓓的黑毛手，就急着要把童蓓送乡下去或者丢到河里去，是童蓓妈妈爸爸不肯。奶奶爱憎分明，如果煮两个蛋，肯定只有爸爸和童蕾吃，剩下三个人都没有，包括奶奶自己。所有的好处，都是童蕾多童蓓少，奶奶都是公开宣战，童蓓要是不乐意，奶奶就让她解开扣子看看自己的手臂。童蓓妈妈看不过去，就和奶奶吵架。这样，妈妈就变得特别偏爱童蓓，家里的两派就那样形成了。

童蓓发疯的妈妈，开始一直很安静。我们不时能听到童蓓家那里，传来她奶奶在摔锅打碗的骂人声，有时她不给童蓓妈妈吃饭，说她吃了也不懂人事，白吃。童蓓就偷偷给她妈妈塞饭团，饭团中间夹一片我们叫大头菜的咸菜。童蓓的手小，捏的饭团比鸭蛋还小。有一次，我看到她妈妈像饿鬼一样，一下就整个吞下去，把自己噎得拼命咳嗽，童蓓就赶紧踮起脚拍她的熊背。不知道什么时候开始，童蓓妈妈叫童蓓作妈妈。我看到童蓓站在椅子上，给不肯坐下的妈妈梳头，看到童蓓给她妈妈洗脸，系鞋带，还有就是给她妈妈拉内衣衣袖。这是童蓓最喜欢干的事。她妈妈把手伸得直直的，童蓓把她的内衣袖子拉出，照例说，看！现在是不是舒服多了哦。她妈妈的手依然直挺挺地前伸，童蓓把它按下来她才放下。她妈妈看着童蓓，嘴里会喃喃着妈妈！妈妈！童蓓就用小手轻轻抚摸着她虚胖的脸，说，哦，哦，妈妈在这里！妈妈在这里，我来保护你！

那天，童蓓妈妈突然不穿衣服的样子，吓到了很多孩子。连老四那么老练的家伙，都目瞪口呆。那是我们都穿一件卫生衣的秋天，童蓓妈妈全身只穿一只花袜子，在慢慢地、微笑地走下我们宿舍的东楼梯。秋风秋雨中，童蓓妈妈像一个面粉堆起来的假人，她一步步地像学走路一样，微笑着，小心地一层层跨下来。那个赤裸的、雪白的、高大的身躯，那对肥硕的、有点下垂的乳房，尤其是她乌黑浓密的阴毛，实在把我们这些小孩吓坏了。在我后来的记忆里,很多大人也在楼上楼下看她,不知道是不是也吓糊涂了,没有人想起来把她领回家,或者给她打伞或者把她包起来。我只记得雨中,她妈妈一路微笑地下来,一只脚丫光着,一只脚丫套着花袜子,就那么慢慢地走过公共水池,绕过白房子宿舍,上了城墙。我们都跟上去了,好多人。

后面的事,我已经记不清了,当时好像没有看到童蓓童蕾,也没有看到她家奶奶。是不是她们一家人去了哪里?反正,那天晚上,童蓓家里哭声、骂声、叫声、摔打东西的声音,不时在响。奶奶对童蓓妈妈发大火了。我过去看了三次,房门都关得很紧。我在外面叫童蓓童蓓,没有人答应我。

后来,我们又看到几次童蓓妈妈赤裸在大院里晃荡游走的身影。对于我们小孩子来说,大人光溜溜的样子,还是令我们异常兴奋好奇,所以,我们总是保持距离地跟着她走。有一次,童蓓妈妈只穿汗背心,下身光光肥肥的,在梨子林树下,想爬树还是想练习爬树,一直往手心里扑扑吐口水。那一次,我看到童蓓哭了。她和童蕾奋力拖她妈妈回家,她妈妈摇头。童蓓说,奶奶不骂你。她妈妈还是摇头。她妈妈往手心里吐了口水,搓搓手心,还是要上树。

童蓓抱住她,声音很小说,回家吧,乖,跟妈妈回家……你乖……

我看见一颗透明的眼泪,划过童蓓小小的美丽的腮边。

童蕾在跳脚呵斥我们看热闹的小孩,看,看个死,看什么看!谁看谁瞎眼!

她妈妈淹死在城墙下面的水井里,也是赤裸着死掉的。是她雪白的身子浮起来,几乎堵住井面,大家才发现的。单位到处都有自来水，那口井早就没有什么人用了，有时能捞起小猫的尸体，还有很多喜树叶合欢树叶。什么都捞干净的时候，我们小孩子会趴在井沿上一圈，对着清亮的水面，一起做各种各样的鬼脸。童蓓妈妈死在里面后，我们就不敢过去玩了，大人说，里面有水鬼。我知道童蓓童蕾那两天一直找妈妈，我也跟她到河边找过。一路走一路叫，妈妈，回家啦——妈妈，快回家！童蓓有时候小声小气地喊，跟妈妈回家吧，妈妈保护你，不怕奶奶。我觉得她还是不敢大喊大叫，她不好意思让别人都知道她是她妈妈的妈妈了。

奶奶叫她们姐妹不要操心了，说人各有命死了更好。童蓓就是那个时候告诉我——咬牙切齿地告诉我——她很想她奶奶死掉，马上死掉！

九

老四她们那伙小姐姐都开始打毛衣了。说是打毛衣，其实她们是捡家里大人剩下的毛线头、纱线头之类，打的无非就是袜子钱包什么的零碎东西。不过，她们有了真正的毛衣针——竹针。几个小姐姐围在一起，在太阳下面的走廊边，打得有来有去，完全像一伙拉呱的大人。童蓓是她们永远不喜欢的人，永远排斥在外。童蕾有时靠巴结，能给她们捡个线头帮忙绕个线什么的，有时还要出卖童蓓一些不名誉的逸事，比如，尿床啊，梦游啊，获得入围资格。

童蓓远远地看着那群小大人。后来，她找到奶奶刷锅的竹刷子。她从里面选出最粗的两根，也开始打毛衣。那个竹刷子变成的毛衣针，不到一根铅笔长，只有铅笔芯粗细。很软。童蓓只会打反针，用她奶奶给她的绿色线头。她打了半米多长两指宽的东西。她说，冬天的时候，可以借我当围巾。可是还没有到冬天，她又拆了，她说她会打平针了，要一行平针一行反针地打花样了。那个围巾还没有打好，那天，老四她们，不知道为什么，围着她织的围巾和锅刷针，夸张地评论，放肆地嘲笑，童蓓小脸涨得通红。老四突然把它抢过，往高空一抛，扔到楼下去了。

双胞胎大龙小龙正好在楼底下疯，一看到童蓓的东西立刻你争我抢，围巾被迅速地拉扯，快拆光了，到处是曲卷的绿毛线。楼上，老四她们兴奋地跳脚起哄。童蓓冲下楼去抢，双胞胎就飞快地逃，童蓓摔倒了，哇地大哭，双胞胎一看，立刻把它扔水井里逃之夭夭了。

童蓓的鼻子、嘴唇边都哭红肿了。我们在城墙上商量，等大人下班的时候，要告两家的状，第一是老四家，我们希望老袁伯伯再把老四吊起来毒打；再就是老吴伯伯家，要老吴伯伯也把双胞胎大龙小龙捆起来，用皮带狠狠抽。商量的时候，童蓓眼睛闪闪发亮，没有眼泪，没有悲伤。她说，我要告诉老吴伯伯，哼，你家大龙发烧的时候，是我爸爸抱他跑去医院抢救的，要不然他脑膜炎早就死掉啦！我说，我怎么不知道呀？童蓓说，是我奶奶说的！我也不知道，是大龙小时候。还有！我们家还借了很多钱给大龙家，老四家也有借，他们很穷很苦，我爸爸妈妈可怜他们。我奶奶说，到现在，他们一个个都没有还钱！还对我这么坏！

商量好了，我和童蓓就到宿舍的东头楼梯口等老吴伯伯和老袁伯伯下班。在等大人下班的时候，慢慢地我们的注意力被水池边上的三角形的青苔花和拖白线的小蜗牛吸引。童蓓说她现在喜欢养螺蛳，也爱种向日葵和土豆。不过，她没有地，城墙都被很红的那些人家霸占了。如果她种的东西被老四她们发现，她们就会搞破坏，所以只能在家里养螺蛳，可惜，小螺蛳太娇气，每一次，养几天就浮起来死了。不过，童蓓说，我奶奶答应要教我和童蕾发绿豆芽啦！到时候你也来学。很好玩哪！

说着说着，我们兴高采烈起来。

中午，最先从冬青树下过来的是老袁伯伯，他背着肮脏的帆布工具包。一看到老袁伯伯，我马上听到自己心脏跳动的声音。我动动童蓓，表示他来了。童蓓瞟了越来越近的老袁伯伯一眼，就看那只蜗牛。

你不是要告老四吗？

童蓓蹲了下来，脸转到一边。

喂，老袁伯伯过来啦！

童蓓看着蜗牛：我肚子有点痛了。你帮我告。

我有点生气，可我也不敢。我就那么看着老袁伯伯大步走过我们身边。他拐上楼的时候，还用手里的扳手敲了铁扶栏一把，大声说，还不回家！

老吴伯伯和前面那个楼的刁德一一起从冬青树小路口出现。我蹲在童蓓的身边。看！大龙小龙爸爸下班了！童蓓还是没有声音。她看看老吴伯伯，就低下脑袋。

你告不告呀！要他家赔你围巾！

童蓓还是没有声音。

哎，他越来越近了！

我推童蓓，她突然反推我一把，我猝不及防，一下被她推倒，一脚踩进身边的明沟。老吴伯伯正好过来，一把拎起我。那只鞋子里都是水。老吴伯伯说,好,这下你妈要打你啦!我警惕他脱我裤子,我紧紧提着裤头,低头站着,我等童蓓告状。童蓓也站着。她看我,我看她。我们两个都不说话。我用肩膀撞了童蓓一把,童蓓也用肩膀给我撞回来。我们俩依然不说话。

老吴伯伯唇边露出一个爆米花一样膨起的金牙齿,似笑非笑地看着我们两个,准备转身。

我使劲推了童蓓一把,没想到她更使劲地推我,然后转身就跑。她咚咚咚地跑过老吴伯伯时,边跑边高喊,我找我奶奶去!

十

我们都不喜欢大人,但我现在才知道,当年那个小女孩对大人有多么深的恐惧和不安,这种感觉,因为她的美丽怪异,因为她爸爸妈妈,实在比我们任何一个孩子都来得强烈而绝望。如今我们自己已经是大人了,童蓓不知是否能平安长成,在遥远的北方,在北方大人们的身边,是不是能更轻快更舒坦地走向成年?我甚至怀疑她已经死去,像她这么个美丽脆弱的生命,怎么能在城堡和森林一样的大人手下死里逃生呢?我想很难。

童蕾会巴结很多孩子跟她玩,尽管她两下半就和这个吵架那个打架,一下子丢失友谊,但她很快又殷勤地建设,跟别人示好,甚至把家里的什么东西偷出来送大家。有一次,全宿舍的小孩,都分到了她偷出来了的他爸爸的邮票。整个集邮簿都被我们大家肢解撕开了。不知道她奶奶有没有揍她。我热爱集邮的父亲,在多少年之后,还痛惜万分地说,那是一笔多么多么珍贵的宝贝啊,都被你们这些混蛋的孩子毁了。

童蓓总是落落寡欢。她的眼神让大家看出，她其实很羡慕大院里，不同群落的孩子亲近打闹的浑然快活，但是，她绝对不会像童蕾一样屈身投靠势力，也许，她知道投靠了她也一样会被任何一个群落排斥掉；她也远离大人。其实不大搭理我们小孩的老吴伯伯，有时候会看不出真假地恐吓我们一下的，当然，以我现在大人的眼光来看，那是在逗弄孩子。只是，作为孩子的我们，当时还是十分惊惧的。比如，有一次老吴伯伯和一个叔叔在修理一辆带铁皮车斗的三轮汽车，很多小孩，包括老四她们，都争先恐后地从后面，偷偷攀爬上那开不快的车。已经不记得那个车是不是在维修调理，只记得在操场上开得很慢。坐上汽车真是快活无比的事，哪怕一小会。我助跑努力了几次，终于爬上去了。可是忽然，我们大家都惨叫起来，挨着车铁皮的屁股和手心阵阵发麻，麻得我们一个个在车板上挪跳屁股，像爆黄豆一样。老吴伯伯和那个叔叔在驾驶室里哈哈大笑。他们也没有解释。车一停，我们火速地、灰溜溜地慌忙逃下车。后来，我爸爸告诉我哥，那是老吴伯伯他们在车头放电了，肯定是觉得你们小孩乱爬汽车，太危险。

我觉得老吴伯伯才是个危险的人。平时他和那些大人一样，对我们小孩根本目中无人，忽然又和我们开天大的玩笑，毫无铺垫莫名其妙，而且过后他对我们狭路相逢也基本视而不见。这样的大人，的确是让孩子不太放心的。

我以为童蓓也不会理他，可是有一天，我看到童蓓居然和老吴伯伯几个一起站在我们走廊西头口，好像在玩什么好玩的东西，童蓓一直踮着脚看。还有大龙小龙的哥哥姐姐。我捧着饭碗，趿着妈妈的大布鞋就赶了过去。

原来大龙小龙的哥哥用粗铁线和自行车链子，做了一把了不起的手枪。把枪栓拉开，在链子口放进一根火柴，一扣扳机，就发出"叭"的响声，枪口还会冒出硫黄味道的青烟。我看他们对空开了几枪，真威风。简直就是一把真枪啊。

我感觉大龙小龙的哥哥姐姐对童蓓还是比较友好的，虽然他们比我们大了六七岁，玩不到一起。但是，哥哥姐姐不会欺负童蓓童蕾姐妹，没有交情也没有嫌厌，可能也没有空儿和我们这些小孩子玩。那哥哥成功制作了那把自制手枪，心情很好地接受大家的咨询。老吴伯伯咬着牙签，有点居高临下地审视把玩他儿子的枪，也有些自豪感。

童蓓说，能打多远呀。

哥哥说，不远。就是听响啊，还有烟！

童蕾说，这就和电影里的真枪一模一样啦！

童蓓说，那它打人痛不痛？

哥哥说，没有试过。

手里拿枪的老吴伯伯对童蓓说，你要不要试试？

童蓓吓了一跳。我以为她不敢，没有想到，她说，我才不怕呢！

老吴伯伯说，真不怕？你有这么勇敢？！

童蓓说，只是有烟有响声，又没有子弹。有什么好怕的！

老吴伯伯已经向儿子要过一根火柴，塞进枪口。

怕不怕？

老吴伯伯笑着，看着童蓓。

哥哥说，喂，有火花呀！

童蓓脸色白了，但哥哥话音未落，老吴伯伯已经拉起童蓓的手，他把枪口顶在童蓓的食指尖上。我清楚地看到童蓓后缩的表情，她的身子也在后缩，但老吴伯伯手里的枪响了，叭的一声很结实有力的脆响，一阵青烟在童蓓的指头上袅袅腾起。整个指头顿时发黄发黑。

童蓓大声说，我就不痛！

哥哥拿过童蓓的手要细看，老吴伯伯一把抓过儿子手里童蓓的手，诡秘地笑着，真的不痛？

一点儿也不痛！舒服死了！童蓓说。

那好，老吴伯伯笑着，又伸手向儿子要过一根火柴。哥哥毕竟比我们大，或者他知道自己手枪的厉害，他迟疑地没有马上给老吴伯伯火柴，而是担心地说，火柴头就是火药啊！老吴伯伯微笑地把火柴装进枪头。

童蕾用力推了童蓓一把，尖叫：傻瓜！你想把指头打烂啊，我告奶奶去！

童蓓的小脸涨得通红。她抽回自己的手。她抽得很吃力，老吴伯伯看来是真的很想逗逗她。

童蓓顺势被童蕾拽跑了，但她的表情还是很不配合：我才不痛！一点儿也不痛！

我听到两姐妹推推搡搡争吵进家关门的声音。

夏天还没有过去，老吴伯伯家的哥哥，因为打群架，暴死街头了。听大人们背后议论，都说那个哥哥一贯就是个小流氓，在社会上到处为非作歹。还听说老吴伯伯家的婶婶很难过，但老吴伯伯大义灭亲，都不想去收尸还是什么的。

那天，我们在童蓓家听到老吴伯伯家婶婶很绵长的嘤嘤哭声。我们竖着耳朵听了一阵，童蓓说，为什么不是老吴伯伯死掉呢？我不愿意哥哥死掉。

我说，大人说他流了满地的血！都流到水沟里去了！

童蓓说，所以，我不愿意哥哥死掉。老吴伯伯死掉才好！

那时，我和童蕾都听不懂。但是我也变成大人以后，我明白了，一个小女孩是怎么分辨好人坏人的。哥哥不要死，也许就因为——仅仅因为，当老吴伯伯执意要开枪的时候，童蓓看到了哥哥眼睛里的担忧和迟疑。在小女孩眼里，有这样眼神的哥哥，就一定不是坏人。

十一

在大院里，家家户户都没有厕所。操场边靠食堂那里有一个建得像小庙一样的大厕所。穿过总也没有花开的、荒芜的蔷薇园，走过七八个砖头台阶，就是高高的球场厕所了。那个厕所常年有灯。我们宿舍离那里远，所以，我们都是去木头梨树林后面的厕所，这个厕所面对的是大片的梨树林，侧面一堵土垒墙，土墙那边是一小片橘子林，不是我们单位的，是不认识的老百姓家里的。这是个离我们宿舍最近的厕所，总也没有灯。加上前面是梨树林后面是橘子林，夜晚黑漆漆的真是又臭又可怕。大人们总是点着蜡烛，或者打着手电去。晚上在我们宿舍楼长走廊上，看到树叶后面的厕所里隐约发出红浑的烛光，我们就想象力飞扬。大家最爱说的是红手绿手的故事。大意是你上厕所万一没有带纸，一只红手就从厕所坑里伸出来，问，你要不要纸呀？你说不要！红手缩回去，一只绿手又伸出来了，它问，你要不要纸呀！你说要，它就给你擦屁股，一擦，你马上就死啦。你要是还说不要不要！红手绿手就一起出来，把你拖下去了。

晚上，没有一个孩子愿意上厕所。就是白天，很多孩子也和我一样，不断低头看厕所坑子，警惕里面会不会伸出一只红手或是绿手。那天晚上，一手拿着几张草纸一手握着一个塑料电筒的童蓓站在我家门口，急慌慌地要我一起上厕所。我才不想去。我让她叫童蕾去。她说妹妹拉过了，不去。童蓓着急地扭动着身子，跺脚执拗地要我去。你要不去，我再也不跟你玩了！她说，你只要站在厕所门口的楼梯上就行。

我们就一起下楼了。黑色的大风，吹着我们头顶上高高在上的梨树叶哗啦哗啦地响。穿过黑乎乎的梨树林的时候，我们一直手拉着手。她家的电筒好像没有什么电了，只能像蜘蛛丝一样，有气无力地照着很小很近的一块路。我们手握得很紧。童蓓说，她去过球场大厕所了，那个灯也不亮了。要不然，她才不稀罕我陪她去。

走到女厕所这边的小路，我的脚步就别扭。我都是从另一边的小路登上台阶进我们的男厕所的。童蓓把我的手握得很紧。走了几步登高台阶，我死死站住了。童蓓再使劲拉我，我也不走了。她说，看看厕所里面你再站我门口嘛，又没有人看见你。

我说，我就站这！不然我就跑回家了。

我一个人站在黑漆漆的女厕所门口，风时大时小，只有橘子园里零星的萤火虫，小鬼眼睛一样飘舞。我也很害怕。我们只好讲话玩。我在外面大声说，你奶奶为什么不陪你来？童蓓在里面说，奶奶头痛。再说，她会骂我白天为什么不拉掉。我说，你们里面有几个茅坑？她说，五个。你们呢？我说，男的三个。你们里面有没有虫？她说，有，很多。我说，虫会爬到你鞋子上。你快好了没有？她说，再一下子就好了。我说，你相不相信红手绿手？她没有回答，她听到了，这时，我也听到了——对头男厕所里传来揉纸的声音。嘎啦嘎啦的，好像很硬很糟糕的纸。童蓓的声音在发抖，那边有……你快问问是谁！

我屏住呼吸。我猜是人，可是我被自己刚刚说的红手绿手吓坏了。

揉纸的声音，变成窸窸窣窣的，而且传出古怪的、缓慢的拖音——我是红手绿手——你要不要纸呀——

我目瞪口呆。忽地，好像是电筒掉了，光线在极其恐怖地剧烈变化，一个小身子从厕所里扑了出来，差点把我扑倒。我们连滚带爬互相拉扯地奔下厕所台阶，身后传来呵呵大笑的声音。听出来了，是小杨叔叔！是人！我们安心地站住了，大笑起来。

那是我们第一次去小杨叔叔家，是小杨叔叔邀请的。自从童蓓告诉我，小杨叔叔在开会的时候，踢她爸爸，我就只敢偷看小杨叔叔。他一看我，我就把眼睛转开了。六岁的孩子眼里，无法分辨大人年龄的不同阶段，只要是上班的大人，都比你不能进去的厕所还陌生，像这个会打人踢人的大人，那就比你不能进去的厕所更要令人不安。可是，很奇怪的，童蓓竟然接受小杨叔叔的邀请，拉我去了他家。我不记得小杨叔叔家有什么好玩的，他家比我们所有人家都宽敞，因为他家没有小孩，也没有什么家具。地上就是脸盆、鞋子、袜子什么的，还有两根竖在屋角落的钓鱼竿。

我觉得他家不好玩，我想走。可是，小杨叔叔一直逗童蓓说话。也许没有什么大人这样耐心地和童蓓说话，童蓓明显很兴奋，叽里呱啦的。小杨叔叔也从不盯住童蓓的手腕，而是歪着头，童蓓说什么，他都哈哈大笑。我一个人溜达到小杨叔叔床边，看到他枕头上有一本书，封面有个医生模样的人，还有个红十字药箱的样子。我拿过，还没翻，书就自动打开了，那一页竟然有个女人的大屁股。它像一个切开的苹果，果核那里还有注明什么字。因为很多字，还不认识，我不能明白那是在说什么，但是，这是一本关于屁股的奇怪的书，我十分好奇，把它捧到桌边灯下细看。小杨叔叔一见，劈手夺过，一下子就把它扔进抽屉，锁了，并收走了钥匙。

太小气了！我瞠目结舌。

我相当不高兴。不就是看看嘛，我又不会拿走！而且，他这样粗鲁的动作，让人觉得我好像很自作主张，像个糟糕客人。我决定回家。我也很生童蓓的气。我一声不吭，掉过头，我就往外走，开门。

童蓓大叫，嘿，嘿，不玩了？

我头都不回。我讨厌童蓓。

童蓓追了出来。轮到小杨叔叔叫童蓓，嘿，嘿！蓓蓓！我有鱼皮花生哪！嘿！

我拔腿就跑。听声音，童蓓迟疑了一下，还是跟我跑了。

十二

童蓓没有再和小杨叔叔玩，我心里暗暗得意。这说明我才是童蓓的好朋友。可是，我太不喜欢童蓓和小杨叔叔讲话的兴奋样子了。所以，一跑进我家，我就把门关了，反锁。我知道童蓓在我家门口。所以，我马上轻手轻脚地扒着我家门缝往外看，我看见童蓓在我家门口站了一会儿，想举手打门，又放下了。她很轻地叫了我的名字，小弟。我偷偷笑。我看到她又扭头看看小杨叔叔家的方向，到底还是回家了。

第二天，我假装很忙，没有去她家找她玩。她可能也生气了，没有来找我。第三天，我就想去找她了，可是我又看见小杨叔叔和童蓓童蕾在水池边讲话。她竟然还让小杨叔叔那个小气鬼的手，放在她头上摸。我顿时又气恨满腔不想理她了。这样又憋了两天，童蓓来找我了，手里拿了一个她奶奶做的葱油烙饼。

给你吃。她说。

不要！我说，可是我眼睛盯着那个香喷喷的烙饼。我爸爸妈妈根本不会做这些北方人做的东西。我吞口水的动静太大了，童蓓笑起来，大笑起来。她把烙饼直捅我的嘴，我挣扎了一下，一口咬住了。

我们中间的问题，就是那个小气鬼。

童蓓说，你说，小杨叔叔真的会踢我爸爸吗？

臭屁话！不是你告诉我的吗？是你自己看到的！

会不会我看错了呢？

我太吃惊了，也非常生气：我看他就像打人的坏人！就是他踢的！

你又不在。你又没有看见！

那你问我干吗？你自己去问那个小气鬼好了！

我觉得他对我很好。他和别人不一样。

我不说话。

他还叫我去他家吃鱼皮花生。你去不去?

要去你去!小气鬼!他最多给你一颗两颗!

你不去我也不去。他说他是从上海出差带回来的,皮很酥很脆,轻轻一咬就破了,里面的花生又大又香。去不去?

不去!小杨叔叔又没有请我!

我带你去呀!

不去!你去我就不跟你玩了。我说话算数!

童蓓不说话。

哼,我悻悻地说,他打你爸爸,踢你爸爸,你还好意思吃他家的东西!

……他们说我爸爸是……坏人……

这个问题太复杂了。一时间,我们两个都没有再说话。打人的人,就是坏人。所以,小杨叔叔老袁家婶婶就是坏人,可是,坏人才要关起来,所以,童蓓爸爸是坏人,那小杨叔叔和老袁家婶婶就是好人。

小杨叔叔对我那么和气,会是坏人吗?

我回答不上来。我转身跑了,我只能用飞快的奔跑来抵抗童蓓和我自己的疑惑。因为,我心里就是觉得小杨叔叔、老袁家婶婶不好。可是童蓓的疑惑眼睛,让我生气,一包鱼皮花生有什么了不起。这个叛徒!贪吃鬼!

十三

童蓓奶奶一下子打了好几个孩子,包括老四。奶奶先是挥舞"自"形老拳,后来是拿那个晒衣服的长竹竿横扫,老四她们躲闪不及，被打得落花流水，慌不择路，挨打的、摔坏的，反正个个鼻青脸肿，哭爹叫妈。起因好像是童蓓得罪了她们，具体是什么我已经模糊，但是，后来听说老四她们合伙到童蓓家门口唱她们自编的歌谣："猪毛手！长眼睛！一眨一眨亮晶晶！""猪毛手！长眼睛！一眨一眨亮晶晶！"老四很有号召力，在童蓓家门口的孩子，汇集得简直像个儿童合唱团。她们不厌其烦，反反复复就是这一句。这时候，我才明确知道，有关童蓓手臂的内幕，已经广泛传播家喻户晓。能看到这个细节和产生这个感受的，只有我。也就是说，童蓓一听就知道我干了坏事。我背叛了她对我的信任。

由于童蓓奶奶的野蛮行为引发了公愤，我记得很多大人都到童蓓家门口讨说法，擂门的、拍窗的、厉声批评的，一时间，我们走廊人声鼎沸喧闹不休。有个孩子的爸爸，把童蓓家放在走廊上的煤炉，连锅带炉子，都砸下二楼。有个鼻头有绿豆大痣的阿姨，手里有根短短的擀面杖，一直敲着童蓓家走廊上像学生用的课桌，索赔医疗费。还有人说要叫保卫处来人处理，有人说应该叫公安局来人，把这个老家伙抓起来，为民除害。

这事一直闹到童蓓奶奶突然开门出来，手里拿着一把刀，另一只手像拎小鸡一样，拎着哭肿眼睛的童蓓。

奶奶说，好！我当你们的面，一刀劈死她。这够不够赔？不够，再劈死她妹妹，再劈死我自己，够不够——！

奶奶的刀高高举起，童蓓恐惧地发抖，她死劲挣扎，奶奶一脚踢过去，童蓓倒下尖叫。奶奶又把她拎起。她的裤子上全部是尿，拎起的时候，小便还在滴滴答答地流下来，地上湿了一大片。

人群顿时静默了。在静默中，大家交换着惊愕而委屈的目光，渐渐散去。

童蓓再也不理我了。我送给她新弹弓，我送给她一根山鸡的长尾巴，我送给她一副军棋，我送给她两颗大白兔，我送给她从我姐姐那里偷来的最高级的玻璃糖纸，我把我所有最宝贝的东西都一一送给她，她都拒绝了。她总是扭头就走。

在她最后一次拒绝我的蚕茧宝宝的时候，我终于憋不住，咧嘴放声大哭。

她迟疑了一下，还是走了。

是我姐姐把伏墙哭泣的我牵回家的。姐姐说，你傻呀！还有这么求人家要你东西的呀！

妈妈丽红给我一个大嘴巴，止住！没出息！天晓得我怎么养了你这么个男孩子！

十四

我想，当年我要是没有背叛童蓓，我要是一直和童蓓在一起玩，也许小杨叔叔就没有机会。童蓓坚决不理睬我，把我推向了同龄的男孩子。我慢慢和他们在一起打陀螺，玩滚铁圈，打玻璃弹子，在城墙上疯狂打野战。我们甚至到河边摸螺蛳。这个时候，我有想到童蓓，因为她说她喜欢养小螺蛳的。

我忙着玩，好像也很少看见她。出事的那天，我也不在宿舍楼。

几乎我们每一家的窗子玻璃都有贴米字型的白纸条，小杨叔叔家靠走廊的窗子也是，和其他人家有拉窗帘不同，他家涂着绿色的油漆，油漆久了，有些剥落，这样，外面的人就可以看到里面的情况。

好像是老四她们最早发现童蓓在小杨叔叔家里的。门是关的,她们是怎么发现的,不知道,反正那几个小姐姐就在走廊上剥落的窗户上,观察到了童蓓和小杨叔叔一起玩,叔叔把童蓓抱在大腿上,叔叔在抚摸童蓓。童蓓手里有很多的鱼皮花生。她在又说又笑又吃。

小姐姐们看得兴奋不已,诡秘激动使她们保持了蹑手蹑脚,所以,里面的人都不知道。童蓓吃着鱼皮花生,抱着童蓓的小杨叔叔的手一直在动。走廊上,大人们发现了老四她们的窥视,大人们也参加进来。大家都亢奋不安。听说集聚了越来越多的人,高的从高处剥落的玻璃缝往里看,矮的往低处剥落的玻璃缝往里看。大家都屏住呼吸,没有人去走廊的西头告诉童蓓奶奶。也许她奶奶实在太凶了。听说是小杨叔叔脱裤子(也有人说没有脱)的时候,反正突然,里面的童蓓和外面偷看的老四她们,都一起惊叫起来。

大人们就踢门冲进去了。

小杨叔叔被劳教了。童蓓奶奶有没有打童蓓,我忘记了,好像是打得半死。她们家经常有哭声,我都模糊了。后来,我老听到我妈妈拿童蓓的例子教育我姐姐说,看,女孩子就是不能贪吃!贪吃的女孩就是那个下场!这对那个时代普遍饥饿的孩子,是个有力教训。但是,直到成年以后,我才觉得,童蓓并不是为了鱼皮花生。她是一个多么孤独和悲伤的孩子。她面临的远远不是那一代腹内饥饿、皮肤饥饿的孩子所面临的问题。她更加渴望和需要的是,温暖和呵护。

童蓓爸爸畏罪自杀是不久之后的事。他从操场边的三层楼房里跳下来。很久以后,我在那个操场边的水沟石头缝里,看到一个金丝眼镜框子。没有镜片。我一眼觉得那是童蓓爸爸的东西,我看过他照片上有这个没有人戴的眼镜。我想,可能是他跳下来弹过来的。死人的东西,让我害怕。但我经常走过去看它。我想告诉童蓓的,但是她几乎足不出户。放学路过我家门口,她从来不看我家门一眼。她更经常的是,从不需经过我家的那一边楼梯上来。

她奶奶带她们两姐妹回老家的事,我也不知道。是偶然一个晚上,我听爸爸妈妈说,老吴伯伯家向我们家借钱,说要还钱给童蓓家。因为她家要回北方了,再也不回来了。又听说老袁伯伯家的婶婶,也来我家借钱,还送了一斤毛线给童蓓奶奶。我不知道童蓓奶奶有没有收下。

童蓓走的那天,很多人在单位门口送她们。大人们特别多,有人在叮嘱奶奶一路注意什么;有人热心地帮奶奶提了提东西,看重不重;有个大人还赶过来,往童蓓童蕾手里使劲塞了两个葱花卷。奶奶似乎落泪了,她在擦眼睛。童蕾在和一个孩子边走边玩锤子剪刀布,谁赢谁走一大步,不赢就不走。奶奶就揪着她走。

童蓓独自在前面走着,什么人也不看。

我突然想起来,转身就跑。我飞快地跑到操场后面,捡起那个喜树叶掩盖的、歪掉的金丝眼镜框。我发足狂奔,一定要追上童蓓。在人民饭店门口,我终于气喘吁吁地站在了童蓓面前。

我把眼镜框给她。

她极度吃惊,盯着眼镜框看。

童蕾冲了过来:我爸爸的!你偷我爸爸的!

我看着童蓓,听不见童蕾挑衅的声音。我的眼睛发热起来,我害怕自己哭,结果眼睛越来越烫,喉头肿胀欲爆。童蓓眼睛清亮如水地看着我,就像我第一次看到她那样,里面盈起一层水波。

我狠狠一扭头就拼命跑开了。我拼命地跑。

等我再次回头,街头上人来人往,童蓓一家人再也看不见了。

我发足狂奔跑上了单位城墙。从那里可以看到东方大桥,可以看到通过大桥走向火车站的人们。我爬上水塔顶,一直盯着大桥。其实,大桥上来来往往的人都很小,就是童蓓她们走过,我也未必看得清,但我还是努力看着。

我一直在水塔顶上坐到天擦黑。童蓓肯定早就过去了。

童蓓就是从大桥上这个最后的模糊镜头里,永远消失在了历史深处。

第五个喷嚏

一

楼上的邻居河惠，光着长腿穿着短睡裙，从Z字型的悬空的露天楼梯走过，就那样穿过时光，走在我一生的记忆缝隙里。其实我忘了她了，因为从来没有去想起。只是，斜刺里，她纤细光洁的脚踝，还有其他许多我完全遗忘的部分，忽然就会在记忆的底片上显影，甚至我第一次嗅吸我婚房枕巾的气息时，就看到她美丽的脚踝，走在我虚空的记忆里。她两条款款上下的、修长白皙的腿，就像钢琴琴键上滑动跳跃的手，无声折叠地走过我们宿舍楼外置的、Z字形的露天楼梯。

我们总是会忽视这样的记忆碎片。直到二十八年后我走进那个叫"法定人生"的假发屋，相关的许多记忆碎片，就像等待穿拾的珠子，一颗颗跳了出来。那时，我已经是个头发稀疏的中年女子，少年时一头柔软密致的天然卷发，早已随风而逝，我早就告别了那个初潮未至的混沌年代。

"法定人生"的假发屋，就在日落步行街的底部，正对着落日夕阳。整条不长的步行街如圣诞老人的长筒袜子，装满了各色镀金的礼物。在琳琅满目的店面中，"法定人生"的假发屋，就像一个时光倒流的魔术台子，各色试戴假发的男女在时光中穿插，水晶般的多面镜子，映照着令人暗自诧异的茂盛青葱与张扬。很多人羞怯不安地又摘掉假发，回到苍老颓败但自然的本来面目。一个围系着黄黑条纹围裙的中年女子，不断为试戴人掖发整形，兀自惊喜连连。有人试戴了七八顶假发，都没有勇气或信心戴着踏出店门去。他们丢下的各式假发，由一个老人一一整理收纳。她拿钢梳一顶一顶梳理着，有的用发网收起，有的轻轻挂在墙上。老人不看任何人，她悄无声息。那佝偻着的脖颈，应该是常年用高枕头塑造的问号脖背。她收拾着被放弃的假发。中年女子则像大黄蜂一样忙碌穿插在试发人之间，屋子里都是她夸张热情的赞叹与热切建议声。

假发屋，除了迎着落日的玻璃大门，三面墙都挂满了假发。长发区、短发区、自然黑系列、染色系列、老人区、时尚潮发区。在一块麦穗头、玉米头、爆炸头的时尚区域边，有一个细窄的楼梯，通往阁楼。那是一个仓库，当我接受一种款式，但反对它的颜色时，那个中年女子便登高上去，从阁楼里掏出两个大老鼠一样的假发，我在小楼梯下伸手接着。

不知什么时候开始，任何一个假发屋都让我流连。这个下午，果然我又是待到客人几乎走光。夕阳没落在路口那边，暮色苍青，我成了一个和夕阳竞技的青春猎手。那个穿黄黑条纹围裙的中年女店主，后来专心伺候我和最后的另一个像我一样啰唆的讨人厌的顾客。这时，我注意到了那个佝偻的老太婆。她在打喷嚏：哈—喊—秋——秋是个长音，发颤，带弯，你必定会联想瓜类的蔓丝。我一下子循声望去。老太婆仰脸，身子扭转得像一个变形的问号，也很有向日葵追日的决绝。她对着光，在努力为下一个喷嚏蓄能，一张老脸冲着屋顶的吸顶灯，鼻翼和眯缝的眼皮一起抽搐般抖动，关节粗大衰老的手指间，不相称地捏着一根牙签粗细的捻纸。哈！喊——秋——她打出了第三个喷嚏，其实，不等她把手里牙签般的捻纸钻探鼻孔引诱第四个喷嚏，我已经知道，她还会用捻纸引发第五个喷嚏，第六个喷嚏，甚至第七个。记忆如爆米花，在我脑海里砰砰爆开。我知道她是谁了，她是三十年前的河惠，我初潮未至时期的成人偶像。

二

我从来没琢磨过，我与河惠之间的来往是不是叫友谊的那种东西。亚里士多德说，友谊，从来不存在于成年人和孩童之间。因为真正的友谊，只会存在于条件、才智和目标相当的人们之间。可是，我和河惠不是友谊的交往又是什么呢？十三岁的当年，和之后所有的岁月，我从来都没有反刍过这段交往，我根本不在那里停留过，过去的日子就模糊过去了。也许她大我太多了，近三十岁的鸿沟，确实使我们的友谊状态面目不清。我们家人也不相信我和河惠有什么交情。爸爸妈妈和两个姐姐不明白我为什么老往河惠家跑，我自己也不明白。轮到我洗碗的时候，河惠打着毛衣，站在我家厨房绿色的木质窗棂前半天不走，我觉得她在陪我。其他人好像也觉得是这样。经常的她并不和我说话，只是低头在毛针上打毛衣，或者数针数什么的。但是她就站在我的身边。我不知道她是不是在等我。我也不记得我们隔窗聊了什么，但这个情景，让妈妈姐姐们都觉得河惠是蛮喜欢和我玩的。所以，河惠虽然在我家厨房外的楼道上低头打毛衣，我妈妈姐姐经过她是可以视而不见的，该干什么还干什么，但有时，她们也打个招呼，吃了吗？吃了。你呢？我刚吃过。或者说几句什么。甚至河惠就忘记等我的事了，就跟她们聊开了。记忆中，有时她在说什么，笑起来失血的嘴唇，很裸妆很美丽。

我感觉妈妈姐姐还有左邻右舍的其他女人，好像都不怎么跟河惠在一起说什么。但是，除河惠外的她们大家在一起，是要说闲话度时光的。我妈妈和二楼、三楼、六楼的阿姨两两三三聚在一起，补衣服呀，打结黄花菜呀，织毛衣呀，剪香菇脚啊，总要一起说点闲话。大致是说不在场人的闲话，不是这个人，就是那个人。印象中，河惠是经常被闲话的人物。可能她经常没有和妈妈她们一起打毛衣说别人的闲话有关。模模糊糊的关于她的闲话，好像有：一见男人就用小嗓子说话啦，夫妻半夜老吵架打架啦，河惠非常好吃啦，老公身体很糟糕啦，婆婆每天怕她偷东西啦，姑子是个古板的老姑娘啦，还有其他一些不咸不淡的东西。我不像我两个姐姐对闲话感兴趣。因为我不感兴趣，她们聊闲话也不太回避我，有时只是习惯性地做机密遮掩状，不是冲着我来的。但是，每当看到她们彼此低伏身子、用巴掌挡住自己嘴巴，冲着对方耳朵孔压低嗓子的样子，我就很想听，有时我赶过去听，但是，我反而什么也听不到。这样，也就让我与河惠一直保留着混沌无碍的交往。

有一天，我在餐桌上，通过窗户又看到河惠在Z形露天梯款款而上。我说，整个宿舍大院里，所有的人里面，她是最美的人了。

那天，我正式发表了这个感叹。我还补充说，河惠真是好看死了。

我可能说得太郑重其事，大我四岁的二姐放肆地笑，哪里好看？

我讲不来，反正就是。

大姐说，讲不来你还讲。

我说，反正其他每一个人都不如她。

二姐说，嚯！妈妈、姐姐都靠边站吗？

二姐噎得我张口结舌。妈妈为我解围，说，小屁孩懂什么好不好看。

我就懂！你说是不是？我触动父亲。我记得我父亲也喜欢看河惠上下楼梯的，有一次，他看着河惠上楼梯，香烟都烧到了手指。但是，那天，我爸爸说，她？难看死了！

二姐欢叫起来，我知道啦！三三是说她卷毛美吧，因为她自己也是卷毛！

她们都笑起来了。爸爸还拍了我脑袋一下，起身离开饭桌。

二姐好像一针见血，点到了问题所在。我自己也有点不好意思，我心里知道不是这么回事，可我就是不自在。我的卷毛并不好看，像非洲人小纠纠的密卷，人家河惠是一弯一弯的苹果大卷。平时她会把头发盘起，只能在颈子边看到一些夹不上的发丝缕，贴着颈子弯曲拂动着，非常好看；如果她一旦洗头，那样充满弹性的丰满发圈，在颈肩上滑动披拂，连穿过她头发的风，都变得又香又美丽。不过，听说河惠家婆婆不喜欢河惠披头散发。而那个时候，我妈妈我姐姐们只是在过年的时候，到实验小学外的"清纯"理发店，烫一个硬邦邦的头，妈妈总是烫得像一块方便面，姐姐们总会在额前留下一排问号般整齐排列的卷发。

河惠不是这样子的。河惠没有刘海,额头光洁饱满。她的发卷,从额角、从耳后,从发根里面自然飘荡,我是不知不觉喜欢看她的,从她上下楼梯开始,我就成了她的忠实观众。我家的饭桌边的窗子,就像一个画框,她总是先把她的腿伸进画框,或者是她与众不同的头,它们款款地通过我的画框,慢慢地全部消失。有一次,我用我大姐的眉笔,偷偷在自己的左颧骨上点画了一个绿豆大的圆。河惠在那个位置就有个小珠珠糖那样的痣,非常圆非常圆,好看至极。我怎么画都很滑稽,画不圆、眉笔太黑、脸太干巴,问题很多,总归,你模仿不了她。

河惠还不止头发好看,厂里的淋浴大澡堂里,我注意到,澡堂里所有人都没有河惠长得光华,她通身就是有一种光,与众不同的光华。我当然是说没有穿衣服的时候。在大澡堂那个水汽雾气中,她简直就像羊脂玉雕。有一天晚上,我在河惠家借宿的时候,河惠说,如果我的孩子没死,现在比你还大。

我隐隐约约在闲话里听说她有过孩子,但我不记得详情了。说到比我还大,倒是很令我诧异:河惠不像做妈妈的样子。她更像那些没有结婚的轻盈女人。就那时,河惠突然把套头的长睡裙脱了,你看,像我这样的乳房是不会老的,你摸摸。

我呆怔着。

我没有伸手。一个赫然脱光只剩花裤衩的大人令我浑身不自在。这不是在单位的公共澡堂,而是为我展示的专场。但那对乳房真的太炫目了。我望着它,乳头那一点粉红就像雪里的梅花小骨朵。河惠拉起我的手,按在她的乳房上:是不是像皮球?她死劲摁我的手,说,抓一下你才知道弹性!你抓!

我没有抓它。看我的手缩回来,她自己到梳妆台的半身镜那里打量自己的体态,一边扭转,一边抚摸自己。天生的!她说,我喂了十一个月的奶。她们说,喂过奶的会瘪掉下垂。你看有吗?我不是还是饱饱满满的?这说明,我这种乳房是不会老的!有些人还没生孩子,就松软了。人和人不一样,你知道吗?

三

河惠为什么不上班,我不知道原因,少年的心,也从来没有想过要问这个事。有一个暑期,因为大姐和大姐夫办什么停薪留职等下海事宜,手续跑累了就经常来我们家休息,我就去楼上河惠家借宿。因为河惠的丈夫经常不在家,是她主动邀请我去睡觉的,我妈妈姐姐为此很感谢她。她们哄我说,楼上,很近,而且,河惠是大床。凡事有一个开头,以后就自然了,后来只要河惠丈夫不在家,我在她那里就可以玩到想睡就睡,不管是中午还是晚上。

我觉得河惠愿意和我一起玩,主要是我看上去够高。小学到初中,我在班上都坐最后一排,站着坐着都像一根竹竿,这让我在同龄人身边有点自卑,经常不知道手脚怎么放才自然。河惠很高,而且步态自在。大街上,河惠和我一起走的时候,会把手搭在我瘦瘦的、够高的肩头。我觉得河惠会以为我就是一个大人。这个猜想让我有一些成熟的自豪感。我觉得我有责任维护好这种被看高的待遇。

河惠家的婆婆对我也很好,尽管河惠说到婆婆就总是转头斜闭眼睛表示厌弃,但是,那个婆婆对我真的很好,有几次,她扶着露天楼梯的栏杆,还主动招呼我去她家玩。河惠家还有一个女人对我也很不错,她就是很多人在背后议论总不嫁人的老姑娘,四荔。她长得像一只觅食中警觉的老鼠。晶亮的小圆瞪眼、尖窄的下巴颏和褐色的窄额头,比较严肃,笑起来一口雪白牙齿,偏长,门牙尤其长。

因为河惠不上班,成天似乎无所事事。有闲话是说她年轻时就好吃懒做,什么活也干不长;也有闲话说是他们家里人不让她去干,说是她在外面总惹是生非,有男人为她打架,之前的工作,是个五金批发什么的;还有个女人为她差点寻短见。根据那些零零碎碎的闲话印象,我觉得她丈夫还有她死去的公公,都是很有本事的男人,因为不止河惠,河惠的弟弟妹妹读书、工作,好像也都是她婆家关照过的。

河惠就这样成天无所事事地走在我们的露天楼梯上。家家户户的男人女人赶着去上班,小孩们赶着去上学,只有河惠闲散清淡地上上楼、下下楼,对着花圃里的小鸟吹不太成功的口哨。

河惠喜欢带我去后山坪,那里有一个正在废弃的水库,后来有人在里面养鱼。鱼塘边是不知谁种的豆角丝瓜茄子之类,也长得不怎么整齐。旁边的平地上有两个木板制作的篮球架,是个没什么人打球的篮球场,不过有段时间,好像白天晚上总有人在那里操练,口令很响。我们绕着鱼塘走,那种男人故作有力的操练声有点烦人的:向左——转!向右——转!那个教官的口音很奇怪,左转右转的那个转字,听起来是向左——砖!向右——砖!走远一点听就是砖!砖!砖!的声音,很拧巴、很凶狠,杀气腾腾的又很傻。

鱼塘边有萤火虫,有咕嗞咕嗞青蛙从水里冒出的声音,还有蟋蟀声。开始我是用手捕捉萤火虫，后来我专门带了小瓶子去捉。河惠说，你说他们是干什么的？

谁？

那些人，操练的人。

我从没想过这个问题，我说不知道，反正不是兵。

那个教官肯定是当兵的，你听他口令多威风凛凛啊！河惠说，他们可能是后面建行的新保安吧，我猜要不然就是隔壁卷烟厂的。是不是新人培训呢？

我在盯踪一只特别亮的萤火虫，它一直飞得比我手高。有两次它停在低矮的瓜叶上，还没等我靠近，又飞高了。

今天起码有二十多个人，只有两个比较矮小，都是高个子，有个人的背特别平……

我一脚踩到了一个软软的东西上，臭气马上从下面熏上来，我大叫起来：我踩到大便啦！！！

河惠拉我到一个小坎边，说，你磨一下鞋底，可能是狗屎，说不定是牛粪，我下午在这看到两只牛呢。没事了。

我在一个碎瓦片上，使劲磨鞋底。不管是牛屎狗屎，都是很恶心的事。河惠说，我最喜欢听他们一起大吼的声音，听的人痱子都炸起来了。

我总感觉我鞋底还是阵阵臭气，这让我很不舒服。我又找了块草地摩擦鞋底和侧面。

男人就是要这样才像男人。要是男人发不出这样的声音，那就不是男人了。你说是不是？河惠说。听听，这些男人气多足啊。

我想起来，好像在什么书上看到，西藏还是哪里，都是用牛粪烧火做饭呢。牛粪怎么能烧火做饭呢，总归还是大便……

在我家阳台上，听他们的声音好像天上震下来的。很远，很有劲。一！二！三！四！结实得像是子弹打出去。河惠说，你家阳台能听到吗？河惠的声音又起来了，她说，三，以后你想找个什么样的丈夫？

虽然月亮很亮，但我看不清我的鞋底干净没有，而且，蚊子越来越多，我的手臂和脖子都在痒，这些让我有点焦躁起来。找一个什么样的丈夫？要找一个什么丈夫？这个问题我以前没有想过，但是，我想很成熟地回答好它。我第一个想到了我爸爸，但我马上觉得那很幼稚。想了想我说，要高高的，爱说笑话，要大眼睛。我爸爸的眼睛太小了！

还有呢？河惠说。

……做老师的，要……数学老师。

河惠大笑。她拍搡着芭蕉树干死劲笑，她身边那棵芭蕉树被她搡得叶子像在大风里那样晃动。

我告诉你！三，找丈夫首先是找男人，男人，你懂吗，他首先必须身体好。身体好的男人才是男人。身体不好的男人，都不是男人——你不要再擦你的鞋底了！——记着我的话！有钱有权有势有地位，还有什么帅不帅、数学好不好、眼睛大眼睛小，那都是别人眼里的男人！自己的男人，最要紧的就是身体好。如果身体不好，什么都白搭，你不如不结婚！河惠啪地打了一巴掌蚊子。

我的反应有点慢，而且我注意到她也被蚊子咬了。我们该走了。

她说，哎，算了，你以后就知道我说的对不对了。

我当然懂,我说,四荔的身体就不够好……

哪跟哪搭啦?!

她一直没有嫁出去……不是身体不好?我有点心虚。

我说的是男人!男的和女的不一样!你看女人要这样吼吗?我刚才是说——挑男人,不是说挑女人。女人只要年轻漂亮,男人都满意的。女人挑男人,要很男人才对。四荔的事,和身体没关系,她是年轻的时候太挑人家,难看的时候人家又太挑她。

我拿着萤火虫小瓶子与河惠离开旧水库的时候,要经过篮球场的一角。军训操练的人已经不练了,三三两两做一些散打动作,游戏一样。我们过去的时候,有人在打呼哨。河惠回头,月光下,更多的呼哨响起来。河惠不出声地笑着。我们手牵手,慢慢走下山坪。

四

我发现了一个幽默段子,自己笑了半天,决定上楼去找河惠。我要说给她听。她在整理衣柜。我以前看过她收拾柜子。她能把任何一件衣服,折叠得像一块布,一摞衣服、裤子、裙子,最终都会变成一叠叠方布块,非常整齐地码在柜子里。

我到她柜子边蹲下笑着。我说,有个人感冒去看医生,医生说,是这样,如果你不吃药,要一个星期才好;如果你吃药,则需要一周。我自己大笑起来。看到她没有怎么笑,我有点懊恼自己笑得太早,影响了幽默的效果。但我还是想笑,我被一周和一星期的巧妙说法迷住了。我说,等于吃不吃药都一样啊!

她说,对啊。本来嘛。说本来嘛,她表情忽然有点僵硬,她马上站起到窗口，对着午后的烈日，打出了一个喷嚏。随后她一直仰脸在阳光下等待，然后，她从口袋里摸出一个小纸片，很熟稔地，几乎不用看，小纸片变成了一根牙签。她用纸牙签捅鼻孔，一张脸被那个纸签刺激得扭曲难看，但很快地，她打出了第二个喷嚏、第三个喷嚏。一个比一个劲道。窗边，她的身子随着"哈——喊——秋——"紧缩一团又舒张开展，然后又紧缩一团又舒张开展。她打得痛快淋漓。

为什么要用这个？她知道我指纸签子。她晃了一下它，用中指把它弹出窗外。

你也可以试试。一点点意思都可以搞出大喷嚏。痛快！

我迟疑地望着她。我从来没有见过其他人这样打喷嚏。我的家人、我的同学，所有我见过的人。我觉得河惠很奇怪。

河惠伸了个懒腰，很舒坦地拍拍胸口，又过来开始收拾衣柜。

不那样你打不出来吗？

什么？她在折一件针织的蝙蝠衫。这个不规则的东西能折成方形的布块，我看很难。河惠还是把它折成了一个比较厚的长方形块。她自己拍拍，也很满意。

是谁教你的呢？

我妈。我们家穷，衣服不多。可是，我妈把它们洗得很干净，折得特别整齐。我们穿出去的时候，人就很精神。

我是说打喷嚏。

河惠笑，我自己想这样啊。不这样我打不痛快。有喷嚏，我就要打痛快、打光。打喷嚏是一件舒服的事，经常打，我就不会生病。

我盯着她琢磨着。她打喷嚏才不生病,和我们相反吗?是感冒受凉的人才打喷嚏吧,但打喷嚏是一件舒服的事,仔细想想好像也对,有时你打打,鼻子就通气了,只是这个感觉以前都没有留心过,不过,喷嚏打不出那是真的很难过的,尤其是鼻子堵住、眼泪汪汪的重感冒的时候。

但我还是不太理解河惠。后来,我看她在外衣和睡衣口袋里,随便都能摸出牙签一样的喷嚏引子,随时对着阳光、电灯光,专注地捅鼻孔打喷嚏,我也习以为常了。我甚至也想试试,但不成功。关于这个,我那个烫着方便面头发的妈妈,和刘海像一排问号的姐姐们,都说这是个粗俗恶心的举动。简直像个劳改犯!我妈妈用劳改犯形容人的时候,那就是糟糕到顶了。有一个风和日丽的下午,在我们家走廊上,我妈妈婉转地试图劝河惠改掉捅鼻孔打喷嚏的坏习惯,我妈很贴心地说,很多人都看不惯那样啊。河惠瞪起眼睛,说,打我自己的喷嚏,妨碍谁了?我不打就不舒服嘛!

我妈妈顺风转向,也是啊,自己的事自己做主,外人没必要多管闲事。

妈妈一句话,让河惠把她当知音。河惠叹着气骂道,这大院里管闲事的人真的太多了!说我内裤竟然挂在栏杆外晒太阳,很那个,说女人内裤应该晾在门背后,要不拿毛巾盖着晒,神经病啊!内裤不晒不是霉菌多?有什么丢人的!又说我故意把衣领搞得很低,走起路来胸部太晃、屁股太翘,说我太过分,难道每个女人驼背走路才好?!还有人!哼,说我生不出孩子是什么什么什么,放屁!简直是放狗屁!统统都是乱七八糟的屁话,我们家那老的居然也相信,还叫我注意干部家庭的影响。神经病啊!我碍到谁啦?!

你说是不是？

我妈妈态度不明地叹了一口气。

到晚上的饭桌上，我妈就表明观点了，她说，三，你千万别学河惠打那个野喷嚏啊，那是乡下人才会做的事。她一个家庭妇女，没什么文化，你是初中生了啊。

我二姐马上爆笑起来，一边用手指捻着虚拟的纸签，在鼻子前捻动，一边对我皱鼻子挤眼睛。

五

"法定人生"就剩下我一个顾客。我站在老太婆的身边，假装挑选短款的发式。

我偷看着那一双苍老的手，那手在沉闷地梳理浓密茂盛的人造青丝。那手的所有指关节，都夸张地膨大，把关节之间的皮肤，绷得紧紧的，像油纸伞面。只有指尖，是我熟悉的那种，毫不留指甲的光秃秃；那一截陪着眼睛逐光的脖子，我早已看到它的表皮稀烂有如虾酱；那曾经让我反复忘记年龄的面容，已经颓败如荒芜的弃院，因为找不到一丝生命的昂扬感，让人多看一眼都是戳心的堵；颧骨上宛如精致描绘的一个绿豆大的、极圆的痣，已经隐瞒在褐色的衰老如流质般的肌肤中，不再圆润；曾经的凤眼，已经萎靡为直角三角形，仿若断壁残垣旁的两点行将干涸的积水。最让我发怔的是她的头发，三十年前婉转若云霞的美发，已经像荷塘稀疏的枯茎。岁月逼人啊。

最让人窒息的是，她似乎对此已经麻木。她偶尔瞥向顾客的目光，很淡然又有一点悲悯，好像那意思是，骗别人的东西可以作假,骗自己的,你假的了吗?

我接过她手边一顶她刚刚整理好的头发,我当她的面,摘掉我自戴的假发,露出我真实稀疏的头发。她漠然地看了我一眼,并不想趁机推销什么。那个大黄蜂过来笑吟吟地说,挑剔的顾客才是会买的好顾客哦。你挑了这么多,还都没有一个最称心的是吗?

我端详镜中我的纠结但稀疏的头发。三十年的岁月风尘,像一段烘焙隧道,河惠和我一起进了这一头,而出来的那一头的我们,都已是风干的故事,物非人非。不过,我觉得河惠应该有另一个通道的,她无论从哪个通道出来,都应该青葱满涨,因为,她和其他人不太一样啊。

你为什么一点指甲都不留呢?这个少年时代就存在的问题,但我始终没有问过她,因为在我想到要问她的时候,已经不合适发问了。那个夜里,我受到了重要性启蒙。但那个夜里的故事,要追溯到多日前的一个白天。

那天,河惠下楼要去城关供应站领国庆供应的平价鸡蛋。我妈妈说,你等等我们家三三,让她和你一起去吧。妈妈抱怨说,昨天人太多了,排老长的队。

我就放下作业本和河惠一起去粮油供应站。

买国庆平价鸡蛋的人非常多,两个窗口都有十几二十个人排着队,还有一些看上去企图插队的人。河惠看了半天,说我们一人排一队,谁快到了,就把票给谁,这样比较快。我们去的时候,队伍还比较像条线,弯弯长长,后来越变越宽,靠近柜台的头部,像肿瘤似的渐渐膨胀起来。河惠那边就有人吵起来了,我们这边也你争我挤的。有人嘀咕售货员乱卖,售货员有点不耐烦,骂骂咧咧的更加给票就卖，队伍就完全乱了。大家都拥堵一团，嗓子大、身体壮、胳膊长的人，立刻获得了优先购买权，还有人在细声细气地叫阿姨！阿姨！我一斤！一听就是和我一样怯场的小孩。河惠那边的队伍，也被传染了，也变成蚁群一样秩序混乱，还有人尖叫，好像是鸡蛋被挤破了，有两个女人互相用中指，作势要戳对方的脸，最终有个指头戳上了目标，两个女人就咆哮升级，狠狠撕扯起对方头发。队伍也像挤掉脓包一样，把她们俩拱挤出来。她们在两支买蛋队伍中间的空地上边扯边尖叫。后来供应站的一个负责人样子的人出来了，他既无法插手让两个气疯的女人休战，也无法让买蛋队伍变回线状，他空喊了几嗓子，气哼哼的就回到柜台里面。后来，柜台里又出来几个女人，奔过来就把两个女人硬生生地拉扯开了。有个女人不知为什么号啕大哭起来，她头发凌乱，脸上一条渗血的指甲抓痕醒目。

如果不是她的哭声转移了我的绝望，我也快哭了。有人不知用什么东西，狠狠撞到了我的后背，却没有人表示对此负责。轮我买两斤鸡蛋的时候，我递上去的鸡蛋票都被手汗弄得潮烂烂了。那个售货员瞪了我一眼，随后又无故仁慈地说，小心点！把蛋举高！

一出人围，我看到了河惠。

河惠在供应站门边等我，脚边是一篮鸡蛋。那一霎，我有点发怔。我看到了她周身散发出珠贝一样的光芒，那光回照她的脸，使她的脸柔丽明媚，超凡脱俗。这是我从未见过的，简直是光彩重生。那双美丽的眼睛，正非常耐心地看着我，耐心，我看到的就是甜糯慈祥的耐心，那种甜糯无边的耐心，像春风轻轻拂弄无涯的春草。

我眨巴着眼睛一头臭汗。

她对我嫣然一笑，示意说走。我们就开始一路讲各自队伍里疯狂的抢蛋。

河惠说，她也被挤死了。她前面有一个女人，不小心被挤掉了钱包，她在地上捡钱包的时候，急得像疯狗一样，差点咬人的腿。有个人莫名其妙地在她背上打了一掌——你听到她大喊大叫的声音了吗？公鸭嗓子！

我没有。因为避让自行车，我走到河惠后面。我说没听到的时候，抬眼看到河惠屁股有摔在地上的痕迹。我大吃一惊：你被人挤跌倒啦？湿的！你屁股湿了一块！我赶到她身边报告，又赶到她身后再观察。河惠皱起眉头，闪开屁股，说，可能是谁的鸡蛋破了挤到我身上了。

不是啊！我追着她屁股：是有点白白的！不像蛋，你别动！我闻闻……

河惠一把拎开了正要猫腰的我，动作重得几乎威胁到我的鸡蛋。我赶紧把鸡蛋放下。她着急地挥手，示意我拿起篮子快走。我说，不是鸡蛋，那会是什么呢？油吗？还是……

好啦！河惠说，管它什么，回去我就洗掉了。

好奇怪哦，你又没有摔倒……

河惠说，我有被挤倒过，马上就被人扶起来啦。要不然就是我等你的时候，坐在一个木条箱子上搞脏了。

可我就不记得那里有什么木条箱子可坐，等我终于意识到，河惠很不想聊这个衰问题，我才闭了嘴。慢慢地，走了十几步后，我们又开始兴奋地说那对披头散发的打架女人。我慢慢忘掉了我百思不解的关于河惠摔倒或坐脏屁股的事件。回到家里,我绘声绘色地描绘了疯狂的抢购鸡蛋过程,丝毫没有想起河惠的湿屁股,我甚至跟我爸我妈说到了,她等我的时候,是我见过她最好看、最最好看的时候。我居功自傲,添油加醋。可她们照例嘲笑我。但直到后来很久很久,我一见到画上人物的背光,不管是神是人,我就不由想到河惠那天站在供应站门口极其美丽的一瞬。而她屁股上的重要污渍,就被我糟糕的记忆自动过滤掉了。

假如没有经历这事,我恐怕就不能得到数日后的推心置腹的恳谈,其本质是,我就永远都不能发现,河惠给我的成年人的礼遇。

六

那天晚上,我上楼去河惠家都快九点了。我们一家是看了电影回来。大姐夫原单位的人给的电影票,一出电影院,我妈妈就对大姐说你们不要回关西了,反正三可以去楼上睡觉。

河惠似乎哭过,眼眶和鼻子很红。我觉得给我开门的老姑娘四荔门牙更长也更白了,似笑非笑的神色古怪。河惠在自己卧室。她开始对我有点冷淡,我想她可能不想要我来借宿,我都有点想下楼回家了。不过很快她就好了。对我笑了一下。我不敢问她你是不是哭过了,就先爬上她的大床。她一直在卫生间洗漱。后来我看她老半天不来,就假装上厕所地起来走过去。我看到她在一个面盆里埋头又抬起,鼻子像马喷鼻息一样,喷流出很多吸进去的水。然后又埋头,又吸水。我说,你是在洗鼻子吗?她没有搭理我。

我很不自然地陪站了一会儿,不知道是不是回到大床比较好。我看着她不断在鼻腔里吸水,喷出再吸水再喷出。最后,她直起身子，开始擦干脸。我回到大床。

关灯前，她打了一串喷嚏，都是用纸捻牙签对着台灯打的。我感觉她把喷嚏透支完，才心满意足地上床了。她为什么要把自己喷息得像一匹马？那个晚上她没有告诉我。后来有一天，我因为和二姐吵架，哭得眼鼻红肿不好意思去上学，她跟说我，你用加冰的水洗脸。再用鼻子吸水，冰冰鼻腔，反复几次，很快就会退红消肿。我每次都这样，很有效的。我明白了，她把自己弄成一匹马，就是在消除哭过的痕迹。所以，没有人知道她哭过。

那个晚上，我们都上床后，她问我看什么电影，我说了。现在回忆的时候，我忘了当时看的是什么电影，好像是墨西哥的《冷酷的心》？模糊了。当时我告诉河惠，河惠说她已经看过。我们不咸不淡地说了几句，就睡了。但我没有像过去那样马上睡着，因为我一直在想河惠为什么哭了。她肯定是哭过了。她的鼻尖发红，眼神有点僵硬，眼和脸发亮。这和我哭过的样子一样，一般是很伤心很难过哭得比较久才会有这样泪水腌浸过的脸。

她是为什么呢？她家老的爱管她，这个我有点知道，那个嫁不出去的老姑娘也爱管她，我也知道一点，但是，她们家没吵架的声音啊，不像我同楼层隔壁老刘家，大白天，三天两头吵架打架摔东西。楼上河惠家一般是比较安静的，有时半夜她家吵架打架，听说那个经常不回来的老公也喜欢摔东西，但这些我大都不知道，因为我睡得比大人早，而且我睡着了。

河惠突然拍了我髋部一下，轻声笑：看你的骨头，都要刺出皮肤了。

我就转过身来，我笑了。她当然看不见。我还是不敢问她你为什么哭。

你都快比我高了，我问你，你看得懂电影吗？

我点头。我说我当然看得懂。

黑暗中我听到河惠轻微的笑声。她说了我当晚看过的外国电影里的一个镜头，她说，你知道那是什么？

约会。我有把握地说。男主角和女主角在一起，说了很多私密的话。

河惠又笑，什么叫约会？她说，他们在干什么你懂吗？

约会嘛。但我没有再回答她，我在费力搜集线索，想印证我隐隐约约明白一些的但又不是很清晰的东西。我实在想不出那个电影里，有什么我看不懂的地方，有个地方我还差点哭了。那个女主角，嘴巴和下巴非常好看。那个像感冒初愈的配音，让我一直以为外国女人都那么用鼻音的腔调说话。

河惠又拍了我一下，喂，那个镜头还记得吗？女的在下面，男的在上面？

好像有这个镜头，好像也没有，两个人脸对脸的讲话，女的还发了下脾气，男的后来也不高兴？她是说那个镜头吗，我甚至想到了那个山洞的攀缘，好像也没有人在攀缘啊。我对上面下面的理解非常有限。看我没有声音，她再次点了我脑袋一下，说，都被剪掉了，所以你不细心当然看不明白。

很有所失。我做很多事情都是很粗心大意的。我用恍然大悟的语气，哦了一声，为了表示我是个心里有数的大人，我说，他们总是爱乱剪镜头，有很多地方都连接不上。这个情况，我见得多了，才不奇怪。

安静了一会儿，河惠说，你肯定没有看过那种——不能看的录像，黄录像。

我有。我差点脱口而出，但是，我怕她问我录像名字我说不出。我踌躇着斟酌着，我说，我姐姐她们就看过。她们说也没有什么。我说，无所谓了。

我实在很想维护好她给我的大人待遇。

河惠吃吃笑，说，她们？她们什么见识？嘿嘿，你还无所谓？嘿嘿嘿嘿……河惠吃吃吃吃长笑，让我想到冰片在阳光下的挑逗性的不断晃动。我是说很黄、很流氓的那种……比如，有个片子，里面那个黑女人指甲这么长，她想男人，就把自己有这么长指甲的手，扎到自己身体里了。

我有这个能力想象很黄很流氓的片子的指甲扎在哪里，但我为这个想象付出了长久回不过神的代价，我甚至无法肯定自己的推断，但河惠的语调暗示我这个大胆的想象是对路的。河惠的声音既友善又鄙夷：你姐姐能看到——这——些——吗……

河惠翻身，我也翻身背向着她。静默中我听到黑夜远远的汽车声。

你家的人都是用药皂。药皂没有硫黄皂好闻。河惠说。

我就像在恍惚的悬崖边被人推了一把，一下脱离睡梦迷糊状态，我说，我也喜欢硫黄皂的味道，我跟我妈妈说了，她不买。

我接着说，我说河惠家都是用硫黄皂的，很香啊。我妈妈偏不喜欢硫黄味道。

河惠说，大前天，我们去排队买鸡蛋，记得吗？

我再次滑入睡梦边缘，又再次被河惠突然揪了出来。嗯。

我说。

我屁股上不是摔倒,不是鸡蛋,不是其他脏东西,是有人故意搞上来的。

为什么?那叫他赔呀?!

……你多傻呀。河惠笑。她又开始居高临下地吃吃笑。

我和河惠来往,最不待见的就是她这样类似的话。在家我最小,他们都不太当我一回事,但是,河惠这个大人重视我,就挽救性地说明了问题。事实上,我一直比我二姐高一厘米,我爸爸经常说她只长心眼不长个。

我说,如果换了我,就叫他赔!赔礼道歉也可以赔一个鸡蛋。

河惠放声大笑,马上她意识到半夜似的,戛然压下了后面的笑声。在那夜半三更的卧室里,她的笑声是有点粗俗怪异的。何况,她还是一个刚刚偷偷哭过的女人。

太挤了,你看到的,那天排队太挤啦,那个人一直贴着我。他不是女的。我不用回头也知道他不是女的。后来我看到他了,长得像个技术员,很帅。他假装保护我使劲抓我肩膀,把旁边人挡开。

那他是好人?

不,坏人。说不的时候,我听到河惠有笑的语气。黑灯瞎火的半夜,我看不到她的表情。一时我不知道怎么表态是比较成熟合适的。我审慎地沉默着。

这两天我在那边转来转去,为什么我就从没见过那个人?城关这么小。

你要找他算账?

找不到了。

那你当时为什么不抓住他？你要是喊一声，我也可以过来帮你呀！哎对了！我突然想起来：他用什么故意搞脏你裤子，是……猪油？还是……

是——河惠说，河惠咯咯笑，我看也是……肯定是猪身上的东西……

那可不好洗！

河惠笑得不行。就是，她说，猪身上的东西嘛……

河惠暧昧色情的笑让我顿悟了，虽然她没捅破最后一张纸，我对具体细节也没有想象的基础，但是，我明白了，我就是明白了。知道我认识的方向是正确的，大人的事我震惊不已，也感到恶心与愤怒。河惠就是在骂那个男人是猪，没错的，我很有把握，我想我能够沉着老练地应对这样隐秘的话题。我抑制着成分复杂的兴奋，以一个大人的深思熟虑，我提醒她说，你可以告他的，让他认个错。

河惠再次戚戚笑，边笑边揉捏拍打我的脖颈。冰片在孩子手上，不断摇晃着阳光。她这种笑声让我困惑又有些心虚自卑。我难道理解得不对吗，还有别的可能性吗？我的成熟难道配不上成年人的世界？

七

我就在一个彩虹般生命的边缘行走，就像在一座春天的原野上行走。

但不久，我和河惠的关系有了一个幽微的转折，突然的转折，河惠永远也不知道为什么，她也永远感觉不到，因为，一个成年人肯定不指望一个少年和她的友情要具有成年人的范式。是我自己，就那样地不太过得去了，我们的友情有点卡壳。其实，随着岁月添增，成年以后的我，也诧异过当年那个微妙的突转，诧异那个少见多怪的少年式的狭隘与脆弱，但是，当时，那个十二三岁的人，就是那样被颠覆性地冲撞了一下，很长时间消弭不了那种无可诉说的认知上的内伤。

河惠有个初中同桌是个妇科医生。城关镇医院，离我们大院只有六七十米不到的路，因为近，我们这边的人，只有严重问题才会舍近求远去县第一医院。作为一个城关镇里的医生，她好像比较悠闲。值夜班的时候，河惠经常过去聊天看病。我陪着去的至少两次，我都看到那个我忘记名字的女医生嘴里有青橄榄。她鼓着腮帮说话，吃完一颗又塞一颗进去，嘴巴永远鼓着一个包，橄榄如果大颗，脸颊就鼓包得变形得有点狰狞。她不以为然，而且她不断地捻响指，好像是给自己的每句话画上肯定性的句号，而且，她的白大褂的下摆也总是黄黄紫紫的不太干净。这些，让我感觉她有点滑稽与放肆。河惠在她面前，时不时圆睁吃惊的、十分专注的眼睛，显得谦虚而呆头呆脑。但即使这样傻里傻气，河惠依然很美丽，还很超然于这个环境。

第一次去见到妇检床，让我感到非常吃惊。牙医的床也很可怕，但是，那个床比牙医的床更令人生畏。我也在她们聊天中暗暗琢磨出床的使用方法，我觉得很难搞明白。没想到，她们那天竟然不避讳我在场，连隔离布帘子都没有拉上，就开始了专业检查。河惠是特意等到她同学值班才去看病的。她说她月经量大，老出血不停什么什么的。那同学怀疑她有子宫肌瘤。

河惠脱光了一条腿，用古怪的姿势，陀螺一样跌躺下去，身体按床的形状，令人羞耻地张开了。我很替她不好意思，我觉得难堪。这么想着我就掉转眼睛竭力不看她们。其实，像每个小孩一样，我好奇心蓬勃，我也想偷看个究竟，但那个床那个人的样子，实在太令人不自在了。我走向帘子外的医生办公桌，开始玩桌上的碘酒瓶酒精什么的。那个同学忽然大叫我，她要我到她身边。河惠短促地说了声什么，也许是反对。我迟疑惶惑地过去，原来，那同学是要通过我的眼睛，去证实她的成功推断。她们真不在乎一个十来岁孩子的感受。也许我的身高误导了那个同学。我站在河惠的两腿之间，那个雪亮的检查射灯，让我一下子看到了春天的后面，这和案板上的动物肉毫无区别，在那个鸭嘴钳扩张的隧道深处，除了红浑的肉壁，没有任何回旋余地。河惠就这样到此为止了。我眼里没有什么黄豆大的子宫肌瘤，只有满目失落与难过。这里不是河惠。河惠不可以是这个样子的。可是，河惠就这样敞开着，这就是河惠的底啊。那个随随便便就这样使河惠被人看透的同学，嘴里依然嚼鼓着青橄榄，她语音含混但口气自大地说，宫颈口！黄豆大小。

　　河惠咦哦着，保持着那个随人洞然看穿的姿势。我记得自己眼泪快涌了出来。河惠不是这个样子的，她不能是这样子。她怎么可以是这个样子呢？为什么要让我这样看河惠？我对那个男人婆一样的河惠同学突然涌起了憎恨之情，连带了对河惠的厌恨。我不愿意回答那同学的任何问题，不过，她也没有再问过我什么问题。

　　那天回来的路上，河惠问我为什么不说话，是不是肚子饿了？我摇头。我不想说什么，脑子里那个让我不舒服的洞然景观一路都挥之不去，我联想到了很多人，包括我妈妈姐姐，我的老师。太讨厌河惠了。我也知道这没有道理，这又不是她的错，可是，我就是刻骨地扫兴。我心情堵滞，无助，不痛快，一路郁郁而行。我只知道我不痛快，我不明白我心里的感伤和恼怒，其实是源于小小偶像的破败感。

我和河惠疏远起来，没人注意到这个变化，包括河惠自己。她依然织着毛衣，边走到我家走廊上。吃了吗？吃了。你呢？我刚吃过。她一路和相遇的人打招呼，最后停留在我们家外走廊。我妈妈她们依然以为河惠和我关系不错，但是，我二姐有一天说，哎，你最近好像不当人家的跟屁虫了？

我知道她指谁。

我说，屁。

那些日子，我依然不时听到楼上窗边传来的喷嚏声，哈——喊——秋——！我知道这一个接一个的连续喷嚏的来历，我第一次感到——当然很轻微——河惠的喷嚏让我不快，但是，我妈批评的、有点粗俗的结论，我又好像还是不能同意。

八

河惠出事在刺桐开花的季节。

我第一次见到鸡冠刺桐花，惊得发愣。就在旧水库边的一个向阳坡上。一棵孤独的红花树，火一般燃烧在新绿的雷公草地上，树梢和地面上，全部满是鲜红的花瓣，北极仙贝一样，翻翘在地，灼灼夺目，我没有见过比它更红的花。树冠有多大，落花半径就有多大，远远看过去，嫩绿的草地斜坡上，投落下一圈树的麻溜溜的火苗。树上，枝梢一团团刺桐花，就像一只肥胖鸟儿的尾部，每一朵花都在模仿孔雀羽毛的末端花纹。我赶奔过去，捡了这朵、嗅了那朵，每一朵都爱不释手，我从来没有见过这么美艳的花。远处，几只无人看顾的瘦瘦的白羊在简陋的操场边的荒草丛中觅食，一只蝴蝶在豆角架那里寂寞飞舞。四周静谧无人，三月的春风，在水库水面凌波微舞。头顶，刺桐花还在款款飘坠。我把一朵又一朵的饱满的花，贴在额头，贴在脸颊，叼在嘴里，夹在颈窝。最终，我把旧水库这寂寞山岗上所有的刺桐落花，装满了两个裤袋，带它们回家。

最喜欢打击我的二姐，也被它惊艳到了。她对最喜欢的东西的表达就是——吃吃看！她拿起翻翘的花儿就往门牙里塞。随即她吐了出来，说苦！随后破天荒低三下四地说，在哪弄来的？又问能不能送她十朵。我不送她花，我告诉她在后山水库山坡上。只有一棵。我的语气也强调了它的珍稀。但她懒得去，死皮赖脸地还是要我送她几朵，她说要用线把它们串起来，挂脖子上。这个主意太妙了，我听了立刻就去我妈妈针线盒里找针和线。她看我就是不给她，就以做花环是她的主意为由，一定要我给十朵作报答。我充耳不闻，我为花环而亢奋。她恶作剧地抢了我一把，捣乱了我刚铺张的工场。我们两个扭打起来。

我气坏了。既然你爱花，你为什么不自己去看看它？

你知道和一朵落到地面的花儿说话，周围会变得有多安静吗？

像二姐这样的人，都被刺桐花慑服，可见刺桐花的卓尔不群；但像二姐这么占有欲强的人，都不愿意爬山到后山去看看它，可见花自飘零水自流也是人世常态。我们这一辈子未必遇上让人心跳止息的花，遇上了我们也未必懂得它；而花这一辈子也未必遇到让它情愿飘落成泥的人，遇上了人家又未必赏惜它。不过，这些乱哄哄的闪念，都是我人到中年时期的后话了。

记得当时，我爸爸回来看见我桌上的花环，说，哟，刺桐花呀！鸡冠刺桐！在那大埔乡啊，都是这种花！有一年我们工作队进山，哇，整个乡像烧起来一样，漫山遍野的烈焰红唇啊！

大埔乡在哪里？

靠广东边界，一个偏僻的乡下。

很远很远吗？

你去问河惠嘛。爸爸说，那是河惠的老家啊。大埔乡出美女。大埔乡美人香。

妈妈说，你还知道这么多呢！

爸爸说，刺桐花还可以入药。大埔乡人用它来止血。乡下人还以刺桐开花的情况来预测年成：如头年花期偏晚，且花势繁盛，那么就认为来年一定会五谷丰登，六畜兴旺，否则就相反了。

妈妈说，是河惠告诉你的吧？

爸爸说，她？嘻呀！我总共都没跟她说过十句话！

那你怎么知道她是那里人？二姐说，我们都不知道哇。

爸爸说，唔，她丈夫老马说的。我们一个部队转业的嘛！知根知底。

你就记住了？妈妈笑，你记住楼下素贞是哪里人吗？

爸爸狡猾可爱地哈哈大笑：她老公没有告诉我啊。明天我问问她家老周，反正肯定不是大埔乡人啦。

爸爸打着哈哈溜之大吉。

我妈追打了一句：我们都不是大埠乡人！

九

河惠出事的时候，我和她处于交往的淡薄期。所以，我可能是大院里最迟知道她故事的人。我应该也是了解故事最粗略的人。大约是出事的第二天中午，我妈妈到我写字桌边上郑重地对我说，以后，你少去河惠家玩了。

她走啦。我说，早上上学时，我看见她提着行李像是去车站了。

妈妈语意不明地笑了一声。

妈妈，建玲珍珠她们说，前天中午，河惠没有穿衣服从大街上走回我们大院的。

她们说有人说她偷东西被抓了，人家不给她衣服穿……

妈妈没有回应我。

小娟说，她们那边宿舍楼的人都说河惠精神失常了……妈妈？

妈妈说，你别和她来往就对了。

不知为什么，这一下子我感伤起来，因为早上河惠提着行李从大门出去的时候，我们没有说话。我和建玲小娟在大门口等珍珠一起去上学。老远我就看到河惠绕过操场上水泥、砂浆的小堆场，她的头发在砖堆上空随风轻扬，我对那个美好的步态熟稔于心。她向我们所在的大门走来。因为我和建玲她们在一起，我不想隔着五六米招呼她，如果她从我们身边擦肩走过，我肯定还是会礼貌问候她的，尽管我心里，还是有点小疙瘩。但那天，奇了怪了，她看了我一眼就过去了。我就干脆假装没有看见她，我想继续我们关于一个日本电视剧的话题。

但她一走过,建玲和小娟都停了下来,她们一起转头看着她越走越远,她们都目不转睛。我被她们反常的追视困惑。我说,她肯定是回大埠乡老家了。我的意思是她提着行李出远门了。

建玲和小娟像个老学究似的互相深沉地看着,又看着远去的河惠。

我觉得她还和原来一样。一个说。

是不是马奶奶把她赶走了?另一个说

飞奔过来的珍珠说,快走快走我都快被我妈气死了!哎你们看到河惠没有?听说她不能再回来啦!

我说,你们在说什么?河惠家怎么了?

整个大院三栋楼的人都知道你还不知道?一个说。

你不就住在她楼下?一个说。

昨天中午,她光溜溜地从大街走回家……全街的人都跟着她走,男人们吹口哨,有人还想跟进我们大院,被我们传达室老万拦住……

还不快跑!数学老师骑车路过我们,大喝一声:迟到啦——

我们三个惊马一样,飞快而慌张地奔跑起来,还未进校门,我们就各自跑散了。

中午放学的时候,我没有等到建玲小娟她们。但我一上午上课都在开小差,我在猜想河惠的事,河惠出了什么事?河惠的衣服给谁扒光了呢?猜来猜去,我还有一点点难过,觉得我自己对河惠不够朋友。

没想到,中午回到家,妈妈一进门就给了我这个意味深长的叮嘱。

晚饭的时候，我再起话题。我说，河惠到底偷了什么？

二姐说，人嘛！

我爸爸扑哧笑了。我妈妈不知为什么打了我爸爸头一下。我看着他们：偷人？我早就猜到是那种事了，但我还是要别人说了才踏实。我装傻平淡地说，她偷了什么人？

十九岁的哥哥，可以当她儿子的人！二姐一边吸溜吸溜地吃田螺，一边得意扬扬地发布她的信息。我看大家的表情，好像二姐报告的也不是新闻，应该是这两天的老生常谈了。可是，我有足够的惊奇。我一个田螺都吸不下去，我说，后来呢？

后来？后来人家妈妈姐姐都赶来了，要打她。后来！

妈妈接口，她表情很像一个愤怒的妈妈或者姐姐。

小哥哥逃走啦，二姐说，她们藏起她的衣服，以为困住她她就没脸回家了，没想到，她就那样光溜溜地从水库旧指挥部的破房子里，一路下山，走过大街、走过人民体育场、走过河尾菜市和镇医院，就那么一丝不挂地走了一大圈回我们大院啦！——她都不走我们后山的小路！换正常人，肯定是抄小路回家啦……

我很惊奇。我和她上旧水库，从来都是翻爬后山小路的。那近了一大半路程。她是疯了。

我这辈子就没见过这么没脸没皮的女人！妈妈说。

不过，二姐说，她成名了！有很多人不骂她，我听我很多同学都说，昨天中午，我们单位都跟着她出大名了。县文化馆的那个画家，一直跟着她走；街上很多看到她的人都迷住了，说我们这里怎么有这么美的女人，看上去也不是神经病啊。有说她像超级明星，说她仙女下凡,很多男人互相拍脖颈,求证是不是大白天做梦吧。有人还……

满街都是二流子、老流氓!我妈妈打断了脚踩西瓜皮乱溜的二姐。

这时,我爸爸祸从口出了,他说,其实,她也可怜……换你嫁那样的丈夫,你会怎样?

我?换我?这有那么重要吗?换我我就会有良心,我就会想,你一家人生活、工作安排都靠人家马家,人家还不嫌弃你带着肚子里的小孩来嫁,你还有什么不知足?一个女人操持一个家,要操心的事情多了,她呢,成天无所事事,一天到晚就想那个!做女人不能太下流龌龊吧?我原来还不讨厌她,不管别人说什么闲话,我都一个耳朵进,一个耳朵出,但是,现在,我看她真就是一只破鞋!连十几岁的小伙子都不放过!你可怜她,哼,你真当我是傻瓜,不知道你那点花花肠子?!

我爸爸妈妈就在饭桌上大吵起来。我们家一向很准的三五座钟,就是那次被摔坏了,修好以后,那个三五钟再也走不准了。

后来我知道,河惠赤身裸体走过大街之后,不止在我家,在我们大院,引发了很多家庭的夫妻打架吵架。我不清楚各家观点,但是,根据三栋宿舍楼各家各户孩子及邻居小孩的低端传播途径汇总,我们大致知道,拥护同情河惠的人,大多是失口的男人;各家女人因为男人的立场暴露,不恨河惠的恨了,恨河惠的更恨了。我们还知道,河惠家的人很有心计,让一个女儿换来了全家人的城市户口,换来了弟弟妹妹们的城里工作;我们还知道,河惠的男人老马在部队一次训练失误,做不了男人了。

十

河惠就这样很久很久没有回到我们大院,或者她回来了我正好没有看到。听说,老马和她离婚了,也有闲话说没有,只是不许她回家。我一直很少见到老马叔叔,后来的闲话是说他去了南方。有一个人在那个事件里得到了天大的好处,就是那个县文化馆里一直没有名气的画家颜忽,当时,他一路跟随赤裸的河惠穿过大街,灵感飞溅,后来,他创作的裸女油画《陨落的表情》获全国大奖,一夜成名,很快调进省城随后入京。

我记忆里那个Z字形的露天楼梯上,那个卷发垂微、光彩照人的身影,渐渐被尘封。再后来,我们家就搬走了,再后来,爸爸下海更加成功,我们就离开了那个城市。再后来的有一次,我大学毕业的一个假期,和老爸去短期旅行,在一个海滨城市,老爸的一桌退役战友一起吃饭,不知谁说起了老马,说他在房地产界非常成功。后来不知道一个战友在转述哪一个不在场的战友的话,大意是,很想见义勇为强抱那妹子两次。一圈战友先是爆笑,很快一起收敛,不知是因为一个刚毕业的女大学生在场,还是他们想到了更多凝重的东西。有人散烟,大家就把话题岔开了,没有再回头。

后来因为同学结婚,我回到那个城市。在她的新房卧室,我看到了颜忽成名前,被她公公收藏的一幅临摹作品,据说临摹的是Van Gogh的《春》。那幅画背景是几所矮小、狭窄的房屋,中央立着一棵树,权桠的枝干上寂寞地开着几朵粉红色的花。我看不出那是桃树还是杏树,但你能看得出这棵树是忍受了长期的风雨、春寒,四围是一个穷乏的世界,而它枝干内,却流动着生命的汁浆。

新郎说，这画现在很值钱了。

我很少想到河惠，但是，偶尔她还是不邀自到地闪身脑海里。比如，婚床上忽然闻到的硫黄皂香味，我想到了河惠；比如，当我老公的小三领着宝宝突然现身，强制要求孩子入重点幼儿园时，惊愕的瞬间，我会忽然想起河惠深夜里用冷水冷镇鼻腔的场景。如果你抑制不了悲伤与哭泣，你就必须找到最有效的办法，彻底消除泪痕，明日再如花美眷般再现人前。是不是，河惠？有时，我在火车站候车室还是哪一个隔壁房间，忽闻传来的类似哈——喊——秋——的喷嚏声，我就会联想起她，在这个世界的什么角落，还会有那么一个人工引发的连续喷嚏声响起吗？还有谁会听到并领略这个生命力喷发的小小激情和欲望吗？

不经意地，河惠还是会在我记忆里走过Z字形的楼梯，她美丽白皙的双腿，有如钢琴键上滑过的手指，穿越近三十年的岁月风尘，上上、下下，远远、近近。

我停留在"法定人生"的老妪身边。我决定买下两款短发。付钱的时候，是那个大黄蜂过来结账的，她说，你很有眼力。

看着在长发区整理假发的佝偻的侧影，我说，我应该认识她。她是河惠。

大黄蜂看都不看我说，是啊，我姑妈。她不爱讲话。很孤僻。

大黄蜂代为抱歉地笑了一下，说，其实心肠蛮热的。

我说，这么多假发，她不选一顶合适的？

大黄蜂看了河惠那头如颓败荷塘的头顶，再次抱歉地笑笑说，呵呵，用假发的人，都是做梦的人。她老都老了唉。

她年轻的时候,可是一头美发。比你这里的任何一款都漂亮!

您……是谁啊?

我不知道怎么自我介绍。

我迟疑了好一会,我是想自我介绍的,可是我脑海里却是一棵水库边落红满地的刺桐树,刺桐花在风里款款飘落,一个还没有发育的少年在嫩绿的草地上不断捡拾花瓣。

大黄蜂把找的零钱给我,您哪位呢?

我看着用钢梳不断梳假发的老人。老人也许耳聋,也许对外界的一切早已毫无兴趣。她根本不回看对话的我们。也许她什么都听到了,但她心底早就古井无波了。我是三,河惠,你还记得三吗?我微笑地看着老人在前面忙碌,我心里的话是:河惠,我不打扰你。其实,三也老了,她正在失去蓬勃的青春。

您认识我姑妈很久了?您怎么称呼?

我是三。但我没有回答出口,我只是笑了笑。

如果你问候过一朵落花,就会知道那个时候,是天地万物多么静谧的时光。

茑萝

一

小冈父亲死讯传来的时候,她正跟着我在那个长江第一湾附近的一个古镇小村里,陪我为一家地理杂志做活。我记得她接电话时,笑着,她边听边笑,我用眼睛的余光扫过她,忽然感到不祥,她那个笑,因安然之极而令人不安。

她合上电话,嘴角的笑意依然。整个接电话的过程,除了应答,她没有说一句话,她的笑是无声无息的。看到我盯着她,她说,死了,他。

谁?我说。

王卫国。她说。车祸,颅骨碎了。

我震撼了。王卫国是她父亲。

谁打来的?她做了个伸展扩胸动作,远眺着一片片正在败落的油菜花地。我看着她悠悠吁出一口长气。到底怎么回事?!她忽然转身扑吊我的脖颈,我抱住她。嘿,她说,我知道他活不过我!真没想到,他输得这么快。我姑叫我回去。

我给你订机票。

她把我的电话按下，说，不用。他知道我不会去送他的。我们早就说好了，我死了，不用他来送；他死了，我也不送。

我还是给她订机票，小冈干脆把我的电话夺走了。

王卫国比我大十四五岁，但看上去比我年轻，头发浓密目光炯炯，举止洒脱有力。当时，我并不想见王卫国，因为我不能确定我是否真的接受小冈的爱。但小冈坚持要去，说只是玩玩，不是正式见面。我觉得有必要收拾一下，小冈又反对，结果，我就那样被拖起床，头发稀疏油腻、胡子拉碴，衣着随意地去了。我常年熬夜、未老先衰的脸和邋遢颓败的外形，显然极大地刺激了王卫国。而我所以放任，也是下意识里没把它当成重要的会面，是没有想到王卫国的仪表，如此整洁精锐，透着一股咄咄逼人的堂堂帅气。那一下子，没有防备的我，顿然沮丧，气质更加猥琐。我确实不年轻了，我的儿子只比小冈小几岁，但是，作为小冈的男朋友，下意识里还是有那份错觉，她父亲作为长辈，自然是比我老态的。

下棋的时候，小冈一直往我嘴里塞葡萄。我谢绝她，并不是因为父亲的目光冰冷犀利，是我下棋的时候，不吃东西。即使这样，我也不是她父亲的对手。小冈后来，时不时拍打我的肩头，为我战胜她父亲而公然出谋划策、呐喊、极尽鼓舞之能事。我知道她是在故意发布我们并非普通朋友的信息。她父亲的眼睛，就像地狱的烈火。那一天的最后结局是，她父亲把围棋棋盘连棋子狠狠摔掉了，声音之大，惊动了在厨房的她母亲。

王卫国吼：——滚！——马上滚！

这就是我第一次见到王卫国。那个时候，我已经感到自己是小冈手里的棋子了。

二

预计在这个古老的小村庄逗留一周,有几个令人疑惑的古迹和濒危高龄老人要采访。专职摄影师在前一站的石鼓摔断了腿,下面的行程是我兼职了。原计划住在村长一个亲戚家,但是我们在村口,一个古牌坊那里,遇到了一个老人。

那个地方,还不是旅游热线,偶尔会有一些旅行大巴车带着"点题"的游客过来。讲解一通、拍照一通,然后呼隆上车就去了下一站。我们到的时候,正好有一辆旅游大巴过来,游客们下车后,我们看到一个七旬妇女——也许更老,——走近那些游客。所有的游客都避开她。开始我们以为她伸出的手心里,有什么要兜售的东西,后来才发现,她的手上,脏兮兮的,什么也没有,那就是乞讨了。我也看清了,她的打扮怪异,一顶鲜红的婴儿帽,上身不知哪个年代的暗绿色军装上衣,男人穿的,臃臃肿肿里面一层层不知穿了什么,一只袖口露出棕色的线衣,一只袖口却是很长的一节灰黄色棉毛衫的样子。胸口上满满当当的一排像章,都是毛主席像章,最大的比杯口大。下面,是黑色的大围裙,脏得发亮,再下面,是水红色的缩脚健美裤,因为颜色浅,裤子上布满了可疑的污渍,等高线似的,一圈一圈。

拿小黄旗的导游,在她掌心里放了一毛硬币,就挥手让她不要挡住游客。她用大概是本地方言,快速地说什么,一边挥手。一对男女游客也许好奇,过来笑呵呵地指着她的像章,对她竖起大拇指,一边走开。也许他们笑呵呵的,老人感到好说话,又跟了过去，甚至伸手抓那个女游客的包。男游客大喝一声。老人吓了一跳。一些游客在对老人拍照。

  小冈是这个时候过去的，我也跟了过去。我看到她小心翼翼地往老人手里放了两块钱。老人对她躬身作揖：好人，好人，好人。老人说着非常生硬的普通话，鞠躬的幅度很大，像章都碰响了。小冈也是笑嘻嘻的样子，又在老人手里放了一块什么，后来我知道是巧克力。她打手势要老人吃、吃！老人迟迟疑疑把它放嘴里，谛听等待什么似的表情，很快就释然而笑，又对小冈鞠躬作揖。然后，拍拍自己，指着小冈的相机，示意她可以拍她。小冈兴致来了，又拿了一大块巧克力放她手上。老人，则用力拍打自己的胸口，包括像章。一个聪明的游客说，要你拍照收钱呢！看小冈老是不拍她，老人很困惑，忽然她转身走了。两个没有去听牌坊介绍的女游客看着老人背影笑着：回家吃巧克力去了。她肯定这辈子都没有吃过呢。一个说，她脑子是真有问题，还是装疯卖傻赚钱呀？

  老人很快又回来了，推着一辆蓝漆剥落的破旧童车，冲着小冈直乐，露出嘴里的三四颗老黄牙。童车里竟然是两只大白鸭子。小冈大笑，说，嘻！你怎么把鸭子放宝宝车里啊！老人对小冈一个劲点头：我的。老人说，嗯，嗯，我的。游客们都从牌坊那里陆陆续续过来了，导游说，这孤寡户，是要你们拍照给她钱，走，我们大家上车吧。

  大家都不走，看来怪异的老妇人很有吸引力。她抱起鸭子，放下，又抱起另一只更大的。现在，做这些的时候，她一直关注小冈还在不在看她。导游大声招呼大家上车，已经有人往汽车里走了。显然，老人不管，现在她最在意的显然就是小冈了。老人双手捧起大肥鸭子，猛地往上举，用力举，臃肿衰老的身子几乎要失去平衡了，她竟然把鸭子举到了头顶。

老人神了！那么大的肥鸭子，整个趴在老人头顶，鸭子居然一动不动安安稳稳，真是一只懂事的乖鸭子。老人扶稳鸭子后，小心地撤下一只手，然后，像英雄凯旋一样，自豪神气地看着小冈。小冈、我，所有游客都有点发呆，不知老人什么意思。那些走向大巴的人，也驻足回头。老人热切地看着小冈，说，拍呀，拍呀……

好几个游客幡然醒悟，举起相机噼里啪啦地拍，有人说起了俏皮话。有人大声提醒，喂，要钱的！不是白拍！一张一块！一张五块！有人笑闹起来，最后起哄一张十块。

老人只是看着小冈：拍，你拍……

小冈没有拍，我看她傻乎乎地看着老妇人，表情非常奇怪。老人的几缕白发，在寒风里飘，那一下子，忽然我也挺难受。导游奔了过来，笑吟吟地对大家说，走吧，时间紧呢！这路不好走。

老人依然看着小冈，顶着她的大白鸭。游客在撤离。我听到那个导游毫不顾忌地大声说，她就是脑子有问题啦，每次过来都这样顶鸭子乞讨。

游客都被旅游大巴收进去了，大巴车放气似的，喊的一声，关门离去了。

老人吃了一惊，对小冈没有上车，感到不解。

我看到小冈和老人在那里互相看着，直到鸭子滑落下来。老人去抓鸭子的时候，小冈在开腰包，应该是掏钱，我一直没有问她掏了多少钱给老人。我看到老人一直对她鞠躬，作揖。我们往村里走的时候，她说，你看了老太婆的眼睛吗？怎么感觉特别可怜呢。我打趣她说，你老了也会这样的。她斜看了我一眼。

我们到村里的时候，找到了联系人。就在他要带我去村长亲戚家的住处下榻时，小冈看见了那整整一面矮土墙的茑萝。我以为她过去拍照，那些猩红色的小花错落竞放。这时，那个头顶鸭子的老人，从矮墙后面的屋子，走了出来。小冈的手还摸着那一面墙的茑萝，她扭头看我。我也看到那个老人了，老人也看到了小冈，露出了三四颗牙的笑意。

我们最终改变计划，住在了头顶鸭子的老人家。村里的那个联系人，似乎很为难，反复到老人屋里察看，当然是不干净，但奇怪的是，光线很好，到处都是干草的气息。三间房间，一间老人睡，另外两间居然都有铺床。原来，老人和村长亲戚这几户人家所在的这个位置，是个通道口。古村的名声渐渐远播后，不时有自助游的人，在这里休息小住。只是老人争不过其他人家，客人很少到她家住。老人有一个儿子，十年前外出，至今未归，没有一点消息。村里就把她当孤寡老人了。联系人跟村长通过电话后，用当地话，跟老人说什么，大概是交代吃住什么的。联系人最后说，老人脑子吧，是有一点不清楚，但是，能料理自己的生活，会养猪、会数钱，还很精呢。

三

我们在那个小村待了四天三夜。采访的量不大，就是采访本身很周折，另外，效率低。这是从来没有过的。接到父亲的噩耗，小冈和我开始说她父亲，其实说得也并不多，东一榔头西一棒，可是，每次说完，都让我思绪迷惘。有时在夜里，她说一小会儿，就不说了，甚至我以为她睡着了，而我却难以入睡。我已经连续两个晚上失眠。

比如，接到噩耗的当天晚上，她说，她其实有个孪生姐姐，八岁的时候死了，和她长得完全不像，像她们的妈妈，天生肿眼皮，嘴唇翻卷，皮肤黑，但高大灵活，非常聪明调皮。小冈长得像父亲，肌肤细致，五官清秀。她说八岁以前，邻居都说，他们家这对孪生姐妹，妹妹乖，姐姐皮。邻居们经常听到姐姐被爸爸揍得鬼哭狼嚎，从来没有人听到小冈挨揍的动静。不知道的人，说她们父亲偏心，知道的人就会说，呀，那个大丫头太捣蛋了。但奇怪的是，八岁以后，小冈和八岁以前判若两人，她比当年的姐姐更疯、更倔、更野。小冈说，有一次我父亲用皮带抽我的时候，自己吼叫起来：你是她鬼魂附体了！"她"就是指小冈姐姐。小冈和她妈妈都听懂了，妈妈一下子害怕地捂脸哭泣。

那个小村庄，夜晚的电压极低，而且不稳定。所以，傍晚的时候，你会看到山坳里一团团微弱的红光，那就是居家动静。大概吃饭洗用什么的过后，七八点钟之后，奄奄一息的红灯就渐次灭了，渐渐地，整个村子就黑如漆墨。小冈就在这样我根本看不到她的脸的黑暗中说，我是鬼魂附体了。她说，我一直知道的，我知道我姐姐在我身上，没有想到，我父亲也知道了。有时候，我甚至觉得我在替我姐姐报仇。小时候，很傻，但我真的那样想。八岁以前，她被我爸爸打得一塌糊涂，现在，轮到我了。

黑暗中，小冈的声音带着梦呓的质感。她说，她死于意外事故。但是，我不那样想。那个时候，我们家刚搬进一个六层高的楼房。我们家住东头六楼。那一天，我记得我妈妈买了花蛤。我和姐姐非常爱吃。洗碗的时候，我们把所有吃过的花蛤壳都洗了，然后，一个一个摆在桌子上，供我们挑选。我还记得那些花蛤，有的是青灰色的，壳子上有一座座青灰的山峰，大大小小的山峰；有的是浅黄色的，上面点点红棕色的书名号一样的图案，像飞鸟翅膀，雁阵一样飞过天空；有的纹路突然凸起，扭转，妖怪要出来的样子；有的像河滩流沙的婉转纹理；有的云海茫茫。我和姐姐用不同的主题来归纳它们，玩得根本忘了上学时间。后来为了一个像珍珠一样的雪白花蛤，我和姐姐争抢起来，她比我有力气，一把夺走，我气得把她收集的花蛤，全部扫到地上，她打了我，我也打她，地上的花蛤被我们踩得嘎嘎响，碎了。我被打倒了，这里，下巴这里，你摸，有点凸起的。黑暗中，小冈把我的手指放在她的下巴颏下，是有个不平整的小地方。她说，这里，我被锋利的蛤壳刮到了。不太痛，但一看到手上有血，我就没命地尖叫起来。其实我心里，还是想夺回那个白色的神奇的小花蛤。我父亲过来的时候，我也没有想到我们上学已经迟到了，我们俩是关着厨房门在里面研究花蛤的，当父亲踢门而入时，手上已经攥着他的军用皮带。一看到我下颌和脖子上手上的血，他一皮带就抽向我姐姐。皮带在空气里抽过的声音，在我姐姐死后，我一直听到的，忽，忽，忽，然后就是姐姐凄厉的尖叫。我看到姐姐的脖子上的血痕，变魔术一样地暴起，发紫。姐姐怒火中烧，把手心里的白花蛤狠狠砸向我，花蛤掉在地上，我还来不及捡，她自己一脚把它踩碎了。姐姐大哭。

我爸爸又抡起皮带。这时候，我才听到他大吼：不上学了昂？！吼的同时，连续两皮带抽来，其中一皮带抽在姐姐颧骨上，还有一皮带，被她自己抬手挡掉了。后来，姐姐给我看她的那个手指，都肿起来了。我们俩一起看它的时候，它在微微哆嗦着。姐姐说它非常痛，可能断掉了。父亲给我涂了红药水，就提着我们俩的书包要我们跑步上学。我们就跑出去了。离开了父亲视线，姐姐就不走了。她拐到一个不是去学校的路上。我停下来看她。

她说，看个屁！

我不吭气。我也不走。

她突然冲过来，用力打了一下我的书包，说，你滚！跟老师说我肚子痛！

我说，那你要去哪里呢？

她说，那我这个样子怎么去学校？！

就是这个时候，她给我看她很痛的手指的。她的脖子已经紫红得有点渗血了，颧骨那边也肿得很高，整个脸开始变形，确实难看。

哼，谁都会笑我，姐姐说。都是你害的！还这么痛！

我也觉得理亏。我和我姐姐就这样分手了。她脖子上有家里的钥匙，等我父亲去上班，她就回了家。她从我们家阳台上跌下去的时候，被一个收晒被子的邻居发现。大家七手八脚地把她送去医院。有人通知我父母。我去医院的时候，姐姐还活着，鼻子有血痕，插着奇怪的管子。人家说王卫国家的小孩摔得七窍流血，我到医院，也看不出什么伤，好像还没有她颧骨上和脖子上的皮带抽痕明显。她也许不知道自己快要死了，竟然拒绝和我父亲讲话。但是，看到我的时候，她对我笑了一下。那个笑，非常得意，简直是洋洋自得，让我感觉她打败了父亲。

所有的人都说是个意外，尤其是平房那边的老邻居。因为姐姐从小就是一个胆大包天、顽劣不堪的小坏蛋。可是,我不那样看,因为她对我那样胜利地笑。她是一个敢用任何东西反抗不满的人。有一次,她被父亲打得快走不了路,睡觉的时候,她轻声问我,要是我死了,你会不会哭?我说,不知道呀,你又没有死。她说,王卫国会不会哭?我说,我不知道他,妈妈肯定会哭了。我这么说,姐姐蒙起被子大哭起来。

我觉得我姐姐是自己决定跳下去的,因为她要打败父亲。

之后,我再也不吃花蛤。我父母却完全忘了花蛤是怎么回事,还是买。他们只记得我爱吃。因为我不吃,因为我看起来莫名其妙,还差点挨我父亲的揍。而那个时候,我已经比八岁越来越大,已经是经常被他揍了。

四

我起来的时候,看到小冈蹲在那面矮墙的茑萝前面。因为夜里睡不好,九点多起来,我依然头晕脑涨。小冈却一反常态,天一放亮,她就起来了。她说是看老人喂猪做饭。她们两个基本无法沟通。但她说老太婆能听懂很多普通话,只是不太会说,而老太婆说的,四个音节以上的话,她猜起来都很困难。但是,好像不妨碍她们在一起。小冈甚至帮老太婆切了一大锅猪食菜草。

一个电视机大小的木条箱,用图钉按上两张挂历纸,就是老太婆的饭桌了。上面有一个有"我们要斗私批修"毛笔字图案的大海碗。碗里是不冷不热的稠稀饭。桌上还有一个咸鸭蛋,和一小碗咸菜。小冈说看到老太婆出去,但不知道去了哪里。小冈说,那个咸鸭蛋心很油很香,非常好吃。然后她就溜达出去了。吃好饭,我看她又在茑萝墙前面。上午的阳光，像浅金色的丝缎，一分钱大小的茑萝，五角星一样的小红花，高低错落在那些比花还要娇柔的叶子丛中。矮墙下，几只大鸡带着小鸡在啄土里的什么吃。

这花很有意思，是吗？我说。

她含糊其词，眼神游移。

是不是家里也种了它？

她点头和摇头的界限也很模糊，抑或是心不在焉。

我感觉到了这个女孩轻微的古怪。在她父亲噩耗到来之后，她发生了变化，但是，她不承认。我再次劝她飞回去，她甚至要摔我手机。

我是我女儿生日那一天认识她的。她是丫头同学的好朋友，好像陪朋友过来，借什么东西的。当时，我回家的时候，酒意微醺，我已经记不得客厅里有多少高中生，为了让丫头生日开心，我变了几个小魔术，最后变出了一个小随身听。也许酒后发挥得真的很出色，我神神道道地嘀咕：丫头，——生日快乐！生日快乐……我忽然一声大喝：——变——

Mp3变出来了。在那些女孩的惊呼惊叫声中，我步履蹒跚地回到我的卧室睡过去了。六年后，小冈通过那个同学，从我女儿那要到了我的电话。我才知道，她没有考上大学，因为一个有妇之夫的恋情，和父母断绝关系，最后，那个男人的妻子打聋了她一只耳朵，赔了一点钱之后，那家人就举家迁离了这个城市。小冈后来说，她想和我交往，是觉得我是个好玩的爸爸。那时，我妻子刚刚病逝半年多。丫头对我和小冈的来往，非常别扭。她根本不相信那个同学说的，小冈会对她的父亲一见钟情。这个，我也不相信。

但被一个如此年轻的女孩郑重地在意着,比意外更多的是感动和得意。哪个男人会不顺水推舟呢?后来我女儿告诉我,她同学说,小冈和她父母的关系,非常糟糕。丫头不无怜悯地分析说,找你这种鳏夫,至少比那个有妇之夫安全吧。

我也理解。她是受过伤的孩子,小冈从来不谈那段导致她左耳失聪的恋情,更不愿意说到父亲。包括断绝关系后的恢复联系,都是他父母的努力,而且,就她说的一些事,我觉得王卫国是个非常出色的父亲。和他相比,我这个父亲是不称职的。

我知道,在他们家,她的妈妈不太能干,星期天或者有客人来家,都是王卫国做菜;小冈从小学到初中,在学校表演节目的小辫子,肯定是王卫国亲自梳的;过年全家人的衣服、鞋子,都是王卫国挑选的;王卫国是一个什么工厂里化验室的工程师,平时为好多同事的孩子补习英语、数学,会拉手风琴,而且,写一手好字,春节为左邻右舍写很多春联。也就是说,生活中,王卫国粗的、细的、内活、外事,样样好名声。他全心全意、悉心呵护着妻子和女儿。小冈的妈妈,相貌、才能都比较平庸,但一表人才的王卫国也没有什么绯闻。小冈从小就知道化验室里很多阿姨,喜欢黏王卫国,但王卫国并不顺手牵羊。对于这一点,小冈说,那时候,我觉得大人那些东西很恶心,他要敢跟她们搞七搞八,我就让他们统统去死!

小冈蛮横的孩子气,可见一斑。

但是,从她零零星星的叙述里,我还是看到了一个爱心强悍的父亲。王卫国有几年,每天骑自行车一个半小时,到单位上班。中午不回家吃饭。他总用辣椒、蒜头、一点白糖、香醋,为自己爆炒一瓶榨菜，带到单位吃。单位有蒸饭的地方。而那个时候，他要求小冈每天吃一个鸡蛋。考试前一周，必须每天吃两个。小冈说她后来吃得想吐，看了鸡蛋就躲，千方百计地推脱不吃。王卫国发现妻子执行不力，鸡蛋就改成晚上吃，在王卫国的亲自监督下吃。小冈最恨的是蛋黄，在王卫国严厉的监视下，她只能吞下去，结果，经常吞得翻白眼，呕吐。王卫国很坚决：吐出来还得给我吃回去！小冈后来偷偷把蛋黄藏在舌头下，等王卫国离开，就溜出去吐掉。王卫国发现漏洞后，每一次吃完，要求她必须说，鸡蛋鸡蛋有营养！小孩子不肯念，鼓着嘴。用筷子抽嘴也不念，最后，王卫国说，那你"啊"——"啊"一声！——不"啊"不许下桌！

有几次，小冈趁他不注意的时候，把整个蛋扔出窗外。有一次，时间太短了，王卫国一转身回来，发现小孩还坐在饭桌上，一整个蛋却没了。问，吃下去了？！

小孩点头。

这么快？！一口吞吗？王卫国已经站了起来。

小孩子眼神估计藏不了秘密，王卫国一下子俯身看窗外，他旋风一样冲了出去。再进来的时候，手里抓着沾满了土的荷包煎鸡蛋。小冈说，王卫国的脸，完全气得变形了。他还没有动手，我就颤抖起来了。

我也是父亲，虽然不称职，但也理解父亲那时候的愤怒。小冈没有说怎么挨揍，我也没细问。当时，我惊讶的是，她说，她父亲竟然把那个蛋，用开水冲洗了，要她吃下去。妈妈有点犹犹豫豫地说，外面的地……垃圾……鸡鸭屎……还有痰、鼻涕……那个……厕所里出来的鞋底，也……踩过……可是，王卫国一把搡开妻子，目露凶光（小冈原话）。他说，非给我吃下去！！

我想，那个年代，鸡蛋固然是很珍贵的，但是用这么激烈的措施教育小孩别浪费，一般人恐怕还是难以想象的。我说，你后来吃了吗？

小冈对压着嘴唇，把自己嘴巴弄得像鱼。我以为最终没有吃，最多是做父亲的舍不得浪费，自己吃下去了，对孩子也完成了震撼性教育。但是，小冈点头：我吃了，不能不吃，王卫国的脸，比野兽还可怕，不吃他会撕了我，不过，才咬第二口，我就把吃下去的饭——所有的菜，所有的饭，全部呕出来了……

我不由得笑，但是，小冈没有笑。她对压着嘴唇，眼神有点发直。虽然是回忆，我还是忽略了她复杂的感受。事实上，那天，我们主题是谈，她是一个受宠的孩子。所以，我说，你爸爸是太爱你了。他天天吃蒜头榨菜，省下好东西给你，你却那么不领情，换作我家丫头，我也要揍她了。

小冈说，你打过你女儿吗？

我没有打过。但是我揍过儿子，狠狠抽过一巴掌。有一次，小家伙考不好，竟然在考卷上，模仿他妈妈签名。更厉害的惩罚是，本来周末说带他去踢球，我就不许他跟我去。他喜欢踢球。

你一次都没有打过你女儿吗？

儿子也很少打啊。我俩——我是说，我和他们妈妈，脾气都还好吧。平时，也都是她管孩子，料理个人物品啊，督促学习啊。我不管。我只和他们一起玩——所以，我说了，我不是个好父亲。

小冈说，你家小孩真幸福。

这样的对话，我还是忽略了。我原来只想到，有的孩子叛逆期长，在一个信任的人面前，任性地说自己父母的坏话，也是正常的，过后，等她经历的事多了，慢慢就好了。何况，一个挺好的女孩，不爱读书、考不上大学、一段糟糕的恋情，再加上跟我这样普通的鳏夫混，平心而论，换谁家父母，都会失望生气的。父母的激烈反应，也是情理之中。但哪家的孩子会因此对父母恨到这么刻骨，连个终别都不愿意？这太不近人情了。

不过，噩耗之后，小冈明显换了一个人。她沉默，走神，目光恍惚，有时是莫名喜悦，一看就是假装的亢奋。其实，对自己父亲，那样令人胆寒的绝情，让我不舒服，可是这个冷漠和绝情后面，又有一种非常吸引我探究的意味。我不断失眠，和这个感受也有关。

五

那天，我决定和小冈认真谈谈。

小村隐没在黑暗中之后，在那个伸手不见五指的夜晚，我和小冈面对面坐着。

你真不爱他吗？——我是说你父亲。

回答我的是浓得加密的黑暗，你感觉不到黑暗中那颗年轻的心在想什么，甚至，根本不知道那颗心在黑暗中的哪里悬着。我等了很久，我伸手摸对面，她的手随意地放在竹条钉的桌面上。我接着说，你以前给我说过家里的事，其实，在我听来，他是个不错的父亲。将来，你当了母亲，养育着自己的孩子，你才会明白，父母对孩子的无私境界，是人世间没有任何关系可以超越的。

切。不过是动物性。

你怎么能这么说？

我看不见那个黑暗中的冷漠孩子。我从心底为王卫国悲哀。

我说，还记得吧，有一次，你告诉我，王卫国特别会嗑瓜子，你说他一嗑，就能够壳肉分开，但是，你不行，你总是连壳带肉地一起吃。王卫国怕你不消化，就帮你嗑瓜子，嗑了，再用手剥，嗑剥好的瓜子，用小碟盛好，放在你写字桌边。还记得吗？是你认识我不久告诉我的，当时你希望我替你嗑瓜子。你说你从小就不会。

黑暗中，无声无息。

这个不是本能。知道吗？很多父亲做不到。我做不到，我根本没有这个耐心。

黑暗中传来"切"的一声，很轻，分辨不出，是鼻子里哼出的，还是一个唇齿音。

我还记得一件事，你说你父亲戒烟的事，记得吗？

她不可能忘了那件事，但是，这良心休克的小孩，听了我的话头，依然不接腔，久久不吭气。我替她说了。我说，我没忘。那一次，你说你们怎么一个个戒烟那么难，王卫国想戒两天就搞定了。我当时听了就告诉你，你父亲很不简单，他是为了你，才有那么大毅力的。那时候，你多大？十多岁，对，是个暑天，你们班上同学在发水痘，你也被传染了。因为痒，因为高烧，你又不能吹风，你非常焦躁。是你父亲整夜守在你床前，大汗不止地守了三四天。他控制你抓痒的手，怕你抓破了感染留疤，他为你整夜轻轻摇扇子，因为你绝对不能吹风扇。还有，医生说家里保持自然通风，不要抽烟，你父亲二十年烟瘾，就因为你的小水痘，说戒就戒了。

也不光是为我！我妈下岗了，他抽不起烟了！

是吗？差的烟都抽不起了吗？还就赶那个时候？——你比我清楚，是因为他一直守在你床边，不想熏着你！你当时说，王卫国是个疯子。在你眼里，这样的坚决，简直就是杀人不眨眼的疯狂。可是，你知道不知道，没有法律规定，要求一个父亲做这么多，也没有什么动物性本能，让王卫国做这么多。

黑暗中再也没有声音传来，我为自己有效的努力感到一些欣慰。我们看不见彼此地默默对坐着。我想明天是不是工作节奏快一点，争取明天下午就离开，让她姑姑那边等等她，让她为父亲送行吧。年轻人现在还不理解自己的冷酷，如果我现在不帮助她，等她年纪大了，应该会痛悔不安的。

什么声音也没有，就像我一个人在屋子里。隔壁，又好像更远的黑暗中，传来了老人在睡梦中的咳嗽声。我伸手前探，竹桌上没有她的手，我站起来去摸她，她依然在原位上，无意间，我的手上感到潮湿。我摸索她的脸，果然，那张脸是湿的。我迟疑了一下，退回我的座位。过了一会儿，我掏出了烟，点烟的时候，我看到她满脸发亮的泪水。她把头避开光亮。

黑暗重新渗透了一切。

……有一次，我姐姐和邻居一个小孩吵架……她终于开口了。

……姐姐把那个人的书包扔到河里去了。她妈妈找到我们家要赔。那个男孩哭哭啼啼的。姐姐不敢回家，我们家晚饭吃完了很久，她才溜回来。王卫国一见到她，大喊一声，像老鹰拎小鸡一样，反剪着姐姐的手臂，他一手拿皮带，一手拎拖着姐姐出门。姐姐鞋子都拖掉了，我赶紧捡着跟上去。姐姐被拖到那个人家门口。那家人门一开，王卫国也不说话，抡起皮带使劲抽，我姐姐尖声惨叫,一直打到那家人的妈妈爸爸拦住,说,够了,你想打死孩子啊!王卫国说,死了好,省心!当着邻居们的面,王卫国说,你走!去讨饭!不读书,成天闯祸,我没有本事养你。你走!

王卫国牵着我就转身,姐姐跟着。王卫国步子很大,我被提得小跑,姐姐也在小跑。王卫国回头大喝:跟什么!自己讨饭去!到我们那栋平房小院子时,也可能害怕王卫国的狠,还有外面的黑,也可能又痛又饿,姐姐抽噎着,跟得更快了。她想要牵我妈妈的手,但我妈妈那个帮凶,把我姐姐的手一再甩掉。我们进了屋子,姐姐要进门,王卫国一把推开她,——滚!讨饭去!姐姐用力要挤进来,王卫国一脚把她蹬了出去。

姐姐四脚朝天摔倒在地。她大哭,马上又跳起来使劲推门、扒门、摇门,她哭着喊,我要进来。王卫国从窗子扔了一个不锈钢碗出去,喊,去!讨饭去!这家没有你了!

姐姐哭得更凶了,使劲踢门。嘭!嘭!嘭!嘭!嘭!王卫国在里面喊,再踢我出来抽死你!姐姐停了停,又踢。我们一家,把宿舍所有的人家都吵到了,大家陆续都到我们家门口来了。有个老奶奶大骂王卫国,这么晚了,你要小丫头去哪里!连前一栋平房那家,和姐姐吵架的那个小孩的妈妈也过来了,大家都在门口劝说王卫国。这样,他才没有把着门,由我妈妈开门放我姐姐进来了……

如果不是我摸到潮湿的脸,不是打火机一闪,我简直不能想象小冈脸上有眼泪。她的语调依然平静,有时候有一点点梦呓的样子。在这个黑暗无边的山村,她第一次也是再一次地说到她顽劣的孪生姐姐。我几乎快建立一个印象,她们的父亲是偏心眼,爱小的,不爱大的。这个时候,小冈的声音再次出现了。这个声音,比之前更加低微，甚至我一眨眼睛都使一些语句模糊不清，有时我觉得她就是说给她自己听的。

……姐姐死后，很长一段时间，我们家非常安静……像别人家一样安静。我猜想，王卫国心虚，他知道姐姐赢了，姐姐打败了他。所以，他变得没有像以前那样，动不动对我妈妈吼，对我吼。他说一不二的恶霸脾气，终于收敛了。但是，姐姐在我身上灵魂附体了，我就是不想听他的，他规定我们去厕所只能五分钟，我偏要十分钟，十分钟还不够，我还要蹲在院子里那个柚子树下看那个蚂蚁窝，看它们像抬棺材一样，合力运送半个米饭粒。我拒绝午睡，这过去在我们家，只有我姐姐会逃避午睡的。我不是逃避，我吃中饭的时候，就宣布，我不午睡。从小他要我们写日记，姐姐死后，我就不写了，要写也是"今天我想念我姐姐"，或者"今天和昨天一样的"。我姐姐以前这样干的时候，被王卫国一巴掌扇得流鼻血，因为她争辩说："今天就是没有什么事嘛！"王卫国问我，为什么现在不好好写日记？我说，没有东西写。这原来就是我姐姐挨揍的标准回答。

我以为王卫国要扇我，但是，他没有。我看到王卫国气得要命，但是，他没有发作。这些，我所有这些挑战，他都不接招。因为他知道，姐姐在我身上全面复活了。跳楼而死的，其实是我。那个看父母脸色行事的乖小孩，是她死了……

……狼的尾巴夹得再紧，也是藏不住的。他只能被姐姐打败一阵子，绝不会输一辈子。他就是这样的人。什么时候，任何时候，全家人都必须听他的。

姐姐死后我第一次被打，我记得很清楚，那是因为我的数学考了七十多分。妈妈已经在我订正的卷子上，签了名。但是，王卫国回来，抄起卷子一看，刺啦一把就撕开了，他咆哮：四年级！四年级就七十分！还读什么！然后，哗哗哗地猛撕，我的卷子变成碎纸片，在灯下乱飞。我惊呆了，这让我怎么上学？我扑上去就打他，我用头撞他。如果不是我妈妈拽住，他要用桌上的开水瓶砸我。开水瓶后来被他使劲摔地上，水瓶在地上爆炸了。水瓶玻璃胆片被铁条瓶壳禁锢住了，沙沙拉拉地破碎在里面，而冒着气的开水，流泻了一地，流向柜子那边。

这一天起，他彻底把我当成了我姐姐。

小冈停了下来。这次她停了很久。老人的咳嗽，更加剧烈地传来。但她那个肺，已经空洞得好像没有力气。等一切回归静谧，我轻声说，我理解他。他在人群里那么要强，那么出色，对你要求严格，也很自然。黑暗中，没有声音。我说，你要不要喝点水？

小冈也没有回答。我找不到水罐，打火机的火光中，我看到她双手掩面，也许在流泪，也许是疲倦。她没有喝我打来的水。我说，要不，我们睡觉吧？

……四年级下学期到五年级上学期，这差不多半年多的时间里，我所有的口袋，都被缝住了。因为我偷妈妈的钱。当时，我非常想看《多啦A梦》，一本漫画书。因为成绩不好，王卫国就是不给我买。他要我考双百。我是从妈妈裤袋里偷的，五块钱里，还包着零钱。我觉得够了。我以为他们在午睡，我的手脚很轻。一个硬币掉出来，在水泥地板上，轻微地响了。我赶紧跑出门。王卫国叫住了我。他居然醒着。

我很害怕，也感到非常羞耻。他叫我，我更加使劲地跑。我们家离学校很近，就在学校门口，他抓住了我。他劈头盖脸地打，然后，拧着我的耳朵，把我狠狠往家里拖。学校大门口，还有沿路的同学都在看。我知道自己错了，可是，这样的暴打，实在让我丢脸。还有些小孩，在大叫我的名字。他们兴奋极了。

那一天，我觉得我快被打死了。王卫国把我的头往墙上撞。他喊，打死你！我也不活了！培养一个小偷，不如现在就打死你，为民除害！我拒绝说偷钱干什么。妈妈在一边助纣为虐地说，可能不止一次干坏事了，好像我的零钱有少过。我为什么也讨厌她，就是每次这个时候，她都是站在王卫国一边，从来不像别人家的妈妈，会保护孩子。她害怕王卫国，就这样火上浇油地表明立场。王卫国问我还有没有偷，我不说，其实我是偷过硬币。是我把三角板搞断了，跟他们说，肯定又要挨骂。什么书不会读，整天搞坏东西之类。因为我不说，王卫国又再提起我的头撞墙，妈妈这下拉住了王卫国。王卫国喊，你死开！我今天就打死她！我再自杀！大家都死！死！王卫国边喊，边撞我的头。他完全疯了，我妈妈急了，第一次没命地大哭大叫，救命啊！

我们家又一次成了景区参观地。那些要上学的小孩，那些要上班的大人都挤在我家门口。有个爸爸的领导说，卫国，你这臭脾气该改改了，这么大一个女孩，谁家天天打啊！王卫国说，打？我还想杀了她。养这么个不成器的东西！那个人说，孩子都是淘气的，我看不惯你这样干。

王卫国喊起来，换你试试？你小孩偷钱，我看你揍不揍？

我听到大家就哗的一声，我就是听到，比潮水还大声。什么叫无地自容，就是我当时的感受。我就是小偷了。我非常非常想念我姐姐，甚至想，如果她在，挨打的肯定就不是我。

当天晚上，王卫国命令我妈妈找出了我所有的衣裤，把上面的口袋，全部缝死。电灯下，我看着我妈，把我一件一件衣服，拿起来，找口袋缝。所有衣服的口袋都缝死了。王卫国在旁边看报纸，有时，我妈妈还殷勤地请示他，这个线的颜色行不行？王卫国说，行！赃物放不进去就行！

那个时期，我尽量不让同学们发现我没有口袋，有人发现了，大声问为什么，有人会对惊奇者窃窃私语。我的脸涨得通红。刻骨铭心的羞耻感啊。那个学期，我几乎丧失了所有朋友……每一天，我的手都没有地方放，我的东西……只能放书包，而我的心里，脑海里，总是想到……我姐姐。上课的时候，我眼睛看着老师，脑海里就是姐姐跳楼前，手抱着栏杆要下去的样子。然后，她笑，非常开心……的笑……我没有一个朋友……

我站起来，摸索地走到小冈跟前。我抱住了她。

我们来往两年了，她从来没有告诉我这些。我只知道他父亲脾气不好，知道她读书不好，令父亲极度失望；我知道她找了个恶劣的已婚男人，父母和她断绝关系。但是，像每个孩子的回忆一样，她给我描绘的童年少年时光，依然是童趣天真的，依然是阳光无忌的，你很容易在她轻快灿烂的讲述里，看到父母对孩子的拳拳宠爱之心。我一直认为她是个极受娇宠的独生女。她还说过，有一次她和父亲吵架，她饿着肚子哭着睡着的，半夜醒来，床头灯亮着，王卫国坐她床前，眼睛含着眼泪。看她醒来，他就熄灯走了出去。——当时，在我听来，我感到了父亲对孩子丰富细腻的感情。现在，我就会想，这之前，发生了什么呢？是一场粗暴的教育吗？

灯光和眼泪，是暴力之后的温柔硝烟？外人看不清真相。也许，她出于自尊、出于虚荣，下意识地选择了叙述的角度，甚至材料。比如，直到她父亲死去，我才第一次听她讲还有个孪生姐姐。而这个孪生姐姐，一直幽灵般地活在她心底。

我感到彻骨的疼痛和难过，为那个所有口袋被缝死的小女孩。

我把她抱上了床。

我睡不着，小冈翻了个身，背对着我就一直没有动静了。我想她累了。怕吵她，我尽量不翻身，那个床板也许太挤或是太翘，一翻身，就吱吱叫。不知道躺了多久，远处山坳里，有过狗吠，又好像是滑向梦境的声音。迷糊间，感到有人抱住我的脖子，伸手去揽她的时候，我再一次感到经过她的脸的我手心的潮湿。这个潮湿感，再次让我睡意全消。

去送送他吧。那样你会好受点。

她的头在我掌心里转。她在摇头。

六

老人院子前的羽叶茑萝，在晨风里开得欢呼雀跃。鸟羽似的叶子*丝丝缕缕*，层层叠叠，娇柔纤细，轻烟霞蔚，又像凝固的绿风。经过那个矮墙时，我停了下来。

满墙的花在开放，我看到一朵花悄悄咧开小嘴，晨风一过，它似乎有点发呆，半天不敢动了。赶紧开吧，我说，一寸光阴一寸金啊。这个我们小时候叫五角星花的小花，总是早晨开放，下午就蔫了。伸手触摸这满墙的茑萝，我的手心沾上了晨露。离去的时候，因为手心的潮湿，我想那个还在睡梦中的孩子。今天她要大睡了，而我中午回不来。我再次回头,阳光中满墙的茑萝花,就像一群幼儿园的孩子,在土墙上欢腾嬉戏。

不知那个在黑暗中,脸上潮湿的孩子,在梦中是否获得安宁。陪我采访的那个村联络员,发现了我不断呵欠,不断走神。联络员姓何,整个村里的人都姓何。我说,小何,你小时候,你父亲揍不揍你?小何有点腼腆,说,这个……有哦。

女孩子呢?姐姐妹妹挨揍吗?

一般没有哦,呵呵。小何说。

认识小冈的第一年,我过生日的那天,快递送来了一个礼物。我家丫头寄给我的一支男用护肤品。小冈看来看去,笑嘻嘻的。她说,每一年,我都给王卫国写生日贺卡,不过,他都收不到。她嘻嘻笑着。当时,我说,为什么?她说,因为我写别人的名字,转他收。嘿嘿。

那个人为什么不转他呢?

因为——那个人早就死了!

小冈笑嘻嘻的,始终笑嘻嘻的,让我感觉在游戏。这个游戏有点阴森,我不喜欢这个玩笑。那时,我对她的过去,只是在很肤浅的层次。当时我说,你贺卡上写什么呢?她笑着,每年都是一句话——我以为她说生日快乐——但是,她一字一句地说,祝你:永!不!快!乐!

她笑嘻嘻的,我认为这彻头彻尾是耍贫嘴。我又一次忽略了她的信号。现在,在这个远古宁静的小村庄的清晨,我可以推断,那些贺卡也许真的写了,写给她死去的小姐姐转她父亲收。也就是说,她完全可能每年写一封,然后烧了。而我知道,王卫国在她每年的生日，会给她做生日面条，买生日蛋糕、生日礼物。我还知道，每一年生日，她父亲必定给她拍照，并在照片反面工整写下拍照时间、天气，还收集当天报纸。和普通父母不同，王卫国是那样一个感情丰富的、有才情的父亲。

我的一个搞大型根雕艺术的朋友，把小冈安置到他的展览馆工作。小冈和他和他的助手，慢慢都成为不错的朋友。也许，这个工作令她开心，也许我的朋友浮夸了我什么，那一段，小冈特别地迷恋我。我一出差，电话短信就不断。有一天，我出差回来大睡，忽然感到脚底不住地痒，最后一划刺痒，我跳起来睁开眼睛。小冈拿着圆珠笔，站在我脚边。我把脚收上来看，上面有字：爱你口，也可能是"爱你啊"，最后一个字只完成了一个口。我哭笑不得，也有一点感动。

怎么会痒呢，你的脚底那么厚？她说。

我夺过笔，按住她的脚心。她果然不怕，说，这有什么，我小时候经常在上面写字。我说，是背英语单词吗？还是考试作弊？

她大笑，摇头，不是。你猜不到！

我在她脚心里写：你是混蛋！笔画够多了，她被我写得肩头一缩一缩的，终于还是表现出她果然不怕痒的样子。嘿嘿，我练出来啦！不是说了，我经常在那里写字嘛！

写什么，你要写在自己脚心里？

我写：王某某，死掉！或者：某某某，我恨你！

是哪个同学欺负你，你就写谁是吗？有没有骂老师？

她笑嘻嘻摇头，不置可否。只说，是我小学时候爱玩的事。初中我就没有写了。

是啊，脚大了，怕人家看见，打你。

她笑而不答。又说，我不止在我脚心里写，我的房间，所有隐秘的拐角，我都写了字。如果那个房子没有拆，住进去的小孩肯定会看到——大人看不见，他们没有那么矮，也不会去注意一行小小的字。

小小的字，写了什么呢？

我不高兴的时候，就走进房间，我用手电去照我写的每一行小小的字。床脚、门背后、桌子底边、墙缝边、柜子底下、窗框，全部看一遍，我就舒服起来。我在房间走来走去，到处都有一个个声音在呼唤、在诅咒。到处都是！

诅咒什么？你到底写了什么？

小冈莞尔，她用食指一下一下点击着我：王！某！某！——死掉！某！某！某！——死掉！

谁是某某某？

她说，你。她笑着，你你你你你你你！

直到现在，我才明晰，当年那个小女孩的屋子里，充满对父亲的诅咒。

七

收工的时候，下着雨，不小的雨。小何说，我们这里山林多，总是雨多。他带着伞，送我回老人的家。远远地，我就看到小冈站在那堵矮墙前面，全身都淋湿了，头发耷在头皮上，不知淋了多久的雨。我让小何先走，小何指着小冈的身影，急着要过去。我只好和小何又走了几步，最后，我还是一把拉住他，请他留步。我执意请小何先走。小何看我态度坚决，迟迟疑疑地走了。他想把伞给我，我说屋子里有。

那个呆立雨中的背影，别说小何，狗都能感觉她的异样。

我到了她身边，雨还在下。我们一起站在雨里，站在那段满是茑萝的土墙前。那些上午我离去时还欢腾喧闹的小花，已经全部死去。雨水把它们萎缩的小身子，打烂在松茸的羽状叶子上，看上去陈尸千万。小冈脸上都是水，我无法分辨是泪水还是雨水，可是，一种心痛的感觉，像雨雾一样绵延弥漫。我揽住了她冰凉的肩头。她挣脱开了。

她说，采访顺利吗？

不顺利，我说，录音电池忘了带，但我们明天可以走了。

因为语言基本不通，老人把饭菜放在木条箱上，我们就吃饭；老人关灯，我们就睡下；早上她啰地啰什么，奇怪的长音，我们就醒来，后来知道，她在叫猪栏那边的猪。

一般她在八点左右关灯，她一关灯，整个房子都黑了，我们也搞不清楚有没有独立开关，反正屋里没找到；问她也没有弄明白，不知她是否听得懂我们的请求。如此这样，就算了。

因为下雨，饭后，我们没有出去，回到我们的小屋子。我忽然盯着小冈的门牙。她的牙齿很漂亮，但是，两颗上门牙发紫。当然很轻微，但因为她的其他牙齿十分白净，色差就特别扎眼。只要她一笑，谁都会遗憾那对淡紫的门牙。之前，她回答过我，不小心摔伤的。问她怎么摔的，她摇头不说。现在，我感觉，这牙跟她父亲也有关。果然，她看懂了我的心思，散淡地说，是的，因为王卫国。

就像又去揭她的伤疤，我不好意思再追问。我闭上了嘴。

小冈把脑袋靠在床架上，眼神幽幽的，但语气却是俏皮的。她说，嘻嘻，我身上所有的痕迹，你都可以想成王卫国爱的艺术。嘿，我姐姐死之前，天天骂月月打，我接班之后，马上超过了她。如果一个月没有暴打我两顿，我们家谁都觉得日子过不对了。这门牙，下半段是假的，摔断了。摔牙之前，竟然有两个月王卫国没有揍我，其中半个月他出差没空。结果，两个月积累起来的能量，就是我一辈子失去了两颗门牙。嘿，当时我高兴得太早了，两个月的安宁舒适代价真大。起因很小，饭桌上，他抽考我几个英语单词，我不会。我妈添油加醋地说，老师说我上课看小说，期中考成绩排名最后——我真恨我妈那狗腿子，我一贯不服她，就争辩了几句。那时，我正在四脚高凳上吃饭。王卫国是突然踢凳子的，力气大得惊人。我连人带凳子，一起被踢倒，栽下去的时候，嘴巴磕在水泥地上。当时那个痛啊，我觉得从牙齿到我的肺，全部都被抽起来了……

牙齿是我妈带我找她牙医熟人补的。技术差，她一边补，一边把我的故事探听个一清二楚。我用脚尖踢我妈不让她说，她都停不住嘴。那个屈辱，比整牙还痛。磨牙神经的时候，我叫喊挣扎，那个医生说，忍一忍，忍一忍，不会比你爸爸打你痛啦。还说，这么清爽的小姑娘，怎么整天挨爸爸揍啊。哦哦，快好啦，我们女孩子，还是要乖一点哦！

那个牙齿，从装上后，就开始变色，越来越深。初中的时候，要求完美的王卫国，自己受不了我的破相。他训斥我妈随便找牙医，这次，他要亲自带我去换最好的假牙。他通过朋友，联系了最好的牙医，好说歹说要带我去，但是，我拒绝了。嘿，我就是要这个发黑的门牙。我的心比门牙还黑，他能替我换吗？我的拒绝，令他抓狂。

昏红的灯光下，小冈的脑袋，依然懒洋洋地靠在床架上，眼神依然幽幽，语气依然俏皮无畏。我在想，女孩子大了，父亲到底下不了手了。父亲明白不可以了，再糟糕的脾气也要收敛了。但是，小冈笑着，错啦，我初三还被暴打了一次。那一天，我觉得我再也坚持不住了，我就跟姐姐走吧，就让他断子绝孙，我一定要彻底打败王卫国一次。可笑的是，我当时大喊，我都来月经了，你还这样打我！

我是想笑的，但笑不出来。小孩子在喊什么，她的真实意思是，我已经是大人了，你还这么打我，或者是，我处弱势，你怎么这么狠？

我其实不忍再听了，这原本掩藏在岁月深处的东西，一下子倾泻太多了，那颗伤痕累累的心，因为回忆而重新淌血；此外，毕竟王卫国已经离世，这个充满情感飓风的父亲，现在，除了爱——比一般父亲更加强烈的爱，除了锥心的遗憾，什么也没有了。也许，这个充满遗憾和爱的亡魂，就在这昏红的灯光里面痛苦徘徊。

看到我长时间沉默，而且，眼睛也不再看着她，小冈调整了懒散的动作，她坐直触动了我一下，嘻嘻笑着。这无所谓的掺假的笑，令我心闷，我知道她该回去跟父亲告别，可是，我同样知道，她现在的轻松假笑，其实，就是提醒我，不要再提那个让她不舒服的话题。她开始两手掐拍我的脖子，双手的虎口掐着我，像一个忽松忽紧的木枷。她笑着，吻我，又开始了述说。

那个十四五岁的苗条少女,在这个昏暗发红的空间出现了。她在自己房间的书桌上,一本书——同学借她的《小王子》偷偷放在练习卷底下,一有动静,她就拉过卷纸掩盖,伏在上面写字、思考。王卫国进来过两次。第一次,他在写字桌上放下一只玻璃碗,里面是晶莹剔透的石榴籽,是王卫国从成熟的红石榴中,一粒一粒小心挖取出来的。女孩爱吃的。但是,那天,她没有马上吃,父亲出去后,她吃了一颗就停住了。她在看小王子,她迫不及待地往下阅读,她完全被小王子和狐狸的情感迷住了。她已经为这本书好几次流下眼泪了。

王卫国第二次进来的时候,轻手轻脚。他悄无声息地转开门,悄无声息地向那个十四五岁的女孩走近,他比猫还轻,即使他比猫的动静大,那个女孩也发现不了,她完全沉浸在故事里。王卫国突然出手夺书,紧跟着那本书摔在女孩的脸上、头上。从巨大的惊骇之下醒悟过来,她顾不上护头护脸,她第一反应就是书不能被摔坏,明天要还同学。这是一本崭新的书。王卫国看出了她的夺书企图,他一把提起书,停在空中,似乎是让她和它最后有一个告别,她却有了一个错觉,以为他要把书给她。她安静了一下,巴望着书。等她明白王卫国并没有还书的意思,一切都已经晚了,沙——书被一撕两半,那个十四五岁的女孩,呆若木鸡,不能呼吸,沙沙沙沙沙沙沙,王卫国疯狂的手在激烈地交叉揉扯,《小王子》的碎片在空中跌落,那两只手太愤怒太疯狂了,很多页码叠在一起,并不好撕,但是,它们也有力地撕扯开了。

女孩发出骇人的尖叫,她把书包使劲抡向王卫国,随后是笔盒、带羊奶的杯子、整碗石榴籽,父亲一把提扭起那个身子,连推带掷。双方都疯狂了，双方都在拼命，力大惊人。女孩子撞在书架上，吊钉在墙上的书架哗啦倒了，两排书砸下来了。女孩的耳朵撞到书架的一角，撞昏了。

关于这一次暴力施教，小冈在回忆中，没有更多的肉体痛苦记忆，尽管她的耳朵因此听力受损。她的巨大的创痛来源于书，这本无法偿还同学的书，使她进入空前的绝望境地，而《小王子》本身的粉碎，又刺激她对接起人间异样的爱恨情仇。我理解了之前她说的，要跟姐姐走的念头。王卫国恐怕永远都不知道，自己曾经这样地面临万劫不复的深渊。是谁改变了这个千钧一发的事态？还是王卫国。十四五岁的女孩，死死抱着门框，拒绝去医院。她希望耳朵的血流得越多越好。王卫国强硬地掰她的手，她狠狠咬他，王卫国不松手，她狠狠地咬，王卫国的大拇指侧的皮肉，对穿了，一块活生生的肉，和手即将分离。她满嘴是血，但王卫国毫不松手。他依然用力掰她的手。王卫国的血大滴大滴连线而落，女孩有点儿害怕，她开始看父亲的脸，这时，她看到王卫国眼里的泪光。她的手，松开了。

小冈解开了我的扣子，而她在讲述中，已经把自己脱得精光。我知道，有时一场爱，可以中止一场痛苦的回忆，可是，她的举动还是有点怪异。我不知道如何配合，我抓住她的手，亲吻着过去那个绝望的少年。我们在耳语：

他后来道歉了吗？

女孩摇头。我们家的人，永远不会说抱歉。

耳朵痛吗？

不。我的身体不记痛。其实，所有的痛，都来自于屈辱感。

……还是要承认他爱你。

这个爱给你,你要吗……

她像无头苍蝇一样吻我,又舔又咬,我几乎神志模糊。

突然,我看到她在看门口。之前,我们的门是虚掩的。我扭头去看时,她的手更快地挡住了我的眼睛,她用身体告诉我,不要被打扰,不要停下来。我还是使劲扭过头。门是开的,老太婆站在门口,她身后是红光无力笼罩的、无边无垠的黑暗。

小冈的指头,使劲刮抠着我的背,她激烈的腰肢动作,也在要求我不要分心。什么叫如芒在背,我到底还是垮了。我和小冈都看着老人,我们三个人,都有一种奇怪的平静。那个电压不足的昏红的灯光里,似乎还有一个人站着。我点了一支烟。老人离去了,不知为什么,那一夜很晚她才替我们关灯。

后来,我说,为什么?

她没有回答。

我再次问,你为什么?

她说,随它去吧。我觉得,反正屋子里还有别人在看。只是我们看不到。

你说什么?

让他看吧。

你说谁?

你知道。她说。他在,他一直在我们床边。

上午,我们离去的时候,矮墙上的茑萝竞放。它们完全忘记了昨日暴雨的肆虐,一样的,它们开得欢欣自在,层层叠叠的五角星之间,在传播什么小秘密一样,在风里轮流点头抖动。我在给老人家钱的时候,小冈就站在茑萝面前,结了账,我过去,看她不动,又陪她站了一下。

这么喜欢,收集点种子回去阳台上种吧。

她摇头。她的手像抚摸小孩的脸一样,轻轻摸过茑萝花。

我干脆动手帮她找花籽。她摸了一下我的手,似乎是阻止。

我说,王卫国种过?

她不置可否。你妈妈种过?她不回答。

就算是和茑萝花们告别了。她走在我的前面,长带子的双肩背包敲打着她的屁股。在车上,我再次问她,你姐姐种过茑萝吗?

她说,我们老师家种过,我俩非常喜欢,她家在我们放学经过的路上。姐姐带我去偷过。花、枝蔓、种子,偷了很多。她死的时候,我在她旧笔盒里找到很多种子。等到春天的时候,我在一个旧木箱里种它,种不活。有时发了芽,最后也会死掉。每一年,我都种,王卫国也帮我种,我没有告诉他是姐姐偷的。总是活不了。每次种的时候,我都想,如果开花了,就是姐姐真的死了,如果种不活,那就是我死了。从八岁直到十九岁,王卫国和我断绝关系,我根本就没有再看过茑萝开花,后来我也不想看了。我就是死了。

我们离开的时候,你在茑萝面前站了很久啊。

她笑了笑,又笑了笑,有点自我嘲笑的样子。她说,我在跟王卫国告别。我告诉他,我已经长大了,不要再牵挂我。姐姐还没有长大,见到她,请不要再打她——生日快乐!

我吃了一惊。

今天是王卫国生日。我的天。忽然我感到一丝暖意,至少,她没有忘记她父亲的生日，至少她第一次开始说生日快乐。当然，也许和每逢父亲生日，就给他寄死去姐姐转手的贺卡有关。但毕竟，她记着他。

我说，回去，请你送送他，毕竟最后一次了。

她没有回答，也没有再嘻嘻笑。

八

回去后，我们就分手了。她并没有明确地告诉我，有一天，我回来，就看到桌上她留的字条。衣服都带走了。字条上说，我可能会回来看你，也许，不再来了。谢谢你。

我没有太大的震惊。从她父亲死后，我就预感会发生这一切。我这个棋子即使没有走到底，老将已死。这份不纯粹然而炽烈的爱，我将永远收藏。

豌豆巅

一

那一时刻，天地间有一种静悄悄的奇异感。大雨初晴的地面，就像天堂的舷窗突开，楼前楼后的几片薄薄的水洼地，镜面一样，里面却是天，异常清澈的天和云。以前路面也有过积水，可是，好像从来没有这样天堂窗景的感觉，好像连路过的风，都屏住了呼吸，呵护着水洼地面的至清至净，它纹丝不动。仿佛你一伸脚，就踏到了天堂。

提着豌豆巅从菜市回来的瑞亚，站在自己楼前的一米见方的水洼前有点发怔。她从水面往里面看，看不到地面的水泥颗粒、小枯竹叶，她一眼就看到了清澈的天空，真切、宁静，过滤了很多尘嚣。她出神地看着，当她感到自己的眼光有几千万光年远的时候，心都空了。

瑞亚往山上看去，一只猫的身影也没有。

这场大屠杀，因为太惨烈太突兀，竟有点儿像噩梦般令人狐疑，有点不真实。女儿就要放假回家了，但是，猫们一只也看不见了。那十来只漂亮的流浪猫，一直生活在这里。前天，小区物业毒鼠强将它们全体毒杀。

沿山而筑的三栋住宅楼，空中看，就是一个"三"字。楼中隔是草木茂盛的宽大绿地和狭小水泥车道。一条三角梅掩映的步行石阶，把三栋楼及中隔的绿地串联。每个早晨或傍晚，在楼中隔间的绿地上，最能看到的情景是老人和猫咪。老人打羽毛球、侍弄绿地上自种的瓜果或缓缓散步；猫咪们在绿地上静蹲或嬉戏，或者在橙色、蓝色的大垃圾桶上觅食。没想到，大部分老人都不喜欢猫。他们几乎不喂猫，也不喜欢有人喂猫，觉得那很脏乱。有一只猫因为淘气吓到了一个老人，那家奶奶就提了开水壶下楼寻仇，结果，一只绿眼睛的英吉拉白猫，从腋下到前肢，被烫得皮毛脱落，皮开肉绽，随后溃烂。烫伤合不拢的嘴巴，成天流像脓水一样的黏黏的涎水，所有的猫都嫌弃它。它曾是最亲近人的几只猫之一，也只有它敢等在开水壶边，信任奶奶泼给它的是鱼骨头，而不是开水。女儿一次放学发现了这只孤独的残猫，一路哭着上楼，请求父母帮忙，要把英吉拉捉住送往宠物医院急救。但是，这只对人从此丧失信任的英吉拉，怎么也不肯让女儿接近，脓水滴答粘连的喉咙，发出野兽的低吼。一次次努力失败，束手无策的小丫头掩面无声无息地哭泣起来。

后来，这只猫就不见了。可能是败血病，也可能是活活饿死了。瑞亚觉得它是找到了一个有尊严死去的地方。

山岗上猫的名字，都是女儿起的。从她搬过来住的初中开始，她悄悄地给它们起名字，做得有点害羞，不自信。瑞亚就学她叫，孩子特别高兴，渐渐自然地用这些名字评说猫们了。妈妈，埃及艳后总是抢不过其他猫，它很可怜。女儿说的埃及艳后，是一只黄黑白三色相拼的漂亮母猫，有极为粗重的黑眼线，眼线尾也很长，果然有埃及艳后的神韵；有只深黄色的长毛猫，她叫它张飞，不管是觅食还是奔跑，张飞一条蓬松如帆的长毛尾巴总是笔直朝天，滑稽可爱；还有一只短毛白猫，叫小波斯，一眼黄，一眼蓝；还有一只叫海盗，通体黑毛，一只眼睛却在白毛中，像戴了一只白眼罩；有一窝小猫三只全是黄毛白胸围，她没有办法起名，便通通叫它们小围嘴。去年，女儿考上寄宿高中，一周回来一次，每次回家第一件事就是沿路撮嘴吹口哨，和猫咪们打招呼。一月前，瑞亚告诉小丫头，山头新添了一对非常漂亮的小白猫，长毛，一只白猫两眼湛蓝，另一只白猫却是一对金色瞳仁。

女儿四岁才开始说话，五岁还说不出一个句子。她安静、沉默，喜欢自己的小房间。一度被当作"星星的孩子"观察治疗。实际上也被送去过轻度自闭症孩子的康复式夏令营。但是，女儿还是摆脱了自己的小房间，她开始说话了，她和蚂蚁、飞蛾、千脚虫说话，和花盆里的海棠、文竹、杜鹃花、令箭荷花说话，她和所有的小动物、所有的花草树木说话。一旦被大人发现，她就满脸通红。她到底摆脱了自闭儿嫌疑。只是，她依然不能和他人直视，情感也极为脆弱。读小学的一天，一只蜜蜂在阳台蛰到了她，父亲驱打蜜蜂时随口说：其实它也活不了了，蛰了人的蜜蜂也得死。只听到一声轻浅若无的尖叫，小女孩用力仰着脑袋，目光追随着在阳台上盘旋的小蜜蜂，两颗清亮的泪珠，慢慢越过眼睑。后来她跑进自己的小房间，怎么叫唤都不肯出来。

丫头在长大，一直没什么朋友。直到高中寄宿，她和一个叫春心的室友，有了比较密切的往来。父母很宽慰，也爱屋及乌。春心的父母离婚了，母亲靠一个小小的影音店过活，平时还给别人定制一些宠物狗的棒针毛衣。所以，女儿在春心那里，听到不少宠物逸事，也听到很多不同类别的音乐。从小看惯父母撕打的春心早熟。前不久的一天，女儿回来问，你们会离婚吗？瑞亚很吃惊，不知道她是怎么看出父母婚姻的困境。女孩说，也没什么了，春心说她家现在就很安静。女儿说这话的时候，是三周前，瑞亚生气地摔了一口砂锅，自己也被咸粥烫伤了脚背。起因是，丈夫手机里突然出来的一条暧昧短信。

二

每周五傍晚，夫妇俩都会一起驱车十多公里，去学校接女儿回家过周末，有时也顺带接春心。周日傍晚，再把她送回学校。但这三四周以来，夫妇俩因为冷战都不说话。所以，前三周都是一方去接女儿和春心的。他们会告诉丫头，哦，爸爸今天有接待啊，或者妈妈同学聚会什么的。

小区用毒鼠强杀猫是这周三进行的。瑞亚不知道，晚上洗澡前，她照例会在卫生间推窗，像女儿那样撮起嘴唇，从门牙缝中吸气般吱吱唤猫。这个时候一般是夜里十一点左右，她会偷懒而偷偷地把鱼头鱼尾拌的饭抛一小塑料袋下去，有时直接撒女儿买的猫粮颗粒，撒豆子一样，猫咪们都很爱吃。起码来三四只，多的时候八九只。所以，每夜，瑞亚吸气的口哨声，吱吱一响，猫咪们就欢快地沿着石阶下来了。更多的时候，它们会早就坐在那里，非常安静地仰望她家窗口。他们家在中间这栋楼的三楼。不过，有时候瑞亚会忘记喂，偶尔太晚回来，下面一只猫咪也没有，可能是空等无望后到别的地方觅食了。

周三晚上，看窗下没有猫咪。瑞亚看才十点半，又吱吱了好一会儿，终于来了一只，好像是埃及艳后，行动迟缓，抛下去的鱼头鱼尾却不吃。埃及艳后显然是怀孕了，身子浑圆笨重。瑞亚想夜里三四度的低温，它没有吃饱肯定不行，便又撒了把猫粮下去。它似乎依然不感兴趣，走近闻闻又慢慢移开了。瑞亚没有多想，关窗洗澡就睡下了。

次日，已经下楼上班的丈夫，忽然急奔上楼，打门，脸色发白：看到了吗？公告！他们在杀猫！瑞亚回不过神。多日不说话的夫妇，没有再说什么，瑞亚完全看懂了丈夫的表情里传递出的恐怖信息。她穿着睡衣和室内拖鞋，直接奔下了楼。果然，在防盗门旁边，贴个A4纸大小的公告。说管好自家小孩，小区统一投毒灭猫。这个通知，太像过去的消杀蟑螂老鼠的通知，瑞亚夫妇都忽略了。今天丈夫下楼时听到邻居议论，才惊觉。一个邻居说，谁想出这狠毒之事？一个说，唉，其实它们有吃没吃，就挨过一天了，并不打扰人。

赶往上班途中的瑞亚丈夫心里堵得慌。他心里知道，和猫相比，他更担心的是他女儿。丫头明天就要回家度周末，一只猫都看不见，小丫头怎么承受得住？她会不会失控？女儿一直是他最大的牵挂，他想，如果不是丫头，他们夫妇双方都可能放弃婚姻了。但这个女儿，她对弱小生命天生激烈的反应链式，实在纤美脆弱如雪绒花。

豌豆巅是豌豆的顶端嫩芽。女儿在不会说话的时候，就爱吃豌豆巅，而且必须每天吃到它，不然就拒绝吃饭。也正是这样的固执，成为医院怀疑她患自闭症的理由之一。这个孩子，长大后，依然爱吃豌豆巅，烧汤、拌面、清炒都可以，只要有这个豌豆巅的味道。后来，她把自己的QQ名叫"豌豆巅"。父亲在上面问她，你知道豌豆巅为什么叫豌豆巅吗？丫头发出不解的图案。父亲说，巅表示最尖最细的部分，有巅峰的意思，也有娇嫩、柔弱的意思。在四川，人们夸女孩美丽，就可以说"豌豆巅"。两周前的一天，豌豆巅的个性签名忽然变成"我看到她和一个陌生男人抱别"。父亲看到后，上来说，这么有趣的签名啊。"她"是谁呀？后面是微笑符号。豌豆巅回复说，说着玩呢。O（∩_∩）O哈哈~父亲也打出O（∩_∩）O哈哈~不好再追问，父亲觉得"陌生男人"是妻子的旧恋人。

周五，也就是明天傍晚，那个叫豌豆巅的女孩，就要回来了。这个周末，她再也看不见埃及艳后，再也看不见，从来都生活在这个"三"字形小区里的八九只可爱猫咪了。

三

提着豌豆巅的瑞亚，怔怔地站在楼前的水洼前。耳边什么声音也没有，她就像被水洼中的天空带走了。她的出神，跟这个莫名的静谧有关。一个平常的周四的小区下午，凭什么这么安静呢？是因为屠杀的罪孽透明而深重吗？是小区人都开始悄声说话、蹑手蹑脚？是什么让生活的自然噪音消失？肯定不是猫咪本身，猫咪们生前连走路都悄无声息，它们是构不成喧嚣的，只有夜里偶尔听到它们发情叫春的声音。

周三早晨，看清公告的瑞亚，一口气爬上两楼间的中隔绿地。

一栋和二栋楼间的这块绿地最大，中间还有龙眼树、芒果、榕树。小区的猫咪也把这里当社交活动中心。依然是睡衣睡裤和室内珠绣拖鞋的瑞亚，仔细搜找树下草丛，静悄悄的草木绿地没见一只猫。一个小保姆模样的女子看出她是找猫，说，没有猫了阿姨，昨天就死了好多了。他们煮了两锅干部鱼，都拌了老鼠药。猫很爱吃啊，赶都赶不掉。

一个送快递的小伙子，过来是想安慰瑞亚，可是说的话很恶毒：这小区，简直不是人住的！这么漂亮可爱的小动物，竟然活活毒死！

瑞亚在这个两个羽毛球场长的绿地上走。她找到了几只旧瓷碗，一个清洁工喝道：不要碰，老鼠药！瑞亚说，猫都毒死了？清洁工说，万一没死，他们说还要放药。反正你别动那个碗！还要用！

在两棵黄金榕树下，瑞亚看到了小波斯，它半闭着眼睛，嘴角上全部是血，血还在汩汩而出。瑞亚失声而叫，小波斯！那猫睁开眼睛，看了她一眼，动作上却是想移动自己，可是，它已经没有力气了。穿着睡衣睡裤的瑞亚眼泪直线淌落了。她蹲下来，蹲下来的时候，绿篱深处，就看到张飞蜷在那里，嘴角的血已经发黑了。那种蜷的姿势，让瑞亚感到它死得非常痛苦；在一棵龙眼树下，有两摊呕吐物样的东西。一个物业清洁工在骂骂咧咧地诅咒死猫。更远的变压器塔座下，两只白脖子的黄猫，像平时怕冷一样挤在一起互相取暖。瑞亚很想过去看看，那一母所生的小围嘴，是不是真的在睡觉。清洁工像看出她的心思一样，一脚踢了过去，两只小围嘴果然毫无反应，身体没有硬，可是，踢移开的位置，能看到两小摊血迹。

瑞亚几乎换不上气，她喉咙的气就是出不来，她使劲捏自己的喉咙、咳嗽。清洁工看她的脸色，有点害怕，嘀咕说，这和我无关啊，我们只是奉命做事，也不是我这个班下的毒。清洁工自己很不服气地把死猫丢进垃圾桶。

瑞亚闯进小区物业管理处的时候，里面的三个人因为她的睡衣睡裤而诧异。一个男人放下自己刚泡的茶，立刻递了一杯给瑞亚。瑞亚把它一把摔掉了。男人说，我们也不想杀猫，但是，前两天有只猫跑进离休楼了。不知道它怎么进防盗门的。你知道的，老领导们一直觉得野猫太多，是我们管理失职，你知道的，老人家的意见我们都很尊重……

四

果然，背着大书包的女儿从石阶一路下来，嘟嗫着嘴唇在吱吱唤猫。没有猫咪出现，她并没有在意。晚上的时候，她吃了很多豌豆巅。瑞亚照例把鱼头鱼尾收拢起来，拌上菜饭。女儿说，我昨天梦到埃及艳后生了四只小猫咪！说不定它马上要生了。我们要多喂点。瑞亚点头说，是啊，它总是抢不过其他猫咪。

饭后，女儿提着猫饭和一根火腿肠下去喂猫的时候，父亲站窗户上看。

女儿很久才上来。瑞亚说，去了那么久，春心找你呢。女儿说，奇怪，都不来。我到处找，变压器、龙眼树和垃圾桶那几处，都没有！它们都去哪里了呢？怎么都没看见呢？

是啊，瑞亚说，昨天晚上我也找不到它们。不过，今天上午几个猫咪都在垃圾桶那里，练杂技一样，走那圈细细的垃圾桶边，也不跌倒。

父亲说，猫就是怕冷嘛。晚上吃饱了就不爱出来了。刚才我接你，去车库开车时，小波斯还在车库大门那里对我喵喵叫。

瑞亚说，对了，昨天我看到海盗，把火腿肠都让给那两只最小的小白猫吃，就是蓝眼睛和金黄眼睛的那对小猫咪。看来最近大猫很多人喂呢。

多日不说话的夫妻，一唱一和地说猫。女儿脸上是疑惑的神情，但她急着回打春心电话。原来，春心想来他们家住，因为她妈妈去进货，弄口有户人家死了人，吹吹打打的令她害怕。瑞亚夫妇很欢迎女儿的朋友。春心果然是个早熟懂事的孩子，进门就双手奉上一张光碟，说，豆巅说叔叔阿姨最喜欢圆舞曲。这个送你们。呵呵。春心笑起来十分明媚。

春心的来到，果然让豌豆巅不再注意楼下的猫咪。可是，夜里十点多的时候，瑞亚自己忍不住，拿着猫粮袋到卫生间窗前。她照例吱吱唤猫，照例没有猫像以前那样从各角落出现。但她照例把猫粮撒了下去。有几个猫粮落在雨披上，发出嘚啦嘚啦干脆的响声。

没有猫。一只小身影也没有。

再也没有猫了。

周三晚上埃及艳后的出现，实际上是来道别的。中毒的它已经没有胃口，但是，它顺着她的呼唤挣扎而来。这只即将临盆的猫咪，用最后的力气，完成了诀别。

瑞亚泪水漫上眼眶。她又撒了一把下去，又撒了一把下去。下面是永远的寂静，她一下没控制好，哭出了声。这时，卫生间灯亮了，春心推门而入，看到阿姨泪流满面的脸，孩子尴尬而体贴地退了出去。瑞亚清醒过来，立刻擦干眼泪。女儿却没有过来。

周日下午，要送孩子们去学校前，女儿把春心送的CD片放进了唱机。

大客厅里夕阳斜照，楼下高高矗起的棕榈叶，被金红色的阳光投影在客厅落地纱窗上，摇曳着道不出的哀伤与风情。当然是圆舞曲，欢乐的舞曲有点生硬地在客厅里回荡，一下子就淹没了黄昏的哀伤。两个女孩自己手拉手跳起来，是完全没有章法的胡跳。父亲技痒难熬，忍不住过去指点。春心笑眼弯弯：我知道叔叔当年是圆舞曲之王。豌豆巅趁机停下来，一脸淡淡的羞涩。她以前是断断不肯这样跳舞的。

爸爸带着春心旋转，春心扭头看瑞亚，说，我知道，豆巅妈妈就是因为豆巅爸爸是天下唯一和她舞步协调的男人，所以就嫁给了叔叔。说到这里，春心打了个很深的喷嚏，她就像猫咪那样缩了一下，舞曲都被她浑身的一哆嗦打断了。

瑞亚不由微笑。这是她和豌豆巅说过的关于她父亲的话。

一曲终了，女儿拉着父亲的手，推向妈妈。夫妻俩面对面，丈夫揽住了妻子的手和腰。这是《金与银圆舞曲》，他们彼此不易觉察地踮了踮脚尖，默契感已经遍布周身，圆舞曲的旋律在血管里一滴滴，滴了下来，缓缓荡漾，渐渐飞旋。来了，一分十九秒，《金与银舞曲》中最优雅辽阔的波浪，开始依次拍岸。他们旋转如一支棕榈叶，在夕阳中谐和荡漾。瑞亚在这样甜美的波涛的怀抱，感受到了前所未有的哀伤。

两只嬉戏的小猫咪直立着，用白绒绒的前肢，击鼓一样拍打对方；

埃及艳后在美丽珍葵底下慵懒地晒着下午的太阳；

石梯扶手上，几只猫蹲伏在上面，像几只大蚕茧一样安静；

小波斯在一个吉普车引擎盖上，欢快地扭转身子，有如优美瑜伽；

三只小围嘴在美人樱草间追逐，根本分不清谁是谁；

海盗埋伏在木瓜树干后，轻提着一前爪，准备袭击一只灰白色的小鸟；

……

瑞亚在旋转中，悄然泪下。她低下头想掩饰眼泪，但丈夫的舞步是如此变化多端酣畅淋漓，在这个舞步的飓风中，也许没有人能看清舞者的眼泪。然而，两个女孩都看见了。她们互相看了一眼，心照不宣地假装没有看到。

在学校大门口，提着行李走出几步的女儿，突然回走过来抱了抱瑞亚。这个不习惯肢体表达的女孩，这个只有上帝才能收藏的雪绒花片，动作有点笨拙羞怯。她说，妈……别再吵架了……如果，孩子迟疑而坚定地说，你们真的想离婚，不要考虑我。我长大了。不过，豌豆巅说，这个世界，和你舞步一致的人，可能不会很多的，妈妈……

瑞亚用力抱紧了女儿。女儿不好意思地推开她。

瑞亚扭头看车内的丈夫，丈夫拿起驾驶台上的火腿肠，对她们晃晃。女儿嘴里发出吱吱唤猫的声音，就跑远追春心去了。这是她离家时拿的，总是这样，准备下楼时顺便给猫咪们吃，但没有碰到它们，她就把火腿肠放车上了。

忘年交

一

来参加我的追悼会吧。老人说。

那个老人,那个叫老陶的老人说这话的时候,湖边的晨雾还没有散尽,苦楝子树和榕树树梢上的鸟鸣,停顿了一下,又开始小声鸣叫,它们好像总被雾呛住。年轻人似乎也发现了鸟鸣的古怪,尽力扭头往身后的树梢顶上看去,这个时候,很稀薄的白色阳光就穿过树梢,在他瘦削的脸颊上亮了一下,就消失了。

年轻人又垂下头,顺势对老人的邀请隐约点了点头。喂,那老人说,在这里,你是我唯一亲自邀请的人呢。老人坐到年轻人的身边。年轻人往边上让了让。湖边风餐露宿的疗养院长椅上,其实潮湿得令人屁股不舒服,老人又移挪了一下屁股,嫌潮气,但到底还是没有站起来。

辽远的湖面上轻雾缭绕,细看有轻微的、不知是微风还是蜉蝣弄出的轻细涟漪,一只早醒的白鹭,有点迷糊地划过湖面,停在湖心一只木桩上发呆。年轻人眯缝着眼看它。其实是看不清的。最近他都不戴眼镜,四五百度的近视,使他视力模糊。如果他戴眼镜,他能看到很多东西,比如那只白鹭为什么发呆,比如,是什么东西让小鸟叫声如咽。总之他能看到很多。可这是他不愿看到的。他这个困顿迷离的神态,却让老人感到兴致勃勃。老人说,年轻人,你怎么总像一只瘟鸡?你要找点事做,对不对?

年轻人没有回答,他还在眯缝着眼睛,望着那只发呆的白鹭。白鹭也偏着脑袋呆看这边。

我跟你说啊,老人说,你帮我润色过的悼词,大体是不错了。不过呢,我当儿童团团长的那一段历史,还是有必要突出一下吧?你想想看,不容易啊,现在八九岁的独生子,还在妈妈怀里撒娇,我们那时候是——战火硝烟——里成长。随时你就牺牲了——小命就没啦呀。那么小的人,真的不容易。

年轻人似听非听地点点头。老人觉得年轻人答应他了,很高兴地拍了他的肩头,说,我估计到时候一定反响不错,说良心话,这真的是我听过的最全面、最真实的悼词了。希望我在灵台上听了不要笑出声吓着大家。老人觉得自己这飞来之句,简直幽默至极,没说完自己就哈哈大笑,还笑个不停。那只发呆的白鹭惊起,飞远了。年轻人觉得这声如洪钟的老人一定不会这么快用得着悼词,虽然老人家自己越来越着迷那份已经打磨十年还没用上的悼词,那种急切地等待反响的亢奋心情,早就超越了沉闷的死亡。

年轻人看着老人,暗暗地羡慕眉飞色舞的垂暮老人。

老人呵呵笑完,说,哎,你今天几点来的?

……四点吧五点……年轻人低语,我没看表。

老陶说,那你昨晚几点睡的?

年轻人回忆了一下，觉得好像是三点，又好像根本都没有入睡过。这样一想，他心里更加阴沉晦暗。

那些安眠药没用的！西药都是毒药。你还是要吃我的药方。好像你姑妈很久没来了。年轻人没有回答老人，把身子往椅背沉重地靠了靠。老陶说，这里都是老人和休假的人，你在这里休养什么呢？我觉得你还是要去上班，去找一份出大汗的工作，上班累了，你自然就能吃会睡了。

年轻人含混地点头，又像是无动于衷。老陶琢磨了一下，还是觉得年轻人是点了头的，便说，工作也许是不好找，但是，只要你愿意吃苦，从最底层干起，也没有什么困难的，再说，你年纪轻轻，这样逃避肯定是不行的……

年轻人明显地点头，但眼睛一直看着湖水的远方。

老陶说，昨晚我九点多就睡了。老人掰起指头：十、十一……一、二……我是快六点醒的，足足睡了九个小时！哈哈，对一个七十六岁的老家伙来说，我实在睡得太多了，一个梦也没有。

年轻人还是没有说话。他看到了湖水的底部，感到身子像落叶一样在冰凉的水中摇曳，摇曳，一直往明亮的湖底而去。耳边有老人热情的絮叨，这有点让他分神，湖里不是表面上看到的这样阴霾阴沉，而是如此柔亮旖旎，老人拍了他一下：你说呢？难道不是这样吗？

年轻人抬起眼睛，茫然地看着老陶。后来他决定点头。湖水顿时不再透明，身子从湖水深处被老人拍了回来。如果他能像老人那样，不，只要有老人一半的睡眠，他是不是就不再对一切都充满疲倦感？

他觉得每一天他心里都堆堵着灰褐色的烂草,每一次呼吸,他都能闻到胸腔里呼出来的腐烂霉变味道。有时候,他都担心自己的呼吸熏着别人了,所以,他很排斥别人在他身边。有个疗养小护士,喜欢在他鼻子下仰视他,叽叽喳喳的。这几乎使他不能呼吸。这样,他就非常讨厌那个女孩,厌恶那个瞪着鸟儿一样的天真圆眼睛的女孩。可是,女孩不明白,觉得人人都喜欢她,为什么他会对她这样冷淡,因此她更喜欢站在他鼻子底下挑战这种感觉,甚至动手搭他的肩,直到有一次被他狠狠打掉了胳膊。力度之大,彻底粉碎了护士女孩虚荣善良的幻想。她顿时噙满眼泪,因为疼痛也因为吃惊。

如果,他能睡着,每天只要四五个小时,情况就大不一样了。但是,他一夜连一夜地,彻夜难眠。而这个情况已经多年了,最近两三个月尤为严重。他独自去看过内科、神经科、内分泌科,同学陪着去找过抑郁症专家,也找过中医针灸改善睡眠。但没有什么用。这是一个人的战争。他知道自己最需要什么,他觉得只要通过"失眠"这个瓶颈,一切可能就会宽敞通气起来。可是,很难。

嗳,你的头发都潮湿了,老人站起来,我们还是回疗养楼吧。棋牌室也能看到湖景的。这太潮湿了。

你走吧,年轻人疲杳地说,我再歇会儿。

还歇啊?二三十岁的人,怎么还不如我一个快死的老头子?老人说,既然每天睡不着,为什么不试试我给你开的中药?那是偏方哪!我对中医很有研究的。

年轻人勉强笑了一下,明显是在敷衍老人。

树上的鸟多起来了,也许小鸟全部醒来了。老人见年轻人闭着眼睛，便自己吹着口哨，沿着湖边的林中小路，欢快地往疗养院那边而去。

二

十一点，老陶找到年轻人的时候，他不在房间，也不在能看到湖景的棋牌室。有人说他来过餐厅，吃了半碗馄饨汤。老陶最后在布满各种管子和接收天线锅的五楼天台看到了那年轻人。老陶是上来找猫的时候，高兴地发现了找不到的那年轻人，他就坐在那纵横交错晾晒的蓝白色条的床单丛中。

老陶就赶紧退回楼下到自己房间，拿起一叠稿子，吭哧吭哧返回天台。嗐，你答应我帮我改悼词，却让我到处找不到你。我在房间里等了很久……年轻人像阳光刺眼地眯缝着看老人走近的身影，表情在淡漠与温和之间。这事要抓紧，我可不像你有大把的时间，说不准明天两腿一伸，我就死翘翘啦。抓紧点。历史嘛，来不得半点含糊。

年轻人接过老人的一叠文稿。

稿子的标题是"致悼词"三个大字，另起一行小字：破折号后面是"陶永福同志永垂不朽"。第一段类似学生填空题试卷，陶永福，生于1937年。因病医治无效，不幸于（　）年（　）月（　）日（　）时（　）分在（　）去世，享年（　）岁。第二段是他的想象：在生病住院期间，得到了县委、县政府及有关部门的领导和生前好友的关心，包括某某副书记、县委常委某某、某某局长，曾多次到医院探望，对他的病情表示深切的关注，并对其亲属子女致以诚挚的问候。

这份自拟的悼词，年轻人从认识老陶的六周前开始，已经看了很多遍。而老陶自己已经足足写了十多年。自从他妻子十三年前突然撒手归西，他就感到自己时日无多，从那一年冬天起，老陶就开始撰写遗嘱和自己的悼词。他的悼词几乎年年修改润色，到现在已经有两万多字。从加入儿童团写到退休，他热烈讴歌了自己革命的一生。

年轻人第一次看到这个材料，简直感到被人冲撞了一下心房。

他从来没有想到，人可以用悼词这种方式，反观自己、描绘自己。他当时就流露出惊羡感佩之情。老人邀他帮忙润色，他毫不迟疑地接受了。原来的悼词，关于儿童团部分是略写。其实这部分，老陶发轫之际也有过沉吟。陶家三儿一女一直说写短点写短点，没人爱听。这个年轻人也说不要写那么细，开追悼会的时间一般没有那么多。可是，老陶看这年轻人第一次看他的悼词时，专注得眼镜都要滑下来了，和自己三个儿子反应完全不一样。这大大启发了老陶。外面人的反应，肯定更具有参考价值。来开追悼会的人，大都是外人，不可能全面了解死者嘛。本来，儿童团部分是略写，老陶自己下笔时，相当惜墨如金。他知道自己的一生，有许多波澜壮阔的日子要用掉很多篇幅，但显然，一个人一生最重要的起航时刻，还是不宜太简略。最终要盖棺定论哪。所以，儿童团部分还是稍微浓墨重彩一下。

你不知道，老陶说，我父母是非常胆小怕事的人，觉悟也比较低，我像我爷爷，天不怕地不怕。儿童团团长虽然官不大，可是，我们心里一样有敢于牺牲的精神。一九四九年十月，东环战役的炮火已经持续了一天，解放军和国民党守军在滩头进行着激烈的争夺战。一边是拼死登陆,一边是顽强抵抗,战斗非常惨烈,整个东环岛被硝烟笼罩着。就在这个时候,三十多国民党兵突然闯入东环火电厂,强行把工友们都拘禁起来,控制了整个厂区。我大伯他们要联合工友保卫电厂,迎接解放,迎接新中国。这个串联字条,都是我们儿童团传递的,我还被国民党门岗盘查过,那个兵鼻毛很长,但我非常镇定。才七八岁的人啊!第二天,又一批荷枪实弹的国民党兵冲进电厂,从车上搬下十几箱炸药,放置到电机室的发电机组上。已经联合起来的工友,拿起武器,不过,电厂还是被国民党炸掉了。

你要……怎么加呢?年轻人说。

言简意赅一点吧。但是要注意细节,体现我不平凡的革命起点。

年轻人舔了舔旺盛虚火烧红的嘴唇,手在稿子上随意地翻动。阳光照在年轻人的脸上,凸显了他浓重的黑眼圈。老陶说,原稿先还给我吧,手稿很珍贵啊。你就先按这个内容写好,我来加好吧。

年轻人把手稿还给老人。一个小护士的身影奔出天台小门:在这啊!小护士喊,快点快点!小齐先生的姑妈来了,还带了客人来。

一老一少离开蓝白条被套床单翻飞的阳台,告别了迷离的正午太阳。老陶跟着年轻人和小护士走到院长办公室,一眼就看到小齐姑妈身边,还有两个穿深色西服的男人。老陶跟小齐姑妈笑笑,就顺势进了屋子。年轻人的姑妈和老陶算是第三次见面了。

两名西服客人很客气,看到年轻人,一个起身,一个微微鞠躬,说,添麻烦了,我们代表公司,再来了解一下情况。另一个男人殷勤地笑笑，说，不好意思啊，知道你身体不好，我们也没办法。这位是——

院长就起身说，老陶，他们要做材料，要小齐先生配合一下。没什么大事，您先回避一下吧。老陶就不好意思再待在里面，说了声，这孩子一直睡不着觉哇。护士用知道了知道了的表情，把老陶哄送出办公室，并掩上了门。

三

正午的太阳，从窗外洒了一半到院长办公室的木纹强化地板上。公司代表在和年轻人谈话的时候，注意到他反复把自己的棕色休闲鞋，在阳光的边界移前移后，以致他们都觉得他在走神，他不愿意回答他们的问题。他的姑妈，一直很反对他们再次询问自己的侄子，尽管她个人和他们中的一个有私交。她反复强调，侄儿身体不好，在疗养。而他们自己也有些不好意思来访，公司的人私下早就交换过意见，大家猜测，半夜能在跨海大桥待着的人，肯定比跳海的张副总好不到哪里去。可是，偏偏，张副总家人因为悲痛而理智薄弱，他们要追问，那个人凭什么对张副总跳海无动于衷，还告诉他哪边水深，哪边水浅？还有，张副总手上的劳力士表，为什么到处找不到？是谁拿去了呢？——都是问题，很多问题。所以，公司只好派他们来打扰他了。

他们问得非常客气，语气近乎亲昵。但回答者则始终一副心不在焉的倦容。

问：请问您，当时您在大桥的什么位置？是什么时间？

答：在主桥塔边上……大概是凌晨三四点吧。

问：张副总是怎么和您说起话来的？

答：……没怎么说话。我来的时候，他已经在那里了。（呵欠）我在抽烟，并没有注意他。

问：深更半夜，禁止行人通行的跨海桥上有人，您不奇怪吗？

答：（摇头）我不也在那儿。

问：哦，对不起。然后呢？

答：什么？然后，他过来向我借火点烟，然后又回到主桥塔那儿。后来好像有很轻微的哭声传来，随风而来。若有若无吧，我不确定是不是他，我也没有看他。（他掩饰了一个小呵欠）

问：您觉得他想干什么呢？

答：他不是跳下去了。

问：他在那哭了多久？后来张副总和您说的话，请您也再说一遍，好吗？

答：我不能肯定他有没有哭。我一直懒得看其他。后来，他开始攀爬护栏的时候，我说，你真的决定了？

问：您是这么说的？

答：（点头）

问：他怎么说？

答：他停了下来。很久没有回答我。我不知道他什么时候又滑下护栏。反正，后来我抽烟的时候，他又过来了，要点着的烟。我们一起抽了一会儿烟，他一直不说话。我说，你给家人留信了吗？他按了按胸口。我说，这恐怕不行，到海里这东西能马上找到吗？

问：他就把遗书掏出来交给您了？

答：差不多吧，是塞给我。

问：您说了什么吗？

答：我告诉他，左侧主桥比右侧主桥的水深，约深九米吧。

问：再问一次，您真的，没有阻拦过他一次吗？

答：（摇头）我考虑好的事，也不会喜欢别人阻拦。

问：对不起，请原谅，我们冒昧再问一下，您和我们张副总聊天抽烟的时候，是否注意到他戴了手表？

答：……

问：手表……那个，一块好表，他们家里……

答：（轻微摇头）

问：您那天深夜在那里干什么呢？

答：……吹吹海风。睡不着，我就散步过去了。

问：您接了信以后，他怎么样，他马上就跳了吗？

答：没有，我们一起看了好几辆消防车开过去，拉着消防警笛，很吵。

问：然后呢？

答：他走到左侧主桥那边，很快就跳下去了。

问：你们没有再说话，好像您曾说，他道了谢，再走过桥面。

答：是，他低声说了。我忘了，对不起。

问：如果您劝他，他会不会改变主意？

答：我没有劝他。

问：如果您劝，我是说。

答：我不会劝。

问：他家人就是因为这一点，对您不太理解，所以，委托我们深入了解一下。因为按常理，路人还是会尽力劝他打消轻生念头的。您确定那天晚上，您——没有喝酒？

答：……（完全走神后回来，然后，缓缓摇头）

问：过后您是怎么想的，救人一命胜造七级浮……哦，对不起……也许您已经很自责了……

答：还好吧，过后我感冒了，一直咳。桥上海风太大了。

问：那封遗书您看了吗？

答：（摇头）那是私人信件。

问：请原谅，最后您再帮助回忆一下，您确实没有注意到张总手腕上是否戴手表？

年轻人已经站了起来，他谁也不看，自己走出了屋子。他姑妈瞪了两名西装男人一眼，一个男人抱歉地耸肩，姑妈狠狠做了个跺脚姿势，紧追年轻人出去了。

院长站了起来，鄙夷地说，你们是无聊。他父亲家产千万，我们那两个塑胶羽毛球场，都是他父亲捐赠的。一个破表！

耸过肩的西服男人不好意思地笑笑，说，得，我们回去会跟公司汇报。

捐赠这一节别说！院长说，他父亲不愿意，他更不愿意外界注意他儿子在我们这儿。你们别瞎汇报，断了我的关系！

另一个男人开始收拾录音机本子名片夹，他边收拾边嘀咕：那小子真是工程师？看上去恍恍惚惚的……

院长顶了一句：每个人都有恍惚的时候，就看你累了没有。

四

小齐先生的姑妈没有找到侄儿，却看到老陶。老陶一看到她，就乐呵呵地过来，把手里的一张单子递给她。看到小齐吗？姑妈接过单子却不看，拿眼睛继续四下张望，说，明明看他去了卫生间，怎么就没了。等了半天，人家说里面没人了。

老陶说，我帮你找。他指着单子说，这是偏方，专治小齐的失眠症。你回去帮他抓个药，下次带来，我去我们疗养院食堂帮他熬粥。吃吃看。

小齐姑妈感激而潦草地看了一眼，老人却不依不饶地指着方子念：远志枣仁粥：远志、炒枣仁、枸杞子各15克，大米150克。上述中药与大米淘净加水适量共同煮成粥，即可食用。每日1次，睡前1小时服用。有解郁、安神之效。

老陶很得意：我对中医很有研究。我给很多人配过方子。

小齐姑妈没有接腔，她根本没有心思听。

老陶带着小齐姑妈在宿舍里找到小齐，他已经睡下了。姑妈说，我等你一起吃个饭吧，看看你的伙食。小齐说很累，想睡一会儿。老陶说，是啊，他一个晚上没怎么睡。不如我带你姑妈去食堂吃饭吧。小齐点头说谢了。姑妈过去摸了摸他露出被子的脑袋，年轻人转头对姑妈笑了一下。

小齐姑妈本来要和那两位公司人员一起回城里，但侄儿的状态总让她不安心，便想留下来陪他说说话。小齐母亲生下小齐和他的孪生兄弟后不久就自杀了，死于产后忧郁症。做姑妈的为孪生兄弟付出很大，兄弟俩都还不错，学习成绩和体育都很拔尖，直到初中的一个暑期的夜晚，兄弟俩看完电影回家途中，被一醉汉的车给撞了。当时，小齐弟弟推了小齐一把，小齐只是轻伤，车轮下的小兄弟颅骨破裂当场死亡。从小一起长大的双胞胎兄弟，就只剩下了一个。

很多人担心小齐，但是他看不出有什么问题，他只是沉默，而他本来就不像死去的小兄弟那样热爱表达。小齐一如既往的成绩优秀，偶尔开口，依然妙语天成、幽默至极。节假日，他甚至愿意陪父亲及父亲新女友、姑妈表妹一家人去钓鱼踏青。一切都很好，亲友们都说这孩子懂事，不让人操心。大家把抚慰的重点放在青年丧妻、中年丧子、事业方兴未艾的父亲身上。

父亲看出儿子不太对劲。儿子坚持保留死去兄弟的所有遗物，甚至一双本来就要扔的开胶球鞋。兄弟俩本来一个房间，他这样的固执，外人看不出严峻。后来他们搬进了海滨独栋别墅，小齐坚持要给死去的兄弟保留一个房间，父亲给了他狠狠的一巴掌，他在暴雨中离开了家，彻夜未归。最后，双方都让步了，小齐的房间隔壁保留了一间空房间，但里面什么都没有，只是常年闭门。隔段时间进去搞卫生的阿姨，发现里面的东西一点点多了起来，包括一双快脱底的旧球鞋。外人依然看不出什么问题，大家羡慕齐老板。儿子高分进了重点大学，有礼貌、幽默、整洁帅气。只有家里的阿姨知道，每年假期归来，偶尔会发现小齐深夜呆坐在那间空房子里。父亲知道后，示意下人往里面搬跑步机等健身器械，小齐没有反抗。父亲多次夜归，发现儿子独自在那个空房间里，没有灯，只有洒进去的路灯或者月光。父亲想自己贴着窗子，仔细看里面的样子，一定很不好看，但是，儿子从来没有因此受惊，他是如此安定淡漠，而里面枯坐的黑色的人形剪影，反而给了窥视者以极大的恐惧和不安。

父亲就越发不愿意看了。

除了这个空房间，小齐说起来也没有更多让人操心的事了。只有姑妈知道他经常睡不好。姑妈也给他买了一些补脑安神之类的药。毕业后,他进了桥隧设计院,参与了本地几个桥梁的设计,其中一个桥梁设计获了大奖。领导和同事都很赏识他,因为富有才华,因为从不张扬,虽然寡言少语却友爱幽默,是办公室中令人愉快的同事伙伴,很多女孩子追他,他也相继交往着,只是,最终没有一个想娶。转眼三十六七了,姑妈、表妹们也开始不断给他介绍女孩,条件一个比一个好。他开始是应付,后来是直接推脱,不见。在姑妈再一次不打招呼地往家里带女孩时,姑妈吃惊地发现,侄儿的眼里浮起了一层反抗的眼泪。姑妈感到不忍,更感到说不出的害怕,这个害怕,和那个她从来不愿踏进的空房间一样,令她深深的恐惧不安。

五

疗养院的食堂,有点空荡,吃饭的人几乎走光了。

虽然和老人一起吃饭,小齐姑妈并没有满足老陶的好奇心,她甚至不愿意谈侄儿的任何东西,老人千方百计地绕着弯子问来的两人是要干什么,小齐姑妈只是轻描淡写地说,那个单位一个副总跳海了,小齐正好路过,他们来问问情况,办事的人是我同学。老人顿时兴趣盎然,但姑妈转了话题,她更感兴趣的是侄儿在这里的生活情况。

老陶说,不用操心,年轻人作风很正,那些来休假的人,嘻嘻哈哈地讲黄段子说腥故事,他从不掺和。有一次有个公司来休假的女孩喝多了,抱住他就亲,要他娶她。全场起哄,小齐当场就翻脸了。所以,这孩子很正派。

是吗？姑妈却并没有高兴的表情，反而目光忧虑。老陶说，是呀，他人很好。这样就聊到了老人的悼词写作。老陶情绪高涨了，从小齐乐于助人夸起，接下来就开始介绍自己的一生。他也客气地征询小齐姑妈的意见，关于儿童团护火电厂的那一段，要不要篇幅再大一点。

小齐姑妈说，也可以了。然后，她看了手机时间。老人怕她要走，话题又回到小齐身上，老陶问了很多问题，这些问题，有的是他道听途说，有的是在小齐那问不出结果或不好意思问的。比如，小齐是下岗还是婚姻故障才不工作的？年纪轻轻，有多大的心事都不能睡觉了？问得姑妈很后悔和老人一起吃饭。但是，她也感到老人关心侄儿很真心，因为老人说，我倒是想过了，如果小齐经济有困难，我可以帮一点。我这个年纪了，说走就走，钱留着没用。你看我三儿一女，一个在银行，一个在政府，一个是老师，在老家的女儿也是公务员，条件很好，家里什么都不缺。

老人说得很真诚，小齐姑妈觉得老人虽然话痨烦人，但也是个实心眼的好人。最后，老人说，下周我回老家，我让小齐跟我回我们小县城去散散心。路费呀、吃、住，都不用他考虑。他有点想跟我去呢。

姑妈有点意外，说，是吗？

老陶力邀小齐和他一起回三百公里外的老家玩，一方面是心疼小齐的身体，另一方面，他觉得，让小齐直接感受一下他革命一辈子的地方，对把握好悼词的内容和精神实质，肯定是大有益处的。

说起来，从老陶第一次冒昧请小齐看他的悼词，并委托他加工润色，他就看出来这个年轻人是体贴人的。乐于助人是说不上，但是，他很温顺，很尊重人，简直有点任人要求的样子，就这一点，就比他三个儿子可贵可亲。虽然他神情老是有点淡漠，但他的耐心和温和，完全弥补了这个先天不足。

因为总是讨论悼词这么个两万多字的大工程，所以，年轻人由此完全透视了老陶是个什么样的人，而老陶压根就不知道这个温顺又耐心的年轻人究竟是个什么人。老陶唯一比大家都清楚的就是，小齐几乎不睡觉。说起来，这一老一小在疗养院，出双入对，很忘年交的样子，但老陶对小齐甚至连最基本的问题都搞不清，比如，来白鹭湖疗养的，大都是单位组织来集体休假的，或者一些家境不错的老年人，被有出息的子女安排过来休息散心的。比如老陶自己。小齐哪边都算不上。问他，他只说，他姑妈让他来调养一段。老陶说，你单位同意你休这么久吗？他说，已经辞了。老陶说，那你老婆孩子怎么办？他说，还没有。

因为漫长的一生要回忆、要总结、要精粹提炼、要付之于"盖棺定论"的历史笔墨，老陶也真的无暇旁顾，所以，年轻人不爱说自己，老陶也没时间太上心。

小齐和老人老陶，真的一起踏上了回老陶老家县城的路。那是一座临海的历史小城。途中，因为一起大车祸，大巴被迫停顿了一小会儿。一个溜下去小便的乘客，回来惊悚报告全体乘客说，不是交通事故！是有人自杀，故意的！故意贴那辆车的！那司机太倒霉啦……老陶很惊奇，更惊奇的是，他看到年轻人淡淡的笑意。整车男女老少都被这个消息骇到了，而小齐的表情却和整车人完全不搭调。

老陶说，好家伙啊！这一下子，可能要死三个呢——你在走什么神？

小齐哦了一声，舔了舔虚火烤艳的红唇，有种隐约的笑意和兴奋感。老陶原以为他不好意思，有抱歉的念头，但看小齐似乎意犹未尽地在回味什么：贴上去……他说贴……

老人不觉得这个贴字有什么可笑的。年轻人打了个手势，似乎在说明"贴"的感受，老陶想起来一个大问题，说，喂，人家说，你来疗养院前，一个大半夜，亲眼看到一个老板从桥上跳下去了。很有钱的老板啊！真的吗？

小齐并不收回目光，但他点了头。

老陶拍了小齐肩头，似乎要把他拍出恍惚状态：——真的？！
年轻人回看老人。老人说，你——劝不住？——拦不住？

年轻人摇了摇头，好像是承认劝拦不住的意思，但老陶又觉得他不是这个意思，更像是没什么好劝好拦的意思吧，老人当场就不高兴起来。打这之后，他有一个多小时不搭理小齐，再没和年轻人说一句话。他越想越生气。直到进了城关，老人终于想起年轻人是自己极力邀请的客人，而且，他也想通了，此行往根本上说，分明就是老陶他个人的红色之旅，对这个睡眠不好却不辞劳苦、对他听之任之的年轻人，实在是应该好一点啊。再说，刚才他有什么极大过错吗？仔细想想，好像也没有，只是，天知道，老人觉得自己就是被他莫名其妙地激怒了。死，是一件多么重大、多么郑重的事情，人怎么有理由对别人的死毫不尊重、无动于衷呢？这就是这个年轻人可恶之处，他也太不懂人事了

想到死，想到自己的悼词，老人的心情渐渐转好。他对自己生

死无畏的境界充满瓷实的惬意和畅想。

六

老陶的女儿，虽说老幺，也一把年纪了，不过，快人快语的，还不时用手拍打父亲的肩头，看上去依然像个随时可能撒娇的小丫头。才坐下，女儿就说了，爸，吕局长，那个吕四番真走啦，你想让他主持你的追悼会，又不成了。

老陶对小齐说，这个小吕，不简单啊。最早是我一手培养的，先是调省里干了一任，很不错。这不，又高升啦！现在调北京去了。要是当年，我没有培养他入党，他不要想有今天。所以，小吕看到我总说，我是他最早的领路人。这话没错！

嗨呀老爸，人家总共才在你手下待过两年多，他吕四番这么说，是尊敬你；你老这么说，外人会笑话你！

谁敢笑？老陶说，他难道比小吕还厉害？在人才培养上，我就是那个慧眼识英雄的伯乐嘛。我们县里，谁还培养过比吕四番更大的干部？

是呀是呀，将来吕四番可能真的从北京飞来主持你的追悼会呢。

难说，说不定我追悼会的时候，他正好来视察什么的。

女儿不断给父亲夹来鱼腹上少刺的肉。小齐很快就理解了父女间这样的调侃风格。父亲一进门，就宣布说年轻人是他的忘年交，是他的私人小秘。对自己的幽默表现，老陶总是第一个欣赏的人，所以，自己话音未落，转调就哈哈大笑不止。年轻人不习惯老陶的嗓音宏大，他知道老人耳背，这是不自觉的，没想到，他那女儿也一样嗓音尖脆洪亮。夹在他们中间，小齐有点头昏脑涨。那个在厨房进出忙碌的女婿倒很安静，只是不时问问这个汤那个菜口感如何。

女儿说，我爸这人达观得要命，小齐，所以你看他能吃能睡，我的哥哥们都说他活一百岁没问题。哈哈，他的悼词我看也别写了，写了十年，他自己长命百岁，而他邀请参加追悼会的人，都死掉好几个啦！

这么说，不对，你不对。老陶说。

怎么不对？女儿说，五年前那一稿的时候，你悼词上说由马部长主持追悼会，结果，他比你先死了，脑溢血。还有那个，江副局长，还有城关镇那个陈书记，县委办常主任——车祸，死得很惨呢！女儿对小齐说，常主任整个汽车都飞到水库里去了。车上三个人，都没了。

女儿这么说，其实还是在逗父亲，在拐弯赞美他的豁达和健康。老人却被她的回忆弄得有点感伤，他对年轻人说，人总是希望死的时候，有些德高望重的领导、同事来告个别，一起怀念一下，你一生就算是隆重闭幕了。你看我后来的悼词，来参加追悼会的人名那里，都是填空，空、空、空，唉，到时候，你都不知道，还有几个人能填上去。要是七八年前，你跟我回来，呀，那不得了，请我老陶吃饭的人，都排不过来，都是真心实意地要拖我去吃饭，拉呀扯呀，非要我去！我去是给他们面子。小齐啊，人就是这样的，你要实实在在付出了，你一定会在后面看到人家也实实在在待你。现在，你年轻，不一定懂。小娟像我，她就知道，待人要真心。所以你看，她在这县城里到处都是朋友，县里那些领导，哪个不知道我女儿陶娟……要是你早十年二十年来，嘻，我家陶娟的名气，真是不输他老爸……

女儿拿一个嫩鸡腿肉，把老人的嘴堵住了。两人都笑嘻嘻的，非常开心。那个女婿的脸上一直客气而干巴地笑着，不时招呼小齐吃、你吃、吃吃。

女儿对小齐说，你家里还有谁？

父母、一个双胞胎弟弟。小齐说。

双胞胎呀？陶娟欢叫起来，真有意思！你们像不像？

比较像吧。我父亲有时都搞错，但是，我姑妈能分清。

嚯，那你妈妈都分不清？

唔，也许吧。

那你弟弟他现在做什么？

做他自己喜欢做的东西。

哦，陶娟说，你以后怎么办？我老爸说你辞职了。

年轻人点头。明显看得出他不想说了，可是，陶娟却很想帮助父亲这个小朋友。陶娟不喜欢年轻人的说话方式，老是用手捂嘴，好像口臭似的，也有点嫌弃别人口臭的感觉。陶娟有点不太舒服，但是，既然是父亲的客人，陶娟还是非常礼貌。她说，我爸电话里告诉我了，我知道一些你的情况。你三十多岁，正是工作的大好年华。当然你这年龄不比应届生，找个好工作，也有点难度。要在我们小县城，我也许可以帮上忙。但不管怎么说，一个人没有工作，肯定是睡不好的。所以，我看小齐，你赶紧找事做，也别拈轻怕重、挑三拣四的！

年轻人又点头，并不看陶娟。陶娟意犹未尽，却被父亲抢了话头。老陶说，要是真的就业困难，我找陶坚帮你。你原来到底做什么的呢？

请别费心，唔……年轻人说，如果我想上班，单位可能还会要我。他们不肯批我的辞呈，要我先休息，所以……

单位又不是自由市场，你想来就来想去就去。老人说，你都辞职几个月了，我看人家不会要你了。哎，你原来是干什么的？

……造桥的。

建筑公司？老陶说，嘻，你这体力行吗？算了算了，回去等你身体恢复了，你找我，我一定让我老二帮你。他门路很广。你有读大学吧？

谢谢了。年轻人笑了笑，说，再说吧。

晚间新闻看完后，小齐站起来说，他还是想到外面宾馆开个房间住。老陶说，这怎么行。你有多少钱啊！小齐说，没事，我有卡。

老陶有点生气。一个没有工作的人，怎么这么不随遇而安。他认定小齐经济拮据，又不自量力地挑剔。家里书房小是小，沙发旧是旧，可是，拉开来就能睡嘛。家里又没有小孩吵人。宾馆一晚上起码三四百，眼睛一闭一睁就没啦！简直是天下最浪费的事了！

年轻人说，我换个地方，恐怕更睡不着。

老陶说，你到宾馆就不是换地方了？

小齐茫然无措。陶娟说，看你怎么习惯，都行啊，如果能报销也无所谓。老陶立刻对女儿嚷起来，说什么话！他去哪里报销？笑话，我的客人到我家，还要去外面住旅馆？小齐，你安心睡下。明天我们的计划很满，要一早行动。小娟你赶紧把书房收拾好，给我们小伙子铺暖和舒服一点——小齐啊，你就在我这好好睡！

七

夜已经深了，小书房里，小齐依然睡不着。

开始是隔壁陶娟夫妇房间的电视声音很大，后来是老陶的鼾声如雷。小齐用隔音软胶耳塞，一直堵着耳朵，但是，声音还是大举入侵。比声音更逼仄他的，是陌生的气息，很重。他和他双胞胎弟弟都有一个习惯，把自己的内衣放在鼻子底下，闻着安神入睡，开始时双方打闹游戏，互相把自己的内衣蒙在对方脸上，后来就不分彼此，谁的气息都一样能够相伴入眠。保姆不会注意到小哥俩的这个细节，看到了就拿开抽开。但只要他们任何一个醒来，第一反应肯定是伸出小手，摸索内衣，自己的、兄弟的，都可以，重新搭在脸上、唇鼻间，就可以再度入睡。也许没有乳香温暖的孩子，只能这样互相慰藉。大学宿舍，他的这个习惯，被舍友发现后，被嘲笑了很久。那个时候，失眠没有现在这么厉害，顶多入睡难一点，但一点多基本能睡去。

鼻息着自己的内衣，年轻人等待着安眠药物的作用来临。但陌生家庭的气息太强大。自己的内衣也充满了旅途陌生人混杂的烟燥味道。他喜欢弟弟内衣的气息，这和他的是有区别的，兄弟俩的内衣都带有类似开水冲泡淀粉腾起的味道，尤其是穿三四天以后，更加明显。但是，他觉得他兄弟的略有一点甘蔗渣的气息，而他死去的兄弟曾说，小齐的内衣有牛奶沸腾的味道。

这些年，他已经彻底告别了兄弟的内衣。小兄弟刚死的那些年，他都是把小兄弟的内衣放在自己鼻息间，深深呼、深深吸。没有一个人会看到,他在这个深吸、深呼间泪流不止。他和死去的弟弟都知道,本来,小兄弟是不该死的,因为他并不想去看那场电影,他想去打球;可是,小齐那天非看不可。这是第一个追悔莫及的错误。而看了电影本来也不会碰上车祸的,但是,第二个永远不可饶恕的错误紧跟着发生了:小齐忽然想起他需要两个七号电池,小兄弟说,家里好像还有。但小齐说买多了也没有关系,反正都要用。车祸就是在兄弟俩出了那个文具店后发生的。如果,他不买这一排七号电池,他们就一定会错过那辆喝醉的家伙开的车,那么必定会错开这生死时空的一点。而车前那一瞬间,小兄弟把小齐推到了安全地带。在以秒计算的时间里,弟弟走了。回想起来,小齐难以置信,买七号电池的时候,他兄弟只剩下三分钟不到的生命了。

一想到这个,他就身体哆嗦、痛入骨髓。

多少个深夜,小齐只要在那个淀粉和甘蔗渣混合的气息中睡去,就能看到弟弟在这个气息的包裹中笑眯眯地走来。有一次,他看到弟弟挂了个拳击手套皱着眉头过来,隔天就发现,父亲已经把弟弟最爱的拳击手套丢垃圾桶了。有一次,好容易入睡,半夜却被人弹了一下脖子。用手弹的,拇指和中指成圈发力的那种弹法。嗡的声音,在他醒来之后,犹在耳边回响,是小兄弟回来了,平时他最喜欢这么弹击小齐。有一次,在那个为小兄弟所留的空房间,在那个摆满了健身器材的房间,小齐在屋角坐着睡去后,突然被耳边的一声沉重叹息唤醒。他睁眼四周查看,没有人,但健身房的每道阴影里,好像都记录着有人刚刚离去。

小齐的泪水爬过鼻翼,微痒的感觉最后停留在鼻尖,四周安静极了,他嘴里呢喃出声的却是妈妈……小时候,兄弟俩经常讨论过他们陌生的妈妈,一致猜测,妈妈是因为他们而死的,是他们共同害死了自己的妈妈。没有他们,妈妈一定不会逃向死亡。现在,小齐明白,他又害死了弟弟。

想念兄弟,想念妈妈。小齐孤独地怀想着他们的母亲,怀想那个双胞胎儿子刚满月就跳楼而逃的妈妈。他怀想被他害死的弟弟。

如果不想见弟弟,一定不要围着他的内衣入睡。然而,有一天,他意识到即使围着弟弟的内衣,弟弟也越来越少出现了。这个时候,他才开始沦陷于严重的失眠。但这种彻夜的失眠,是阵发性的,时好时坏。

设计西跨海大桥和演武海岸线大桥的时候,他睡得非常少。他喜欢这个紧张。只有这样他才能模糊,究竟是睡不好还是没时间睡。

随老陶返乡的旅程中,大巴出岛要经过这座海岸线的演武大桥。老陶发现年轻人似乎懂点桥的时候,有了谈兴。老人不无炫耀地说,我造过大桥呢!叫红旗大桥。他指着那座沿着海岸线蜿蜒如海浪的大桥说,不过这桥造得不简单,远看就像打上岸来的大海浪啊。我从来没见过沿着海岸线走的大桥,我回去跟县委分管副书记说一说,我认识他,我看我们县,海边沿线也应该造一座这么矮的海浪线桥。

年轻人说,造这么矮,是为了不挡住海中岛屿的美丽景观。

老人说,我很奇怪,这么矮,潮起潮落,还有台风天,不会把桥冲断卷走?

年轻人说,要事先考虑到最大浪潮高度,事先要计算浪托力大小的。

老人有点困惑，年轻人做了个手势，说，就是海浪往上的冲击力。这个位置的浪托力就非常大，每跨有五十吨的力，远远超过桥面动负载的下压力。这个由下而上的力，可以冲掉普通桥。所以，这种桥，它的支座非常特殊，要特别抗压、抗拉。

老陶说，你还真懂点桥啊。

年轻人呵呵了一声。老人说，你懂路吗？造路？

年轻人说，懂一些吧，但我喜欢桥。桥和路不一样，一般意义的桥，就是在不可能的地方，实现了可能，有点像绝地逢生。路呢，只要有人走，到处都有路。它和桥不一样的。

你小看路了。老人老陶说，真正的好路，还是要靠人造。靠走，哪里能走出一条好路。等你到我家，我带你去看一条了不得的路！

八

在老人老陶家，小齐辗转反侧一直熬到天蒙蒙亮，熬到了外面扫大街那种细竹枝擦地的声音。在天将欲晓的灰蓝色光线里，哗哗的扫地声，令人松弛安神。他猜，环卫工的扫把伞面一定很大，是用非常细的竹枝集束扎成的，把子很长，扫起来很轻省力的那种。听着听着，大概就是这个时候，他渐渐迷糊过去了。梦中他看到妈妈抱着自己，他很清楚是她抱着自己，她怀里的童毯卷得像个长春卷，另外一个春卷在地上哭泣。小齐又看到自己走到妈妈身边，却发现，春卷里面不是宝宝，不是他，而是一个蚕蛹。地上，也是一个蚕蛹，蚕蛹一鼓一瘪地抽动，在哭泣。

妈妈绝望地跑开了，好像哭了，他看到她披头散发地跑向天际。梦境换了，小齐感到自己在吐丝，就是一只吐丝的蚕，他的脖子因为吐丝吐得非常酸胀，可是，他就是不能把丝吐成一个椭圆形，他不能把自己包裹起来，藏起来。他孤零零奋力地吐，他的脖子忙碌得又酸又痛，可是，丝就是吐不圆，他不能吐出一个包裹自己的椭圆。那些丝只是不平展的一块，像块稠密的蛛丝破网。

他的脖子累得酸胀欲断，有人拍醒了他，喂喂，起来吧小伙子！快起来！去吃吃我们当地最有名的鱼卷汤！

小齐的眼睛涩得几乎睁不开，头痛欲裂。他的脖子扭卡在沙发直角里，酸胀的感觉从梦境延续到现实。老陶乐呵呵的，说，看来你在我家睡得很香啊，你看你的头，扭成那样也能呼呼大睡。起来起来！走，鱼卷汤太好吃啦！

小齐头昏脑涨地坐了起来。老人的女儿急冲冲在炖锅里放了一只小土鸡。她切姜弄蒜，头也不回地说，睡得好吗，小齐？

小齐微笑，说，好啊，很好的。

吃了城关的鱼卷汤加油条的早餐，老人老陶带年轻人去的第一站，是县文化馆。那里有一棵大樟树。老陶领着小齐进去，铁门边小房子里，那个脸像红枣的门卫叫住他们，要登记。老陶有点生气，大声说，登记？我来这还要登记？——这个地方我熟悉！刚解放的时候是公安局，我在这里当干事。那时候你在哪？你还没出生呢！

那个门岗说，那我管不着。你按规定登记就是。

老陶说，我看你什么都不懂！人你不认识，历史你也不清楚。公安局之后是广播站，广播站之后是样板戏团，再以后才是文化局，再以后……

不管是哪里，门岗说，现在你不登记就不能进！

老陶气坏了：太不像话了！你知道我退休前是干什么的？

红枣脸的门卫厌倦之极，又轻蔑之极。他说，县长来了也一样登记！不登记不许进！

立在一旁的年轻人，使劲按自己的鼻根、揉太阳穴。

他的头疼在早饭后，变成了偏头痛，似乎随着呼吸在隐隐跳痛。这个时候，他已经非常后悔跟老陶来他们家乡玩了。他揉捏着鼻根，拉了一把老人，示意他走了算了，文化馆看不看无所谓，没想到老陶突然拍了红枣脸的桌面：我告诉你！我在这里工作的时候，那棵樟树才这么大，老陶比画了一下尺寸。你这工作态度不行！要是我找县长谈谈你的事，你的饭碗就没了！根本不用惊动省领导。我告诉你，一个门卫，要懂得尊重人，啊！你以为我是来收废报纸、捡破烂的？是不是？！你给你们领导打电话。

小齐拼命揉掐着鼻根，老人猛敲桌子，让他头痛欲裂。红枣脸不知是怕了，还是彻底烦了，径自从后门走开了。老人老陶非常高兴，胜利地挥手说，进！我们进！

一个小小的文化馆，就一幢三四层的平顶水泥房子。楼前有块空地，空地上不知道挖什么，大蚯蚓拱过似的，可能是在铺管线还是什么的。几个人来去，表情都很淡漠。再走过一堆乱放的自行车棚，拐弯，就到了大樟树前。大树下居然有浅水蜿蜒，沟里面潺潺水流载着小小的卵形落叶流向远方。四周还是蛮清净的。

老人抚摸着老樟树两人合抱的大树干，看上去很动感情。你知道小齐，我在这里当助理干事的时候，我小陶誊写的文字、表格，清楚整齐可是闻名全县的！一张蜡纸我能手印一千八百份，没有一张破损。那时，我六分钟能印一百张！一百张啊，这个记录，在我们县一直无人能破——我的悼词里倒没写这个，唔，要是这些闪光点都写，起码要再加一万字。我这一生啊，怎么说呢，实在是可说的事情，太多了太多了……

年轻人说，一般人家……他本想问一般人六分钟是印多少张，后来感到自己对这个话题根本不感兴趣，便打住了话头。

老陶说，你说什么，你是不是认为加到悼文里比较好？年轻人心不在焉地点头，说，也是不错了。

如果按照老人的工作计划，参拜的第二站是热电厂的一个烟囱，但是，因为路不顺，老陶就带小齐去看一条长度为十七公里的公路。这是老人最为自豪的一件事。这条路连接324国道，位于城西北部，全水泥道。老陶说它用了快四十年，直到前些年，高速公路杀过来了，它才退为次干道。现在，显然走的车少了，路的两边高高低低地长了很多青草，花边似的，即使烈日高照，整条路依然显得冷清而感伤。

但是，老陶看它的目光，就像一个目送孩子去远方的父亲，他远眺着。

当年车水马龙，看不出吧，但你千万千万别小看它。当时我在县公路局指挥部当负责人，你知道吗，十七公里的路，每公里造价只有一万多元！一万多元啊，我还包括了拆迁、安置。而且！整个施工期间没有发生一起事故！非常平安、非常高效。——来来，你过来，你看看这路的质量。——什么叫路哇！老人领着心不在焉的小齐，走到路边，又走到路中间。现在到处都是豆腐渣工程，你根本想象不到，一个县城还能造出这么好的路！四十年的风吹雨淋、小车压大车碾,你看看,它仍然这么坚硬可靠。有什么秘密吗?有,那就是你心正,路就硬!

年轻人在路边,一屁股坐了下去。

哎,老陶说,怎么总没精打采的,昨晚你不是睡得很好?喂喂,你在我这条路上跑一跑吧,运动一下,好好感受一下我的路,要不,我也陪你跑跑。我以前跑过这条……

年轻人站了起来,说,我们走吧,老陶,我有点累了。

这么快就累了?我一个老头子,我一个遗嘱悼词都写了多少年的老家伙还没说累呢。现在的年轻人,真是豆芽菜体质啊!——你信不信,喂,我还可能跑百来米。老陶左右看看,想看看有没有车。年轻人连忙说,我信,我们还是走吧,大阳太大了。

老陶说,本来我也没有觉得造一条好路,是件功在千秋利在万代的事,你看我在悼词就没提到它。这是很稀松平常的事了。但是,你看,现在到处都是黑心工程,这个桥塌了,那个房子垮啦。唔,我看我不写写这条路,真是对不起历史对不起它了。喂,你说是不是,小伙子?

年轻人没有回答,他非常想马上回去,回到一个人安静的家,回到无人打扰的床上。他甚至感到脸边游丝而过了一种带着甘蔗清甜气息的淀粉味道,这是身体的渴望,渴望睡眠,渴望安宁。但是,一想到回去未必能睡着,必定又陷入另一种绝望,他绝望得简直有点想哭。这个念头刚过,他的眼眶就红了,泪水悄然溢出。他盯着远方,以掠头发的手势,顺便擦掉泪水。远方的左边,高高的路基上,能看到飞驰来去的汽车的侧背部。贴上去,贴上去。那个下车小便的家伙,怎么会知道这个隐秘的感觉?他的脑海里出现那个登上大巴车报告车祸的惊悚乘客。贴,那个贴的说法。贴上去……突然,脑海里看到一个女子披散着头发跑向天边……

你说好不好?老陶说。

年轻人茫然地点头。

你不觉得麻烦吗?老陶说。

什么?年轻人说。

我们重新整理悼词,来个去粗存精!看来有些东西我不写进去也是不对的。要与时俱进、尊重历史。

可是……年轻人迟疑了一下,你还是要考虑不能写太长啊,要知道来参加追悼会的人,都很……悲伤……他们不会太……集中精力听讲……我是说,你可能——

你看你看!你走神了嘛!我刚才不是问你,我们重新推敲选材,就是一个去粗存精的努力,如果实在是很多有历史价值的东西,实在是删不掉,我看我干脆在遗嘱里,交代儿子和小娟帮我出个悼文的文字稿,作会议附件,人手一份……

不会吧?年轻人在强烈的阳光下,眼睛都紧闭了,他紧闭着眼睛说,虽然现在开会都有文字材料,但是,开追悼会也发文字材料,会不会……

我看也没有什么!你没有文字,光听一遍,一下就过去了,很快就忘记了,如果有文字稿,拿回家还可以反复看看,回忆一下我这个人,其他没有来开追悼会的人,也可以补看。这挺好哇!咦,我看这是改革!

我们还是走吧,年轻人说,我也有点饿了。走吧,我们边走边聊吧。

栗色的阳光下，小齐的脸死白，看起来郁郁寡欢，简直死样怪气。老人感到这年轻人有点讨人嫌，他心里顿然不快，立刻指出：你才不是饿！我看你从来没有胃口！不爱动的人当然没有胃口，你是懒筋在蹦。我告诉你，你这样懒散怕动，极不健康！回去我给你找几份老人健康报看看……

年轻人仿佛没有听见老人的批评，他慢吞吞地往车站那边走。老陶越发不开心，回头又恋恋看了几眼野草镶边的寂寞公路，郁郁地迈步跟从。走了两步，老人突然冲着年轻人的后背，心犹不甘地大喊：要是你在这个路上跑一圈，我保证你胃口大开。你信不信？喂，——喂！生命在于运动——

九

一老一小在晚饭的时候，就和好了。年轻人谈笑自若，但胃口依然不好，除了喝下一碗红菇鸡汤，几乎不怎么吃饭。他计划明天上午出去的时候，顺便去买一张当日下午回程的大巴票。无论如何，他不能再待在这里熬一夜了。但是，看老人兴致勃勃的，他没敢说出口。可是，到了饭后，他就明白，计划流产了。原来老陶还要和他一起回去。而且老人已经叫女婿买了两张票，大后天下午才走。

而老人大后天走的理由，是让年轻人瞠目结舌的——"组织观念"。

老陶说，明天、后天是周末，单位都没有上班。只好等到大后天，也就是周一上午，我们才方便到有关部门报备一下。我虽然退休了，但毕竟还是有组织的人啊，外出，当然要跟组织报备一下。

这是起码的组织观念。

这样,年轻人又撑过了一个不眠之夜。他的安眠药已经加大到三倍。比前一夜更糟糕的是,他听到外面扫街的竹扫把横扫大街时,毫无睡意,只好起了床。他想,要不走出去,认识一下那把大竹扫把吧。他没有开灯,出去的时候,他轻轻掩上门。天色灰蓝。没想到,转到后面的窗外,看见一排新种的小柳树,扫大街的人已经扫向大街的另一端,正要走过去,脚底一软,却踩上一泡狗屎。年轻人感到恶心,扶着小柳树干,使劲磨自己的球鞋底子。眼眶深处的疼痛墨汁一样蒙蒙而起。

今天的计划是看热电厂的大烟囱。老陶睡起来发现,年轻人没有待在他的小书房,而是在客厅看电视,可是电视却是静音状态,一点声音也没有,看画面文字好像是香菇种植技术什么的。天知道他在看什么。不过,老陶很高兴,说,你今天这么早啊,看来你在我们小娟家晚上的睡眠质量非常不错。我看要不你就多住几天好了,我叫我女婿去退票。

不不不!年轻人站起来,我家里还有事,我最好是下午就走!

你能有什么事,不要瞎说了,你跟我客气什么!我告诉你,我们俩就是在这住半年,我陶娟和小谢也不会半点不高兴!

我的确是……

不要找借口了!别人不懂,我还不知道你的底细?一个人无牵无挂,无业游民,呵呵,你就安心当我小秘好啦,我们要实地考察,写个求真务实的好悼文。

去热电厂的路上,老陶一直在描述那个二十六米高的烟囱。老人越说越兴奋。年轻人看到老人的假牙,一直管不好唾沫轻溅,就把头扭开,但他开始莫名其妙地咳嗽。喉咙一直不对劲,这顽强的咳嗽,似乎在抵抗老人的诉说,可是,老陶有礼貌,总是关切地等年轻人咳过,再接起话头。老人说,你知道吗,十二年前,我们这儿被一个蛮厉害的地震波及过,当地好多砖烟囱都垮了,还有一些房子,知道吗,就是我老陶建造的这个烟囱没有!当时县里五套班子都赞叹那是一个奇迹,都差点要开经验介绍会了。你要知道,我可不是专业造烟囱的!老陶说。

那时,老人是县里基建局的一个负责人。热电厂项目上马是要献礼用的,施工非常急,专业设计建造单位,却因故不能按计划履约。老陶硬是遍访名师,亲自抓了这个大烟囱项目。土洋结合、创造辉煌。在老陶的描绘里,小齐觉得他相当于即将遇见世界第八奇迹,一座非专业出手、最匪夷所思、最高的、最美丽的、最抗震的烟囱,同时也是最具专业品质的、最具标志性建筑、最具城市历史价值的伟大烟囱。

但一眼见到那个烟囱的时候,年轻人感到稀松平淡。在荒草丛生的厂区背景下,年轻人以他专业的工程美学眼光,同意那是一个造型线条比较细致悦目的烟囱。下粗上细圆锥形,暗红色的砖,严谨细致,仔细品味,还有点傲岸。不过,这个热电厂已经没有什么人了。热电厂关停,老陶是知道的,这个用了二十多年的烟囱早不再冒烟,老陶并不太难过。他理解组织的战略调度,一个新的电厂已经崛起。旧的停用,尘烟排放据说要减少几百吨呢。老人觉得烟囱不冒烟,他一点儿意见也没有。但烟囱完全可以自成雕塑,作为一个历史进步的象征,成为一个城市艺术品。所以,在老人心目中,烟囱的分量是非常重的。他也有一颗像烟囱那样傲岸的心。

可是，万万没想到，他们跨进围墙的锈铁门，走近烟囱的时候，那个烟囱底下站了半圈多人。老人骄傲地走近那边，像国王走近自己的臣民，却听到惊人的噩耗，那些人正在规划商讨，在烟囱的什么位置安置炸药，才能让烟囱的倒向最合理安全！

老陶心脏病差点爆发，他感到自己心脏像被人捏面团一样死死捏住了。他拿眼睛看他的小秘，一口气就是上不来，那只捏住他心脏的手，只是稍微松了一下，又死死攥紧了。年轻人脸色依然煞白，看不出有没有受到刺激，但是，他看到老陶的样子，赶紧伸手搀扶他。那些预谋爆炸烟囱的施工人员，也发现了异常，有点惊惶，有人慌忙给老人递矿泉水，有人说是不是要救心丸还是打120？这当儿，老陶活转过来。他一手指着烟囱，眼里充满了泪水。

年轻人替他说，为什么要炸它？

一个人说，这地已经被拍卖走了，开发商要来清场了嘛。

年轻人便想把老人扶走，老人终于能发出声音，他的嗓子嘶哑，听起来却是很狂妄的叫嚣：炸它的人没有好下场！

场地的人不约而同地笑起来，这个情景，年轻人也笑起来。老陶却像孩子一样委屈地喊：我又没有带相机！没有相机……无论如何，我要下次来拍了你们才能炸……

回去的路上，老人一直不说话，干瘪的下巴不时委屈地抖动一下。年轻人觉得他似乎在忍住悲伤，他也许害怕自己一开口就会大哭起来。阳光打在老人的脸上，老人的哀伤和失落，像金子一样耀眼。每时每刻都处在头疼中的年轻人，看看老人，看看炫目的夕阳，又看看老人，内心涌起无限的羡慕。一个有所秉持的人是多么幸福啊，还有什么人能够让自己生命划痕如此深刻？这个啰里啰唆、不可思议的老人,恐怕他这一生的每一分钟每一秒里,都有小小的鲜花开放。一个平常普通的生命,被他调弄得摇曳激荡、圆满自得。年轻人想到他的两万字的悼词,羡慕而苦涩地笑了,但他脸上并没有笑容。他的脸依然是令人生厌的惨白。

路边袭来一阵阵烧稻草的味道,有农夫在远远的河堤那边,吆喝着牛。天高地阔、炊烟氤氲,满世界都是别人的自在安宁。年轻人忍不住内心的难过,眼泪悄然而落。不过,他悄悄擦去了。

十

年轻人和老人最终在次日告别。年轻人执意要走。实际上,那就是一老一少的永别了。年轻人从来没有说自己在他家书房里彻夜无眠,只说自己睡得还行,弄得老人非常生气。按计划,他本来还要带他去郊区视察一个看守所。那原来是劳改农场,老陶退休前任县司法局局长,陶局长在任职期间,对改造犯人探索了一套非常好的做法,在全省推广过,当时局里还写了一份经验交流文章,那些文字都是他亲自把关的。县委报道组那些通讯员,几乎一字没改,就发省报去了。稿子刊登后,反响很大的,外地很多司法部门,都来函来电取经。最不得了的是,中央人民广播电台法制频道都报道过。这怎么不去看看呢?

他说这话的时候,年轻人青着浓重的黑眼圈在收拾牙具,然后取外套、系鞋带。整个过程他保持着干巴巴的但礼貌温和的笑容。而整个过程老陶咬着一根大油条,亦步亦趋地跟在他身边,几乎是孩子气地、愤怒地挽留他,最后,老人那种无奈巴结的央求,简直到了丢脸的地步。

陶娟说，好啦好啦！下次再来看也一样嘛。让人家走啦。过两天你回陶勇、陶坚那边，你们不就又见面了嘛。

年轻人单肩背着空瘪的双肩包，看了老人好一会儿。他抬手，把手搭上老人的肩，轻轻地、有点腼腆地捏捏了一下，还笑了笑，这回不干巴，连眼眶都隐约湿润了。这个湿润眼神，老眼昏花的老陶都看清楚了，等小齐走远，老陶自得地对女儿说，他其实是舍不得走的。我们是忘年交啊！他了解我，他心里是佩服我的，你看到他想哭了吗？

你神经病！女儿毫不客气地说。怎么可能，一个大男人！你和人家有多少交情啊。要不然，这人就是脑子有问题！

一个月后，老陶和女儿谈到小齐的死，小娟才说，哦，真的，他那天和你告别好像是含着泪水的。不过，老爸，女儿想了想说，他不是为你含着眼泪的，是为他自己，因为他知道他心里在想什么。也真可怜。

老人老陶很不喜欢女儿的推测，他相信反复看过他悼词的年轻人，最了解他。年轻人和他有真实深厚的友情，这份情谊比儿子们更默契、更恳切，也更包容。至少，从表面上看，年轻人对老陶的悼词写作，始终那么尊重，有求必应，他给老人诚心诚意、尽心尽力的感觉，让老陶在惊闻他自杀的消息后，简直有姜伯牙摔琴之痛。

不过，老陶不得不承认，这个年轻人对他来说，充满迷雾。后来，年轻人死后，他甚至不敢肯定，他到底和什么样的人忘年交了一场。

十一

既然小齐已经先走一步,女儿陶娟就留老爸多住了半个月。等老人老陶再回到儿子家,小齐已经跳楼自杀一周多了。老人并不知道。又过了一周,出差回来的儿子想起来,曾替父亲接过一个同城快递,夹在杂志报纸堆里。儿子一想起来,就去翻出来交给老陶。里面是两页白纸,电脑打好的文字,细看是年轻人帮老陶整理的悼词前部分,关于儿童团保护电厂的那些。还有一段文字,看不出是应该插在悼词哪个部分,因为手稿在老陶自己这里,年轻人又没有标,老陶看来看去,接不上,又觉得写得虽然是肯定,但肯定得很奇怪。其中,有一段:

……老陶的生命,充满了全心全意、自给自足的欢乐。他浑然沉醉于生活给他的所有安排,不看命运脸色只管和它贴面起舞,自我沸腾……呵呵,他真是命运的强者啊。

老人思考了好一会儿,说:"呵呵"这两个字,用得不对,悼词怎么能有这样不沉重的句子呢?"他浑然沉醉于生活给他的所有安排",并不恰当,我一辈子,都是有组织有依靠的人,应该改成"党"或者"组织",完整句子应该是"沉醉于党和组织给予他的所有安排",这样就比较正确了。"贴面起舞"也不够严肃,"浑然",更显得不稳重,这会让与会者误认为死者好像没脑子。不好。

对于父亲这份打磨了十多年的致悼词,儿女们已经毫不掩饰他们的毫无兴趣。无人可商榷的老陶,只好自己去查了新华字典。浑然——有好的意思,表示质朴、纯真、完全等意,也有糊涂、混沌、无知的意思。老人情绪委顿,闷闷不乐。不能够这样。一个人的悼词一念完,他一生也就正式落幕了,剧终了。再有什么不恰当的表述、什么错别字,你都没有机会更改了,尤其还是你当事人自己经手通过的致悼词,再发生歧义或错误,让外人听了怎么想?

老人反复看着快递材料,费解中抑郁了好几天。他决定还是和小齐谈谈。虽然大家都离开疗养院,城各一方。他按年轻人留给他的电话号打过去,却每一次都是关机。又过了几天,老陶按捺不住,通过白鹭湖疗养院索要年轻人电话。那边很吃惊,说,你不知道他自杀了吗?!人都烧掉一周多啦!

老人老陶差点休克过去。一通电话没完,全身汗透凉湿入肺腑。放下电话,老人发了很久的呆,最后,他振作定神,又打电话,从疗养院要到小齐姑妈的电话,这才和姑妈联系上了。姑妈开始不想见他,老陶说自己有年轻人最后寄出的东西,姑妈才同意老人来,并让小齐父亲的司机去接他。因为,到现在,他们全家都没有找到小齐的任何遗言。

老陶带着年轻人寄给他的东西,到了小齐家。结果是,小齐父亲和姑妈并没有因此获得更多的关于小齐自杀的原因,而老人老陶反而更加糊涂了。直到那一天,走进海边独栋别墅的老陶才知道,和他交往那么久的小伙子,是个根本无须他援助的富家子弟。他原来以为的落魄者,是个颇有名气的桥梁设计师,自杀前两天,单位刚通知他,他设计的海西悬索跨海大桥,获得了全国最高专业奖——茅以升桥梁设计大奖。老人这才醒悟,难怪年轻人对大桥如此熟悉，那个沿海岸线行走的低矮大桥，也是他参与设计的。

　　这个爱桥，并把桥视为绝地逢生的年轻人，却走不出自己的绝境。

　　在齐家，在小齐的房间，老人老陶看到一个漂亮的姑娘，一看到他进来就眼圈红了，好像老人是小齐最贴心的亲人。还有一个清秀干练的女孩，在帮助阿姨递茶送点心。姑妈在一阵情绪失控号啕大哭的时候，指着两个女孩对老人哭诉，你看，造不造孽！都是喜欢他的女孩。她手指指了一下，好像是指那个清秀干练的女孩，两家人都说好要安排结婚了，他突然又逃避了。我们根本不知道他在想什么！连死，都不肯留下一个字！姑妈又大哭起来。

　　断断续续听了小齐的生前事，老人老陶费解到想大发脾气。这算什么事？！有个多少人羡慕的好职业、年轻、富有、才华还受到赏识、家庭幸福、讨女孩子喜欢。这样再美满不过的人，有什么理由睡不着觉？有什么理由辞职去疗养？这样的人自杀，简直是犯罪！实在太过分了，太不像话啦！说来说去，不就是睡觉差一点，不就是有个设计项目后来发现有缺陷，领导说了几句，不就是头发掉得厉害一点——失眠当然掉头发。胃酸过多？常年服用偏头疼镇痛药？算来算去，统统都是屁大的事。那个叫小齐的年轻人，这样的死法，不是戏弄人吗？不是鬼迷心窍毫无心肝吗！

　　老陶气得厉害。他把小齐最后的手稿，夹在了他的万言悼词里。

十二

　　有一天，老人老陶和儿子陶坚路过了世界上最低的海岸线大桥。老陶突然想起那个叫小齐的年轻人。老陶难过之极,让儿子停车。听说这就是那个自杀者设计的大桥,儿子便把车停在了紧急停车道上。父子俩下车,他们第一次仔仔细细地打量这座蜿蜒的、世界最低的海桥。年轻人说过一个奇怪的词,浪托力。可是,老人怎么想,也想不出这个词了。

儿子突然笑出声。老人说,你笑什么?

儿子说,我想起你的悼词了。

老人说,你别说,他做事就是比你们认真。你们没有一个比得上他。如果他不死,肯定能造更多更好的大桥。

儿子说,我是想,这个一直想死的人——他帮老爸你润色悼词的时候,究竟在想什么呢?

老陶回答不了儿子。老人极度沮丧。

儿子又说,他设计了这么多好桥,却自杀而去。这种人怎么还能那么认真耐心地帮你润色悼词?呵呵。

老人很久没有说话,反复抚摸着护栏,儿子催他上车的时候,发现老人老泪满眶。老人第一次为他年轻的朋友哭了。老陶说,我实在实在是想不通,要是我能造出这样一座桥,再怎么样我都不可能去死。一个人做了这么了不起的事,你说,怎么会想死呢!你说,他怎么会想死呢?!

儿子笑,说,你要想通了,也许早都被人致过悼词了。

新年雨季来临的时候,老人老陶溘然长逝,蛮突然的。告别仪式真的是由他生前单位的年轻领导人主持的,陶娟叫他张副局长。张副局长声音很响亮,也很悲痛,只是节奏比老人预想的快。那个准备了十来年的悼文,被简化处理了。追悼会前,人们拿了前不久的一个死人的悼词对照了一下,只对陶永福同志做了一个简要的生平介绍,致悼词本身,只用了两分多一点的时间。

万言悼词没能派上用场。

但是,三儿一女对老爸的遗嘱是忠实履行了。

老陶最后一份遗嘱是:

一,如果我得不治之症,请立即给我安乐死,不要浪费国家医药费,社会舆论不会谴责你们的。(注:不治之症的前提不存在,此条不适用)

二,我是彻底的唯物主义者,骨灰不要搬来搬去,就近做肥料撒;遗物全烧掉。(注:这个做到了)

三,清明节别给我烧纸钱,死者根本就不知道;火化时一包香烟一杯酒陪伴就好,这是我这辈子相伴时间最长的伴侣。(注:这个也做到了)

最后一条是:把我个人剩下的钱,尽数交了党费。

火葬场回来的一个月内,陶家兄妹就把父亲户头上的三千零七元一毛钱,直接转账代交了党费,清了户头。存折剪毁的时候,也没有人悲伤,也许受父亲革命乐观主义精神感染,陶勇、陶坚、陶娟忽然相视而笑。

小齐和老陶,都走了。这一老一小,不知在天堂是否相遇。

黑领椋鸟

一

有一种刚抽芽的嫩芦苇颜色,特别像黑领椋鸟的叫声。

在空旷无人的山岭中,春天的微风轻轻推动带着露珠的芦苇新叶,黑领椋鸟的叫声就在快要消散的淡紫色雾气里传来:唧唧,啾啾啾啾,唧唧,啾啾啾啾。有时候在梦中,宗杉不能分清是黑领椋鸟在铁塔上掠过,还是新抽出的青嫩芦苇在梦境里晃动。

黑领椋鸟是最早到高压铁塔做窝的,三月它就来了,随后喜鹊、八哥,偶尔有灰鹭就相继来了。宗杉喜欢看黑领椋鸟,每一只黑领椋鸟都有一个黑色的围脖,它们大都白脑袋白肚子,翅膀上黑白相间的羽毛有如水墨画。老秦说喜鹊好。喜鹊飞过高压铁塔的时候,展开的黑边白翅膀的确很奇异美丽,但是,它响亮的叫声"cha-cha-cha"的不耐听,音色也粗哑。老秦比宗杉更不爱说话,他只说,喜鹊是吉鸟。乌鸦不吉祥,所以,老秦也不喜欢八哥,因为八哥也基本是浑身黑乎乎。在铁塔上,不会讲话的八哥,基本上就形同乌鸦了。

有一只八哥讲话的,在仁云变线#171铁塔。当时,它的窝建在绝缘子串上的斜铁架上。它们的窝有脸盆大小,里面有四粒带灰色斑点的蛋。宗杉把草窝托起搬移的时候,八哥夫妻要啄宗杉。但宗杉必须移开,不然,它窝里那些枯藤长草、布条、破塑料什么的,风吹悬挂搭到绝缘子串或者导线跳线上,就会立刻跳闸,发生断电事故。

宗杉只是移开,老秦上来就是一把掀掉,二十几年来都是如此。很多老巡线工也都是这样对付"鸟害"的。而鸟们制造的大面积断电事故,后果也的确严重。老秦这两年不爱登高,他负责地面,高空作业都是宗杉来。宗杉从来不把鸟窝毁掉,宗杉把它们小心地移送到一个离绝缘子串远一点的地方,还是在高压铁塔上。但那对八哥夫妇很不高兴。一周后,宗杉巡线又看到它们搬回去了。宗杉只好再次登高拆迁。平心而言,宗杉每一次都是文雅施工。在接近它们的攀登途中和乔迁中,宗杉总说,早上好哦,早上好。

八哥夫妇,或者夫或者妻,总是对宗杉尖叫。它们竭力反对宗杉攀爬上来,反对宗杉接近、接触它们的窝。在宗杉轻风细雨的问候中,它们气愤万分地叫喊、振翅、顿脚、啄击宗杉。

这个你建我拆的拉锯战持续了四个回合,宗杉还是赢了。因为最后一战,宗杉把一个废弃的足球连尼龙网兜,捆在它建窝的位置子,占了它死认的风水宝地,它只好愤愤地屈居在宗杉移动的窝里。没有想到的是,这对钉子户就在极度气愤中,学会了"早上好哦"。它说得比宗杉快,有点像磁带快速播放。老秦不相信,他说,胡扯八蛋。他甚至没有好奇心爬上铁塔看看。老秦真的老了。

二

每一年的三月四月，是个和黑领椋鸟约会的季节。

走在早春淡紫色的空气里，交错不息的鸟叫声，金属般穿透天际，很快地，山谷里，远远近近的铁塔之下，鞭炮花、迎春花、桃花，甚至雷公草尖、清明果草，都会模仿着各色青翠的鸟鸣声，尖细地、娇脆地、婉转地探出地面或枝头，然后在鸟鸣的鼓励下，一点点、一瓣瓣、一丝丝地绽绿爆红。山谷就鲜活起来，只有远山还是淡淡的灰蓝，宗杉他们知道，真正走过去，那里沉静的灰蓝就没了，其实也是春天的生鲜景色。

每年三月到八九月，都是高压线路鸟害最严重的时期，七八百座铁塔，一月要合计清理两三百个鸟窝。那也是巡线工汗流浃背的日子了。鸟害严重的线路，一个小组有时是四五个人。宗杉和老秦是老搭档。他们这条线，鸟害一般般，有那么七八座铁塔比较严重吧。鸟害越来越重，老秦比较烦。老秦去向上面发牢骚要人，没有要到。老秦说，老二，就是你没有和我一致对外提意见，所以我们组就追加不到人。

追加不到人，所以这一老一少，在寂寞的山岗上，总是保持着两人行。

每一次线路出巡，从城市的尘烟、噪音和浑浊的颜色中走出来，宗杉就感到脑门子水凉清新，有时尾骨神经那里忽然一个麻颤，唧唧，啾啾啾啾，唧唧，啾啾啾啾，就是黑领椋鸟的叫声掠过耳旁了。当然，宗杉对老秦说，不是每一声的黑领椋鸟的叫声，都这么厉害，是有的时候。老秦不屑地沉默着，宗杉就更想解释清楚,他说,就是很久没有听到忽然又听到的时候,比如,隔一个秋天冬天什么的,一听,尾骨神经就自动酥颤了。

两人一直走。年年都这么走。穿过深郊,隐身崇山峻岭,或者绕过长长的水库。宗杉年年都知道,黑领椋鸟在人迹罕至的山岭中、在高大的细叶乔木上、在高压电铁塔上,正等着它的对手或暧昧的朋友。

年年如此。

后来老秦的膝关节很酸痛不灵活,宗杉就让他在地面多休息。有时宗杉在铁塔上,看到下面,老秦已经歪在蜂蝶飞舞的金色树桩上,瞌睡过去。这个时候,穿着防护服的宗杉,独自坐在五六十米的铁塔上,心情就特别空旷无拘。他悠然地看东看西,看着春天绿油油的田野和淡黄浅绿的山岭植被。有一次,宗杉在望远镜里,看到一对年轻的农家夫妇,忙里偷闲,在玩猪八戒背媳妇的游戏,最后两个人都跌到大片的油菜花地旁的水田里去了。还有一次,看到几个背着茶篓的采茶姑娘在一垄垄的茶树间,野兽一样地疯狂追逐。

他们组的鸟害重灾区,都在云遥这一带。不爱说话的老秦说,他年轻的时候,鸟害没有这么严重,因为这里都是茂密的树木,很高大的乔木,木棉啊、大叶榕啊、古樟啊、落羽杉什么的,但是,现在,它们基本都被砍光了,鸟就跑到高压铁塔上来了。

第一次认识黑领椋鸟的时候,是很多年前的三月的一天,它特别的叫声,就像春野上的一支忽然竞放的红杜鹃。宗杉站在铁塔底下,尾骨突然被电打了一下地颤动了,他仰起脑袋。唧唧,啾啾啾啾,唧唧,啾啾啾啾,像一串串水晶乐句,消散在万里碧空,空灵深远得令人惊愕。两只鸟站在电线上，一只颜色是黑白，一只是深棕白，后来宗杉才知道黑白的是雄鸟，深棕白的是雌鸟。一个放牛的老人慢吞吞地经过宗杉的身边，后来又转了回来。他指着天上说，人家一窝原来是六只鸟，这两只是大鸟。上周村里把那几棵木棉和高大的什么树都砍了卖，刚孵出的小鸟，都摔死啦。它们拼命地叫，现在，看，只好住你们铁塔了。

很快，宗杉就能在百鸟争鸣中，分辨黑领椋鸟的叫声了。在#177铁塔，有两只花脚黑领椋鸟敢栖息在宗杉肩上，一只浅色毛绒球一样胖的雌鸟，有一次在电线上横走到宗杉身边，轻啄问候了为它而保持不动很久的宗杉的指头。不过，后来，宗杉再也没有看见它。

夕阳苍茫、暮色渐起的时候，有时宗杉会特别想在铁塔多待一会儿，宗杉不想下去。事实上，他们很少拖到傍晚收工，一般也就是一两点、两三点。这时，老秦就会喊，天黑走啦！更经常的是，他连喊都不喊，到铁塔基座用扳手使劲一敲，自己就往山下走。暮色里的所有小鸟，就和匆忙下爬的宗杉默别了，晚风有时把它们的羽毛吹翻过来，像一只只道别的小手。

爬下去的时候，宗杉在想，倦鸟归林啊，对于黑领椋鸟它们来说，到底是归高压电线好，还是树木丛林好呢？不过，无论怎么想，反正再疲倦的鸟儿，也已经没有什么林子好归了。

三

今年鸟害最严重的时候，宗杉开始牙疼。所以，关于"鸟害"，主战派和主和派商榷最激烈的时候，宗杉往往牙疼不在现场。主战派们个性相对直截了当，做事痛快，比如老秦，当年他说他还吃过毛鸟蛋，就是把铁塔上孵蛋的大鸟轰开，把快要孵出鸟的鸟蛋，在铁塔角铁上磕开，就哧溜喝下去，老秦说他的师傅说这个——大补、壮阳。老秦后来不小心喝吐了，在一个山岗遍地狂呕，他就再也不能吃大补壮阳的毛鸟蛋了。后来，他就看一窝踹一窝。窝里有待哺的幼鸟，一般都是连鸟带窝，抓起，塞进事先准备的袋子里，封死丢弃。有些时候，老秦上午才解决了一窝，下午路过，勤奋的钉子户又再叼草抢建，老秦说，他气得隔周就带了气枪过去。他说，太他妈的挑衅人了！

塔基下，那天，他们俩在树阴底下吃早上带来的面包和矿泉水。忽然，宗杉左边大牙咬到什么硬东西，顿时牙骨剧痛而酸软，他痛得矮歪了半个身子，老半天不能说话，光捂着腮帮看着群鸟斜飞。宗杉用舌头摸索着检查到底吃了什么坚硬颗粒，没有。确实没有什么硬东西，口腔里最坚硬的东西，不过是一小片绿豆大的麦皮。

宗杉张嘴让老秦检视他的牙，到底是哪一颗坏了。老秦往宗杉嘴巴里看了半天，说哪一颗都好好的。老秦还比以往多说了一句话，张这么大，你他妈的还真像上面等喂食的小鸟。

听说主和派都是提拔起来的年轻人，他们尊重动物，认为在树木越来越少的历史时期，和小鸟的战争是徒劳无益的，他们努力提出要因势利导。鸟窝没有什么不好，不好就在于它们爱建造在绝缘子串上方和导线跳线上方的危险部位。引开它们到铁塔其他安全的地方，就对了。主和派大都是思想大于行动的人，他们温和、谨慎，做事拖泥带水但喜欢公布自己大好想法。

在主和的思路下,老秦宗杉他们小组也被率领着进行了不少探索实验,比如,投入统一制定的三角箱,占据危险部位,令鸟儿被迫移居(但鸟儿偏偏在三角箱旁落户,而三角箱不能做大,做大了会影响绝缘子串的检修),未遂;在铁塔安全位置赠送精美铁皮鸟窝,引鸟入室(喜欢铁塔上安家的鸟儿,根本不喜欢封闭阴暗的窝,它们追求敞开、高空的阳光,拒进),未遂;购置太阳能风力驱鸟器(鸟儿趁无风的时候,把反射阳光的三个叶片,用草绑起来,令其不能反射阳光而失效),未遂;投入超声波模拟老鹰发出惨叫的恐吓装置(刚开始几乎吓破胆子的鸟儿不久就识破,那不过是假老鹰),未遂……

宗杉现在回忆起来,所有这些举措,像是在不断进取中一气呵成。其实,不是这样,每一个点子从想出来到付诸实践,要一个过程,被证明失败,也要有一段时间。在这些进程里,情势会发生变化,一些关键性的有志人员可能会提拔高升,和鸟工作就暂停一下;等接班人到岗后,又需要一点适应时间,就会再有一个和鸟的好点子出现,这就开始又进入了一个新的循环,这个努力一般会持续到有志者高就再暂停,但是,暂停之后,新的循环随着新人新构想的产生,也一样会慢慢再开始。宗杉抽空去治牙的这段时期,主和派打出的思想旗帜是和谐——人与自然的和谐,这样,上上下下都非常支持他们。和鸟工作好像又紧锣密鼓地开展起来。

老秦那些主战派脾气不好,资格老,就喜欢说怪话风凉话。老秦是惜言如金的人,只说了几句,什么鸟没少,官倒多了不少。那些积极进取的人,也不高兴,他们批评说老秦他们就是工作思路传统简单、层次低。

四

宗杉躺在女牙医的怀边。口腔医院诊室里十几张就诊躺椅,都调得让病人的脑袋快比屁股低,以便牙医坐着,轻易就把有着烂牙坏牙的病人脑袋,揽入怀中考察或者治疗。第一次就诊,女牙医就确诊宗杉左侧上牙的倒数第二颗大牙隐裂了。是严重的牙隐裂,必须立刻处理,否则宗杉的牙随时会四分五裂,宗杉就永远地失去了这颗牙。而这颗牙,女牙医介绍说,是宗杉整口牙齿的中流砥柱。她说,所有人都这样,倒数的第二颗、两侧上下对应的这四颗牙,是主力牙。

把嘴巴张到最大的时候,宗杉就会想起老秦说宗杉像个等食的幼鸟。有一次,宗杉张得过大,或者是女牙医摆弄得太久,宗杉竟然下巴脱臼了。嘎巴一声,宗杉的脸颊顿时酸疼难忍,支吾难言,真像一只绝望悲惨的小鸟。女牙医格格笑着,后来,找来了一个老牙医。老牙医的手在宗杉下巴上,一按一转一托,咔嗒,好了,复位了。

牙医总是冷酷镇定的人。哪怕她长着温柔美丽的眼睛,长着白玉兰一样纤丽细腻的手。第一次女牙医就奋力锉开了宗杉的一根牙根管,用一根绣花针大小、通身有电钻扭纹的针,掏刮里面的牙神经。这痛得宗杉像被电击一样,几乎弹离诊疗椅。在那根针的肆意刮拽中,宗杉看到自己的牙根管像象牙一样长,一直倒长向脑海深处。那根后来宗杉才知道的叫扩大针的东西,就在他脑髓里狠狠刮擦抽拽,又好像是刮椰子壳。宗杉充满了对牙根管里的牙神经的断想:它是直溜溜的一棵树,还是有着丰富的树杈呢?

在云义变线的#161铁塔，有一窝新出的喜鹊。大喜鹊似乎很亢奋，看不出是不是攻击性增强了。对面，更低些的山顶，#162铁塔上，宗杉看到他熟悉的那只大花脚黑领椋鸟在看他。等一下宗杉会从这端电缆直接滑到那座塔，看看它。它会听到宗杉带着毒杀残余牙神经的药棉气息的问候。他们已经是老朋友了。黑领椋鸟是怀旧的鸟，旧的树、旧的窝、旧的朋友、过去的风景。

喜鹊窝里有五只小喜鹊，也许妈妈刚刚喂饱了它们，幼鸟们懒洋洋地用暴突的半睁眼睛看了宗杉一眼，没有恐惧也没有饥饿感。有一只幼鸟，好像是习惯性地大张了一下喇叭一样的大嘴巴。看到小喜鹊巨大的嘴巴，宗杉才想起鸟们一生都没有牙齿吧。它们自然也就没有牙神经，它们的神经就是树了吧。

检查完这个塔座，宗杉通过高空电缆吊滑到黑领椋鸟所在的铁塔上。黑领椋鸟在那里等他。宗杉一挨近，大花脚的黑领椋鸟倏地腾空而起，划了个弧线又落在原位。这是一个友好的身体问候。宗杉跟它挥手，它略带警惕地再次小幅腾起，很快就理解宗杉的问候，停在了宗杉触手可及的铁塔角铁边上。宗杉说，你好吗？它歪着头看宗杉，宗杉向它伸出舌头。它又歪了一下脑袋。

宗杉模糊想起一首儿歌。兄弟五六个，围着柱子坐，什么什么一分开，衣服都扯破。宗杉说，打一食物。黑领椋鸟黑宝石一样的眼睛，听得眨巴了一下，它歪着困惑的头。宗杉说，你见过的，绿色的，像芦苇一样的叶子，没有锯子边，不割手，兄弟五六个就是它的根，老了的根，你再想想，噢，应该叫打一蔬菜。想起来了吗？

大花脚黑领椋鸟目不转睛地看着宗杉的嘴。

它说话了，唧唧，啾啾啾啾，唧唧，啾啾啾啾。宗杉觉得它的嘴巴几乎都没有张开，那一串冰清玉洁的声音，就在他耳边荡漾而起。

恭喜你！猜对了。没错，是大蒜头。哦，你不喜欢它的味道吗？我知道的。我是想跟你说，我的牙齿裂了，要分家了。昨天我很痛，痛极了。牙医用一根很细的电钻针，把我挑起来了，整个人都挑起来，她把我荡来荡去。因为她挑扭着我的神经。唔，没有牙齿当然不行。你可以，我不行。我要牙齿的。什么，一颗也影响吃饭吗？当然，影响，严重影响，因为它有神经。痛起来的时候，比一棵飓风里挣扎的大树还要痛。痛极了。

一人一鸟，很安静地站在铁塔上。

唧唧，啾啾啾啾。黑领椋鸟没有叫，是宗杉希望它叫而吹了口哨，但是，很不像。有点古怪。它就飞走了。起飞的时候，哨音就在宗杉耳边掠过，唧唧，啾啾啾啾，唧唧，啾啾啾啾……

黑领椋鸟掠过静谧的蓝而发白的天空。

峡谷那边，一只黑色的老鹰在高空翱翔。下面，粉白色的桃花、紫红色的映山红，在满山遍野的灌木林中一丛丛竞放。

五

巡线工从一座山岗，走向另一座山岗。单位内部刊物有人发表诗作：我们从一个人生的山峰，跋涉向一个更高的人生山峰。狂风、暴雨、阴霾和冷雾、炎热和严寒，都阻挡不了我们电力人向上的心……老秦用这个铜版纸刊物垫屁股，再后面的诗行，到了屁股下面，他就懒得挪开屁股念了，就停了。

山岭铁塔间的起起伏伏的高压线，就是他们的行走方向。一路查看线路，有没有枯枝乱草搭线，有没有塑料袋乱挂等各种潜在隐患，有没有线路歪斜、树倒线断、被盗被损等等。老秦说，他年轻的时候，巡线工都是骑车，骑到山边，撂下车就进山了。等到收工才出山。线路检护的效率很低，每次出山都人倦马乏，碰到心里有事，想死的念头都有了。有一年大年二十九，在荒郊野外，故障突击抢修完，老秦爬下铁塔的时候，草丛里忽然蹿起一条忘记冬眠的蛇，咬了老秦一口，结果是无毒蛇。老秦说，为什么不是有毒的呢？妈的，反正都咬了一口。

在宗杉和老秦结为师徒搭档之前，老秦被新官上任的安检组长严厉查处过。悄无人迹的山岗山岭中的很多铁塔，被那个聪明的安检组长随机挂了一些吊牌。巡线工到了哪里，巡检完，就应该把吊牌摘回来。这样的好处，是巡线工不敢偷懒。老秦有一个吊牌没有拿回来，他说，是忘了拿。可是，他和原搭档没有通好气，搭档辩称是来不及去。老秦硬说去了，还处理了一个鸟窝。这样，口供不一致，老秦就被严惩不贷了。后来，汽车用得越来越多，把巡线工送得越来越远，但是，山里的行走，一座座铁塔的检修护理，还是要靠人工深一脚浅一脚地进行。再后来，那个组长早已经提拔到外地挂职了，老秦还在山里行走。老秦有气，所以，鸟害季节，他下手特别狠也就可以理解了。老秦有个机灵的儿子，写过一篇《我的爸爸》的作文，说，我爸爸最大的愿望就是驾驶直升飞机去巡线，为大家送来光明。但是，这篇作文被老师表扬不久，儿子就夏天溺水而亡了。老秦还有两个女儿，她们都不喜欢写作文。老秦说她们像她们妈妈，又贪吃又丑，没有出息。

二十多年过去了,现在,真的开始有直升机巡线了,据说一架飞机两小时,等于六十个普通巡线工两天的工作量。不过,老秦已经彻底没有斗志了。有一次,宗杉把一窝鸟,用外衣兜着,一路提回去,他也没有讥讽。那是一只被气枪打伤翅膀的灰鹭妈妈,守护着它刚出生却无力喂食的鸟宝宝,它们都奄奄一息地在窝里。而过去,老秦是很烦这些婆婆妈妈的事的。这些鸟最终还是死在了宗杉家里。老秦这才淡淡地嘲笑了他。

在巡线的时候,他们需要望远镜。每人都配有一个性能不错的望远镜。老秦不喜欢用它来查看线路上妨害安全的鸟窝、树枝、塑料袋什么的,他喜欢在家里看别人的家。但是,老秦只有看到特别有趣的东西,才会跟宗杉说上两句。有一次,他说他看到对面一户人家真正的"床头打架床尾和"的精彩故事,具体怎么精彩法,他没有再说。

宗杉也望到一个有趣的故事。有一个秋天的公休日,宗杉望到一户人家的客厅。盘腿坐在地上的男主人,在点地上的生日蛋糕上的蜡烛,和他围坐在蛋糕旁边的是三只狗,一只花猫。其中一只狗和猫差不多大,第一眼宗杉还以为是两只猫。

宗杉看到那个人合掌祈祷、念念有词的样子,看来是他自己过生日。再下来就是分蛋糕。每只狗还有猫前面,还有他自己面前,都有一个纸碟子。男人把蛋糕切了在每只盘子里放了一小块。两只狗站了起来,离去;小狗和猫嗅了嗅碟子,望远镜里,看不清它们两个有没有品尝,后来小猫也走开了,只剩下一只小狗坐着。男人自己吃了几口。然后是大声招呼的样子,宗杉以为会有人过来吃蛋糕,但是,没有。不管是人还是狗,都没有再过来。男人寂寞地把蛋糕奶油点在自己鼻子上一大坨,又迅速点在唯一坐着陪他的小狗鼻子上。小狗跳起来,男人也跳起来,奔跑追逐就要点,大狗小狗顿时沸腾叫闹起来,宗杉这边都隐约有声,而小猫则在飞速蹿来蹿去,男人呵呵大笑。宗杉也笑起来。

第二天宗杉告诉老秦,老秦说,脑子有病啊!再没人给他过生日,也没必要拉猫狗过啦!神经病。

想到那个欢乐的场景,宗杉嘿嘿直笑。老秦说,小子,你他妈也是二百五!

后来,宗杉在山岭中告诉老秦,那个屋子里还是有其他人的,只是不常看见。有时,能看见晾晒的女人内衣。有时还有很多个男女在客厅里。偶尔还有老人出现。不过,看上去,男人和猫狗,是最容易出现的。

六

宗杉申请打麻药,但女牙医不鼓励宗杉打。她说,没有感觉神经,会使人不知深浅。在操作上没有呼应,这样不太好,甚至危险。宗杉苦苦哀求。女牙医就往他牙龈上恨铁不成钢地戳了一针。很快,宗杉就感到自己口腔发凉发苦。舌头有点木。女牙医随后就叮当操作起来,宗杉还是感到抽神经的痛,挣扎着摇手示意。女牙医似乎很高兴他还有感觉配合,得了大便宜一样地大干快上地说,好了好了,一下就好了!

牙根管要一根根地抽。每颗牙齿四根牙根管,像鼎一样吧。每根牙根管里的神经,在宗杉现在感受起来,都是参天大树。宗杉被女牙医抽得阵阵哆嗦,不由短促呻吟。这时,好像在十多张诊治床之外，一个大约刚会讲话的孩子的哭叫声传来了，那个声音像从水里冒出来，晶莹剔透：放开我呀，放开！回家！回家！接着是更加响亮有力也更加晶莹剔透的请求：不打针！不打针！回家呀！

宗杉猜不出孩子在接受什么治疗，他在他的哭叫请求中，老是想到和他对望的黑领椋鸟。他趁女牙医换针的工夫，直起脑袋搜看一眼，就看见一堆人中，面对他的护士在温煦地笑。宗杉也觉得有点好笑。只有孩子可以这样肆无忌惮地提出反对意见。成年人不行，要么忍，要么选择麻痹神经。宗杉后来觉得黑领椋鸟空远清泠的叫声有镇定作用。

唧唧，啾啾啾啾，唧唧，啾啾啾啾……

女牙医其实挺好，她大度自然地默许宗杉的脑袋抵在她美丽的工作胸口。宗杉在剧痛中，也能不时感受出她的弹性和温暖。有一两下，他甚至感到他的脑袋触动了她的乳头。这使他有点震撼。但神经剧烈的扯扭痛，并没有因此淡薄。女牙医认为宗杉的神经太过娇气，直到最后，被允许漱口时，宗杉抱怨说舌面麻木，一嘴发苦。她才恍然大悟：我说推针怎么没有阻力，原来麻药都推到你嘴里了。你怎么不早说呢？宗杉说，你绞着我的神经，堵着我的嘴，我怎么说呢？

女牙医在透明面罩里面微笑。宗杉觉得即使是阴谋，现在看来也是有点美丽的。

宗杉说，你喜欢鸟吗？

女牙医没有说话。表情回归职业化的淡漠。她摘下面罩，起身到电脑面前操作什么。她说，先交钱，然后下去拍个牙片。

在桃花谷，满山遍野的桃花已经剩下花朵的胡须，一大批小小果实正在诡秘地生长。满地的桃花瓣已经烂去成泥，或者随风远逝。地面不再绚烂，天空也不绚丽。桃花林中间和靠近茶山的尾端有两座高压铁塔，这花海之间的铁塔，一般是喜鹊的最爱。喜鹊是爱美的鸟，它在空中展开的尾巴，一路翻飞着桃花的妖魂之舞。

那一年的这个季节，宗杉和老秦在桃花谷中央的高压电塔上发现一个鸟窝，里面竟然有五只猫头鹰幼崽和两只喜鹊共七只小鸟。当时，老秦抖开随身的行刑处置兜，就要往里面塞鸟封闭。宗杉死死拦住。

老秦说，还想养啊，你养死了几只啦！

宗杉打电话给他动物园的同学。对方说要。

没想到，动物园因为猫头鹰不易人工饲养，只接收了稍大的两只小喜鹊。宗杉通过动物园的同学又找到农林水利局。农林水利局林业站的人，立刻派出专车，把五只小猫头鹰寄养在一个农庄式的绅士休闲俱乐部，俱乐部表示待小鹰能够自立生活后再放飞大自然。不料半年后，俱乐部负责人报丧说，由于附近有许多居民偏头疼，或是有人偏头疼四处找买猫头鹰，结果，五只猫头鹰相继被人偷偷盗猎了。

这之后，老秦经常叫宗杉老二，意为二百五的简称。

七

在宗杉最后一条牙神经被杀死后，单位的和鸟工作又上了一个新台阶。新一轮的和鸟运动正在展开。听说多家报纸都登了，长篇报道了他们与鸟和谐相处的追求过程。老秦说，里面没有点名地表扬了宗杉多次救鸟、护鸟事迹，歌颂了巡线工的整体素质。老秦看报说事一贯很闷不精彩，宗杉又基本不看报，回家只上网，因此，他也不知道这事到底走到哪一步了。对于他来说，每天还是和过去一样。那一天，在铁塔上，他顺便把口袋里的牙片亮给那只大花脚黑领椋鸟参观，黑领椋鸟认真看了那个黑乎乎的小底片，但不以为然。

你不认为这里面有过一棵树吗？宗杉说。

宗杉把底片对准亮光，看，这真的不是你的老家形状吗？

黑领椋鸟礼貌地啄了一下那张黑底片。一只棕色白色相间、毛感松软如球的黑领椋鸟飞过来了。看来最近它们俩关系紧密。飞过来的棕白色雌鸟，嘴里衔着一个蕨草类的枝。宗杉有点吃惊：你们又要造新房吗？

两只黑领椋鸟偏着脸看他。

拜托，绝缘子串上、跳线上面，是不可以的。铁塔的其他地方，随便了。

两只黑领椋鸟都谨慎地看着宗杉比画的手。雌鸟更加偏头，明显保护着自己嘴里的草。

旷野风高，远处传来嘚嘚嘚嘚——嘚嘚嘚嘚——的鸟鸣声，很像一个孩子在有节奏地敲打什么铝制品。还有一种像人把舌头侧卷起来吸气的声音，不知是什么鸟发出来的，声源方位都定不下来。铁塔下面，老秦在草地上使劲擦自己蓝色塑料头盔上的鸟粪，他大声咒骂，他妈的他们要秀给谁看？！这么重的鸟害，只有靠直升机来洒农药啦！

铁塔上，黑领椋鸟伉俪还在听宗杉说话。……棕色的……它们没有你们这样的黑围脖，它站在那里，怎么像练劈叉一样，两根细枝，它一脚抓一根；另外一只鸟呢，更逗，爪子一上一下抓着一茎芦苇，简直像撑竿跳的起跑，哪有这样的鸟啊，我第一次看到，可惜我忘记了它们的叫声，不然我可以模仿给你们听……

很快的，新成立的鸟害防治研究小组副组长就邀宗杉一起去农贸市场，寻找一种竹编的筐子类物品。他们理论推断，这些喜欢高大疏叶乔木的鸟们，可能会需要这种容易洒满阳光的敞口筐子。宗杉想，副组长能致力鸟害事业几天呢？就像多级火箭一样，鸟事业助力后，被一级级退下，火箭头就向着更高更远的地方而去了。

看来，副组长研究过不少鸟，一路给宗杉讲述鸟类知识。他说宗杉看到的那种练劈叉的鸟，可能是棕扇尾莺；还说市鸟类研究所有个美女专家，大笑的时候，身上会发出植物的香气。他兴致勃勃，说，已经约好了，如果我们今天找的这个筐子可行，省电视台一套就要到山里的作业地进行现场采访，到时，他会建议宗杉和那个美女鸟类学家一起参加采访，谈谈感受。

宗杉摇头。一方面他害怕镜头对着自己，还有一方面，他觉得这事张扬地拍摄采访起来，是件滑稽古怪的事。

农贸市场没有他们要的东西，在一个贩子的指点下，他们又驱车到一个郊外的老竹器社，终于找到了这样的东西。有两种备选，浅口的像脸盆那么大，深口的就是一尺深的普通箩筐了。最终，他们深口、浅口的各选了三个。

在他们来之前，几个编织老头挥舞着关节粗大的手，在唾沫顿挫地辩论，论题是12生肖有没有一个好东西。说没有一个好东西的反方代表说，牛，老实，就是傻瓜；说猴，滑头、不可靠；马，当牛做马，因此等于牛；猪，又懒又笨；兔，没有前途；虎，狠、恶霸；鸡，鸡头、妓女；蛇，阴险；老鼠，人见人厌；狗，贱骨头……

辩论交锋最厉害的时候，组长和宗杉进去了。正方老头说，龙，就是没有缺点的。龙就是好东西！反方老头说，龙，最假！世上根本没有，有，就是假冒伪劣……这样就等于捅了马蜂窝，所有的老头都生气了，有人摔了编织一半的筐子气势汹汹地去小便。

几个老编织匠听说宗杉他们是给鸟买窝，还要放到山上，求小鸟住，就一起呵呵笑起来。有个长得挺像麻雀的老头说，现在到处洒着浸过毒药的红谷子毒老鼠，结果，老鼠没毒死一只，麻雀喜鹊全部药倒，它们不懂，飞下来啄。你看，我们村以前麻雀最多，不怕人，现在都看不见了，天上树上都很安静了，都没有了。有个对辩论意犹未尽的老头说，鸟也不是好东西！一个老头愤愤地站起来：什么生肖，何止生肖！在你们眼里，哪一个动物是好东西？通通都不是！就是要吃！

宗杉和副组长不明白老人为什么那么激动，就讷讷地赔笑着。

几个老工匠互相看着又笑起来。他们替宗杉他们失望，也为他们的努力有些兴奋好奇。

这时，外面传来了鼓乐队动静，鼓声由远而近。愉悦、热烈，高蹈的旋律，宗杉以为是结婚喜庆。

两人抱着筐子，才走到竹器社门口，就看到一队人马从村里迤逦而来，嘭咚——嘭咚——嘭咚——嘭咚——前面是白色咔叽制服鎏金的军乐队阵势，半人高的白色大鼓，小号、唢呐、钹，后面一长队人马，打头的捧着一方照片，医生一样的大褂、少数民族特色的白帽子，安然平和地走着。

竟然是出殡！在这么个激越、昂扬、高亢、达观的军乐中，他们在为一个老人送行。

宗杉愣住了，忽然眼眶发热，泪水差点掉下来。

副组长拍了宗杉一下，两人穿过小马路，走向汽车。

他们的汽车跟在这支像喜庆一样的出殡的队伍后面，慢慢地开，直到大路口，和队伍分手。分手的时候，副组长才说了一句话，希望我死的时候……也有这样了不起的音乐相送……

宗杉就对这个人有了一点认同感。

八

九月中旬，在漆树微微发红的时候，满山遍野的近千座的高压铁塔上，都高高地放置了一两个浅口竹筐，远看就像塔上安了个接水的脸盆。试用了一个月多，看起来八哥、黑领椋鸟和喜鹊灰鹭，还是比较喜欢浅口的那种，所以，浅口筐就被推广适用。

随着媒体报道，许多单位来拍照、取经。防治鸟害小组非常忙碌，赶写了不少调研文章和适用情况汇总，听说局里也在筹备全国丘陵地区护线经验介绍会。

老秦和宗杉依然两人一组，在深山浅滩里逛。那一天，老秦说，老二，好像很久没有看见你的花脚黑领椋鸟了吧？见宗杉没有搭腔，老秦说，天凉喽，八成是被人弄去进补了吧。

宗杉正在暗自思忖这个问题。凡是在大花脚黑领椋鸟喜欢落脚的区域，尤其是云遥变线#177铁塔，他都留心过，的确都没有看见它，也没有看见它的新妻子。#177铁塔绝缘子串上的浅口筐，已经被一对八哥占据，里面居然还有晚育的没有睁眼的两只小八哥。

大花脚黑领椋鸟去了哪里？是真的不喜欢别人赠送的鸟巢无处落脚而浪迹天涯？宗杉想起它歪着脑袋听他说拔牙故事，以及像牙医那样，观看他牙片的样子，就在铁塔上无声笑起来。极目远望，山高岭长，一座座铁塔，骑山镇水，连接天涯。

大花脚黑领椋鸟去了哪里呢？

那天晚上，宗杉梦见大花脚黑领椋鸟所钟爱的#177铁塔严重跳闸，其他地方也频频告急，一脑海都是紧急呼叫、紧急救援的信号。接下来全城一片黑暗，死沉沉的黑暗，密不透光，一丝光也没有，黑得稠滞沉重，黑得令人窒息。所有的声音和光，都被吞噬了。

比地狱还黑沉。宗杉看不见自己的手。他翻转着手掌，一直想看到。

唧唧，啾啾啾啾，唧唧，啾啾啾——

宗杉感到尾骨一阵星尖的酥麻。

很轻微、很清亮的第一声鸟叫出现了，晶莹、纤细、透明，如流星滑过。

是黑领椋鸟。

唧唧，啾啾啾啾，唧唧，啾啾啾啾——

每一声黑领椋鸟的叫声，就能看到一个针尖大的星光从黑色的穹窿下透射下来。

唧唧，啾啾啾啾，唧唧，啾啾啾啾——

唧唧，啾啾啾啾，唧唧，啾啾啾啾——

宗杉想辨别哪一声是大花脚黑领椋鸟的，可是，鸟鸣声越来越多，晶莹闪烁，后来就像银河飞瀑，无数的水晶颗粒在天宇激荡翻飞。抬眼望去,漫天星光璀璨,一支、两支、无数支的细长如十字、米字的银亮星光,穿透黑色的穹窿,充满温暖地洒了下来。

梦中,宗杉知道大花脚一定在里面,它是最清新的那一支星光。

醒来时,宗杉发现自己泪流满面。

毛毛虫

到现在，我依然觉得，这种毛毛虫，只有最急功近利的大人或者洪小军这样的白痴小孩，才会下手弄它们。在我复述这种毛毛虫的时候，我的鸡皮疙瘩就微微耸起。当年，每一次我看到它们，就无法克制地颤抖，而在单位大院里，我是弹弓打鸟的神枪手，是能用两条红领巾做出游泳裤的孩子王。

其实怕那种毛毛虫的人很多，比如我妈妈隋满芬，她曾经改名隋东红，后来我爸爸还是倒台了，她就自暴自弃不再强求大家叫她东红了。还是说毛毛虫。隋满芬不怕蟑螂、不怕老鼠、不怕普通的毛毛虫，不怕天不怕地不畏鬼神，但是，她怕我说的这种毛毛虫。在我们大院里生活过的人，说到六十年代，估计很多人脑子都挤满了那种毛毛虫。

我们大院大门进去，就是灯光球场，球场后面是纵向排列的五六栋平房套房，直到城墙边。在每栋宿舍房中间，分别是一溜比房子高两倍的喜树、比房子高一倍的合欢树，还有比房子宽展很多的梧桐树和木头梨子树。但是，灯光球场周边，和连接五六栋宿舍楼房的大道，有好多棵像樟树一样的大树。我已经忘了是什么季节，应该是夏末秋初，那个树下就会垂吊着、爬行着绿色的巨大的毛毛虫。它实在是比普通毛毛虫大了太多，匍匐在地上，就像一条条人的食指，每一条都有男人指头粗长，肥硕，鲜粉绿色的，体侧有蒺藜一样的毛刺。那个季节，我们院子里经常听到女人和小孩的惊叫声，有的是一打眼正面相遇了，就在你鞋子前面，也许不止一条；有的是"哗就"一声踩到了，毛毛虫被挤出一大堆令人恶心的内腔，与此同时，踩它的人，就惊恐地补叫。甚至是晚上，踩到它的人，根本看不到它，光听了"哗就"一声，她们就没命地尖叫。我妈妈隋满芬就打黑布伞，她以为很安全地走了一趟，但是，回家一收伞，天啊，一根绿色的食指就扒在她的伞上，她就一声连一声啊以——啊以——啊以——地歇斯底里补叫。那时候，太穷了，要不她肯定要把伞丢了。她就命令我去刮掉，我用眼神命令我大妹妹去，大妹妹就命令我小妹妹去。小妹妹就厉声尖叫。我妈妈就过来狠狠拧我耳朵。强龙斗不过地头蛇，我只好去了。从拿起黑伞开始，我就开始打抖。我非常想控制自己，不是想到要撑孩子王的面子，真是怕那根绿食指被我自己抖下来，掉在我脚上。有一次，我拿奶奶的吹火棍，敲山震虎地打击雨伞，要它跌下台阶下面的水沟，它却扒得更紧，我只好用吹火棍的一头推它，那个肥大的绿色身子，一戳就软陷下去，身子上两根蒺藜刺互相碰了一下，而头上倏地伸出两支鲜红欲血的触须。我哇地跳一边，吐出了刚吃不久的地瓜稀饭。后来我大妹妹英勇接手，把那绿肥食指狠狠打进明沟里，可是，我小妹妹忽然大叫说，呀，你握的是刚才哥哥捅虫子的那一头！我大妹妹触电一样，哇地甩手惨叫，也吐出了刚吃下去的地瓜稀饭。

我们在城墙上打野战、玩情景剧的时候,都不需要严刑拷打坚贞不屈的那些东西,不管哪一派被俘,只要说,给他一条大毛毛虫!对方立刻就把至爱亲朋、昨天在食堂偷的馒头统统都交代整齐了。这种毛毛虫厉害到,你根本不需要真的执行,光是一听,所有的坚贞不二的心都没有了。只有一个小孩不怕,那就是洪小军。他也不算小孩了,比我们大七八岁,个子比他爸爸老洪还高,可是,他是白痴,动不动就歪嘴呜呜大哭,口水掉得很长;喜欢重复别人说话,喜欢打自己和别人的头。有时候打着别人的头,还自己感伤地呜呜长哭,好像吃了多大的亏。我奶奶说他傻进不傻出。

虽然他个子像成年人,但他只有五六岁的智力。所以,老洪老婆有时被他莫名其妙的、没完没了的呜呜呜呜弄得心烦,就央求我领她儿子去玩,每次都被我推掉。我是孩子王,手下有一个大院二三十个同龄男孩,呼隆来去的,谁也看不上洪小军。

其实,我妈妈隋满芬在任何时代,都是漂亮的,只是我小的时候,对那个烂熟的老对手的认识一直混沌迟钝,她老年痴呆后,我依然没有今昔对比的恍然大悟。这个状况一直延续到她死去之后的有一天,我翻家里的老照片,才惊觉隋满芬有着对时代而言的不像话的美貌。现在,倒回去回忆,难怪隋满芬当年可以有那么多不可思议的任性和霸道,那么嚣张、那么跋扈。说起来,有这个生命底子做支撑呢。其实不单是我,大院里的很多孩子,都吃过我妈妈的巴掌。比如那谁谁,上学的路上还在玩弹珠,我妈过去一屁股一脚,一声暴喝:还不上学去!两个小孩,就没命地抽着鼻涕往学校狂奔；比如，那个住水池边宿舍的艾卫星，那天趁各家午睡安静时光，和妹妹艾小宝爬上土墙，忙着偷墙那边的老百姓家橘子林里的青橘子。我妈妈从厕所出来，也不叫，过去就把艾卫星猛地一把拖下，吓得艾卫星尿了裤子，艾小宝鼠窜而去。我妈妈把下巴磨破的艾卫星押到他家，对老艾斥责性地宣讲"从小偷针、长大偷钟"的做人道理，害得老艾叔叔中止午睡，狠狠抽了艾卫星一顿。艾卫星换下的尿湿裤子，被老艾老婆发现裤子又被磨破，她也参加了殴打。结果水池边那栋宿舍好多人的爸爸妈妈的午间休息，都被艾卫星的鬼哭狼嚎搞中断了。据我所知，在我妈妈发疯前，单位大院里的孩子，一看到我妈妈，不管有没干坏事，基本都是溜墙根走开的。

　　和他们相比，我挨我妈打的理由，根本谈不上需要有他们这些开会也能使用的大道理。我挨打经常显得琐碎而莫名其妙。比如，穿球鞋的时候，后跟踩在鞋帮上，我妈妈手上的擀面棍就一棍扫在你大腿上；比如吃饭，不慎打了个喷嚏，有一颗饭粒奔出，隋满芬一筷子就抽到脸颊上，你脸上立刻暴起两条早晚会相交的红铁轨；打破碗碟，那你就死定了，你的福气造化就全看我妈妈当时手上是毛衣针还是拨火钳了。有时我端端正正地走在她身边，忽然脖子就挨了一掌，你摸着脖子东看西瞅，搞不清什么理由和原因。隋满芬已经走前面好几步了，匆匆的屁股写满愤怒。我只好猜是不是刚才踢了小石块，可是，鞋子也不是新的啊。

　　我父亲欣赏我的聪明，我奶奶疼爱我的机灵，我两个妹妹仰慕我一呼百应的孩子王气派。但是，我妈妈不这么看。隋满芬是我家、是整个单位大院我唯一的天敌，我似乎生下来的全部意义，就是为她整治和克复所专用的。我妈妈练我的时候，我爸爸不能救，我奶奶也不能救，否则战火会扩大，而且熊熊不息。

但奇怪的是，我妈妈似乎是个颇有人缘的人。除了我老了才看出她有力量的美貌之外，还有一个我从小就知道的，我妈妈的手巧。我家的蝴蝶牌缝纫机帮助很多邻居缝补过衣裤，单身汉、有家的，我妈妈基本来者不拒有求必应。她能够通宵不睡，为结婚的新人，赶织一件毛衣；单位很多叔叔阿姨的鞋子里，垫的是我妈妈做的鞋垫。来自北方的隋满芬，还会做包子馒头和水饺。在南方，在当时，这简直是奇迹。我妈妈发面功夫高深，豇豆粉丝或者酸菜馅的包子，又大又松、香飘万里。隋满芬的馒头，结合当地人的习惯，放了很多碱，那个黄色的大馒头，我的天，一扒开，香会熏得左右人微微眩晕口水满腔，肚子像公鸡一样叫。水饺我们不轻易做，票肉供应得太少啦，洪小军妈妈在冷冻厂，有几次给我们家弄来一些冰冻猪头肉，我们就包了大白菜猪肉饺子，还送给洪小军家吃了一碗，洪小军妹妹吃得笑眯眯，洪小军吃得呜呜哭，之后，擅自拿着空碗到我家说，还要。

那个时候，住在我们家附近的邻居，都是有福的。只要不是惹我妈妈隋满芬生过气。她会计划好的，轮流来，一次送一两家，一家送一两个，关系密切的，可能有四个，通常是菜包子或者黄色的碱香馒头。要知道，那时面粉有点金贵，都是我们家大米口粮省下来买的。

出事的那一天，是周末。前一天晚上，洪小军的妈妈给我家带了一些冻猪脖子肉还有猪皮。她用报纸包着，夹在胳肢窝下，特务一样闪进门来。一进屋就示意我妈妈小声,一边还支棱着耳朵表示隔墙有耳。我妈妈感激地死命压抑自己的声音,表情就变得很夸张。妈妈扭着脸说,哎呀!你们干吗不留给小军小华吃呢!小军妈妈像特务接头那样低声道,有,我们有。

那个时候,大概因为物质匮乏,好像邻居们送东西都是鬼鬼祟祟、遮遮掩掩的,万一被第三方看见,就很不好意思。送东西的人家会使眼色,要求别声张,受礼的人家,会蹑手蹑脚地表示惶恐不安,万一那家人不谙世事张扬着推辞,对方就会急赤白脸地低喝:忒!难看不难看!赶紧收起来!

为了避免难看,这样,普通的礼尚往来的活动,家家户户都喜欢派小孩子来完成。一般情况,都是女孩子来承担的。我们家主要是靠我玲珑剔透的大妹妹。她能把我妈妈交代的外交辞令复制得惟妙惟肖,包括语气轻重的拿捏;小妹妹也派过工,但是,她的平衡感似乎有点问题,一次摔破了空碗,一次连烙饼带碗都摔明沟里去了,当然碗也破了。我妈妈气得暴打她一顿,当时她手上拿着纳鞋底的锥子。残暴的出手,迫使我爸爸奶奶联手相救,结果,我爸爸也被锥了一下。小妹妹从此就失去参加礼尚往来的活动的资格了。

本来那一天,送包子是我大妹妹的活。但是,我大妹妹有自己的黑名单。凡是上了她黑名单的,她就拒绝前往。据说有些人家的人,惹她厌烦。比如,老洪叔叔家的洪小军——他老爱敲摸她的脑袋;比如老吴叔叔的老婆——她口臭极了,齿龈都鼓着红包,又喜欢呵气说话;比如阿心姑姑家——她的一只手有六个指头,接碗的时候,让我妹难受不安。

我大妹妹是我妈妈最宠爱的干将,一贯劳苦功高,所以有资格挑肥拣瘦。她不干的活我干天经地义。所以，那天，最后一笼大包子好了的时候，我妈妈说，快吃！完了趁热给老洪叔叔家送去。我妈妈说完，拿着草帽就走了。她要去加班送杂志。我奶奶已经用一只大碗扣着另一只大碗给我，说，小心点。烫。奶奶还说，包子倒出来，就把碗赶紧拿回来，不要拿人家东西！我点头。我知道很多人家，讲究空着碗回来不好，要回点礼，最不济的放两块新生姜也好。

我抱着一对扣碗，像抱着西瓜，一路贼贼飞跑。穿过合欢树宿舍楼，来到前座的喜树宿舍楼。靠西头的第二间就是老洪叔叔家。他家也是一个套房，最外面是个大厨房。里面有一张吃饭桌，一排好大的灶台。灶上有三口大锅，其中一口锅管堆放杂物，一口锅管生锈，最外面的一口大锅管煮饭做菜。老洪叔叔在单位比我爸爸的官小一点，总是心事满腹的样子，基本不搭理小孩，但是，也不太管我们。我有一次在他家玩大锅，假想着里面咕噜着一锅红烧猪肉，和洪小华一人一把大锅铲奋力对炒，结果，我把他家的锅打破了，锅耳朵下面三寸地方，有了一个花生大的三角形小洞。洪小华当场挨抽了，她跺脚说是我干的，不赖她。洪小军咧着嘴，帮着她哭。但是，老洪叔叔没有骂我，事后也没有告诉我妈妈。不然我肯定逃不掉一顿暴打。凡是涉及别人家的事挨打，很多家长喜欢在家门口、过道、操场等公共地带进行，而且下手都特别狠，故意让我们鬼哭狼嚎地让大家都听见，告慰受害方，以示自己家教严格、管教有方。

对于我来说，他家的锅简直就是三口井，囫囵煮一个我们这样大小的小孩，肯定没有问题。后来，我才知道，他们家养过猪，那么大的锅用来煮猪菜。在我家,我奶奶是不会让我们接触厨房用具的,而且,我们家的锅只有他家一小半大,平淡无奇,激不起任何想象力。不过,即使老洪叔叔家的锅像井,那次把锅玩破之后,我也没有兴趣了。主要还是我烦洪小军那个呆子白痴。

我把大热包子抱进老洪叔叔家,老洪叔叔正要出门。洪小军和洪小华正在灶台抢锅里的稀饭锅巴。我自己把四个大包子倒他们家桌上,叠好碗就要走。小军和小华立刻丢下锅巴,扑向桌子,被老洪叔叔一手一个捉住。老洪叔叔说,谢谢你妈妈啊。我说我妈说不用客气,就跑了。

一到家,奶奶还在洗碗。她说,老吴叔叔家怎么说?

我登时傻了。我盯着我奶奶,眼睛不由自主地眨巴。

奶奶说,不好吃?人家说?

我吞了一口不存在的口水,说,你说谁?

奶奶说,老吴家呀!奶奶有点紧张了,她看出问题了。她停下手,轮到她盯着我。我一个转身跑进套间。我的两个妹妹正在一起开表扬会。我问,妈妈刚才说包子送谁家?我大妹妹和小妹妹齐声说,老吴叔叔家!

天旋地转。那次之后,我的作文立刻无师自通地学会使用诸如眼冒金星、五雷轰顶、气绝身亡等几个成语。奶奶进来,揽过发呆的我。我直愣愣地看着我大妹妹指着自己的脚趾说,你表现很好,我很舒服;她又指着自己小腿说,你们两个也要表扬。最后,她拍拍自己的两个膝盖,说,我要重点表扬你们。去年你们不是这个跌倒,就是那个擦破,害我天天痛,还烂,洗澡都不能好好洗。今年你们好多了,和肚子、脖子一样,爱学习、开会认真,政治水平提高了，我一次也没有跌倒。忍嗬扔嗬扔嗬忍嗬——我妹妹站起来载歌载舞，她对自己的全部很满意，表扬会开得很圆满，我小妹妹也起来伴舞。她们一边跳一边对我做鬼脸。

奶奶搂住我悄声说，你送到哪里去了？

老洪叔叔家……

我大妹妹立刻尖叫，是老吴叔叔家！

这猴子精其实根本无心跳舞，她全神贯注在我这里呢。她知道我出大差错了。小妹妹不明就里地跟着大妹妹停了下来。

看妈妈不打断你的腿！大妹妹逼视着我，义正词严气冲云霄：明明说送老吴叔叔，怎么会瞎送到老洪叔叔家？！大妹妹两手叉腰，一副小隋满芬的样子。你知道一斤面粉多少钱吗？！妈妈的话，你也敢当耳边风！看你今天还要不要活！你就等着吧，妈妈很快就要回来了！她不扒你的皮才怪！

大妹妹狗腿子的嘴脸固然可恨之极，不过，她说的话有现实依据，基本可以当成我妈妈风暴的预习。奶奶更是明了隋满芬的厉害，她安慰我说，既然送了就算了。回头我跟你爸爸说了就是。

想得美！我大妹妹断然说，看吧，你们等着瞧吧！她一指我，哼，我看你还是自己找洗衣板先跪下，也许妈妈会下手轻一点。——真是笨得出奇！

小妹妹说，哥哥你穿厚一点，打不痛。

这个时候，大家，包括后来要拯救我的爸爸，都一个思维惯性，我铁定要挨打了，一顿空前绝后的暴打才能让我赎罪让妈妈解恨。万万没有想到，我妈妈竟然只抽了我一个大嘴巴子。

她说——她说，去！马上给我讨回来！

——讨回来？！

——讨？回？来？把送出去的包子？

全家人，包括猴子精的我大妹妹，全部傻呆了。

这个惊世骇俗的解决方案，简直让地球都不能自转，即使全世界的人一起做梦，也未必有一个能想出来！眼冒金星、五雷轰顶、气绝身亡、身败名裂，这类成语奔来眼底，当时我最大的愿望，最强烈的愿望，就是隋满芬暴打我一顿，怎么抽都行，死了算啦。但我妈妈毅然决然的脸色告诉大家，讨回包子是唯一的选择。

我磨磨蹭蹭地走向洪小军家。

我奶奶、我大妹妹、小妹妹、我爸爸都倚在门边目送我。

一路我是这样盘算的，如果他家把包子吃了——这种可能性极大——我就提也不要提，撒腿就回家复命，暴抽一顿是少不了的，但好歹保全了名节，再不济，怎么说我也是大院同龄人中的孩子王，这种窝囊事传出去，让人感觉太要命了；如果呢，老洪叔叔家还没有吃——这种可能性基本没有——我也只能实话实说了，送错了，我妈妈要我拿回去。这么直言，唉，其实，即使十来岁的我，也很替我妈妈替我们家尴尬，很不好意思，另外，我觉得特别对不起老洪叔叔家。我不明白我妈妈隋满芬怎么可以这么想问题。人家老洪叔叔会怎么想呢？临近洪小军家，我才切骨感到，索回包子，比我在家里想象的，还要恐怖一万倍。这真是一个非人折磨的疯狂方案。

老洪叔叔家里只有洪小军一个人。他就坐在餐桌上，一瓢瓢喝着什么灰溜溜的菜汤，流出来的黄绿色鼻涕粘在瓢羹上，每一次舀汤，鼻涕就吊桥一样拉长。我扭过头，去看他家的菜橱，也没有包子。桌子上没有，菜橱里没有，锅里也没有！看来是吃掉了。

我说，包子呢？

洪小军一听就呜呜哭了。很讨厌他的哭相，为什么他非要把嘴巴上下唇错开来哭呢。我熟练地进屋，找来一张草纸，给他抹掉恶心我的鼻涕。

别哭啦。我说，包子呢？我前面送来的包子？

洪小军抬头看天花板。那里吊着两个篮子，还有几包东西，一捆细铁线扎的，看得出来是干茅草根笋干之类的干货。两个篮子中的一个，有点干净，像是食品篮。我估计包子在那里面。我奶奶怕东西坏，要不吊起来通风，要不浸井水里降温，那时，生活老练的人，都这样存放东西。

包子在上面？

洪小军点头。过去的房顶高，我个子小，站在凳子上，还差得很远，即使踮脚触到了篮子底，也无法让篮子脱钩。我搬了个木凳子，跟洪小军说，上去拿。洪小军猛烈摇头。不知道他是不敢爬，还是害怕大人骂。我执意要他上去，他扯着嘴，又想哭了。我只好不再推他。这样看来，包子还在，我妈妈再抽我的可能性倒是变小了。

我坐在洪小军对面，手支着脑袋等他爸爸。我们之间隔着饭桌。他又开始兴致勃勃地喝汤，鼻涕也探头探脑地想喝汤。

我说，你爸爸什么时候回来？

洪小军这下没有再哭，而是笑了一下，笑得黄绿色鼻涕在鼻孔那里吹出一个泡。我掉开头，不看他，抬头盯着那个高高在上的吊竹篮。老洪叔叔到底去哪里了呢？洪小华也疯到哪里去了呢？她在就好了。不过，她可能更不让我把包子拿回家。这个事情只有大人才能决定，搞不好以后两家就断交了。我在他家痛苦地转悠。最后趴在他们家饭桌上，唉，我真是愁肠百结，怎么说，隋满芬都是一个太奇怪的女人。

——我为什么偏偏就听错了呢！

洪小军家的灶间，有个劈柴墩，旁边是劈了一半的柴火。想了想，也是百无聊赖，我站起来劈柴玩。斧头很锋利，可是我瞄不准，总是劈歪。劈了十多块以后，我有了感觉。人小力气差一点，每一块大柴火，我都要劈它三四下。很快我就汗如雨下了。这时，有一个好念头出现了：假如，我劈一半的时候，老洪叔叔进来，看到我劈的小山一样的柴火，会不会一感动，就不太介意我把包子拿回去了？这么一想，我豁然开朗。学着大人，往手心里狠狠吐一口唾沫，手里的斧子大起大落地大干起来。那个时候毕竟小，我不知道我在拼命履行我小小的补偿愿望。

呆子爬下饭桌，忽然过来把手臂伸进斧头区。吓得我一收手，差点跌倒。呆子说，不劈，做钓鱼线。

我不明白洪小军这白痴在说什么，但是，我很耐心地听，我今天绝不得罪他，绝不伤害他。我要让他高高兴兴。我让他再说。他说，毛毛虫，我要钓鱼。

我还是不明白。呆子用手臂横擦了一下探出鼻孔的鼻涕，我恼恨地扭开脸，说，你到底要干什么呢？

洪小军指着我的短裤，不然，游泳。

这个我懂。我们城墙下就是护城河，大院的孩子夏天都会下水。我们偷过学校很多新红领巾,我偷偷用我妈妈的蝴蝶牌缝纫机,给大家做了好多条红色的游泳裤。一时之间,护城河里兜着红屁股游泳的,都是我们的人。虽然十多岁,我的手艺相当好。很多孩子的父母,都不相信那是我的作品。洪小军向我要过红领巾游泳裤,我根本不理睬这个呆子;他妈妈也向我要过,我推说他屁股太大,一溜烟跑了。没想到这个呆子,居然还记得这件事。

我又比又画地跟他耐心说,一是,他是大人的屁股,兜不住;二呢,我现在没有多余的红领巾。以后,等他积了四条,我再想想怎么帮他做。呆子听了严肃点头。可是转身他又说,游泳。

我发现我劈柴的手心火辣辣的,拿起细看,红色手心里起好几个水泡。抬头,我眼巴巴地久久地看着吊篮。我又搬过一把大椅子,哄洪小军站上去,我说,看他能不能够着吊篮。呆子一下就识破了我的用心。他说,毛毛虫,钓鱼呀。他竟然拉我出门,要走。

我不走。洪小军兴奋地比画着,忽然我明白了。太恶心了!我知道他要干什么,我看过有大人这样干过,把食指肥的毛毛虫剖开,从里面抽出棉线一样的肠子,可能有一两米,白白的,晒干后,大人说是用那个做的钓鱼线,特别好,在水里没有影子,鱼就很快会上钩。

大人蹲在地上搞这个名堂的时候,我都远远走开。其实,我一想到他们用电工刀,划破毛毛虫肥软肚皮的时候,我就胃部痉挛欲呕。洪小军把他的大手,坚定地搭在我肩上,说,毛毛虫,钓鱼。

我不想离开我的包子。我不能够去找毛毛虫,更不能够给毛毛虫开膛取肠。我像傻瓜一样,扒着门框和洪小军角力。那呆子力大无穷,差不多要把我抱起来。我说,你帮我把包子取下来,我给你一条红领巾游泳裤。

洪小军说，钓鱼，毛毛虫！

你不要红领巾游泳裤了吗？

呆子说，毛毛虫！钓鱼！

他兴奋得呼呼笑。我说，好吧，我们走。你敢不敢拿？

洪小军凝重点头。我说，我们拿一条到你家门口，再破肚子取线，好不好？

呆子点头。我们就出门了。昨夜大雨，大树底下要找几条肥腻的绿指头，不是问题，问题是我对我自己毫无信心。我不想叫我的手下来干，我甚至不希望路上遇见他们，否则我都无法向老洪叔叔开口要回包子。因为我觉得我妈妈的吓人想法绝对是丑闻，是一件极其丢脸的糗事。

在灯光球场上，有一些绿毛毛虫的肥硕尸体，不知是车压还是人踩的，内脏绿绿白白的一大堆，身子却干瘪像层绿皮。我和呆子走到球场边的草地上，"哗就"，呆子的大脚下，就响了一声，我跳起来，呆子也笨重地跳起来，妈的，原来他也怕得要命。我跳起来的时候，就发现雷公草丛里，卧着好多条绿色的大毛毛虫。我浑身的汗毛立正一样，刷地全部奓起来。我克制不住地颤抖。后来我一直不能吃海参，我觉得满地那些比指头还要肥长的、毛刺刺的毛毛虫，晒干泡水就是海参的样子。

就像在雷区一样，我不敢再迈步。我对洪小军喊，你快拿一条啊！

呆子扭着嘴巴，直瞪瞪地看我，又绝望地看看毛毛虫。

我说，你快拿呀，我们去你家取肠子！

呆子想哭了。难怪他要我干这事！我已经胃部痉挛要吐了，可是，我害怕洪小军哭，他哭起来，声音很大，而且像刮大风那样呜呜地令人发慌。我只好就地捡了根细树枝，折成筷子。颤抖中，我左看右看，选了一条我确定死掉的。夹起来的时候，它软软的，没有动，可是，我的手在抖，腮帮子一阵酸水涌涨，我哇地吐了一口。

我一路抖抖索索地把那条毛毛虫弄到了洪小军家门口。我们俩蹲在台阶下。洪小军不知为什么，一定要我进厨房开膛取肠。可能是怕别人觊觎他的宝贝。我的胃部在强烈痉挛，这么近距离、这么长时间地和毛毛虫在一起，我几乎崩溃。我也一阵阵想哭，我恨我妈妈，恨到极点。我不知道如何开刀，弄出虫肠，更主要的是，我一直在颤抖。我估计我没有办法拿起刀子。傻瓜往我手里塞了一把很长的西瓜刀。

这个时候，厨房门口进来的光线暗了一下，有人进门了，是洪小军妈妈。紧跟着，我的耳朵响起厉声刺耳的尖叫。是他妈妈对刀，对刀边的我和他傻子儿子的猜疑，起了剧烈的反应。

我迫不及待地说，包子！我家的包子我送错了。

洪小军妈妈看着我。我抬头看他们家吊篮，我说，我妈妈要我拿回去。

洪小军妈妈的眼珠子，真的从眼眶里掉了出来。我当时就那个感觉。洪小军的妈妈根本不相信我说的话，我也知道我的话，大概超越了人类想象极限。她可能觉得我领着呆子干恶心邪恶的坏事，或者正欺负她儿子。看出这一点，我语无伦次，我说，真的，妈妈要我把包子拿回去。我前面送来四个。

洪小军的妈妈盯着我,努力消化我的话。她艰难地说,没有了,吃掉了。

我一下就抬头看头顶上的吊篮。我不能理解和相信她的话,但是,我觉得够了,可以结束了,这个白日噩梦。我转身飞也似的逃出她家。

我听到后面又是凄厉尖叫,应该还是呆子妈妈。也许她又看到我们扔在地上的绿肥食指毛毛虫,也许想到其他什么要命的东西。

那天晚上,我肯定是挨了打。但是我已经忘了打得有多壮烈。我只记得我大妹妹为了拯救我,自告奋勇前仆后继地说,她再去讨包子,因为她相信包子还在吊篮上面。我爸爸尖叫着制止了她。后来我听说,那天,老洪叔叔所以不在家,是他妈妈,也就是洪小军奶奶,在医院抢救,什么病不知道,反正他奶奶那天没有抢救过来,就死了。

慢慢地,我和我的妹妹们都长大了。我大妹妹有一次误诊乳房癌又平反之后,在医院住院部惨淡的阳光中对我说,怎么会乳房癌呢,应该是皮肤癌才对,因为我在梦里老是觉得自己皮肤下面,爬满了毛毛虫,每次在梦里噼里啪啦地把自己扑打醒。

奇怪的是,我妈妈隋满芬根本不记得我们小时候大院里的毛毛虫。她说,哪棵树下没有毛毛虫啊!我说,那种像食指一样粗大的绿色毛毛虫,你不记得了吗?她说,有啊,但不是在我们大院。我在外面送信有看到过。很恶心。

我妈妈更矢口否认她让我去别人家讨回包子一事。她说荒唐!因为她遗忘,我就努力帮她回忆。她很厌烦。有一次,我们再次就此争辩，她气得笑起来，笑得很哀伤，她对客人说，小孩子的记忆，真是千奇百怪！客人说，是啊，要不怎么说小孩子可爱呢，他们是最有想象力的。客人笑着看我，现在让你想象也想象不出来了吧？

我说，我不是想象，是真的。

我奶奶和父亲都死了，我小妹妹从来都两眼茫然说不记得了，大妹妹呢，每次都表情复杂，你根本看不出她是同情我还是同情我妈妈。那次，她死里逃生在惨淡的阳光里说到毛毛虫，我说，小时候妈妈逼我去老洪叔叔家讨回包子的事，你真不记得了？

好像……有这回事吧……大妹妹说，可是，妈妈说没有，我觉得也对，怎么可能呢？也许，你把小时候的一个梦当成真的，记忆下来了。大妹妹说，说真的，你小时候坏人坏事实在太多了……要我们每件事都记住，是不可能的。

寡妇的舞步

一

一盘手撕鸡,洒的是白芝麻;一盘老虎菜,洒的是黑芝麻。老虎菜里面的芫荽、尖椒、嫩刺黄瓜被麻油拌得鲜绿诱人,清锐的香气,几次挑破了厨房里弥漫的、煲了一下午的红萝卜牛蒡龙骨汤的醇厚;一条石斑鱼,已经用盐、香叶、海南花椒、料酒腌好。过丽蒸鱼是"一手鲜"。她蒸的鱼,起锅时,肉质在透明与不透明之间,极其鲜嫩幼滑,筷子重了都夹不起,而鲜味却深入骨髓。一瓶法国卡斯特罗红酒。柜子里还有一瓶她自己喝剩的,但她想还是拿瓶新的好。

餐桌布也是换过的,是一个朋友从日本带来的,白色的,有几条斜拉的淡咖色粗条,它看上去是钩针钩织的,白色细微的棉线圈清晰可见,但实际却是柔软的橡胶布。其实搬进这个新家,不过半年多,原来的餐桌布也是新的,黄绿格子图案。那是和平选的。过丽一直不喜欢它牛排馆餐桌的样子。和平死了后,她有想过换掉,但拖着。当司马说要过来时,过丽就马上去柜子里找那块日本餐布了。

鱼要等司马进门再下锅。趁热吃口感才是最好的。过丽划开了一刀鱼肉最厚的部位。她拍了拍鱼。等司马一按门铃，就开火。水开后，保持大火，七分钟就起锅。这个火候非常重要。

猫咪牡丹闻到鱼的腥味，跃上微波炉，盯着鱼看。过丽把它赶开。

更新的东西很多。沙发。这个也不算更新，但她把原来铺盖的沙发巾收卷起来了，露出了沙发本身漂亮的驼色。最彻底的更新是她的内衣。她一下子买了两套，一套黑色，一套粉紫色。黑色的是半罩杯的，能露出小半个乳房，它的蕾丝肩带也非常性感；粉紫色的杯罩是集中型的，能突显乳沟的丰美。但她有点犹豫，因为它配的内裤，其实就是丁字裤。有一次和平看一本周刊，兀自哈哈大笑，见过丽没有问他笑什么，便自己说了，他说，过去的内裤和现在的内裤差别在哪里你知道吗？一个是扒开裤子见屁股，一个是扒开屁股见裤子。过丽也呵呵笑了。笑了就过了，过丽压根不会想到有一天，她会买这种裤子穿；和平也没有激情说，喂，你买条看看怎么样？这就是十年夫妇日益寡淡的情趣。但是，现在，过丽在和平死后三个月，买了这丁字裤。她心里并不承认是为司马买的，她和他没到那个地步，她也觉得并非抵不住黛安芬内衣店小妹的浮夸：哇，这么翘的臀部，这你不穿真太可惜了！她犹疑地摸着自己正在松弛的屁股。她不过是个体重开始超标的普通女人。但是，那天，她终于还是买了。一套黑色，一套粉紫，一下子两套性感内衣。

大雨欲下未下，天很闷热。这天开空调又太冷。她把风扇开到二档。一只苍蝇没头没脑地进了屋子，到处嗡吱吱地打旋。过丽追逐扑打了一下，便为它开了纱窗，它却不懂得飞出去。过丽到阳台看看渐渐转黑的天空，她觉得天上积累了一场浩大的雨，迟早会下的，那时候，就凉快了。洗鱼的时候，她看过一眼天空，黑云压城的样子，没有一丝风。她还想司马的飞机会不会因暴雨延误，但是，马上她就想，云层上面从来都是晴空万里。应该没事。按正常时间，飞机应该落地了。司马的来访，已经显得越来越重大了。这个事实，过丽心里并不承认。可是，她不由老是看时间。再有个四十分钟，最多七点半，司马应该就进来了。

猫咪牡丹又蹿上灶台，对着那条石斑鱼勾头探看。它似乎对生鱼及其涂抹的奇怪的调味品没有把握。过丽从阳台回头一见牡丹，跺脚尖叫。牡丹喵地逃跑。

过丽把鱼放进蒸锅。她闻了闻自己胳肢窝，又抖抖头发，决定利用这个空当洗浴一把。

二

房间里已经没有太多和平的痕迹，虽然这个新房子是他一手装修的，从设计草图开始。和平觉得自己很有美学修养，所以，关于房子设计与装修，他的态度是当仁不让的强硬。只有窗帘和灯具，是过丽说了算，代价是吵了三架。过丽觉得和平这个男人，一辈子都很自负，其实本事一般。年轻的时候，过丽因为他用一支铅笔，三下五除二就把她活灵活现地画了出来而暗暗崇拜。女伴们都很惊羡，也要和平画。但和平最喜欢画过丽，画到三十张，或者更少一点，过丽就嫁给了他。那时候，觉得嫁给了一个玉树临风的艺术家。等一起过日子久了，过丽就感觉，和平不过就是稀松平常的普通爱好者，等他在单位努力竞聘副科长起，画笔早不知扔到哪里去了。过丽有时觉得自己是嫁给了一个幼稚的梦想。有一次，她看到和平和水电装修工争吵，看他瘦骨伶仃，全身只剩下两个大门牙还保持年轻时的宽大，忽然就感到女伴们说的玉树临风，实际是不负责任的客气话。看和平吵架的样子，过丽觉得他就是个玉兔干。

和平不该在装修完住新房不久就死去。别说普通夫妇，就是如胶似漆的伉俪，也难免在装修中有意见对抗，何况和平过丽是一对比较一般的夫妇。所以，双方吵吵闹闹地熬过装修期，心都疲沓得还没恢复弹性，他就发病了。再把全家人累了一遍，他就死了。这个结尾，真的收得很不讲究。让过丽有时怀疑，他们到底有没有过爱情。每次人家说，婚姻是爱情的坟墓，过丽就很深沉地用眼神追认。有时，过丽会举例控诉说，那次我把中长发剪短，三天了，和平都没有发现；过丽经常觉得，和平对猫咪牡丹比对她更细心。

牡丹是和平姐姐的邻居家的猫生的。和平从小喜欢猫，姐姐为邻居分忧解愁，说，反正你们没有小孩，不如就养个猫咪。我去她家选只最漂亮的给你！

猫咪果然漂亮。深灰、浅灰、米色、蛋黄，杂糅得像朵花。和平就叫它牡丹了。牡丹也最喜欢腻在和平身边，冬天依偎在和平膝头，夏天，两支前爪在和平瘦巴巴的软肚子上按摩。和平死于急性白血病，和平姐姐认为和平是累死的，言下之意有批评过丽的意思。过丽换了个机会，告诉大姑子，和平那种自以为是、事必躬亲的人，谁也帮不上，除非你想吵架。大姑子有一次来，质问过丽：你为什么把和平的照片收了？

过丽说，来打扫卫生的钟点工说害怕，我就收了。

姑子说，他是主人，有什么可怕呢？

过丽说，她说，不管清扫哪个房间，照片上的眼睛都盯着人看。她说要是老人她才不怕。可是那么年轻，一张大遗照……

你听一个钟点工啊！大姑子说，和平为这个房子累到死。享受没有，放张照片也不过分啊。

过丽说，不是摆了好几幅他的画吗？

大姑子走过去，一一拿起和平镜框大的素描，看着看着，眼泪掉在柜子上。一阵感伤强烈袭来，过丽也快哭了。她走过去，把手搭在姑子肩上。两人就一起吸溜吸溜地哭了起来。柜子的第一格抽屉里，和平带镜框的遗照反扣在里面。照片上，深色的西服领，衬衫雪白，眼镜使瘦削的脸型很秀气，很庄重，两颗兔子一样的大板牙，被闭拢的嘴巴包藏住了。

两个女人哭完，相持回到沙发上，泪眼婆婆地互相看了好一会儿，也没有什么话说，便互相把眼睛转开。过丽悲伤的泪水，红肿的鼻尖，让大姑子得到很多宽慰。大姑子说，是和平没有福气啊。

三

司马和过丽之间确实没有什么事，只有一次，酒后的司马，在酒店卫生间，把过丽扑住强吻了一把。之后过丽独自漱口漱了好一会儿，还是觉得有乱七八糟的异味。隔天还觉得舌根酸痛。这事，她没有告诉和平。她只是在想，他是真醉还是假醉？

但司马是暧昧的。这种暧昧，扑朔迷离。

司马比和平大了六七岁，是一个院子长大的孩子。在这个城市的老乡会上，和平带过丽认识了司马。过丽一眼认出这个意气风发的大肚子男人，是她大学时和外校联欢遇上的一个舞伴。过丽认出他，不是因为当年他特别高大，不是因为他自我介绍比较少见的复姓，也不是他右手拇指有奇怪的弯曲，而是，他的舞步。那时，过丽在学校疯狂跳舞，舞伴如林。直到司马出现，她才诧异地发现，原来这个世界上，会有一个人的舞步，会和你的步伐协调到有如一人，简直不分你我，只有阴阳合一。她裙角飘舞，感觉自己像浪花一样起伏飞旋，而他就像每一朵浪花的花托，移步换形贴切至极，她的力量被他同步转递，他们的步幅、节奏、身体的韵律，协调如双翼天使。她简直诧异自己在一个陌生怀抱里获得的妙不可言的无界恣肆。每一次曲终道别，他都会在她掌心，不动声色地抠划一下。就那个不像大拇指的大拇指，有点暧昧，有点肮脏猥琐。但因为他的舞姿，她更喜欢把它理解成特别的记号。

司马却不记得她了。她想，他也许和所有的舞伴都非常和谐，所以，他不可能知道，有一个舞伴把他的舞步，铭记在唯一的位置上。

后来这个两房两厅是司马帮助和平过丽买的。当时，这个地处湖畔的楼盘，还没有开盘，就被购房者登记爆棚了。后来，开发商开始拒绝登记。说是已经是十七比一，即十七个人登记，只有一个人能买到房子。在这样紧俏的情况下，和平过丽迷上这个临湖楼盘，和平便求助有权势的司马。司马说他试试看。之后，司马给过丽发了两个短信：你真想要这房子？第二个短信是，你真的要？

房子买成了。和平因为司马够朋友而踌躇满志。夫妻俩买了东西去谢司马。司马不收，反而送了他们很多东西。一年后交房开始设计装修，司马又让一个建材批发商，照顾了和平夫妇许多优惠材料。司马从来不发黄段子，短信也不密集，而且极短，比如：还好吗？或者：最近别吃贝类。或者，今天我生日。

装修后期，司马去外地学习半年。所以，和平暴病身亡，司马还在北京。他让妻子送来了慰问金。那个时候，司马的短信稍微多了一点。在过丽生日那天，司马来了一个短信，比平时多了几个字：那天大醉，但我记得，你让我吻了你。

这就是最露骨的挑逗了。再就是几通电话。最后这个电话司马说，学期结束。他会提前一天回来，来看看朋友的新居。最后一天，过丽才知道，司马其实就是背着家人，提早飞回，偷偷来她这一趟。

从浴室出来，过丽穿的是黑色性感的新内衣。外面是居家大衬衫、休闲短裤。在梳妆台，她犹豫了一下，还是放弃了香水。吹理头发的时候，电话响了。她心口猛然空了一下，头皮都紧了。接起来，里面有人在喊，老板！——你们不要加辣椒！

过丽把电话按掉。看时间，客人应该要进门了。她去灶台把蒸锅下的火打着，想想，又关断。她打航空问讯电话。她要掌握准确时间。你要吃到嘴鲜美可口的蒸鱼，就必须研究鱼的品种、鱼肉的质地、肉质的厚度，甚至死亡时间。即杀即蒸的效果，和死亡两小时以上的鱼一样，口感都不好。过丽在打电话的时候，忽然发现猫咪牡丹坐在电脑桌那里，仰头在盯视空中的什么，就像发现了苍蝇。牡丹喜欢抓捕苍蝇，经常像人一样，直立身子，两爪合拍，扑击苍蝇。但是，现在空中什么也没有，空无一物。所以，她在等候问讯处答复的时候，也盯着牡丹。这时，她发现，牡丹盯视的目标是移动的,它盯着过丽看不见的目标,聚精会神地转动着眼球。过丽忍不住叫了一声牡丹,牡丹嗷地跳下桌子,仿佛压根没有专注过什么。牡丹若无其事地向过丽走来,然后,跳上沙发,又用前爪搭在她胸口,慵懒地拉伸自己斑斓的身子。

过丽呆了一下。猫咪古怪的眼神,让她有点张皇,虽然极其轻微,但心里还是空了一下。飞机没有误点,也就是说,客人司马随时要进门了。

四

客人司马似乎没有做好准备,他进门的动作,是笨拙别扭的,玄关一过,不知怎么的,自己绊磕了自己一下,他倒是利索地扶住了鞋柜顶,但这动静,让宾主都有点尴尬。客人穿着北方的两用衫,离开南方半年,他完全忘了这里还是燠热的夏天;正在变稀疏的头发肯定不久前在洗手台抹过水,一副不自然的整齐。第一秒钟的问候,就让过丽滋生了一点幽微的、她自己也不愿承认的轻蔑和厌倦的感觉。

随司马进屋的,除中型拉杆箱和电脑包外,还有一束鲜花,一大束美丽而普通的鲜花。刚才磕绊的时候,司马手里的花束就自然地、像摔也像放,就磕到了鞋柜顶上,一个射灯照在它上面,很醒目。司马笑着说,祝贺乔迁之喜!过丽感到不自在。她完全想不到这一节。客人司马也感觉到什么不对劲,他很快明白了,不该送花的。相会的激情,竟然让他昏了头,忘记了这屋子里暴病而亡的男主人。

他咳嗽了一声,又假装很严重地咳嗽了几声。

过丽笑说，你洗洗手啊，我蒸鱼，七分钟就好了！

过丽在厨房，调整出非常关心的语气，说，北方很冷了吧？看你好像感冒了。是着凉了吗？

司马在洗手台，又庄重地清了清嗓子，说，啊，没事。喉咙忽然痒了。司马走出来，自己抽了餐桌上的纸巾，款款擦拭湿手。他的情绪越来越稳重自然，他说，来，带我看看你的新家吧。

过丽在厨房轻笑，那种咕咕咕的笑声，好像鸽子飞过。和平要是活着，就会听出这是过丽很不自然的、殷勤而谦虚的笑声。她说，一般般了，我已经过了刚搬进来的新鲜劲啦！她走了出来，边摘掉围裙。

她款款走在司马前面，一一把房间灯打开，一边手势优雅地介绍房子情况。到书房，发现猫咪牡丹坐在一个新疆小姑娘的画框边。这是和平比较得意的作品。司马过去的时候，牡丹兀自跳下地走了。司马拿起小画框，看了看，似乎有点感伤。他说，小时候，和平喜欢跟我们大孩子玩，可是，大家都不喜欢小屁孩，他就远远地跟着。他爱流鼻涕，爱画画。在操场上，他吸着鼻涕，随手就能画一幅画。在报刊窗下的水泥地上，画过一个蒸年糕的人，我不许大家擦掉它。你看，这都几十年过去了。人生祸福无常，谁能想到最小的人，走得比谁都快……

司马突然说，你没有摆他照片？本来以为可以祭拜一下……

过丽感到难堪，而且她看到司马虽然这么问，眼神却是我知道我明白了的样子，好像是他理解她为了他的苦心。她脱口而出，说：不是的不是的，是家里的钟点工，她害怕……所以，你等等。

过丽拉开抽屉，把反扣在里面的和平遗像框拿出来，竖靠在墙上。两人看着和平遗像,又互相看着。过丽对着和平遗像框说,和平,司马先生来看你了!他刚刚学习回来。

司马双手合十,冲着和平遗像框鞠躬,说,放心吧小兄弟,和过去一样,只要你家人需要,只要我能做到,我都会帮忙的。

这是一个计划外、突然横生的情节。宾主双方都陷入了一种古怪的凝重状态。两人往书房外撤退的时候,司马说,唔,你还是把他的照片收起来吧,免得钟点工来了不安。

过丽转身,又把和平的遗照反扣进了抽屉里,关上抽屉。

吃饭的时候,司马把黑色的两用衫脱了,露出里面的米色翻领T恤,T恤有点紧,凸现了司马发福的肚子,但是,他的脸色随之柔和了一些。过丽看他吃得热了,说,要不要开下空调?司马说,不用不用,有风扇就行了。过丽便把风扇调到靠近餐桌。

司马又喝了半碗汤,连说好,好汤。对刚出锅的清蒸石斑鱼,司马一沾筷子,就看了过丽一眼。他赞不绝口。看得出他是真的爱吃鱼、也会吃鱼,连鱼刺摆放都有条理。这样精致考究的吃法,本身就是最内行的礼赞。过丽非常享受,直到看到他拿筷子的那个细而弯曲的大拇指,她走了一下神,想起那些尘烟里的舞步。

司马也很敏感。他拿筷子的手,轻微地停顿了一下,他说,这原有六个指头。后来手术劈掉了一个。

过丽很惊奇地,噢?这里吗?你不说我还真看不出。天生的啊?

司马说,一出生就有啊。但是我爷爷奶奶都不同意做手术,认为去掉不吉利。所以,拖到一年级才去做,在我爷爷去世之后。那时,已经晚了,医生说,这种手术必须两岁前做。所以,这个指头发育很差，很难看。细得不像个大拇指。

我觉得还好啊，不注意根本看不出来的。过丽说。

看得出来。它又细又歪。司马说，小时候，因为六指，我被小孩子欺负嘲笑得很厉害。六七岁去劈指，手术很痛的，但我忍得住。多余指头去掉后，我把那些嘲笑欺负我的人，寻机打了个遍。和平没有告诉你吗？

过丽说，只记得他说你小时候是孩子王。

报仇，打出来的。

两人很雅致地频频举杯，小口小口地抿。高脚酒杯不断地、轻微地丁零一响，氛围渐渐有了点抒情的意思。过丽说，听说你大学时，国标跳得获过大学生什么奖。

司马一下子端起了肩膀，梗直了脖子。那是一个进入舞池的男士标准上半身。

电风扇突然发出异常的动静，好像是什么东西阻滞了风叶。司马看了一眼风扇，风扇上什么异物也没有。司马接着刚才的话题，笑了笑，表情很谦逊，说，年轻的时候，做什么都有激情啊。

风扇异常呼呼了十几秒钟，就过去了。过丽也听到风扇的异常，但她的心思在那个尘烟深处的舞步上。过丽说，你是固定舞伴吗——获奖的时候？

比赛那个？她还不错。不过，我能带各种女孩，包括第一次下舞池的水桶。

这个回答，过丽几乎有点懊恼。这个对话再次证明，司马确实忘记了那个联谊的嘈杂舞会，他完全不记得曾经和一个女孩天衣无缝的起舞。过丽感到沉闷和沮丧。之前，她模模糊糊地以为，司马对他们夫妇、尤其是对她的好，多少和那个绝配的舞步有关。那个舞会，他两次在她手心不动声色地抠划，这应该是一个特殊的记号。可是，现在，看起来，不是这样。不知为什么，这个已经确凿的遗忘，她就是不愿意说出来挑明。也许说出来，司马就能恍然大悟，大家笑一笑更贴心，她也曾想用无所谓的口气调侃一下的，比如——嗨，我也和你跳过舞啊！我们当时风靡全场啊，可从来没有一个先生把我带到那个境界呢。——可是，她就是说不出。

两人又举杯。司马一口气干了，示意过丽也干掉。过丽有点沮丧地推诿，司马站起来，看那个姿势是要过来灌酒，也许是抚慰、呵护，或许是别的什么举动，反正他冲着过丽站起来了。就这个时候，书房里一声响动，啪的一声，非常突然，简直惊心，宾主一起往书房里看，猫咪牡丹安静地坐在书房和平刚才放遗照的位置。而旁边的一帧和平的画框子，已经高高摔在了地上。

应该是猫咪牡丹把它拨了下去。

过丽起身而去。猫咪端坐着，黑豆大的瞳孔外圈，灰绿色的虹膜云母般变幻，它眯缝着又睁大，看上去是迎接了过丽的走近，但又穿越了过丽。她盯着那对眼珠子，忽然感到空虚莫测，那目光，像看到了人间以外。过丽打了个寒战，挥手把牡丹赶下了台。牡丹喵的一声，突地下地而去。

司马沉默了很久。他的表情平静，但一言不发。

五

回到餐桌，过丽也沉默了一会儿，但她很快意识到，没有人说话是不礼貌的。于是，她询问了司马关于北京、关于学习班的事。

她举杯相邀。

两人再次举杯。司马说了一些学习班里的事。司马还给过丽看了自己手机里的两个政治段子。过丽笑着，说，这么好玩！你怎么不转发给我呢？司马说，乱七八糟的段子太多了，哪里看得过来。过丽由衷地说，当领导就是好啊。

两人都学聪明了，有些煞风景的敏感话题，都默契地避开了。在双方的默契和酒精的作用下，屋子的祥和浪漫氛围，一点一点又建立起来了，就像两个孩子，小心翼翼地搭高了积木。

司马的一支筷子被碰下桌，两人同时弯腰。

过丽说，我来我来！捡筷子的时候，过丽在自己的脑海里，清晰地看到自己的半罩杯的黑色乳房。这个姿势弯腰，大衬衫的领口，当然是一望到底的。她却没有马上站起来，她保持着这个姿势，仿佛突然想起似的抬脸问，对了，我腌的洋葱也很开胃，要不要我去冰箱给你拿点？

司马说，唔，洋葱好，降血脂……

电风扇再次发出异响，就像有布片被吸到了叶片罩上。很快地，它又消失了。司马和过丽都看着风扇，过丽站了起来。看了一会儿风扇，她进厨房给司马换了一双筷子。出来的时候，猫咪牡丹已经自己跳上一张空椅子，也是端坐着。这椅子在过丽身边。

过丽也坐了下来，又为司马斟酒。司马说，咦，你洋葱呢？

噢！真是！真是的！我的脑子有点儿乱！过丽跳起来，牡丹以为她的剧烈动作是要驱赶它，所以，立刻避身要跳，司马连忙安抚它，想摸它的头，牡丹毫不客气地回咬他，司马吓得缩回手，手上还是挨了一下。过丽说，啊！咬到了？！该死的！

司马呵呵笑,说,没事没事,划了一下。我小时候养过猫。

过丽拿了一碟腌制的洋葱,刚端上餐桌,电话就响了。手机还在充电座上。过丽走过去看到是大姑子的来电,心情有点暗淡。她说,喂,你好啊。

姑子说,老付明天飞兰州开会,东西都收拾好了,刚刚电视预报说,冷空气来啦。要降十多度,我得给他再塞个滑雪衫!你大拉杆箱要借我。

什么?这才几月啊?夸张了吧。

他问那边的人了,他们已经穿薄毛衣了,再降十度,我们南方人肯定受不了!

大拉杆箱……我可能要找找呢,现在这家里,东西乱得……

我知道,就在储藏间那个高柜子下面。

老付明天几点的飞机?要不我明天给你送过去,现在我不在家。

那你几点回来?现在快九点半了呀!刚才下过好大的雨,你在外面干什么?急事吗?

过丽脸越来越长了,她说,几个同学聚聚呢。回去早的话,我联系你。没事的,你放心好了,明天一定给你。

你在哪里?

哎呀,我回去找找啦,尽量不耽误老付的事啦。

那……

过丽说,好啦,别担心,我快没电啦呀。挂了!

过丽放好电话,看到司马和牡丹似乎讲和了,牡丹又坐到空椅子上,它和过丽坐餐桌一边。司马在对面,但司马开始给牡丹喂鱼骨头。

见过丽回坐,并没有提电话的事,司马说,是有事吗?

没什么事,过丽说,有人要借我箱子,叽叽歪歪的,真是心血来潮。

你跟他说你不在家?

很烦她。一个包装不下,就两个包好啦。箱子有什么好借的,真是。什么人什么德行都有,她就是有事没事爱来我家,检查团一样……

电风扇再次发出被什么遮挡的呼呼声。这回,宾主两人都一起看着它,没有说话。风扇在转动,看上去很正常,那上面没有任何遮挡物。但是,它确实发出了被什么挡住的呼呼声。司马说,风扇电机可能有点问题。关了吧,你还热吗?

过丽摇头,不,一点也不。你不热就关了好了。

司马伸手把风扇关了,但他起身去开窗。黑色而清凉的风,一下灌进了屋子。过丽说,刚才下过大雨了,我们都不知道。这鬼天,憋了一个下午,早就该下了。

司马说,外面空气很好。

过丽说,小时候,一停电我们都很害怕。我也害怕白白的蜡烛,死了人似的。我爸爸就会划火柴,划一下亮一下,再划一根,再亮一下,我爸爸说,主要不是要亮,是硫黄的味道可以——

过丽突然闭口,她停住不说了。她心里无比后悔,后悔到恨自己,怎么能在这个时候想起这么个话头。她假装去厨房里拿东西,离开了餐桌。

可以什么?司马在外面问。

过丽假装没有听到。司马说,你是去找火柴吗?我身上有。我们住的酒店,都有这种红头火柴。我有带。

不要不要,过丽否认着走了出来。而桌上,已经有一盒银色的、精致的酒店小火柴盒。司马拿着一支红头长棒火柴,准备划。他笑着说,可以什么?说出来听听。

没什么,说出来很无聊了。

司马笑,别卖关子。

就是那个硫黄味道好,我爸他们老家人迷信,说是鬼怕硫黄的味道……

司马哈哈大笑,笑得爽朗却掩不住的突兀。这样的笑,并没有宽解未亡人的心,过丽反而感到莫名的不安。司马说,是你爸爸舍不得把火柴划光啊。过丽目光怔怔地,在走神,司马说,喂,喂?再给我点醋吧?

过丽赶紧起身去厨房。司马说,怎么像中了穴道,跟你说话都听不见了。

唔,过丽说,我在注意外面是不是又下雨了,刚才……

司马已经没有在听过丽说话,他的注意力被牡丹奇怪的表情吸引过去,正如之前过丽注意到的那样,猫咪牡丹全神贯注地盯视空中的一个点,它的瞳孔在集中和扩大变化中,那个点,却空无一物,司马什么也看不到,可是,他能从牡丹的眼睛里,看到它确实存在,而且在移动,不断变换位置。牡丹有时整个脑袋都因此移偏了,但始终,它目光炯炯,里面的云母绿,色泽闪动翻转,那里面邈远虚空,深邃无际。司马这个肥壮的大男人,看得心里有一丝丝发凉,他想伸手揽猫,但又不敢伸手摸猫。牡丹的耳朵,因为目标的移动，因为极其专注，有时拧得像尖锐的红缨枪。也许，它们在变成异度时空的雷达天线。

过丽也注意到了异样，司马的、牡丹的。他和它，显然都不明显地屏住了呼吸。猫咪牡丹已经成为屋子的中心，它就像这个屋子里唯一的眼睛，一个清醒者，一个黑暗中的船长。过丽突然愤怒了，她嘘——的一声，辅之以猛烈驱赶手势，把牡丹从椅子上撵了下来。

挺乖的猫，喂它鱼都不吃。司马的声音也变得古怪生涩，他自己也觉察到了不自然，便又咳嗽了两声。

我还是更喜欢狗。你看猫的眼睛，就亲不起来。那里面一点感情都没有，深井一样。看不到底。我不知道和平为什么喜欢猫。

又说到和平了。两人似乎都意识到有什么不妥当之处，因此，一起静默了半分钟。猫咪的眼神也恢复正常，它无所事事地在地上弓起自己的身子，然后在门边司马的旅行箱上磨爪子。刮刮刮的很响。过丽连忙过去驱赶。司马说，在我们老家，说如果狗一窝六只，必定有一只是猎狗；如果一窝八只，必定有一只狗是阴阳眼——它能看到——

玄关那边，有声音在响，是有人在开门，里面能清晰地听到钥匙串碰到防盗门金属的咔哒咔哒的响声。

司马和过丽都怔住了，只有牡丹若无其事。

过丽死死盯着门，一只手不由得去摸司马的手。司马也握住了她的手。

门开了，开得很有力。

和平姐姐站在门口。

看到里面的人，大姑子的脸，一下子暴红。她比他们更加惊讶，随即，愤怒，让她的脸型都改变了。

过丽放开司马的手，跳了起来：你——！你怎么进来了！！——

过丽淡忘了，一搬进新家，和平就留了一套钥匙在他父母家，以防不时之需。现在，大姑子赶着要大拉杆箱，便自己过来了。

海瓜子 薄壳儿的海瓜子

一

没有那天就好了。

鸭子都放出鸭棚了，嘎嘎嘎嘎，嘎嘎嘎嘎，一片老竹筒压裂的嘎嘎声中，晚娥看着老公阿青，把一袋海瓜子边走边倒在有点湿的地上。五百多只鸭子追逐着阿青，有的还急惶惶地拍起不能飞的翅膀。鸭子爱吃这种薄壳子的草绿色小贝壳，连壳吃下，因此下的蛋也格外大，蛋黄色泽也好，城里人说它含钙，卖相卖价都比普通鸭蛋好。其实，海瓜子人也爱吃的，阿青说，城里的市场里，要五块钱左右一斤，可是，阿青通过一些饲料贩子，每天固定得到一大饲料袋的海瓜子，约五十斤，十五块钱。但是，阿青说人不能吃，肮脏。因为都是工地民工半夜偷偷到龙心湖捞的。那个湖和海水有点相通，但水早就死了，工业污染，有的地段臭死人了。阿青说。

晚娥的眼睛，像鸭群一样跟着阿青移动。晨风从海面上贴着滩涂的泥汀吹了过来，带着不新鲜干货的腥味，也有海沙的味道。成年的鸭子在这样的风中没有什么感觉，但是，那批小鸭子的绒毛就逆风软软地竖了起来。

阿青没有看晚娥一眼。

没有那天就好了。

但是，晚娥在这样闪念之后，总会连着想，没有那一天也一样吧，老公阿青还是会把一簸箕新捡的鸭蛋，使劲砸在公公的脑袋上。二十天前的那一天，晚娥在洗澡间听到了外面异常的声响，听到阿青像野兽一样非常低沉的怒吼。只有一声，外面就安静极了，好像什么事情都没有发生过。晚娥没擦身子就套上衣服，拉开木门。公公就蹲在门外，抱着头。头顶上的血，正顺着稀疏的花白头发，项链一样，一颗颗从头发上跳滴下来；公公的汗衫，在颈窝那里，已经积了一巴掌大的血迹，还有血珠子跳滴下来。地上全部是打烂的鸭蛋，黄黄滑滑的一大片，还有一些蛋黄是圆的，整簸箕的鸭蛋几乎都破了。阿青用的劲很大。

阿青不在。晚娥一看就知道是怎么回事，可是，公公不断冒出的血刺激了她，她尖叫起来。阿青！阿青啊！叫的时候，她的眼睛已经找到阿青就站在院子里，他背对屋子。晚娥不想动公公的头，她觉得恶心。可是，阿青并没有理睬她的意思，他纹丝不动地站在院子里。晚娥快步走了出去。流血了，晚娥说，你用摩托送你爸去卫生站吧。

阿青突然扭头看了她一眼。晚娥第一次看到阿青横咬的腮帮子，恶狠狠的就像咬了一根烤干的鸭腿。晚娥不由就噎嚅起来：要包一包的……

阿青转身进屋。晚娥跟了进去。公公依然蹲在那个位置，看不出死活地闭着眼睛。新买不久的那只半大的黑狗站在旁边。黑狗用鼻子嗅了嗅公公的头,又不以为然地嗅了嗅满地破烂的鸭蛋。阿青却倒了茶,咚咚咚地猛喝几口,重重扔下杯子,摔门进了睡觉房间。

血珠还在一颗颗跳到公公汗衫上,手上也有一条发暗的血迹,在慢慢爬动。晚娥有点生气,她不高兴公公头发花白的头上,有这么多血。

她到房间五斗橱抽屉里,找到了一小瓶紫药水,然后,又翻出一块碎花布代替棉纱。阿青跟了出来,冷冷地看着晚娥轻轻挥开黑狗,开始为公公涂药。黑狗好奇地又靠了过去。阿青突然过去,冲着黑狗就是一脚,那样子简直就是要把黑狗踢成两段,嗷——黑狗发出极其刺耳的惨叫,站不直似的,颠着身子退到门口,一边泪汪汪地看着主人。黑狗一边看着阿青,一边扭头用舌头舔自己的腰侧,忽然就趴了下去,哼嗯哼嗯的。

晚娥因为这一声极其突然的惨叫,惊得把紫药水瓶掉在了公公头上,药水瓶跌落时,药水全部倒在了公公的汗衫上;公公睁开了眼睛,马上又怕光似的紧紧闭上。

反正没有药水了,晚娥站了起来,取了扫把。她说,你起来吧。我要扫了。

公公慢慢站了起来。有一道干结的细血痕在他额角,没有再流下来。公公很慢地走向自己房间。晚娥不知道他是不是很疼,还是脑袋被他儿子砸晕了。她不愿也不敢去搀扶公公。阿青没有表情,他看了自己的父亲,看了晚娥,又看了趴在门边的黑狗,最后他点了烟,走到院子里去了。

晚娥把满地黏糊的鸭蛋处理干净，就到了黑狗身边。她去摸黑狗被阿青踢到的腰部，黑狗抖动起来。晚娥在心里说，你很疼吗？黑狗像躲开她的手似的努力站了起来，可是，黑狗站起来，晚娥发现它嘴里流出了黏黏的血水。

黑狗是第二天早上被起来做饭的晚娥发现死去的。这一天早饭已经是迟了，因为晚娥一夜被阿青折腾得死去活来。阿青几乎要把她的腿折断。有两个问题晚娥被反复质问，一个是，阿青车祸住院的那些天，他的父亲究竟对她干了什么？第二个问题是，为什么今天她一出洗澡间，不问一句发生了什么事？

你知道他在外面偷看！你愿意！最后，阿青说。

黑狗是倒在灶间门口死去的。晚娥去摸它的时候，它已经硬了。晚娥感到了恐惧。其实阿青昨夜陌生的野蛮，已经让她感到不安，但是因为所有的行为是和酒气混在一起，使她有些难以分辨，所以她是一直坚持到实在忍不住才哭出声来的。但这条还没来得及取名字的黑狗的尸体，终于让她确认了丈夫身上一种非常可怕的东西。

二

晚娥结婚一年多了，和阿青也算是自由恋爱。两年前晚娥从老家湖南来这打工，就在老乡和人合开的湘土人餐馆见到了阿青。当时是周末，生意很火，晚娥被老乡临时指使，帮忙上了道菜，因为不老练，汤汁倾了一些在阿青身上。阿青没吭气，低头自己擦。晚娥有一点不好意思，因为她想在这里打工赚钱，老乡基本同意，但老乡是小股东，说是还要尊重本地人老林的意见。老林那时，就在这一桌上,和阿青他们一起喝酒呢。晚娥出了服务差错,怯怯地拿眼睛看老林。老林有点生气,但后来再眨眼看看晚娥,就挥挥手说,下次小心点!敬酒道歉吧。

晚娥很识相,一听有下次,立马高兴起来,对不起啊,哥哥。

阿青反而不好意思地摇摇头,笑笑。阿青喝了酒,马上又找别人喝了,像是不想和她多说什么。晚娥由于过度欢快,脸上很有几分迷人。晚娥一转身,老林就说,胸和屁股肥得很有样子呢!

晚娥才干了五个月就结婚了。因为阿青几乎天天来餐馆。

阿青不爱说话,没想到公公更不爱说话。公公快七十岁了,平时都是他煮饭给阿青吃,家里就是父子两人,阿青的母亲多年前就去世了,生活起居大部分都是父亲照顾儿子,一方面父亲身体健康,一方面阿青忙。阿青心很活,一会儿和村里人搞石材,一会儿和人家搭手搞水电装修,一会儿搞荔枝收购,一直没闲着,虽然最终是亏了钱,但毕竟没停,直到认识晚娥的时候,已经开始搞养鸭场,所以,都是公公料理这个家。

晚娥嫁进门的前一周,还都是公公起来煮稀饭。后来晚娥说我来吧,公公还有些不好意思,那个表情很像阿青。他说,习惯了,想多睡就睡吧。话是这么说,但那之后,都是晚娥做早饭了。一家人生活挺好,阿青很快就腰粗了起来,公公看上去气色也不错。在晚娥的央求下,阿青买了自动洗衣机,有时衣服好了,公公会主动帮助晚娥拿到丝瓜架那边晾。公公的心和女人一样细,衣服被单都晾得很平整,收下的衣物也折得非常整齐。阿青就不行,晚娥请他帮忙,他宁愿抽烟和黑狗玩,或者看着黑狗追鸭子,反正是使唤不动的。

闽南人有一道家常菜是鸡蛋炒腌萝卜干末。这也是阿青非常爱吃的。但是，晚娥刚来时，切了一次，就几乎手指发痛，又费时间。之后，公公总是趁小两口还在午睡，就默默地把一条条腌萝卜干剁切成绿豆大小，再切一小碟绿豆大小的大蒜头末。这样晚娥只要打两个鸡蛋一炒就成了，非常省事。阿青还直夸呢。

只有一个问题，就是他们父子俩都太不爱讲话了。看电视的时候，遇到好笑的，阿青会哈哈大笑，笑出泪花；公公也会笑，但是从来没有大声过。遇到阿青在外面不回家吃饭，晚娥和公公一起看电视就有一点点不自在，他不说他爱看什么，晚娥换什么台他就看什么台，晚娥有时换得太痛快了，想起来才回头看公公，公公就把眼睛转掉，好像他根本无所谓的。当然他也比较早睡觉，但是，碰到确实非常非常好笑的节目，晚娥笑得前仰后合，公公依然笑得很节制，这样，晚娥就觉得自己的笑声特别突然，而阿青在，他们两个人一起哈哈大笑，就不会有异样感了。

阿青是个行动多过语言的人，有时高兴了就突然打晚娥头一下，或者猛烈地推扯她，嘴里嘿嘿笑着，有一次还突然把晚娥抱起来。公公就在旁边选青秆油菜籽，好像就是几只狗在身边塞塞窣窣地打闹。

晚娥在老家也不算是话很多的人，但是，她还是很不习惯他们父子。晚娥跟阿青说，你们家的人也太不爱说话了。你爸爸有时一整天一句话都没有，真难受啊。阿青说，我不难受。那么多话吵不吵人啊？

公公是个非常勤劳的老人，家务事交给晚娥了，鸭场的事阿青又不要他多操心，除了偶尔上船帮阿青放放鸭子，因此，他就把精力用在菜地上。那是在山丘边他自己开的地,晚娥来了以后,菜地就日益扩大了,种的菜根本吃不完。阿青说不如卖了。公公还真是去卖了,反正郊区离城里不太远。后来一家人商量好了,三分之二的菜是种着卖给城里人吃的,统统用化肥、下氧化乐果、甲胺磷什么的农药;还有三分之一呢,就是自家人用,那全部用的是农家肥了,很好吃的。

公公还教晚娥怎么腌制豆子、怎么煮酱油水鱼、怎么做春卷和五香条。公公说,高丽菜一定要用手撕成块,加小海蛎干爆炒了才好吃。公公示范给她看,公公说,如果用刀切,那只能喂猪了。很不好吃的。晚娥对公公也很孝顺,那次公公中暑得很厉害,要不是晚娥连夜冒雨到村里请来会刮莎的老村医,公公说不定就没了老命了。这是老村医说的。老村医先是用一枚黄黄的古铜币、后来是用碗边用力地刮了很久,公公整个后背和脖子,密密麻麻都显出了黑紫色的刮痕。老村医累得连连叹息,说是暑气太深了!再晚一步要死人啦。

第二天阿青回来,他父亲已经好多了。中午还下了床,喝了一碗石斑鱼粥。晚娥在上面撒了很多油炸葱花和细姜丝。父子俩喝着粥,公公也没对儿子多说什么。农村人不擅说感谢的话,尽管昨天老村医不住地夸晚娥,好像她是公公的救命恩人;尽管公公也知道,晚娥昨晚求医赶路时被一块旧瓷片划伤了脚,还出了些血,但是,公公并没有对儿子、媳妇说点什么,好像都是正常的。晚娥想了想,觉得晚辈尽点孝道也是正常的。再说,她心里也知道,公公倒是从来没有偏心儿子,天地良心,从嫁进这个家门起,公公一直是对她不错的。尽管什么也不爱说,好吃的东西都是一留两份,儿子媳妇都有的。人家都说，如果是婆婆就未必了，人家都说婆婆会跟媳妇抢儿子的。

晚上和阿青一起睡的时候，晚娥忽然觉得自己还是很有功劳的，于是跷着伤脚对阿青撒娇。阿青突然说，喔！大前年，我们这有一个小孩，还真是中暑中死的！

晚娥不应声。阿青又说，明天你再给他熬鱼粥，小海蛎子干多放一点。他爱吃。

晚娥就娇嗔地说，哼，你心里只有你老爸！

三

一条小公路把村子划成两半，大部分的村民都住在靠山的那一边，靠海的这一边，原来有些瓜地，后来被政府规划了，听说要挖大公路，开发旅游，可是后来直到现在什么也没有做。阿青的家在村尾，靠三棵大榕树这边，这里几乎算偏僻了，再后面一点就是麻黄木林老坟场了。老公路又不从这走，这里山形不太好，老辈人还有人说这几棵三百年的老树会闹鬼，所以搬出去的人比较多。阿青家是个大石条砌的两层小房子，在村里算是一般般了，虽然前海后山，周围还是有点荒凉，公公和阿青倒好像从来不怎么怕鬼，尤其是盖了大小两个菜鸭棚，父子俩更喜欢人少，而对面就是大片的滩涂，有人在这架了很多小石条，养殖海蛎什么的。因为这一带的海岸不是海沙，滩涂里海瓜子、小虾小虫的，原来挺多，现在是少了，但鸭子放在那里吃吃玩玩，还是十分得意，容易长出野气和野肉，有些狂妄的鸭子，海风大了还想飞呢。

阿青说，如果和出口鸭子的工厂谈好了联营项目，那么，他就要扩大投入,他就要雇几个工人自己当老板了,那么他很快就可以给她盖个全村最好的房子,那么,他们郑家就真正威风了。

早上,晚娥看着太阳从海面上糊里糊涂地爬出水面,看着鸭子们在海风里高高兴兴地你嘎我叫,你追我挤;看到阿青坐着小船,挥动着那根极长的放牧竿子;晨风还会吹过公公刚刚浇过井水的菜地,或者带来几丝丝谁家早饭干煎咸带鱼的味道,或者会听到公公在后院水井上,一下一下汲水的声音。所有一切都给晚娥心里带来高兴的感觉,这种感觉很凉爽。有时晚娥哼着自己编的歌曲,到空出来的鸭棚捡鸭蛋。一般每天都会有三百来个蛋,即使沾着鸭屎和滩泥,捡起来重重的也很舒服。有时,不捡蛋,晚娥就会构思给家里的好姐妹们写封信,信里面会吹一点牛,说哎呀,嫁了一个好人家,好是好呀,可是忙啊,我们要搞一个出口企业,赚外汇呢,不是人民币呀!当老板太辛苦了,可是,我老公阿青还说要为我盖一个全村最威风的五层楼房!油红砖的呢。到时候,你们来了,每个人统统有房间,楼上就有卫生间,从早到晚,海风很好很好地吹过来吹过来,猪肉呀、海鲜啊,让你们吃怕!

……

要是没有那一天就好了。

没有那一天……多好呵……

不过,这么想也是不对的。其实不是这么回事,阿青不知道,她晚娥是知道的,自己总不能骗自己的。那么,好日子的感觉,是哪一天变味的?当然是在那一天之前,在更早,当然远在阿青把整簸箕的鸭蛋砸在公公脑袋上之前,远在公公头破血流毫不吭声之前。之前多久呢?两个月吧,要怪还是怪你阿青自己。

阿青为什么发生车祸呢？阿青你为什么开车那么急呢？

四

阿青的摩托总是开得飞快。靠食杂店祠堂外面有一段土路特别松，晚娥有一次到那个路段边去买洗衣粉时，和她同时从食杂小店出来的乌皮老婆，一看到路上正起着像爆炸刚过的烟雾，就扇着手说，哇，这么大的灰尘，肯定是你家阿青刚刚冲过去！

阿青开快车是有名的了。阿青是在城里大桥那个大坡上，和城里的一个出租车撞在一起的。腿上的骨头都出来了，肋骨断了三根。晚娥听到消息，一屁股坐下来光是哭。是公公马上收拾了钱和进城住院所需要的东西。这一个月，晚娥和公公都非常辛苦，每天来收购鸭蛋的马老大让他的侄儿过来帮着照顾鸭子，但晚娥和公公还是忙。公公得空要为儿子煮些好料，还到前村去买猪龙骨、猪筒骨，加上两种草药给儿子熬汤；晚娥更多的时间是，负责送吃的，去医院照顾阿青。

有一天，晚娥接过送饭的塑料罐子时，感到公公手指在她手上拖了一把。晚娥想了半天，想不清楚公公是有意还是无意的，也就不乐意再想这事了。可是，第二天收菜的时候，公公比较明显地把手停留在晚娥手上。晚娥感到吃惊，但是，她假装没有感觉地走开了。吃饭的时候，她不想和公公一起吃，公公叫，来吃了。她还是过去了。饭桌上，她偷偷看公公的手，靠近她的那只手背长满老年斑，有些都鼓起来了，豆瓣酱块一样，她感到十分恶心。这种感觉是以前所没有的。本来单独和公公一桌吃饭，她就摆脱不了拘谨，这之后，和公公一起吃饭就非常不自在了。

那天下午四点多吧，晚娥因为擦了全部门窗浑身是汗，冲澡的时间比平时早。洗澡间的门把子脱落了很久，交代阿青去换的，阿青答应了，却拖拖拉拉的，结果出了车祸。晚娥也习惯了有这么个鸡蛋大的洞，因为除非弯腰让眼睛贴上来看，否则肯定看不到什么。家里人谁会这样看人呢？反正又没有外人进出。

可能是天要下雨，马家侄儿提前把鸭子赶回来了，收进鸭棚后，听到他到院子里喊话。晚娥惊奇的是，公公仓促的应声，几乎就在她身边响起，声音还特别怪，像水里飘动的线。那声音就在洗澡间前面。简直就像在洗澡间里。浑身是肥皂泡的晚娥呆了呆，一直看门上的洞，最后胡乱洗了出来，跑进自己睡房。

和平时一样，屋子里十分安静。只有几只苍蝇在紫菜饼上飞舞。过了一会儿，晚娥听到厨房响起砍砸骨头的声音，是公公在为儿子熬面线骨头汤。晚娥又走回饭厅，她也不知道为什么，脚步就变成轻轻的，就是不想被公公看见。她像小偷一样，轻轻走到洗澡间门口，盯着那个门把子洞看。洞里面比外面暗，看不出什么。她把腰弯下来，眼睛和洞一样高的时候，能看到里面灰白色的旧水管。晚娥又往门挨近了一步，像她以前猜想的那样，她要把眼睛贴到门上去，看看到底能看清多少。可是，厨房里面突然响了一声，晚娥吓了一大跳，连忙直起身，公公已经拿着一包干墨鱼干出来了。

晚娥非常难堪，贼一样涨着脸，马上折进了自己房间。两种感觉交扭在一起，心里又乱又恨：又怀疑公公恶心，又有点觉得自己不孝，总是理不出头绪。她很生自己的气。最后她想要不要拿个布团把那个洞塞起来。布团都准备好了，一个阿青的旧短裤，可是，她又没有把握了。这样突然去堵洞，公公是不是觉得她在怀疑他什么？即使在村里，大家也都说公公人很不错的，何况公公已经是七十多岁的人了；阿青呢，也许也会骂她三八婆。

洞是没堵，但这之后，晚娥都是看准了公公不在家的时候，赶紧洗澡。那天，她看到公公拿了圆竹筐子，去菜地的。一般用那种筐子就是要收不少菜，要卖的。一时半会儿回不来。晚娥松弛地进了洗澡间，冲湿了全身才想起新买的舒蕾沐浴露，忘了拿。她想也没想就拉开门。

公公就在洗澡间门外！他在偷看她！

晚娥僵着，忽然长长地骇叫一声。

公公似乎也怔住了，他马上转身走了。

布团就是那个时候用上的。晚娥狠狠地、赌气地将洞塞得死死紧紧的。还对阿青生气。她不喜欢这样，很不喜欢，现在，不要说看到公公，只要一想到他，她心里都非常非常厌恶。她甚至觉得他死了算了，但马上又觉得，死了也不行，因为死了也不能把她心中恶心的感觉排除。真是肮脏的感觉啊。如果阿青不出车祸，不是什么都好好的吗？

公公当然看见那个布团了，他是个细心的人，细到可以辨认出那是他儿子阿青的短裤头。可是，公公好像没有看见。晚娥在用洗澡间的时候，依然会时不时看那个变成布团的洞，忽然想到，公公也天天在这个小房间里洗澡，这里流过他身上流下来的水和肮脏东西，他用过的肥皂，他摸过的水龙头，还有毛巾。还有这个红塑料盆子……天大的恶心在这个小小的洗澡间，紧密地包围着她，晚娥极度委屈，忽然就哭了起来。站在洗澡间中间，她抱着自己。觉得这里什么都太脏了。我要有一个自己的卫生间,像城里人那样。

阿青是两天后出院的。是晚娥和阿青的朋友一起到医院接他回来的。阿青一进门就到了他们睡觉的房间,他还需要躺着养一养。村里的伙伴在睡房里大声说笑。晚娥在饭厅走来走去,最终还是悄悄地把布团用力抽出来,扔掉了。

晚上阿青迫不及待地要晚娥上床。

晚娥说,把洗澡间的门把子装上吧。

阿青说好啊。阿青说,用手拨拉开关其实也方便。

晚娥说,不好看嘛。

阿青说,以后新房子我们买进口的那种锁,镀金的,非常高级。

晚娥说,明天就装上,好不好嘛。

阿青说,小事啦。

晚娥说,你装不装?不答应我就不理你了。

阿青说,唔,困了。天转冷了,老爸那边有没有换掉竹席啊,秋天他一凉就咳不停。

晚娥说,咳死拉倒!

阿青迷迷糊糊地笑一笑,好啦好啦,明天叫况仔帮你进城带一个把手好啦。

五

况仔第三天,真的买了一个粉黄色像玉石一样的圆把手回来。难看不说,还配不上套,挤不进那个洞。两个男人在屋里先是说把手,后来不知为什么说起黄色笑话,笑得声音很响。晚娥不高兴,觉得况仔很笨，做事很粗。她想马上叫他换一个，可是，阿青说，小事。我把那个洞再弄大一点就是了。

这事又拖了下来。那个洞还是一天天空在那里。因为阿青老是不去弄，那一天，被晚娥催得不耐烦了，阿青就大吼一声：用手啊？要用专门的工具！

专门的工具在哪里呢？晚娥气得不理阿青。吃饭的时候，阿青在桌子底下，不住地用脚踢晚娥的脚，晚娥把脚收起来，阿青就扩大了攻击范围。终于又踢到晚娥的时候，阿青自己扒着碗边咕咕咕地笑起来，像是被汤呛着了。

公公和平时一样，就像什么也没听到、什么也没看到。

晚娥重重地扔下碗站了起来。她离开了饭桌。晚娥走到院子里的丝瓜架下，海面已经黑暗下来，瓜架下已经有几个萤火虫在飞舞了。正想打一个，忽然一条蛇飞到眼前，几乎就擦到她的鼻子，晚娥疯了一样地连声尖叫。阿青哈哈大笑。是橡皮的玩具仿真蛇。晚娥是看到阿青在路边的小摊上买的，没有想到这个时候，他会拿出来吓她。

晚娥忽然就号啕大哭起来。阿青傻掉了。傻了半天，阿青说，我又不是故意的……

晚娥还是哭得很大声，阿青歪头使劲掏着耳朵，看她哭。阿青说，你还吃不吃饭了？

晚娥跑回了自己房间。阿青跟了进去。他没想到晚娥这么能哭。他想搂过晚娥，被晚娥非常用力地挣开了。晚娥通常是非常温柔的，阿青终于开始后悔不应该把她吓成这样。阿青说，哎，哎。晚娥还是趴在枕头上哭。

阿青说，哎，哎。

阿青摸了一下晚娥的头发，看她没有扭开头，就大胆再摸了一下，然后就一直摸她的头发。晚娥在枕头上呜咽着说，我要一个自己的卫生间！

阿青说好。

晚娥说，我不想和别人一起住！

阿青愣了一下，又说好。

晚娥说，我再也不和你老爸一起吃饭！讨厌的老东西……

晚娥没有说完，就停了下来，因为阿青的手停了下来，他不摸她的头发了。晚娥把脸从枕头上转过来看阿青，她看到他眼睛里闪烁着困惑和隐约可见的愤怒。阿青把手收了回去，甚至站了起来。晚娥连忙也坐直了，她本来后面一句就是命令阿青立刻、马上把门把子安好，可是，阿青忽然的变脸，尽管他很克制，晚娥也感到了非常大的压力。阿青的眼光冷飕飕地斜看着她，想说什么又不愿说了。阿青走向门口。晚娥跳起来，拉住他胳膊。

阿青想挣开，看晚娥泪光闪动，就停了下来，可是他不想让步，不跨出屋也不肯被晚娥拉回去。两人就这样站着。

六

晚娥最终还是没有告公公的状。她能感到公公有时还在偷看她，这使她一再不快。但是，好像除此之外，公公也没有什么更糟糕的举动，老人一样的不吭不声，一样的勤快安静，非常体贴年轻人。因为父子两个本来就都不爱说话，因此，在晚娥看来，也看不出公公有什么不好意思或者有对不住自己儿子的任何流露。反过来，晚娥渐渐感觉到，这父子两个虽然像陌生人，几乎从来不说什么，但是，彼此感情很深的。

村里人都是说这个老人的好，比如那个老村医，当时被晚娥请动的时候，就在路上唠唠叨叨地说，不是阿扁，这个时候这种天气，你不要想我会出门！不要想！

村里人说，凡是村里有需要做事的，阿扁，也就是晚娥公公都是最积极地去做的人，而且从来不吭声；还说阿扁六十岁以前，村里死了的人，几乎都是阿扁主动去抬棺材的。

公公是个好人，晚娥非常不高兴地承认这一点。因为心里还是恶心。现在吃饭，凡是靠公公那边的菜，晚娥几乎就不碰；如果只有她和公公两人吃饭，她就借故不上桌，公公也不上桌先吃，等她去吃了，老人也往往借故不马上来；凡是公公收下并折好的衣物，晚娥都嫌脏。尤其是她的里面衣服，她不敢跟公公直说，我的衣服不要你收，公公收了又折好了，她就暗暗生气，又拿到窗上晒或者吹风，甚至重洗。

有一天，公公从菜地回来，阿青叫他吃饭。晚娥看到公公靠她这边的肩上吊着一个空蜘蛛壳，要是平时，她顺口就说顺手就替公公摘了，但是，现在，她就是不想说。

如果不是那一天，阿青自己看到公公蹲在洗澡间门口，晚娥想自己可能永远都不敢和阿青说他父亲的事。她想过了，一是父子两人相依为命地过了这么多年，说这些事阿青肯定不痛快，还不是要住在一起吗？二就是阿青回来后，公公好像也没再借机会摸她的手，当然她自己十分小心，不走近他。

可是，那一天突然来了。晚娥自己也非常吃惊，她没想到儿子就在身边,公公还敢偷看,她还以为他再也不敢了;阿青的暴怒她有想象力,尽管阿青一脚踢死了黑狗。但是,晚上阿青对她的暴虐和怀疑,是她无法理解的。她怎么会愿意被公公偷看呢?!阿青疯了。

那条黑狗是阿青自己拿到院子里挖坑埋掉的。公公那天早上没有起床。晚娥也没有动那只死狗。她后来在厨房的窗子里看到阿青在院子里挖坑,看到阿青把黑狗放进去。阿青看了黑狗很久,晚娥猜不出他在想什么。看了很久,阿青才开始用手把土捧进坑里。一捧一捧的,这样,埋葬的活动进行了比较长时间。

早饭本来就是各人吃各人的,但是直到九点,公公也没出来。晚娥有点担心,怕他会不会死掉了,可是,她又不想进他屋里看。所以,等阿青十一点多从船上回来,她自己也急了。要不要……去看看他会不会……生病了?

阿青就像没听到。

本来都是六点吃的……现在都……

阿青头也不回地又出去了。

中午的大太阳就这么过去了,等晚饭也做得差不多了,公公还是没有露面。指望阿青恐怕不行,晚娥想了半天,决定还是去看看老人是死是活。她心里忽然想到要是他真的死了就好了,不过会不会很吓人呢?

这样想着,晚娥已经推开了门。公公躺着,有人推门他也没动。晚娥不知怎么办才好。死了没有呢?不死还是要吃饭吧?她迟疑地站在门口,公公还是一点都不动。晚娥慢慢地移步靠近他的床头,他头上的血痂黑黑的,粘着一些花白的头发,看上去很脏。脸好像也肿了，显得特别大。她轻轻喂了一声，非常轻，可是，好像公公眼皮动了一下，她稍微大声地叫了一句阿拔（爸），公公还是没动静，她又怀疑刚才是不是眼睛看花了。真是死了吗？阿拔呀，她有点害怕地叫喊了起来：吃饭了！老人一下就动了，睁开了眼睛。脸是肿了，一只眼睛里面红通通的，像是出了血，晚娥猜他很痛，一下子又感到他很可怜。

饭好了。晚娥说。

公公没有吭气，但是，晚娥听到阿青在门外狠声说，吃屎去！

七

一家人和原来一样，没有声音地出入着、无声地一桌子吃着饭。看起来和过去也没多大差别，可是，晚娥知道，现在和以前一点都不一样了。阿青还是不爱说话，可是一说经常就是很粗野的话，听不出是咒骂谁；以前饭好了，他会示意晚娥叫父亲上桌来，或者自己大喊一声：加奔（闽南话吃饭），现在他哗哗哗地自己吃，谁也不管；有时公公卖菜晚归，晚娥按习惯给他留菜，阿青就咒骂什么。有一次下雨，公公的蚊帐还在晒，公公还没回来，晚娥冲进雨中，将公公一早晒在井边的蚊帐抢收回来。

阿青说，贱货！

公公晚上是很少外出的，现在稍微多了起来，但也不会太迟。那天，父子都不在，晚娥一个人看了电视，看到很迟，父子俩都没有回来一个，她就直接回屋睡了。被阿青摇醒的时候，是半夜2点多。阿青喝了酒，全身通红像火一样烤人。他猛烈地摇晃晚娥，老的呢？！为什么床上没人！

晚娥也不知道。公公出门的时候，什么都没有说。阿青是从下午出门就没回来吃晚饭，当然更不知道老爸的去向。阿青扔下晚娥，怒气冲冲地屋里屋外又找了一遍，就冲到外面发动摩托车。

晚娥追了出去。她担心阿青喝成这样骑摩托危险，可是，觉得要发生大事了，是不是公公死在外面了，要不然他是绝不会半夜不回家的。公公从来就不是这样贪玩的老人。一定是发生什么意外了，晚娥想着，看阿青像疯狗一样飞车而去，喊了一声，要慢点噢——

阿青找遍了村头村尾。况仔他们几个也被阿青急吼吼地吵了起来，披着衣服分头寻找，老人活动社、海边、高临那边的水库、龙眼林、西瓜地，还有其他周边所有偏僻地方。况仔他们已经感觉到，阿青火燎火急的，就是担心老爸出事了。

有人说阿扁最近喜欢玩麻将，会不会在邻村老豆缸家？阿青一听马上跨上摩托就跑。况仔追了上来说，先去肥仔寡妇家看看，最近有人爱在那里玩搓麻，有人说她家灯还亮着呢。阿青最早有路过肥仔寡妇家，也听到麻将声，但他根本想不到老的已经玩上这个了，还居然不回家。阿青还是不太相信，况仔已经往寡妇家开了。

有个兄弟推了阿青一把，干你姥，喝糊涂了，走哇！

肥仔寡妇家的院门开着，况仔已经从里屋高兴地出来了，说在在，放心吧。

里面，三个老汉加肥仔寡妇，正把牌洗得稀里哗啦。

阿青疯狗似的扑了上去。他一把将父亲从位置上提了起来。父亲想挣脱维持尊严，但儿子太强壮了，几乎把他提离地面。所有的老人都站了起来，有张椅子被碰倒了。老人纷纷说，跟阿青回去，回去啦！他喝酒啦！我们也回了！

况仔说，阿伯，你吓着儿子了。我们都没睡啊！

晚娥听到摩托车越来越近的声音。她紧张地到了门口。阿青和公公下来了。阿青好像连车都没锁，一把揪着公公狠狠往房间里拖。公公挣扎着，两人喘着粗气。晚娥看得傻了，不知要不要上前。阿青把公公拖进了饭厅，他的头皮都红得透出光来，脖子上的血管涨得像要爆开。公公一看到晚娥就拼命要推开阿青，阿青突然就抡了一巴掌上去，非常响的一巴掌，就打在公公的耳朵上。公公猛然勾下头，对准阿青的胸口撞来，阿青闪了一下，拧住父亲的肩膀，又是一巴掌甩了上去。晚娥叫了起来，不能啊，阿青！

阿青将父亲使劲往墙上推。公公踢起脚，反而招致阿青更猛烈撞墙。晚娥奔过去，使劲用手把阿青和他父亲分开。阿青怒吼着一抬手肘，把晚娥顶得痛得喘不过气来。晚娥蹲了下去，能说话的时候，她哀声喊着，你会打死他的呀！

阿青一口痰啐在父亲脸上，去死！为什么不去死！死了我也不用找你啦！

阿青疯狂地摇晃父亲，石条墙好像被震得要散开，日光灯条的一边，忽然掉了一头下来。光源改变了，屋子里的一切忽然变得陌生而奇怪。

去死！

阿青终于吼了最后一声，丢下父亲。公公脸色苍白地软在地上。整个过程，他始终一句话都没有说。晚娥听到他粗重的不断的喘息，但是听不到任何一个字。

在床上，晚娥轻声说，你这样会打死他的。

阿青突然就暴怒了，他一把拧起晚娥的长发：骚！就是你骚！

晚娥又疼又恼，反手也打阿青：你要他死，那你为什么到处找他！看找不到是谁先急死！我告诉你，这个老不死的和我无关！我巴不得他死！死！

阿青一掌把晚娥打下床去：贱货！都是你！

八

成年菜鸭送走了一批，小鸭子又长大了。晨风不再能吹卷它们的细软绒毛，半年多时间，它们就长成羽毛整齐、嘴巴黄亮的成年鸭子。阿青把长竹竿放在船上翻身上船，大小鸭子们也争先恐后地下水去。

晚娥伏在厨房的窗户上看着太阳刚刚出来的海面，看着阿青挥动的长竹竿，指挥着没头没脑的鸭群；阿青的草帽有一下被风吹走了，阿青正要去打捞，似乎有几只鸭子捣蛋，把帽子给推远了。晚娥从阿青的身形动作看出，阿青在痛骂鸭子。她有点想笑，但马上又觉得没什么好笑。那天之后，晨风里面的一切都改变了味道。原来不是的。

晚娥恹恹地洗锅擦灶。公公不知什么时候，把旧的洗碗用的老丝瓜经络给换成新的了，有点扎手，但是，很好用。公公种了很多八角丝瓜，当然吃不了。他就让它们变老变干，然后去皮把经络收集起来。他曾经说，要积起来剪开、缝制一个床垫，送给阿青他们，肯定隔潮。当时阿青大笑，说听都没听说过呢，还席梦思哪。公公很自信地不予反驳。

现在呢，现在公公还在积累干丝瓜经络吗？

实际上，那次阿青酒后寻找父亲并殴打父亲之后，他就经常公开咒骂公公了，这是那天之前不可想象的。应了晚娥老家老话，有第一次就有第二次，凡事开了头就一直要走到尾了。有一次，阿青怀疑公公偷听他们睡觉，竟然用木拖鞋打肿了公公的脸；还有一天酒后在床上，他执意要堵住晚娥呻吟的嘴，他咒骂晚娥的声音太骚。如果不是他们家在村尾特别偏僻的地方，恐怕全村人都知道他们家是怎么回事了。其实现在，村里面就有人说，阿青变了，娶了媳妇就忘了老人的好处了。不孝啊。

那天之后，公公举止迟缓起来，而且经常咳嗽。有时半夜咳得欷欷叫，像是喘不过气来。阿青被咳醒后，一般是大骂，再咳不止，就会火冒三丈地披衣冲过去。晚娥能听到他非常恶劣的口气。阿青用本地话，晚娥听不太明白，他在训斥父亲什么，后来半听半猜，知道他是要他吃药。有时，阿青自己从城里带咳嗽类药回来，凶声恶气地命令晚娥：放他房间去！

公公还有一个变化，就是几乎不和他们一起吃饭了。汤冷了，他就喝冷的，有时候鱼汤冷了非常腥。晚娥心情复杂。公公不上桌一起吃饭，她打心眼里高兴，可是，看老的一个人默默地吃些冷菜剩饭，又觉得老人有点可怜。晚娥说，我帮你热一下再吃吧。公公总是轻轻摇头，而这时候，如果被阿青看到了，阿青的神情又总是很怪异。晚娥就有点怯，怕晚上阿青又揍她，说她骚。

海水潮起潮落、屋前屋后日落日升，小鸭子一批批地长大了，快五百只的母菜鸭每天能捡三百多个蛋呢。收购鸭蛋的老马每天像钟一样到院子外面吆喝一声：蛋来！海上的晨风每天都从滩涂，吹过晚娥伏在窗上的头发，再穿过公公的菜地，一直跑到麻黄林地那边去。公公汲水浇菜的声音也和每天海上来的晨风一样，凉凉爽爽的，孤孤单单的。日子就这样一天一天地过去了。

　　晚娥怀孕八个月的一天，在院子里晒太阳。忽然看见，公公在一张旧篾席上，铺晒着起码两百个又大又白净的丝瓜瓤经络。

　　公公还真是要做"席梦思"呢。

一只叫清净的狗

清净在慈元寺住了两年多。

这狗一身黄毛,左背侧处却有一团棕黑色的字形斑块,其中三个黑点很明显,师父说,像觉悟的"觉"。外人一经提醒,也觉得极像草书"觉"字,不过,见字底比较潦草含糊。虽说是有心人才看出清净的稀罕,但在尘世,清净这个奇特的毛色块,也让它在街边狗贩子的笼子里脱颖而出,一个男孩子央求妈妈买走了它。

清净那时候有别的名字。它是一只贪玩贪吃、欢乐无忧的狗。男孩子每天还喂它三四口苹果。清净非常喜欢吃苹果。清净丢失之后,剩下的那大半只苹果,在男孩家的冰箱里放了两年多,苹果干瘪得几乎像蜜饯,但是,男孩子执意不让丢。他认为,只要剩下的苹果还在,总有一天,狗狗就会回来的。

而这两年,清净都在远离男孩家几十公里的山上吃素食。两年前,一名善男子在路边捡起了断腿的它。目击者看到,它是在送往流浪狗收容基地的车上,挣脱束缚跳车而逃的。人家以为它死了,懒得停车捡,这才便宜了它的狗命。善男子就把它带进了慈元寺。

师父帮它治好了断腿，又给了新名字。这样，清净就生活在蔬菜杂粮、清风送畅的暮鼓晨钟中。师父还养了两只自小被人遗弃的狗，一只叫自在，一只叫善缘。自在和善缘虽然在寺庙长大，对清净却并不欺生。三只狗基本相安无事，有时法师们做早晚功课的时候，三只狗就在法堂里静观、谛听，偶尔也激烈地追打咬架，一般都是清净惹事。法师们淡然无睹，照样诵经。负责照顾三只狗的明慧师有时会分心看它一眼。

没有人知道清净的过去，没有人知晓红尘深处有半个为它保留的苹果和为它永远保留的凡尘温馨。没有人会去猜想清净的未来。在六尘清净的山中，一只小狗生活的其他可能性几乎是零。

但有一天，山下村里一场延续三日的婚庆大喜宴，改变了清净的下半生。

那一天，像往常那样偶尔下山溜达的清净，赶上了一场浩荡红火的婚庆大礼。

那场丰盛铺张、暴饮暴食的大典中，真是炊烟腾腾、红肉滚滚、遍地生香。清净看不到桌面上的完全境界，但在清净眼里，一桌桌的桌子底下的花花世界，已经是不尽美好。而喜宴中喧腾于杯觥交错来来往往的人腿，并不怎么驱赶桌边桌下觅食的鸡鸭狗猪们。清净一参加到这个婚庆，就亢奋喜悦，恍然如梦。它坚持了始终。这个延宕三日的村中大典彻底结束后，清净不想回寺庙了。它依然在喜宴遗址附近转悠消食，也在寻觅和等待新的婚庆接着举行。

明慧师找到了它。清净看到明慧很高兴，躬着快乐的背，摇着尾巴过来相见。明慧摸着它的头顶，批评它不可以这样一走多日，然后，明慧师就带清净往山里走。清净却歪着脑袋看看，坐了下来。明慧招招手，继续往前走，再回头，清净却依然坐着，并没有跟着走的意思。明慧很意外，声音高了起来：清净！

清净的尾巴横扫路面摇了摇。它依然坐着。明慧招手再喊：走啦，清净！

明慧又走，走得更远。清净看他走远，算是送完了客，起身便转向猪圈那边的几个临时潲水桶。上山进寺的路，当年它一遍就会走了。慈元寺往左，猪潲水桶往右。清净毫不迟疑往右而去，隐身到猪圈后面甘蔗林里去了。

明慧急了，高声大喊，清净！回家！声音里有了呵叱责骂的怒气。他已经看不见清净，婚庆人家的一老人指了指右边猪圈方向，也帮着喊：狗仔，快回去啦——

明慧又喊了几声，清净完全没有出来的意思。明慧自己在进山的土路口，呆立了一会儿，就快步上山了。两个时辰之后，明慧师又来了。清净不知道明慧师肩上的那口大袋子，能够装下它，所以，明慧师一叫唤，它立刻久别重逢喜出望外地迎出来。明慧师一边摸它的脑袋，一边把它放在袋子中，随后袋子边一提，收口，就把清净一呼隆提了起来。明慧师就这样把清净提抱回了寺里。一路，清净都在扭动挣扎，嘴里嗯嗯呜呜，有时还怪吠几声。明慧师不管，他拍拍它身体，说，好啦，走得我一身大汗啦。

回到寺里，钻出袋子的清净，使劲抖甩自己的毛。赶上前欢迎的自在和善缘，猛然被清净毛发里散发出的灯红酒绿的香辣浊气，熏呛得轮番打起响亮的喷嚏。

清净掉头就走。它甚至没空跟自在、善缘寒暄一下，兀自就往山下赶。清净的小身影快速移动，带着奔跑的碎步，它走得如此目不斜视、急急忙忙。几个法师都目送着清净，似乎悲悯、似乎挽留、似乎无奈。只有师父微笑。浑身汗湿的明慧师简直想扑上去揪打那个小身子，但看到师父的微笑，也就定在原处喘息一样叹气着，他知道，即使猛追，他也是追不到一心下山的清净的。

婚庆大宴三天的村民家，是个屠夫世家。家里猪虽然不多，但是，家境富裕，而且按当地规矩，屠夫杀猪，内脏都属于屠夫，委托杀猪的人家，想要一个猪肚猪腰什么的，还反过来要向屠夫买呢。所以，屠夫家里的荤腥是非常丰富的，常年下来，人、鸡、狗、猪都是脑满肠肥。清净对这样的人家一见倾心，似乎也是理所当然。回看清净简史，在狗贩子那里吃的是稀粥，在小男孩家吃的是狗粮和苹果，跟小男孩父亲外出，不慎走丢之后，吃的是垃圾桶边重口味的残羹剩饭，虽然肉饭不多，油盐味精卤汁却是不少的。营养谈不上，品位是上去过的。这一路下来，也算是步步深入地经历了浓烈世间。后来忽然进了山门，成天素食，连饺子都是蒲公英包的，要让这样一副肠胃有历练的狗，保持六根清净，真的不太容易。

所以，清净向往山外面奔腾的尘嚣，是业力，不如说是阅历。自在生在寺院、长在寺院，当然自在了；善缘因为眼疾，从小被人虐待遗弃，能被抱进山门，温饱无忧，福报更是不得了的大了，自然惜福惜缘，纯然未有非分之想。清净就不一样，所以清净难。

几天后，一辆摩托车突突突奔突上山，屠夫老万带着一个麻袋上来了。到了寺院前，停车，卸下麻袋。麻袋一拆开，清净天真无辜地站了出来。

老万说，看住你们的狗！

法师们合掌念阿弥陀佛。自在和善缘照样赶过来问候，清净敷衍地抖了抖尾巴，不断拿眼睛看老万，它知道老万在数落它。清净反省自己也没有多大过错，就是喜欢他家罢了。这些日子，它和老万家的猪、狗、鸭都相处和谐，除了与那只黑公鸡打过两小架，晚上睡觉也自觉没占万家多大地方，只是蜷在院子瓜架旁的枯瓜藤堆上。

老万跨上摩托，风风火火地俯冲下山，清净情不自禁送了他一丈远，被明慧师叫住。师父过来。师父一直微笑着，他摸了摸清净的头。清净的尾巴礼貌地摇晃着，眼睛却看着山下的方向。明慧师用力拍了它的头一下，清净困惑地回看明慧，随即触电似的勾头猛咬"觉"字边的部位，咬得又狠又急，好容易缓解抬头，猛地又扭过身子再度猛烈啃噬那个位置。明显是招惹了跳蚤螨虫了，法师们心照不宣散去，只留下清净的小身子久久远眺着山下人烟迷蒙深处，有那么点"绿柳三春暗、红尘百戏多"的感悟与哀婉。

这一个晚上，自在和善缘吃了一肚子萝卜芥菜面条，一前一后在菜地摔跤撒欢；清净食欲不振，闷闷地来回走动。明慧师不由盯着它，警惕它一不小心踏上下山的路。清净倒也没有那么走下去，也许被老万的摩托颠怕了。掌灯之后，师父诵经之时，清净蜷在门槛边似睡非睡。不过，它总是睡不安生，不时被跳蚤惊扰，不时触电似扭过头，狠狠暴咬自己背腹一阵。但是隔日，法师们上早课的时候,清净又不见了。七点多,早课结束,明慧师确认,清净又走了,也许就是连夜下的山。

过了几天,法师们说,还会被送回来吧。也有法师说,清净会自己回来的。

但是,清净没有回来。大半个月后,明慧师憋不住,卷了袋子再度下山。在万屠夫家院子里,正在和一只精瘦黑公鸡扑腾追逐的清净,老远听到明慧的脚步声,立刻支棱起耳朵。听真切了,它放弃黑公鸡,欢天喜地地奔出院子迎接明慧。它无暇细察明慧怒气冲冲的颜色,直扑到明慧脚边,埋头就是一阵舔嗅挨挤。明慧看到清净鼻子上一道明显的疤,看上去是硬物击打的,血痕已经发黑了,黄身子的"觉"字旁边,又添了一小块荔枝大的脱毛,露出扎眼的嫩红色皮肤,不知是否被开水烫到,亦或是被顽童鞭炮炸的。

明慧把肩上的袋子放地上。

清净认出袋子,立刻跳开两步,和袋子保持距离。

明慧说,来。

清净后退了一步。

明慧说,丢人。

清净尾巴稍微摇了一下。老万家的一只也是黄色的老狗,慢慢踱了过来看究竟。明慧突然起身要抓清净,清净闪挪得更快,明慧狠狠扑过去,清净立刻跑回万家院子,旋即消失在猪圈后面的甘蔗地里。

明慧怒不可遏,捡起一块石头,就往那边砸去。万家的狗冲着明慧厉声吠叫,屠夫家里走出一个手里拿着淘米箩的女人。女人见到明慧,笑了一下。

明慧说，我来带清净回去。

女人说，怎么带得回去，算了。

明慧说，庙里的狗，总归是要回去的。

算了吧。人都想吃肉，何况一只狗！女人的表情很轻蔑，她说，算啦！

明慧不跟屠夫的女人说，沿着院门竹篱笆过去叫清净。他心里忽起一念，觉得清净如肯跟他走，他就赢了那个女人。他一直叫着清净，但没有声音回应。这个呼唤的时辰里，四周特别静谧，好像所有的人鸟虫牲畜都安静下来。

明慧的声音，忽而明亮，忽而温柔，忽而宽广：清净，清净，回去了清净……

明慧看到两只白胖醒目的浅色花猪，在食槽边，像是吃喝满足，也像是身体力行地劝慰明慧，它们嗡嗡哼哼很意味深长地出了声，十分快活。明慧再叫，才发现猪圈木板房一角，一只狗尾巴在摇动。狗的身子被木板挡住了，明慧每呼唤一声，那根黄色的尾巴都在隔栏缝隙回应地摇动。

一人一狗就这样呼应着，明慧看着看着，眼泪忽然流了下来。

义薄云天

一

事情发生在那个没有夕阳的黄昏之后。

天阴了一天,南方人穿起了夹克,瑟缩地互相叮嘱冷空气来啦。北方人管小健穿着短袖,在租住的楼房后面的废旧砖瓦、木料堆里找猫。那只黑色、黄色、咖色、白色相拼的浓墨重彩的猫,刚刚生了四只小猫。它总在搬家。

管小健牵挂它。半年前,管小健被公司派驻这里时,那只猫竟然在路口等他似的直坐着。四只猫爪并拢如田字,虎纹似的长尾巴,围巾一样优美地围过四脚。那时,它并不怕人,管小健弯腰对它哈啰哈啰地问候着,它也不闪避,仰头静静地看着提着箱子的管小健。

你是谁家的咪咪呀?呵呵呵……管小健看着它整齐如花蕾的爪头,以为是精心修剪过的、家养的名猫。不料,它就是野猫。房东说,江洋大盗,很会偷东西吃!猫很快就知道,管小健和所有的敌人不一样,所以,管小健叫唤咪咪,它一般都会出现。管小健叫它，从来也都是有吃的，最不济，也有一点方便面底汤。开始几个月，管小健以为自己喂胖了它，不料咪咪却是怀孕了。

公司为派驻人员租的房子，稍有点偏，但是离协作的电子厂不远。这里往北，是一大片工业区，密集的打工仔居住区都在村头那边，这里是村尾，原来比邻的两个国营老厂在拆迁，满地的废料颓墙，搞得确实有点荒凉。但是，很快就有人发现，从这里穿过鱼塘，再越过一个废弃的印刷机械厂，到区中心非常近，因为工厂的围墙都倒了。这样，走的人多了，一条路就在破砖碎瓦和丢弃的建材废料中出现了。

总有人爱走。急性子的人，甚至不管自己是否穿着高跟鞋，也不管是否月黑风高，自己是否腰缠万贯。

穿着短袖T恤的管小健，端着一个快餐盒，很有耐心地在那些钢筋水泥的废料山中，咪咪、咪咪地叫着。

他也可以把盒子放到这里就走，咪咪晚上肯定会过来把它吃掉。但是，他还是想看看咪咪的新居。搬来搬去有什么意思呢？他嘀咕着。天气预报说冷空气南下，要降温七八度，还带来连日阴雨。那么，咪咪和它的四个小咪宝宝，肯定要挨冻。前几天，看到的猫仔已经睁开圆圆的眼睛。咪宝宝三黄一雪白，脑袋也圆圆的比身子粗大，四个绒球似的。管小健已经打算把前妻给他买的旧毛裤送它们一家御寒，可是，刚才竟然没有翻到，他记得他妹妹帮他收拾行李的时候，说还是带去吧，你的腿关节不太好。管小健说，我去南方哪！他妹妹立刻不耐烦，说，带上！你的腿是北方的！傻里吧唧的！

天色又阴暗了几分，风也灰拉拉的，像一个挥舞的旧拖布。颓败遍地的空气里，一阵阵泥瓦腥气，混着一丝艾草的味道。管小健踩到了烂叽叽的什么，紧跟着斜刺里一个木架子上翘起的一块锈铁皮，刮过他的手臂，手臂辣辣地痛。天擦黑了，看不清。傻里吧唧的！管小健在骂咪咪，这么乱七八糟的地方，你的家能挡住风雨吗？要降七八度呢。

　　管小健隐约听到奶猫纤细可爱的叫声。他把快餐盒放下，蹲下看一根生锈的大铁管，里面没有声音。往这根篮球粗的铁管里看，黑咕隆咚的，什么也看不见。站起来看，铁管边是一大堆破烂残缺的水泥预制板，他蹲下来一动不动地谛听，果然，再次听到了牙牙学语的小猫叫声。

　　就在这个时候，一个女声突兀地划破阴沉的天空，管小健的耳膜像被一块铁皮狠刮——

　　抢劫啊——救命啊——

　　管小健站起来。

　　鱼塘边，一个小个子男人在飞跑，手里一个明显的女人漆皮白挎包。女人从地上爬起来，追喊中又摔倒了。女人凄厉绝望的哭叫声，尾音极长，像另一块铁皮又刮过管小健的耳膜。管小健扔下快餐盒就追了过去。

　　穿过鱼塘，追过废旧老厂子，一直追到了区政府公交站点后面，管小健扑倒了那小个子。但是，小个子身上已经没有包了。包呢？管小健拧住他问，那个人并不搭理，拼命地挣扎蹿腾，很有劲。管小健有点筋疲力尽地对围观的人群喊，帮我嘛！他抢了个女人的包！

　　两个年轻人冲了过来，管小健还没有反应过来，就感到自己腰腿几处麻热，随即被人踢打在地。有人使劲地踢了他的后背。人群哗地退潮一样缩远，慢慢地又重新围拢。有一条热情的嗓子在大声报告，跑啦！通通跑掉啦！都是一伙的啦——

管小健木头木脑地站在人围中，直到有公交车进站，人群忽地少了，他才想起来掏出手机打110，这时有人尖叫，哇，血啊，这人流血了！有人在叹息，好像是说天哪，太傻了！管小健低头看脚面，公交站广告牌的灯光，照出了他双腿下面的暗黑液体，就是血啦，他愤愤地想，竟然扎出我这么多血。那个丢包的女人呢？管小健看四周的人，一米八四的个子，使他很方便越过围观人群，女人没有看到——看到也认不出，他甚至没有记住她穿什么衣服，除非她自报家门——警车也还不来。妈妈的。有雨水忽然打来了，围观的人，都跑到站台上。一个老太婆走过他身边，戳他的袖子：找死哟，这个天穿短袖？！一个牵狗的男人很生气，对着她的背影喊，你说什么！傻瓜！这人差点被捅死了——喂，我替你打120啦！喂！

管小健这才觉得冷，很冷。该死的咪咪。他抱了抱胳膊，冷空气前沿就是这样来了？他打着寒战，用力抱紧胳膊，腰腿顿时一阵热乎乎的奔流。

牵狗的男人又喊，我替你打120了！——喂，你是不是报了警？打110也不收费！

警车是二十分钟后来的，管小健听到呜哇呜哇的警笛声，心里一松，跌坐在地上。这时候，他感到有人来搀扶他，搀扶他的胳膊很有力气，手心也很热乎。胳膊的主人用很亲昵的语气说，你太傻了！何苦这么……多管闲事。管小健克制不住地颤抖，而且眩晕。

他感到耳边体贴入微的声音很温暖,所以,他就想到他妹妹,那人说何苦这么……停顿了一下,管小健立刻在心里就接了腔,傻里吧唧。这是她妹妹的语气助词。从小到大,他妹妹总是这么对他说话。那人说的却是"多管闲事",接龙接错了,管小健在黑暗和昏眩中,略微惭愧地笑了一下。

二

短袖衫是完好的,两层的运动裤却被血浸透了,上面有四个洞,深度分别是八厘米、四厘米、三厘米。两刀在腰臀部,两刀在大腿侧。清创缝针的时候,管小健很清醒。裤袋里电话响了,一看是范经理的电话,管小健赶紧接。下午范经理刚刚飞离。这个外派工作是范经理给管小健的,是管小丽的交情。行前管小丽千叮万嘱,要管小健干出一点名堂,给她挣个脸。管小健这半年业绩一般,没有大开拓也没有大差错,但公司总部听说几家别的公司,正在大挖他们的业务,范经理就亲自飞来加固城墙。联络了电子厂的相关部门负责人,喝了酒、叙了旧、唱了歌、抱了小姐、拿了误餐费。该做的都做了,就是让管小健永续前好发扬光大。他们这公司,就是为这家大公司配套供应机子外壳。临行在机场,范经理说,你千万别惹事,一心一意地让我们公司搭好这只大船!订单如果转移了,你、我都不要做了!经理过安检前,又折回头:你妹做事精明稳健,我希望你不要辜负她!

范经理在电话里说,刚下飞机,想起来个事。

管小健说,哦,哦。

范经理说,那个高主任透露他老婆生日的,你记下时间没有?

我一直忘了问你。

噢,那个……管小健想不起来了。当时,高主任一说,范经理就踩了他的脚一下,然后,又一下。管小健连续被踩,以为谁喝多了把他的脚当擦脚垫了,就低下头去桌底观察。现在才醒悟过来,原来就是强调要他记下。

范经理语气不好了。他说,好像就在这一段,赶紧去把时间搞清楚,然后送份好礼过去!现在是非常时刻!人家能透露给我们,就是还想和我们继续。这种垃圾事,以后不要我教你了!不懂问你妹去!!

管小健说,好的!好的!我知道了——哇啊——管小健失口惨叫了一声,他来不及拿开电话。那边,范经理吓了一跳,耳朵像寒毛一样竖起来,他弹直手臂,远离了电话。这边,一把镊子正往八厘米深的伤口内清理。医生恹恹地说,碰到坐骨神经了。

管小健唔唔着。

范经理隐忍不发:怎么回事你?!

管小健说,哦,没事!我很好!好得很!一只猫……

范经理把电话挂了。

缝完针后,派出所的两名警察过来做笔录。管小健潇洒地挥挥手,说,是我自己的事,我的包被抢了。

两个警察互相看了一眼。一个警察可能是过敏性鼻炎,闻言啾啾啾地连续打了十来个喷嚏。完毕,他问,外面的人不是都说,你在帮人追包?

管小健说,不,这和别人无关。你们怎么来得那么慢啊!

两个警察根本不想回答这个诘问:那……你把经过说一遍。

很简单了，我正要去乘公交，他突然抢我的包，我猛追，结果，他同伙来了，两个，还是三个。他们拿刀扎我，把他救跑了。你们来得太慢了！

那你包里有什么东西？

几百块钱、香烟、电子厂的饭卡吧。东西不多啦。

证件呢？

正好我没放到那个包里。

知道有个女人被抢吗？和你差不多时间的？

唔，不知道。也许有人喊吧。我不太清楚。我只关心我自己的事。

你是说，你肯定不是为那个女人去追抢包人的？

啊，是的。这年头，谁那么傻里吧唧啊！我自己的事，都忙不过来！

刚才帮你抬上车的那些人，都说你是见义勇为嘛。警察悻悻地说，有一个站了起来。

管小健急了，谁说的！我可不是愣头青，叫他来跟我对质！

另一个警察也站了起来，拍拍屁股，一边把笔录递给他，指了签字的位置，说，人都散了，谁吃饱撑的跟你对质。不是就不是，拉倒。管小健笑起来，你们以后出警快一点。人命关天啊！

两个警察头也不回地出去了。

三

管小健还没有意识到自己惹下了多大的麻烦。好在出租房还有一个偶尔一起下棋的业务员小苏，跟他算是朋友。接了管小健的电话,小苏连忙替他拿了御寒的衣服,又匆匆忙忙拿了他的箱子钥匙,找出管小丽给他的买电脑的钱去医院付账。业务员小苏马上要回湖南,自己的事情还没有理清楚,而这一去至少半个月才回来,所以,他要管小健赶紧说清楚,他能帮着处理的事,必须火速一并帮他做了。管小健看着病房外的天,说,这鬼天!……你能不能帮我找一条灰色的毛裤?

小苏说,不至于吧?这医院不是有被子盖?而且……怎么好换药?

管小健摇头,说,是那个咪咪,那个花咪咪生了四只小咪……

说着,管小健自己也底气不足地停了下来。毛裤他自己还没本事找到,还要再让别人找了毛裤,再去瓦砾废料中,找出一窝猫,这实在有点麻烦。管小健忧愁地看着阴冷的天,闭上了嘴巴。

业务员小苏还是有了恨铁不成钢的语气,说,切!还想多管闲事!那个女人连看都不看你一眼……

小苏就走了。管小健后来有点后悔,应该叫他出去喂一次咪咪,把鱼汤鱼骨拌饭倒在那个地方,还是很容易的。咪咪在哺乳啊,吃饱了,也就不怕冷了。但是,很快,管小健就必须为自己操心了。医疗费不够,买电脑加他自己的钱,七八千都贴进去了,还欠医院两百多块钱。管小健举目无亲,又不敢告诉范经理和管小丽,所以,只好请求出院。医生说,出院后果自负。管小健点头。结果,还是被拦住,说清了账才能办理出院手续。管小健有计划像穷人一样逃跑,可是,他后来想,逃跑了也身无分文,还是要借钱,所以,他想来想去,决定给高主任打求助电话。

管小健跟高主任打电话。先是离题万里的嘘寒问暖,他想不露痕迹地套出他老婆生日的具体日子，然后暗示说要送好礼。没想到，高主任是个爽快人，也可能手中正有事，已经被管小健摸不着头脑的问候搞得很不耐烦，说，生日昨天就过了！你他妈的真是闲啊！没事我挂了！

管小健赶紧说，不不，不，我是真心诚意的，我们公司特意叫我准备了一份礼物，我还以为是今天……又怕搞错，公司也没别的意思，一点心意……那个，不知道你夫人她喜欢衣服，还是化妆品……

真啰唆！把已经破费的放我们传达室好了，行了行了！我在开会。高主任挂了电话。挂掉的时候，他听到管小健在里面急叫了一声，但他还是按掉了电话，也根本不想再回打过去，甚至想到那个白痴代表会再打过来，心里就很腻歪。生日都他妈的记错了，还要再叽叽歪歪说什么呢！果然，五分钟后，管小健又打来了，听上去是鼓足了干劲，高主任极其厌烦地说，我在忙！说话利索点！

管小健很不好意思，说，对不起，你看，我把你太太生日搞错啦，真是很抱歉，太抱歉了！虽然没有见过她，可是，我们公司——

高主任喝道，行了！我在开会！

管小健说，对不起对不起！是这样，那个，现在，对不起，我那个，还想要向你借点钱，一点就好，因为我在医院，我出不去哇……

高主任停顿了，大吃一惊，你是说——想向我借钱？借我的钱？！你在医院？

管小健就一五一十颠三倒四地说了个彻底。高主任终于听明白,听明白就大为恼火,你脑子进水了啊!天下还有你这种事!狗拿耗子多管闲事,就已经够白痴了,你他妈的还自作聪明不认账,说自己不是见义勇为,都扎了四刀了,说不定你就死了,这个时候,就要大张旗鼓地说自己是路见不平,专门利人!这种事的原则很简单,开始就别做!万一不小心做了,就要四处弘扬!让所有人都知道——我的天啊,你们公司怎么找你这么个二百五来啊?你听清楚了,现在,是那个女人要给你钱!是政府要给你钱!不是我们老百姓!——我给老范打电话!

哎呀!管小健吓得差点跪下来,身子一扭,几个伤口都暴痛。千万别!高主任!你一告诉范经理,我饭碗也保不住了。我不能让他觉得我不稳重!

你给我老婆准备的礼物呢?

这个……嘿嘿……它,那个……

屁礼物!你这个白痴!

管小健应答不上来,还是干巴巴地赔笑。

高主任电话里半天没吭气,一秒秒的时间,走得管小健汗流浃背,他感到悲凉绝望至极。这时,高主任终于开腔了。到底人心还是出入热血的,高主任还是有点为管小健的行为触动,他说的是,好了,我让司机给你送钱。借你五百吧,平时我身上没有很多钱。

没想到,房东老陈也骂管小健傻。

老陈说,当时,他和一个雇工正在楼顶上,加固一个雨棚架子,听到那个被抢的女人尖叫,然后他们看到租客管小健冲了过去。老陈说,我还以为你成大英雄了,怎么,连医疗费都是自己出的?!那女人怎么那么不像话?!连面都不露一下?房东老陈看管小健呆头呆脑眼神迷离,嘴里突然就飚出了几个恶狠狠的本地粗话。管小健已经能听懂这个本地粗口,他寻思房东不借钱,也不至于好好地骂他。果然,老陈扔给他一支烟,自己对粗口做了解释。他说,这年头,你救人,干屁!

三层楼的租户,很快都知道了管小健的故事。大家看到管小健走路一瘸一瘸,无法落座的样子,心里都不落忍。平时不太说话的房客,都过来问候他。最后,大家都疑惑地说,那女人真的都没有去医院看望过你吗?一次都没有吗?你怎么这么傻呀!

连三楼的假和尚清虚法师都生气了,看到管小健,就阿弥陀佛地夸张叹息。

管小健就在大家遗憾的视线里一瘸一拐地移动身子。他也不好意思向大家借钱,那天去卫生所打针,不过是不到两公里的路,平时几步就到了,现在,腰腿不便,只好打的,可是,打的起步价就是八块,他觉得太冤枉,才一公里多啊!他跟的哥商量,我给你五块钱吧,或者,来回十元包你的车。的哥歪脑袋乜斜他半天,倾身替他开了车门,要他下去。管小健恼火了。喂,我这是见义勇为负的伤!我已经付了六七千块钱啦!!

了不起啊,拿个证件我看看。的哥嘴里的牙签轻蔑啐到管小健腿前,声音忽然提高了,八块!坐不坐?没钱别耽误我生意!

四

这个晚上,星星非常明亮,很久没有这样清澈的夜色了。天气干冷,管小健听到咪咪在风里传来的呼唤,也许是叫唤小咪咪们,也许是叫管小健。管小健小心翼翼地半蹲在茶几下面,找到了半包苏打饼干，然后慢慢走到阳台。星光下，工地那边残垣颓墙，一地狼藉，有个什么东西，被风吹得一直拍打一个洋铁皮破雨披。风里面似乎有狗屎的味道。

哈啰咪咪，你在哪里？管小健握着饼干，张望着，没有抛投的方向。

刀伤后，管小健觉得自己好像怕冷了，因为冷，他就觉得咪咪一家也不好过。出院后，他看到了咪咪一次，从东家厨房的矮墙上跳了过去。那时候，管小健没有很大的力气招呼它，房东老陈老婆正在问他的伤势。所以，他也不好意思跟咪咪打招呼。

管小健决定去找咪咪一家。他把在北方穿的长夹克披上，拿着半包饼干，慢慢地慢慢地下楼，慢慢地走到后门之外。这些天，他很想给妹妹管小丽打电话。尤其又受了的士司机的深度刺激，他真的很想给管小丽打一通电话，把这个经过告诉她。她从小到大都喜欢替管小健拿主意，经常也能拿出很好的主意。但是，管小健还是忍住了。虽然他已经弹尽粮绝，非常需要妹妹的支持，但他已经想明白，这前前后后的事，无论哪一节，他都会被管小丽骂得狗血喷头。

管小健不敢走太远，怕再踩到锈钉子什么的，很麻烦。他高一声低一声地叫唤着咪咪。一直没有咪咪的动静，口袋里电话却响了，竟然是管小丽。管小丽一贯的语速极快：电脑买了没有？这么久也没个电话！你还没买吧？

呃，管小健的头，顿时极大，他说，那个，看是看中了一款，还没有最后定……

很好！太好了！快记个电话！管小丽报了一个手机号，驻厦办何主任。他们要更新电脑,他那台才用一年多,答应一千五给我啦。你马上打他电话,明天你就过去办手续。

管小健说,一千五啊?太贵了!

贵?你竟然说贵?!你吃错药了吧?才用一年的联想486。——那你看中的要多少?——起码六千吧!——人家可是新电脑!!还贵?!

管小健支支吾吾地说不出话来。

别傻里吧唧的!这友情价!是冒着国有资产流失罪名的风险。马上打电话!明天提货。谨防夜长梦多。提了货你跟我反馈一下!

管小健想说明天没有空,但也知道恐怕很难瞒骗过去,而他吞吞吐吐的语气,让精明过人的管小丽一下就逮住了……你——把钱搞丢了?是不是?!

管小健只好跟妹妹说了实话。

你是说,你被人扎了四刀?管小丽啸叫起来。

四小刀了,并没有伤到内脏……

扎了四刀,输了很多血,你把我给你买电脑的六千块钱,还有你自己的一千多块钱,都给医院了,是不是?!

嗯……差不多吧……

你跟警察说,你不是见义勇为,你是为自己——是这样吗?!

管小健已经感到管小丽要发作了,他还是极力用天下聪明人的行为准则要求自己,所以,他镇定地说,我当然没那么傻,这种事,要不就你根本别去做,万一做了,功成身退就是,我才不想出这种傻风头,让路人指指点点,范经理知道了,还以为我爱冲动,做事不可靠……

你、是、个、天、大、的、白痴——管小丽咬牙切齿、一个字、一个字地往外蹦，随即，霹雳惊魂的怒吼开始了。管小健能听到妹妹气管嘶嘶的气流声，煤气瓶要爆炸也就这样了：你！也快、四十岁的人了！为什么、你为什么永远长不大！永远都要我操心？！管小丽说得有些上气不接下气，管小健不敢再说什么，怕又没有说到点子上，找骂。

那个你救的女人呢？管小丽的气管还在嘶嘶出气：她一分钱都没有出？！

我也没有帮她抢回包，管小健说，现在我还没有见过她，也许，她晕倒了，来不及……

你放屁——！马上去找警察！实话实说。现在就打！

那你这……不是把事情闹大了？不就是一千五的电脑钱嘛……

管、小、健！——爹妈、已经给你气死了，我早晚、也要死——在你手上！

呃，我是说，你冷静点……

再冷静就是死人了！现在就是把事情闹大！找警察！找记者！必须真相大白！不能让英雄流血又流泪。

我没难过，我流什么泪，我男子汉大丈夫，不就是一千五的电脑嘛。我会处理好的……

嗳咦————管小丽发出生不如死的刺耳尖叫，可能有七八拍长，管小健的耳膜吱吱吱地回响，他头昏脑涨，赶紧把电话关了。管小丽又打了进来，蠢驴！别傻里吧唧的！给我报警去！立刻！马上！现在就打！我们要赔钱，要政府肯定！必须要有个说法！二十分钟后，我打你电话！

哎丽啊，你别告诉范经理啊……

管小丽把电话挂了。

管小健从小到大都听这个小他两岁的妹妹的话。他不再叫唤咪咪，拿着半包苏打饼干，一瘸一拐地慢慢回到房间。他的心里越来越明显地怦怦跳：找警察？警察会怎么看呢？出尔反尔，他们会以为我神经病，脑子不清楚吗？管小健拿出纸笔，用心设计了几个很得体的询问和陈述句子，演练了两次，才打了电话。等终于找到那天出警的并来医院做笔录的一个警察后，警察只是哼了一声，半天不再说话，管小健一下子就把刚才准备完美的报告，全部打乱了。他急急忙忙地说，我不是为自己，我是为那个女人。我是见义勇为啊！

警察把电话挂了。

管小健看了手机半天，里面只有嘟嘟嘟嘟的声音。

他真的不想再打过去了。我求你啊，你以为。他恼恨地想，这事情说起来，不就是卡在二手电脑那了吗，不就是一千五吗，大不了明天再求高主任借点钱，我又不是还不起。哼。打这个电话干什么呢？一会儿这样说，一会儿那样说，一会儿是见义勇为，一会儿又说不是，这样做人，低三下四，也真是太幼稚了。

管小健找到最后的一小袋茶包，给自己泡了包花茶，现在，他还不习惯当地人喝的铁观音，但是，已经渐渐感觉到铁观音的香气是有穿透力的。那次房东老陈家的那一泡，确实很甘甜，带一点令人迷离的微酸。他想，下个月，经济状况缓解了，买它一斤好好尝尝，不过，恐怕还要整一套功夫茶具。当地人都是那么小杯小杯的啜，蛮好玩的。电话响了，管小健头皮一麻。管小丽。当然是她。

管小健恨不得能把电话扔进马桶。但他不敢。

他说，我打了，警察没有接电话。

再打！我等你结果！！

管小丽就挂了。管小健感到了煎熬。一大通的诉说通话，警察总共就哼了一声，这一哼，功力惊人，管小健就像被降龙十八掌打到悬崖深渊。说实在的，再打，很需要精湛内功的。管小健难受得在屋里反复揪头发。

管小健对妹妹一向是又爱又恨。管小丽从小就脑子灵、小嘴甜，八面乖巧，漂亮干净，到哪里都人见人爱。管小健仿佛就是为了反衬他妹妹而来到这个世界上的。管小健记不清什么时候起，妹妹成了他的舵手。记得刚上学的时候，有一次，他和在单位幼儿园小班的妹妹，结伴回家。管小丽决定一人买一个棒棒糖。管小健选的是乒乓球大的、横切橘片形状的橘片棒棒糖；管小丽要的是一只耳朵折下来的红眼睛小白兔。是管小丽眼尖，最先发现一对流浪乞儿的。一个五岁左右的女孩，抱着一个一岁多的婴儿。他们在一个避风的街角。小丽拿胳膊撞他说，看，他们没有爸爸妈妈！管小健看到了。管小丽又说，她眼睛那么大，她想吃我们的糖！两兄妹警惕而好奇地慢慢走过那对流浪孩子。走过后，两兄妹不断回头看，那个抱着婴儿的女孩，也一直看着他们。她在舔嘴唇！看见没有，她很想吃！管小健又回头看，他停了下来。妹妹补充说，她肯定从来没有吃过！我敢打赌！

管小健说，那……我这给她吃吧……

橘子的不好吃吗？！妹妹说。说着，鉴定似的踮起脚，吃了哥哥手上的棒棒糖一口。实际上，一买来，他们都互相尝过对方的糖了。

管小丽又舔了哥哥的橘子糖一口,眼睛一直瞄着看那个行乞的女孩,是怪可怜的。她同意地说,你真的不爱吃了?

我爱。管小健老实地说。

可是,我的兔子糖可好吃了!妹妹说,我从来没有吃过这个味道的!而且,你看,小白兔身子每个地方都不一样,不像你的橘子片,随便掰一半,两边都是一样的。

管小健看看妹妹的糖,又看自己的糖,小妹妹没有等他完全跟上趟,就直截了当地说,对啊,我的不能分,你的分一半给她好了,一半就好了。让她吃一下解馋。好不好?

这让管小健很高兴。他本来是想拿自己的糖,都给那个大眼睛的小女孩,妹妹这样一说,那他还可以吃到一半。真是再好也没有了。

两兄妹就一起再回到那对流浪小孩身边。管小丽龇着自己的牙做示范,生怕哥哥控制不好,咬坏了。管小健把咬到自己嘴里的那一半,吐在手心里,递给那个女孩,说,我们一人一半吧。行乞的女孩,笑了,伸出非常肮脏的小手,接过管小健的糖,放到了自己嘴里。

两兄妹在回家的路上,管小丽说,棒棒糖不能咬的,只能舔着吃,不然你会割破嘴巴,还会上火喉咙痛。我也慢慢舔,等你没有了,我再给你舔小白兔,我们就一人一口地慢慢舔,好不好?

管小健说好。他就小心翼翼地舔着自己半块橘子糖。妹妹看着他说,哎,你不要老舔棒子这边,不然会掉的。掉了那我才不给你!

最后,那个最厚道的爷爷,有一次都忍不住叹息地说,公平啊,一正一负,不能天下的好孩子都给了我们管家。爷爷这一句,基本肯定了这世界的公平运作。

现在,管小健看着电话发呆。不打是过不了关的。管小丽肯定要追问过来。七千多块贴进去,妹妹没有骂狠话,算是很心疼老哥了。一千五的电脑再不努力争取,真是说不过去。可是,打这个电话,多么多么难啊。刚才警察那一声哼,他回想起来就心有余悸。真难受啊。

最终,管小健还是按重复键打了出去。电话很久没有人接,管小健几乎没有勇气坚持了,他巴不得那电话就是没有人接,但电话那头却有人的声音了——说!什么事!

那声音厌烦至极,听起来怒发冲冠。管小健嗫嚅,对不起,我真的是见义勇为啊……

那个警察没有骂他神经病,对方沉默着,也许是咬紧牙关。但终于没有等到管小健拉里拉杂说完,一声惊雷在耳:谎报案情!半个月了,你才想起说真话?!到底哪一次是真的?你以为警察是你随便糊弄的二百五?!

我没有……我只是……

笔录是你自己签名的!我们强迫你了吗?再胡扯八蛋谎报案情,我拘留你!

警察摔了电话。

管小健第一次想哭了。

这一次的强烈委屈,使他难以自持。给管小丽打电话的时候,他几乎有点哽咽,……说我报假案……我几乎……连命都搭上了……他说要拘留我……我……

管小丽让哥哥磕磕巴巴地说，她显得愤怒而安静。

……我……整夜整夜的睡不着，很痛……伤口其实很痛……更难……受的是……别人，很多人都说我傻……他们的眼神……你说，我到底怎么做才好？

管小丽觉得她哥哥掉泪了，她也喉头发紧：……哥，你是……对的……妹妹声音很小，但是，这个低语般的肯定，让管小健哗地泪流满面。他停了好一会儿，他没有办法开口。直到胸口不再肿胀能平缓喘息了，他才说：我知道我是对的。可是，在现场，当场就有很多人说我傻。我也不想搅这个浑水啊，那你，怎么能见死不救呢？这也没有什么。男人嘛，总有冲动的时候。后来我也知道，我这样是很傻，死了都白死，我更不想，范经理和你担心，我在外面惹是生非，我身后代表一个朝阳企业。所以，我想就算我自己的事，过去也就算了。可是，没想到，他们——更多的人说我二百五。怎么会这样呢？现在，你要我跟警察讲真话，我讲了，警察竟然说我谎报案情！连警察都不相信我了，还有那个，我救过的女人，她为什么连看都不看我一眼？我没有要她出医疗费，可是，她看我一眼，说一声谢谢都不能够吗？我真的就，那么傻吗……

你必须找到那个女人。她能证明你。管小丽说。

我去哪里找啊，管小健叹气，她根本躲着我。

那好，你找报纸。先把这个不仁不义的女人，揪出来！曝光！

五

管小健没有想到，隔天报纸就登出来了，而且用的是他的原话诉述。那个版面是个读者热线，叫"有话直说"。他按报纸的一个电话打过去的，接电话的人听了，说自己是搞发行卖报纸的，但他听了管小健的话，义愤填膺地给了管小健另一个电话，说那才是读者热线，专门原汁原味地刊登读者的心里话。

管小健对着那个热线电话，痛快酣畅地说了一通。他讲述了事情经过，讲述了他的医疗费用，讲述了他的伤痛和心痛，讲述警察对他的质疑，讲述了那个被抢包的女人，至今没有露面，更没有对他说过一声谢谢。讲述了他的失望委屈。管小健最后说，我真的是傻里吧唧的人吗？

隔天，报纸的市民热线版的头条刊登出来，标题很大，通栏《那个被抢劫的女人，你为什么躲着英雄》。看到报纸后，管小健异常激动，好像已经被人平反恢复了名誉。他请求同楼租住的业务员小苏，帮他买五十份报纸。他要送给高主任、房东，寄给他妹妹，还有办案警察，还有清虚法师等很多关心他的人。小苏不以为然。他放下报纸说，这不是报纸的态度，它只是登出了你说的话，是一面之词。是不是真的，人家读者和有关部门，还要想一想。不会轻易下结论的。

管小健非常生气。我说的都是真话！我讲的都是事实！报纸不相信我，它怎么可能登我说的话？

小苏说，这个栏目叫"有话直说"，就是说心里话的意思，所以，都是说话的人自说自话。我不是说你说的不是事实，我是说，别人不会认为这个栏目的话，都是事实。心里话嘛，心里怎么想就怎么说，随便啦。

你说什么？！既然是心里话，当然是真话，要不然怎么叫心里话！你这人到底懂不懂心里话啊？掏心窝子的话，报纸就是信任我，才登我的话的！

小苏看着仍旧一瘸一拐的管小健，苦笑了一下，避过风头，说，好了好了，我当然是相信你。但是，买那么多报纸送人真的没有必要。

业务员小苏说对了。管小健喜滋滋地要买五十份报纸广送天下人的时候，那个被抢的女人萧蔷薇，拿着报纸，就冲到了报社热线大厅。太不像话！太不像话啦！什么胡说八道的破报纸！今天你们不给我说清楚，我砸你们牌子！出门我就找律师！

三十多岁的萧蔷薇，一出场，就把热线主任镇住了。姿色中等的萧蔷薇，脸色雪白，随时要休克的样子，却有一种力拔山兮的决绝。主任知道难缠的主来了，一个电话，当日热线值班记者能四和他的女徒弟洪小帽，就被急召回了报社。

主任把报纸拿给能四，你好好采访这位女士一下，这是事情的来由。我还有个会，你把这摊接待好。稿子好了，发我邮箱，我亲自看。

萧蔷薇冲着他的背影怒吼：一个胡说八道的报纸！没有调查竟敢乱登，标题还这么大！你们是不是报纸卖不出去，要靠造谣吸引眼球？！

能四像游泳上岸处理耳朵进水那样，不断地侧着脑袋掏耳朵。实习生洪小帽也看出门道了，凡是有人打上门，师傅都是让他们吼叫个够，等能量耗得差不多了，他才懒洋洋地、温和文雅地询问。

萧蔷薇反复骂了二三十个胡说八道，终于开始比较有条理地陈述。她说，我还没看到你们这鬼报纸，我们街道办的人都看到了，一个个来问我，平时跟我不好的那些坏人，干脆在我后面指指戳戳。所以，这事情你们不替我昭雪，恢复名誉，我跟你们官司打到底！

他算什么见义勇为，这个姓管的。当时，我是有看到一个大个子冲过来，他们两个都跑得很快，我的脚崴了，高跟鞋跟也断了。等我过去，人都去医院了。虽然我已经知道，坏人都跑了，我的包没啦，可是，听说那个男人被扎几刀，我还好心好意地提了两斤香蕉去看他。走到医院，警察出来说，他不是为我，是为他自己。是他自己的包被人抢了。哎你说！我是有心去慰问的，他说他是为自己，那关我什么事？我去看他干什么，我又不是神经病，我自己包丢了，一大堆的卡要补办，忙得要死，凭什么，我要去看望他！这人太过分了，你医疗费高了，就想找人分担啊！有这心思你早说，哪怕你假装说，是为我受伤的，我也会假装去看看你嘛，几斤水果我还是买得起的，说不准，我也捐一百两百。可这小人！竟然到报纸上胡说八道！污蔑我躲着他，他算个什么东西？！

萧蔷薇咕咚咚咚地喝了一纸杯水，然后，狠狠地把纸杯捏扁砸进废纸篓。能四说，你不喝了？萧蔷薇瞪了能四一眼，没料到这是个问题，有点发噎。洪小帽不由掩鼻窃笑。你个破报社，你就一个纸杯啊！萧蔷薇恨声道：那种傻瓜！他没资格跟我说话，我要追查的法律责任是你们！你们！——没有调查，就胡说八道！——为什么在刊登之前，不问问警察？

这个……

这个个屁！这个！还这个！我一看报纸就打电话给警察了，他们说，没有记者去调查过！根本没有！我告诉你，政府里有我家的人，你们给我马上去派出所看笔录！瞪大你们的狗眼，看看那个姓管的当时是怎么说的！我限令你们，明天就给我恢复名誉，我的文章也要放到同样位置！我的标题的字，也要这么多，也要这么大！

能四说，你给我留个电话吧。我们马上开始调查。你的要求，我们会反馈给领导。现在，你能不能告诉我，当时，那个男人是怎么冲过来的？

萧蔷薇没有想到这个记者这么快就进入调查，一时不知怎么回答才合适。她想了一下，说，他好好的就冲过来了。

是你叫喊之前，还是之后？

当然是我叫喊之后。

多远的距离？

我哪里知道。反正他跑过来了。

你觉得他是过来抢回自己的包？

搞不清楚。那个时候，谁搞得清楚！

你叫喊后，看到有人过来，你是什么心情？

嗯……也没有多想啦。

你是说，你呼救之后，有人冲过来追抢你包的人，你没有什么感觉？

也有点……高兴吧，因为，我的脚崴掉了，很痛，我肯定追不到那个坏蛋了。

那时候，你不认为，那个人是过来帮你的？

……我认为又怎么样，他自己都说，他是为他自己，是他的包被抢了。

你是当事人，你最清楚当时的情况。我想请你帮我们分析，他的包是怎么被——抢你的那个人——抢走的呢？

你去问他呀！我又不是他肚子里的蛔虫。真是！

那个抢包人，先抢了你的包，再抢了他的？

萧蔷薇沉默。

或者，他先被抢，然后，你也被同样的那人抢了？

萧蔷薇沉默。

还有一种情况，能四说，会不会很早他就被那个人抢过，当你呼喊时，他一眼认出那个逃跑的人，就是曾经抢他包的人，所以，他追了过去。

萧蔷薇有点赞许地点头。能四也对她点头还礼。看来，你比较认同我第三种推测。就是说，前面两种猜测，我肯定没有让你信服。

萧蔷薇用力点头，说，对。我敢肯定是他之前被抢过，不一定是我倒霉的那一天。前面你推测的，是不可能。我已经在追那个坏人，坏人怎么可能再抢那个傻瓜的？而在我之前，如果他就抢了那傻瓜的，那傻瓜肯定要追的嘛，他被追，怎么可能再抢我的？

真聪明！能四说。所以，我一开始就问你距离，我要判断他的视力。不要紧，到时候，我们到现场看，我们会复原那个距离，那就能判断他是不是能一眼认出自己过去的敌人。而且，那个敌人在飞速逃跑。

你……萧蔷薇有点不安地困惑起来。能四说，没关系，你别急。你这事情我一定调查个水落石出，请你把电话留给我吧。

六

能四开着他那辆一路熄火的二手车，在雨中吭吭哧哧地行进，终于到了开发区城北的出租楼。洪小帽说，能四老师，都快十一点了，人家会不会以为我们要他请吃饭啊？能四看看手机时间，说，有这个嫌疑啊，但是，那傻瓜很落魄，你就不要转这个心思了。

开到一个小路口，乱七八糟的都是占道经营的小买卖摊子，一个戴斗笠的家伙，在摩托车后座上卖像是没有放干净血的猪肉，还是什么肉，红黑红黑的。能四为了避让他，又差点刮倒一个举着雨伞卖玉米甘蔗的板车。洪小帽眼尖，师傅——那个——是不是那个傻瓜？能四抬头，看到一个大个子，站在一朵小花伞下，黑色西装革履，打着领带，正对他们犹犹豫豫地似招手非招手。

电话里，他说他个子一米八多，黑西装。能四看看他那个急切亢奋的表情，估计就是那个人了。能四冲他挥挥手，一边对徒弟说，你怎么也叫他傻瓜？真不礼貌。

管小健就过来了。他走得急，一瘸一拐的晃动很大。能四的破车，在这个乱糟糟的路口，也移动不快，还惹毛了几个占道经营的家伙，有人愤怒地擂了他的车尾。管小健到了车前，嘿嘿直笑，说，你好！你好！呵呵，我忘了告诉你，应该走信用社旁边的那条小路，不然，这里过不去的。

能四说，那你上来吧，一起走。

不，不，管小健用手指着自己的臀部，不好坐，车子一颠，很难受……

能四看出他虽然诚惶诚恐的兴奋，但看上去也不全是客气。问了方向，能四就把车子掉头。洪小帽色迷迷地说，长得还真帅啊，像我心目中的英雄。能四看了徒弟一眼，知道吗，男人都是傻的才比较帅。要不他们无法传宗接代。聪明的，起码都要长我这样。

哦,是哦,难怪师傅比葛优长得还更……大胆些。洪小帽像小母鸡一样咕咕笑。能四把自己的绿豆眼瞪得目眦尽裂,悻悻地说,不会吧,我实际没有那么聪明的。

一行人进了管小健的屋子。业务员小苏已经在屋子里等着,还准备了矿泉水和烟。管小健一直嘿嘿笑着,不断要业务员拿烟递水。业务员看两个记者都不用,便把管小健的病历和医药费单据给记者们看,说,七千六呢,全部他自己出。

能四看管小健。管小健说,可惜当时没有人帮我,不然,我肯定能抓住一个,那个失主的包,肯定也能搞回来了。管小健显得很兴奋,有激情。能四说,你把经过仔细地告诉我们一遍吧。管小健有点吃惊,说,你们没有看到报纸吗,报纸都登出来了,就是报纸登的那样!

能四说,现在,请你重新说一次,详细的,好吗?

管小健就说了。能四在记录,洪小帽也在记。管小健说了不少,慢慢地脸都红了。

能四说,那你为什么要告诉警察,你是为自己追包呢?

管小健求助地看业务员小苏。小苏义不容辞地说,管先生是个很低调的人,他受的教育,是做了好事不留名,赠人玫瑰、手留余香,功成身退嘛。

能四似笑非笑地庄重点头。他看着管小健,你自己说说,好吗?

管小健说,我就是那个意思。赠人玫瑰,手留余香,挺好。

那你手上有香就行了,为什么要打我们热线喊冤呢?

我是被警察气的啊!管小健怒道:他说我谎报案情,还要拘留我！简直太不像话啦！

我想问问你，还有谁能证明，你其实是见义勇为，是为别人追歹徒的？

那个女的呀！她最清楚嘛！她大叫，我听到了，马上就冲上去了。我看到她还摔倒了。你们找她采访采访！然后告诉警察，我不是报假案的人。

问题是，能四说，那个女的说，警察告诉她，你是为你自己追包的，你的行为跟别人无关，所以，你在报纸上说的话，她很生气。她打算告我们。

一直站着的管小健，气得一屁股坐下来，立刻又痛得弹起来，因为腿的伤也没好利索，猛地站直，他直趔趄。洪小帽和业务员小苏双双出手，赶紧搀扶住他。再看管小健，他的眼睛里，泪水微闪。他张着嘴，说不出话了。能四看得有点动容，说，别着急，我们不是来调查了吗。你想想，还有谁看到了现场情况。

管小健说，我给我妹妹打电话！说着，他就掏出电话要打。

能四说，你妹妹也在场是吗？业务员小苏对能四摇头，一边拿掉了管小健的电话，说，他妹妹在外地，她能证明什么呀。对了！业务员小苏转头对记者，我们房东老陈是目击者！

一拨人马就到顶层找房东老陈。老陈一家正在吃饭，听说是记者来了，很客气地放下筷子，说，要不要一起吃？能四赶紧说谢谢，说打扰十分钟就走。

房东就说了他在顶楼上的经过。管小健听了，一直点头。老陈讲的时候，一直看师徒两人的采访本，最后，老陈说，我说的都是真话，但是，你要是登到报纸上，不可以！我可不想惹麻烦。

你会有什么麻烦啊？能四笑嘻嘻的。我们天天写坏人坏事，那还不被人剁烂了？

老陈正色道，我有房子有店面，哪天被人一把火烧了，谁负责？你负责吗？

好啦，能四说，我们不会说你的真实身份的，你还可以用化名，小猫小狗齐天大圣啊，你随便挑。没有人知道是你。

老陈说，报纸一登，谁都知道。我又不是傻瓜！我是信任你才对你说的，换别人我还不说。你不能恩将仇报把我曝光出去！

你看，能四指着管小健，他为了帮那个女人，被扎了四个窟窿，输血800毫升。现在，警察不相信他，那个女的也不相信他。你不想帮帮他吗？

我早就骂他傻瓜啦！七八千块钱，那个女的起码要付一半！这是最低的，换救我，我全包了，我还给他买营养品。做人要有良心啊！滴水之恩涌泉相报懂不懂？现在的人，现在的女人，肚子里根本就没有长心！你为这样的人，死了也是白死！我是看透这个世道了，你在我身边杀人我都不管，我就是见死不救，你信不信？！

信啊，能四说，你现在就见死不救。

房东老陈讪讪，说，我那天就跟小管讲了，我可以免他一个月房租。很厉害啦，一千三哪。管小健哭丧着脸，含糊不清地咕哝说，房租都是公司出的……

老陈，能四说，你把那个和你一起在天台上的工人的电话给我吧。我问问他吧。

噢！可以！你问他。他比我看得更清楚。我有他电话——不过，你不要说他是在我家天台上看到的，更不能说我和他一起看到的。你答应我,我才给你电话。

能四长长地吁了口气,好了好了,知道了。

七

外面的雨似乎比来的时候大了。老陈妻子听说他们要下去看现场,默默地拿了两把广告雨伞出来,也不说话,腼腆地笑着,递给能四、洪小帽。两个记者加管小健和他的朋友业务员,四人从租住楼的后门出来。后门一大片是好像没有人管的菜地,一些莴苣老气横秋地站在雨地里,还有一堆被人才砍掉的、半枯萎的什么豆还是什么瓜,乱糟糟的枝蔓纠缠不清。管小健带他们小心踩过一畦畦菜地间的积水。

管小健突然收脚,洪小帽差点撞到他。一只黑、黄、白、棕相杂的花猫,嗖地飞上了红砖围墙。管小健呆望着它,不知道在想什么。洪小帽惊呼:哇,一只猫,那么漂亮的猫!———咦?尾巴……被人砍掉了?!

猫咪消失在墙外。管小健看着墙头发呆。业务员小苏轻推了一把他,示意他走。管小健一直去看洪小帽,欲言又止。洪小帽扑哧一笑,说,你是不是喜欢猫?那个野猫尾巴好像断了。

管小健脸色陡变。你说它没有尾巴?洪小帽说,是啊,砍断的地方,好像黑乎乎的都是血。业务员又推了管小健一把,说,轻重缓急!管小健大惊,问小苏,你也看到咪咪尾巴没了?业务员小苏却看着能四苦笑,说,我哪里去注意它!也许,女记者眼睛看花了。

就是断了!洪小帽说,毛上都是血痂!

能四说，也正常啊。上个月，我接到一个小区居民打热线，说他们那有只猫的眼珠上，被人扎了两根缝被子的长针，猫的眼睛都不能闭。

管小健脸色灰白。业务员小苏推了他一把，走啊。

一行人走到开阔的地方，前面就是搬迁后的废旧工厂遗址了，一个上午的雨，把到处搞得湿淋淋的，很潮。有个黑衣人在白蒙蒙的鱼塘那边大力挥洒鱼食。管小健把大家带到那根大铁管前，告诉他们他当时就是在这个位置。然后指斜前方百米处，也就是鱼塘和一片杂树之间，说，那个女的在那里鬼叫，她就在那个树边摔倒的，那男的拼命地跑。

我们这到那有多远啊？能四说。

不知道。管小健说，没人量过。业务员小苏说，我看，一百米应该有。

那你怎么追得上？厉害啊。能四对管小健说。

我没那么傻，我是反抄鱼塘这条路，等于我走近道。这地方我天天走，当然比那些人厉害。

难怪。看得清那什么字吗？能四指着鱼塘边的一面墙上看上去像字的红色块。他说着，自己嘿嘿笑起来。管小健应声而起：母乳喂养好！

真厉害，能四更加嘿嘿笑。那有什么！管小健说，我经常从那里走过，不用看我都知道"母乳喂养好"。不信，过去你就看清了。

能四说，洪小帽你跟苏先生过去，就到那个女人摔倒的位置吧。

洪小帽笑嘻嘻地往那边而去。能四给她发短信,到那里给我作个最难看的鬼脸。洪小帽回复说,我是狐狸精。果然,到那个位置,洪小帽按师傅指示,二话不说,鼓起腮帮、揪下鼻尖,拼命做狐狸状,往这边频抛吊眼梢的狐媚眼。这边,能四和管小健都还勉强看清两人衣服的颜色,但要辨认一张脸,完全不可能。除非管小健是千里眼。能四自己也感到这试验无聊,但还是发短信要洪小帽保持狐狸脸,然后对管小健说,喂,你看得清那女孩的脸吗?管小健说,看不清。这雨天有点雾。能四说,那天你能看清他们两个的脸吗?这个……管小健有点不好意思,分辨说,那么紧张,谁去看脸啊!反正我视力很好。来的时候,半年前吧,我的视力检查是四点五!

四点五的视力,并没有领略生动可爱的狐狸精脸,洪小帽把鼻尖揪得通红,眼角吊得发涩,只把陪过去的业务员小苏看得莫名其妙。

装修工的电话,怎么也打不通。房东老陈说就是这个号码,没有错。然后还急人所急地连续亲自打,一样都不通。老陈怒不可遏:干你姥肯定又欠费了。过两天就能用了。老陈骂着粗话,他经常这样,有一点钱,干你姥宁愿赌也不交电话费!

下午,师徒俩去了区政府边的那个公交站。看附近有个报刊亭,就过去询问半个月前的事。女店主说,吓死人啦!第二天我才看到,那么多的血!一地都是啊!

能四说,知道当时是怎么回事吗?

开始不知道,我们又不敢围过去看。后来有对夫妻过来买报纸,才说,他们听别人说,那个被砍的人,好像是帮别人抢包,被流氓扎了很多刀。

还有听到什么吗？

当时乱哄哄的，一下就散了，我也记不住。都是等车的人，车一来就散掉了。那些人才知道得最清楚了。我们不清楚，道听途说啦。

又去了辖区派出所，几乎给那个当事警察的喷嚏轰出门去。他啾啾啾啾连续地打喷嚏，就在喷嚏间歇搞普法教育，让他们尊重法律的严肃性。说既然没有任何证据，证明管小健是见义勇为，那么，别想让警察来证明他是英雄。

你是在去做笔录前，听到外面的人议论管先生是见义勇为吗？

就算是真，那你现在让我去哪里找他们来做笔录？

就是说，那些话，可以肯定是确实听到了，是吗？

没有固定下来的证据，都没有证明力。好了，不要找警察的麻烦，我很忙！

八

因为一直打不通天台上目击管小健见义勇为的装修工电话，这个稿子一直到八天后才见报。见报之前，萧蔷薇每隔两天打来一个电话。一直在教训能四注意这、注意那，并威胁说，如果没有恢复她的名誉，一定有他的好看。稿子有三千字，小报一个整版。有一张管小健扭头看"母乳喂养好"的大照片，读者只知道他在看远方。表情很自然，的确有些帅气和纯真。洪小帽的文艺腔渲染了管小健的帅气。能四老师放任了这个，他把一些文筋都挑出来，做成文眼，放在小标题下。比如：一百米远，他冲了过去。比如：身中四刀，那女的连看都不看我一眼。比如：警察说他是为自己，我当然掉头就走。等等。

很多读者放下报纸就来电声援管小健，有些腿快心热的，干脆带着鸡蛋、线面和钱、蛋糕票什么的来报社，指定要给管小健。但是，报纸没有等到他们期望的目击者来电，一个都没有。来的都是见义勇为精神的发烧友。这样就没有办法和警察进一步交涉。

见报一周，萧蔷薇竟然毫无动静。

有经验的记者编辑，都估计这是大难临头前的平静。萧蔷薇肯定要发难，虽然，报道很客观，把她不去看望英雄的理由，阐述得很充分，但是，还是有很多火眼金睛的读者，打来热线电话，痛责萧蔷薇是个三八、混蛋、一根筋、不知好歹、活该被抢。有个恶毒到没谱的家伙叫嚣，通知歹徒们，先奸后杀！能四和几个热线记者听了热线录音哈哈大笑。大家心知肚明，女事主萧蔷薇一定要带律师提刀来见了。

没想到，萧蔷薇一直没有来，管小健的电话却来了。这些天，他不时有电话，报告社会的温暖。这不奇怪。洪小帽说，管小健现在成天兴高采烈的，已经成了民间英雄。他非常满意，说社会各界捐了两千多块钱给他，他买了一个电脑，本来是一千五，现在人家五百块给他了，驻厦主任还率员工亲自送上门，表示这是一次难得的热血教育。还有人带了鲜花和鸡蛋和鲜鱼去看望他。

今天的电话很奇怪，管小健在电话里笑了半天，有点扭捏地说，萧蔷薇去看他啦，还带了两斤香蕉。萧蔷薇还帮他整理房间、洗了衣服。能四以为自己听错了，管小健催促说，你们要不要来采访她？

能四和值班主任对这个消息的反应是,面面相觑了老半天。这当然是新闻。绝对新闻!只是大家一时找不着北。能四最后说,约了踢球呢,明天去吧。主任对萧蔷薇的印象极为糟糕,便也懒得鞭策,只说后天见报吧,反正这种新闻,别家也抢不走。等能四和萧蔷薇联系时,她竟然在管小健家为他煲猪尾杜仲汤。能四只好开车,吭吭哧哧地大老远跑到开发区。他一路心里嘀咕,这女人他妈的到底哪根筋搭错了?

还没走近管小健的房间,就看到管小健和萧蔷薇双双齐出,笑靥如花,萧蔷薇还系着一件小健旧衬衫做的围裙。洪小帽不怀好意地撞了能四老师一下,能四看过去,仿佛是来一家新婚燕尔的人家做客,不禁疑惑地看了洪小帽一眼。洪小帽翻了个明目张胆的白眼。

能四干笑,看来你们很和谐啊。

萧蔷薇像女主人一样,安排了三人就座,之后,拿出了香蕉、金门贡糖等几样茶点,然后,开始泡功夫茶。这个茶具是新的,能四记得原来没有,也许也是萧蔷薇带来的。管小健看着萧蔷薇忙碌,咧嘴直笑。管小健能坐下来了,而且气色非常好,看来这些天,他舒泰极了。

萧蔷薇给能四和洪小帽剥了香蕉皮,硬塞给他们吃。她说,我要说真话!

能四吓了一跳,说,什么真话?原来你是说假话吗?

萧蔷薇叹息了一声,挺恳切的,她说,不瞒你们说,我们全家人都在反复看你们两位的报道。说真的,我们都受到了心灵的洗礼和良心的谴责。其实,像小健他们这样的人真的很不容易。是我错了。我已经以实际行动向小健赔不是了……

哎呀，我没事啊，男子汉大丈夫，这点委屈算什么。管小健急忙说。

萧蔷薇说，他是见义勇为。他是个义薄云天的好汉。我是当事人，整个过程，我清清楚楚。他当然是为了我的包，不惜以生命做代价。我的脚的确是跌伤了，后来鞋跟断了。我到现场的时候，小健坐在地上，坏人都跑了。那个时候，很多人都在夸他义薄云天，英雄卫士。也有很多自私的人，说他傻。我听人家说坏人已经跑了，一方面很扫兴，一方面也不想惹麻烦。我觉得很没意思，就走掉了。不过，后来，我还是买了水果去看他，我也不是那么没有良心的人。可是，到医院——真的是警察告诉我，他是为他自己，不是为我抢包。我觉得很奇怪，但我想，他自己都不在乎，我又何必认真呢，所以我又转身走了。本来我还一路担心，是不是要给他一点医疗费，这样和我无关，那不是太好了！我何必自作多情。两位记者，我说的句句都是真话，良心话。

那你看到管先生打电话到我们报纸诉说，为什么生那么大的气，还要告我们呢？能四说。

我觉得那样我压力很大，人人都在骂我，好像六七千块钱，就该我出的意思。你想，我是不是有点冤？我去了嘛！再说，我一个离婚的女人，拖着一个马上要中考的孩子，我容易吗？既然警察都那么说了，跟我无关，我当然可以理直气壮。

现在，你为什么转变态度了？我以为看了这个通讯，你会去报社吵架打官司呢。能四说。

谢谢你们的报道啊。我不是说了，我们全家都看了，还一直讨论。别让英雄流血又流泪,这就是我转变的原因。我以实际行动来关心英雄,爱护英雄。我希望你们继续报道,一定要让全社会都知道,管小健是见义勇为,那样,派出所就只好改正错误认定。必要的话,我可以去派出所作证。这些话——请你们一定要写上去,因为,这是我的心声。

当天晚上,能四老师率领他的实习生洪小帽,接受了萧蔷薇和管小健的请吃,在一个还不错的海鲜酒家。萧蔷薇羞惭地说,哎呀,听说上次采访,你们连水都没有喝就走了,这次我在,无论如何也一起吃个便饭。算是我给你们赔不是吧。我请客!

没有想到,吃饭的时候,萧蔷薇只要不爱吃的,都从自己碗里拨拉给管小健吃。青蒜头啊,爆肥肠啊。管小健始终笑呵呵的。每一次萧蔷薇说什么,他都点头补充说:那是!没错!是那样!包括萧蔷薇说,他冲向歹徒,一声大喝:放下她的包!歹徒说,关你屁事!管小健怒斥道:路见不平!义薄云天!

管小健点头。萧蔷薇后来竟然给管小健擦嘴边的菜汁。能四和洪小帽看着,管小健有点不好意思,头偏了一下。但萧蔷薇很自然。这时,桌下,能四的脚,被洪小帽狠狠踩了一下。她要表示她慧眼识人。

更没有想到的是,吃完饭还有红包。萧蔷薇给能四和洪小帽一人塞了一个红包。能四受惊,赶紧推辞,说这算什么事!洪小帽更惊慌兴奋,看师傅推辞,也坚决不要。萧蔷薇说,你不收,就是不接受我的诚意。这是我们的心意,请你们树立好一个真实的、义薄云天的英雄。一个真正的、见义勇为的好人。我们社会太需要这种人了!

能四把红包放在手心里转，转啊转，转得萧蔷薇心里发毛，怕他嫌少。能四却开口了，他说，你们结婚会不会请我？

萧蔷薇眼睛一亮，万语千言的样子。她拍了管小健一掌，管小健大声说，会！会！当然会！我们一定请你！

能四说，那好吧，我们收下，反正，到时候还要还你们的。

洪小帽脑子完全转不过来。能四边走边说，什么时候结婚？

什么时候他见义勇为的证书批下来，我们就什么时候结婚。我们要双喜临门，也是纪念这个英雄的日子。政府有我们的人，只要你稿子出来，估计要不了一个月。

轮到能四愣了一下，但很快他就迈步走了。

汽车里，洪小帽说，到底怎么回事啊，老师？怎么跟变魔术一样啊。你怎么知道他们真要结婚？

能四说，不结婚不就白忙了。打开红包，看多少钱。

洪小帽一声尖叫，五十！报告师傅。

能四呵呵大笑。回家后，能四打开自己的红包，三百元。妈的，能四骂了一句，就睡下了。第二天，实习生洪小帽就把主标题为《义薄云天》的稿子发到师傅邮箱了。能四改了几个地方，到底还是保留了义薄云天的标题和文中的有关对话。

九

管小健结婚的时候，的确是在被认定见义勇为的那个周末。婚礼比较盛大，管小丽飞过来了，被安排和萧蔷薇娘家人一起坐在主桌。能四也被安排在主桌，但他来交了红包就走了，说有采访。管小丽看管小健急冲冲把她拉到一个像葛优的男人前，说，大记者！

能四先生！他是我的媒人呢！那个人笑了笑，哪里，是他自己义薄云天。

在新娘子去更换第二套衣服的时候，管小丽把哥哥堵在酒店豪华卫生间的门口。管小丽阴沉着脸说，你这个见义勇为的爸爸，到底能为她那个儿子中考加几分？

二十分。

管小丽说，桌上她亲戚说，一分就可以干掉几百个学生。二十分简直……他妈的！

你不知道，斌斌成绩太差。加二十分他也考不到一中。关键以后高考，我还可以为他加分。这是鼓励老百姓见义勇为的政策。不会变的。

高考以后呢？管小丽似笑非笑。

管小健很诧异，说，什么？

哼，管小丽说，你觉得她很疼你是不是？

你还看不出啊，她就是崇拜英雄。一见钟情啊，她总说相见恨晚。

管小丽不知从牙缝里用力噗出一个什么，她没有再说什么，示意管小健回到灯火酒气喧腾的热闹喜桌中。

新房设在萧蔷薇亲戚借的居室里。宾客散尽，携新娘上花车前，管小健突然大呼管小丽。喝了酒，管小健高声大气，俨然英雄。管小丽过去，管小健大声说，丽啊，帮我把酒桌上的吃剩的所有清蒸鱼都打包带回去，你到后面菜地叫几声咪咪，它们就来了。告诉它们，大吃大喝吧，我结婚啦——

老的人　黑的狗

一

一只狗和一个扛着锄头的老太婆,往村口走。橙色的朝霞,满天泻红。

身后的村庄还很安静,只有几户人家的烟囱在冒着白色的炊烟。雨后变黄变粗的小河水,得了暴病似的,发着狠巴巴的响声。老人和狗走过小河石桥,就走到村口那一段高地上了。这一段路坏了,被那些乱挖高岭土的人挖得路面坍塌了一小半,路面变得很窄,前两天大雨,路的一侧又淋塌了些土石,路面就更窄了。

狗停下来。老太婆说,我不怕。

老太婆小心地走了几步,她就听到拐弯的前面传来突突突的声音。老太婆哦地就退了回来。不一会儿,那种拖拉机改装的当地人叫"土炮"的车,就从路前面的山脚突突突地拐出来,如果老太婆和狗不让,就会被"土炮"轰挤下这条路。

"土炮"开过去了。老太婆和狗又上了道。老太婆往西走。连续几天了,老太婆一早都带着狗往西走。村里的人以为老太婆是去挖笋，但没有人知道，老太婆之后就往东折了，那边只有毛榉林，有老太婆死去六年的丈夫增啊的墓。那边没有一根毛竹，当然也就没有笋了。

老太婆快七十了，个子不到一米五，腰身干瘦，满脸皱得就像竹匾纹深深压过的格子，一只耳垂上贴着火柴硝止血纸。狗是黑色的，眼睛水晶一样水亮，目光温和。它一只腿是瘸的，尾巴也断了一截，左边的耳朵还被人剪开了小叉。这些都是它小时带来的伤。它胸脯上长而浓密像个倒心形的毛，显示了它和村里的土狗不太一样。

老太婆走得慢，腰杆像折过的纸片，头颈往前伸。她把锄头换肩头的时候，黑狗就跑远一点，张张腿撒点儿尿，又急忙赶到老太婆身边。一大一小的就那样慢慢走着，走了差不多三刻钟，折进了一个向阳的山凹坡地，矮小的杂木丛中，混杂着七八个坟包。清明已经过了，很多坟包像被剃了头，杂草除了，有新培的土，此外还有些没烧干净的黄色锡边的纸钱，被雨水打烂在地上。地上还插着一些熄灭的蜡烛头。

老太婆在一个平常的坟包前坐下，锄头放在一边。这个坟墓前面的墓碑比较矮壮，方顶，写着"陈荣增之墓"。这个坟包旁边还有一个新挖的小坑，一个衣箱大小。这是老太婆连日来挖掘的成果。老太婆挖坑的时候，黑狗就站在旁边，它听到老太婆的腰骨要粉碎似的嘎嘎响，前两天，老太婆边挖边抱怨岩石太多，它觉得是这样。

早上的火烧朝霞和蔚蓝的天空，都变了色，云灰了，天低矮下来。老太婆说，是不是，我说要下雨的。朝霞不出门，出门带蓑衣。嗳，动起来动起来哦。老太婆不敢歇了，挣扎起来，黑狗到老太婆跟前，老太婆撑着黑狗的背，吃力地站了起来。挖了几锄头，老太婆觉得腰好像要断进坑中，她没有办法直起来了。她只好跪了下来。跪下来挖得不得力，老太婆叹了一口气说，有什么关系呢，浅就浅吧，是不是，没有关系的。

老太婆看了看更加灰暗的天，把一个陈旧的尼龙布袋打开。老太婆从里面拿出一件水红色的毛背心，一把透明的月牙形的牛角头梳，还有一个用挂历纸包的纸包，老太婆把它轻轻打开，里面是一张陈旧不堪的彩色照片，全家福，人头很小，镜头还偏了；还有一张像书皮一样的硬纸片，老黄色，仔细看，是一张小奖状。

老太婆把尼龙袋里的东西，摊出来的时候，黑狗一样一样嗅了过去。

老太婆说，这个毛背心是大媳妇给我的；这个头梳是小的媳妇送的；这是我们的家，那时候还没有你；这个是什么呢——是奖状！老大的。小时候你不知道他的书读得有多好啊，老师都喜欢他。

老太婆像黑狗那样，把每件东西用鼻子嗅了嗅，又用脸蹭了蹭，再一样一样小心地包起来，然后她拿出一个厚厚的尿素袋，把它们通通装进去。老太婆折来折去，包得非常紧实，最后，老太婆把尿素袋放进了坑里。黑狗马上跳了下去，要去咬袋子，老太婆喝了一声：喂以！黑狗在坑里看老太婆，老太婆手一招，黑狗喂以跃出坑外。老太婆开始埋坑。雨开始下了，不大。迷迷蒙蒙的。老太婆似乎也不在乎。雨水把老太婆没有全白的头发，打得满头细雾全白了。黑狗喂以在使劲抖毛。老太婆跪在这个新堆的小坟包前，摸着狗说,这个就是我了。以后你想我们,就来这里坐坐,坐增啊和我中间,坐一下就可以了。你要自己养活自己了,不能光坐在这里,不然你会饿死的。

黑狗喂以眼睛一眨不眨地看着老太婆。老太婆摸它的脸,它被迫闭了闭,马上又偏脸睁大了那双温存清澈的眼睛。它看着老太婆。

老太婆说,你什么都懂,可是你从来不生气。以后也不能生气哦。你也知道是我错在先,对不对?我们都不生气。

二

老太婆觉得自己理亏。四个月来,老太婆经常和喂以到增啊的坟上,絮絮叨叨的,自怨自艾,有一句没一句。所以,这事情增啊、喂以都知道,但是,老太婆还是非常难过,越来越难过。前几天,二媳妇撕掉了她的金耳钉,大媳妇奔过来揪着她另一只耳朵的金耳钉,但不知道是想撕还是不敢撕,拧着,另一边耳朵——二媳妇手上的给生生撕下来了。出血了,耳垂却没怎么痛。老太婆吃惊地看到耳钉在二媳妇手上,茫然地抬手捂耳朵,手心里就有血迹了。大媳妇也松了手,老太婆有点儿急,把这边的耳钉也慌慌取了下来,把它放到大媳妇手上。大媳妇手缩了一下,愣愣地看婆婆交到自己手心的另一只碗形耳钉。二媳妇也在傻看撕下来的那一只。一时之间,婆媳三人没有人说话,老太婆感到腰骨要酸爆了,移到床沿坐下。喂以过来前肢搭上床沿,又试探地搭在老太婆身上。可能闻到老太婆耳朵上的血腥,喂以拉直身子,凑过去舔老太婆撕裂的耳垂。

两个媳妇同时断喝,喂以夹着半截尾巴,一瘸一瘸逃了出去。

老太婆和衣躺了下来。她想让两个媳妇出去,又不便说;又想自己为什么不早想到这两个值点钱的东西,真是老糊涂了,弄得要人家来讨;又想怎么撕下来都出了血了,怎么耳朵还不痛呢?乱七八糟地想着,忽然觉得撕裂的那只耳朵热热麻麻的,一扭头,喂以不知什么时候又在床前,探着脖子在轻轻舔老太婆的伤口,冰凉潮湿的鼻尖,一下一下碰触着老太婆皱巴巴的脸颊。屋里空无一人。

老太婆的老泪,曲里拐弯地流了出来。

增啊,你是害死我了。老太婆说。

喂以轻轻地舔着老太婆撕裂的耳垂。

老太婆摸着黑狗说,增啊,你真是害死我了。

祸根就在七年前。

增啊,就是老太婆的丈夫陈荣增。在这个地方,叫人名一个字十分常见,也不是专事亲昵,是有那么一点儿乡里乡亲的亲切,但更多是简洁随便的意思。胡啊,财啊,标啊,满村人这样叫来叫去,就是习惯而已。老太婆和丈夫陈荣增夫妻关系也是一般的,增啊个性强硬霸道,老太婆的儿子都比较怕他。增啊先是做蘑菇赚了些钱,看到日本工厂的打工妹打工仔经常过来问有没有房子可租,就赶紧借钱盖了三层粗坯房子,果然非常好租,很快把债还光。村里人这才醒过来纷纷筹钱建房子,学当房东。增啊赚得不错,先后给两个儿子盖了婚房,自己和老太婆仍然住旧房子,盘算着最后搞个好地,再起个大房子。不料有一天,租住的打工仔煤气使用不小心,一场爆燃大火,烧光了增啊的三层楼房,万幸的是半夜里十几个打工者都逃了出来。增啊元气大伤,雪上加霜的是,新国道紧跟着就从他三楼的废墟上通过,增啊的补偿安置费就极其有限了。村里人都说,增啊亏大了。

陈荣增跟村里吵了几次,关于补偿款的,后来就气偏瘫了。拖了半年多,在又一次补偿会议消息传来的半夜,增啊就气死了。但是,增啊在死之前的一个多月,告诉老太婆在屋角裂开的咸菜缸下,他放了一千五百块钱。他让老太婆自己好好藏着,不要随便拿出来,以备不时之需。

增啊死后,老太婆把钱悄悄取出来,看了摸了仔细数过了,又加封了几个旧塑料袋继续藏好。后来又转移过几个地方。总是提心吊胆、担惊受怕的,怕被儿子媳妇们发现。后来,也是经不住村信用站信贷员胡啊的介绍,就把一千五百元偷偷存了进去。胡啊很守信用,七年来没有泄露一点儿秘密,直到死去。胡啊死去,老太婆还有一点轻松,觉得村里再也没有人知道自己的秘密了。不料,她藏在床下破胶鞋里的存单,四个月前,竟被喂以咬了出来。喂以喜欢捉老鼠,破胶鞋里有只破线袜子,里面还有塑料袋。想到这,老太婆就暗暗责怪自己。本来喂以是从来不动那个东西的,估计是她新近加了个装过虾米的塑料袋招的。虾米是二媳妇娘家人送二媳妇的,二媳妇包了一点儿过来。老太婆看那塑料袋质量好,舍不得丢,盘算加上去更防潮。结果,喂以追老鼠的时候,可能闻到怪味,把它拼命咬了出来,衔到院子里。喂以是下了死力气,要把层层包裹的家伙弄开,就这么巧,二媳妇和大媳妇正好过来送老太婆的生活费。一捡起地上粉色的存单,再看清是老太婆的名字。两人脸色都变了。两人对看一眼,转身就折回各自的新家,告诉自己丈夫去了。

这无人知道的七年的秘密，就这样彻底败露了。

三

老太婆就两个儿子。两个儿子相差三岁，像老太婆一样，矮矮的个子眉清目秀。两个媳妇也生得端正，个子看上去都比自己的儿子高。当初增啊赚得好，多少女孩想嫁来，增啊比较开明，没有嫌贫爱富，这两个基本都是儿子们自己看中的。感情应该是不错，小夫妻都会吵吵闹闹，增啊赚得好的时候，是这样，增啊赚不好的时候也是这样。两对小夫妻吵来闹去的也没有更大的事，后来再各自有了孩子，虽然经济条件不好，可是，两个勤劳的媳妇把家都整得说得过去。总之，老太婆对自己的儿子媳妇都很满意。

增啊死了的这七年来，老太婆每天帮两家放个牛，煮煮饭，心情颇好。身体舒服的话，也会出去捡点牛粪捞点猪草。捡了牛粪晒干，一百斤卖二十八元，虽然难，但多少也是个收入啊。老太婆把零钱像牛粪一样，一点一点积攒起来。平时每个月，两个儿子媳妇都会给她送米送油，每个月各个儿子家还分别给老太婆十块钱生活费，让老太婆买盐巴、味精等日用品。老太婆省点，隔两个月还能买一点猪肝或者一点五花肉吃。但老太婆一般舍不得吃肉，买了就要送孙子们吃。自己改善伙食的时候，煎两块抹盐豆腐就挺好了。她知道两个儿子的经济条件不宽裕，两个儿子媳妇除了种田，在绿色蔬菜基地拼死拼活地干，从早忙到天黑，每天也就是十多块钱。那活还不是天天有，人人抢着要，所以，媳妇们还要巴结管工的人。

老太婆对自己的生活十分满意了。但是儿子媳妇的负担比她重,长孙去年夏天考上大学,开学的前一天,学费还是筹措不齐,老大借遍本村,不够,媳妇就赶回娘家去筹,最后又赶到城里去求有钱的亲戚。老太婆当时有想,是不是把一千五的存款拿出来,犹犹豫豫着走到老大家,在墙根就听到里面小夫妻的说话。大媳妇说,老母那边应该还有钱,你爸爸当时蘑菇生意和出租房子,不是都赚得很好?儿子说,不是盖了我们的房子娶老婆了吗?老爸老母自己还没住上新房,大火不是把什么都烧光了?

那也不是一点儿老底都没有呀?村里的人都说不相信呢。

肯定没有了。老爸那个人,有点儿底他就不至于气死啦。他会去翻本重来的。他是那样狠的人。

媳妇不吱声了一会儿,说,也是。

老太婆心里一松,扭头就悄悄回家了。

考验老太婆秘密存款的机会还有。比如那次老二家。老二头胎二胎都是女孩,再生来了对兄弟双胞胎,兄弟俩非常野,经常是八方惹祸四处告状。六七岁的时候,竟然弄死了村尾哑巴家的小母牛,其中一个小子被哑巴急吼吼地拧架到家里来,家里的房子都快被狂怒的哑巴给拆了。哑巴比比画画又吼又跺,大意是母牛长大生小牛,小牛再生小牛,损失非常之大。农村人当然也知道牛的金贵。老二当场把两个小恶棍吊起来暴打,最后两小子鬼哭狼嚎半死不活,父母还是要赔人家三百块钱。老二家孩子多,条件本来就比老大差,有时给老太婆的生活费十元钱,还会拖几天,不过从来没有不给过。赔牛这事,老二倒没有去借钱,当时老太婆到他们家帮忙做饭,就知道一家人是在嘴里硬抠钱出来,有时桌上就是酱油拌饭。当时,老太婆也偷偷犹豫是不是取出一百块,她也心疼孙子们。但最终老太婆还是没动存款,而是把卖干牛粪积攒的二十五元拿了过去。没想到儿子不让。老太婆心里更加有愧,坚决把钱塞给二媳妇。不料,第二天,儿子和媳妇过来送米,又把五块钱悄悄放米里了。

四

喂以是条来历不明的狗。增啊怀疑它可能是城里人丢弃的狗。增啊在村口见到它的时候,一只鞋子长的小狗几乎快饿死了。它可怜巴巴地看着增啊,后小腿上都是新鲜的血痂,尾巴像被人割了穗子似的,留下一小截,上面也是血痂,还有一边耳朵,显然是被人剪开了。伤痕累累的小狗在寺庙大水缸下瑟缩发抖。增啊走过去好奇地看了一眼,小狗就往他裤管上靠。增啊并不喜欢狗,一边想是谁害了这么小的狗,还是谁家丢的狗被人害了,想着,小狗就越挨越紧,用舌头舔他。增啊说,算了,你跟我去我家吃饭好了。

增啊就走。走了几步,回头看小狗正迟疑地看着他。增啊大喝一声:喂以,走!吃饭去。小狗听懂了。

老太婆也不喜欢狗,黑狗就更不喜欢了。增啊先喂了一个刚出锅的热地瓜给小狗,小狗被烫得直龇牙,但老太婆看它吃得很欢,小小的脖子都抖了起来,一边吃一边拼命还给增啊摇那一小截可笑的尾巴。大家吃完晚饭,增啊要老太婆把大家的剩菜剩饭拌在一起,让小狗吃了。老太婆虽然不爱伺候狗,但从来都不敢不听丈夫的。老太婆喂了小狗,又把厨房都收拾好,看看小狗也吃够了,就把喂以赶了出去。增啊说,等等,给它涂点药。增啊就自己拿了红药水用破布沾了,在小狗的腿上、尾巴和耳朵上涂了。涂了,增啊说,你可以走了。老太婆就把小狗赶了出去。第二天早上起来,老太婆开门抱柴,喂以竟然就在门口蜷着。老太婆很生气,去去去,吃了就不走啦!

喂以还是经常回来。不久,增啊因为大火烧房、争补偿款,再也没心情睬喂以。喂以野狗似的饥一餐饱一餐地到处流浪,饿极了就又来找增啊。增啊有时让老太婆喂它一点,有时心绪恶劣就吼它滚,并作势踢它,有一次真踢到了,喂以就赶紧夹着短短的尾巴逃走了。但喂以还是会回来,有时在门外怯生生地看着屋里的增啊,不敢进来。增啊一招手,它就欢天喜地地摇着短尾巴,奔蹿进来,直往增啊身上蹭,甚至要舔增啊的脸。增啊不吃这一套,挥手厉声呵斥,喂以就讪讪地躲到桌子底下去了。

增啊死的时候,老太婆就更不会注意喂以这条野狗了。忽然有一天,老太婆上坟,远远地看见一只小狗坐在坟墓前,走近一看,竟然是喂以。喂以直直地坐在增啊的坟墓前,偏着脑袋,不知道在想什么。看到老太婆,喂以警惕地起身,似乎要溜走。老太婆一时泪眼汪汪的,想这死狗是不是来送过葬呢?怎么这么通人性呢?

老太婆就和喂以和好了。她带黑狗喂以回家,也像增啊那样,叫它"喂以"。从此,喂以就没有离开老太婆的家,它和老太婆形影不离。老太婆就到坟墓上和增啊说,你是专门把它领回家来陪我的吧,死鬼,你是知道自己没有多少日子了吧,死鬼……

几个月后,喂以就长成了一只大狗。它成年了。现在,它已经陪伴老太婆七年了。因为增啊死了七年了。

五

两个儿子和媳妇都来了。他们神色严肃地踱进老太婆的旧屋子。

老太婆猜他们这么早可能是刚收工,还没吃晚饭。老太婆自己也没有吃,老太婆正在热中午的剩饭,听到儿子媳妇们进屋的声音,老太婆就赶紧迎出来,问他们吃了没有。儿子和媳妇四个人没有一个搭腔,他们的脸色都相当不好看。喂以感觉到了,它赶紧挨着老太婆站着,有点怯场。老太婆也紧张,但是,她知道,从媳妇们捡了存款单一声不吭转身离去,老太婆就在等待这个时刻。她是逃不过去的。整个下午,她也想不出任何分辩的理由。所以她也忐忑不安。可是,她又能做其他什么呢?只有等着了。她知道他们一定会来找她的。

老太婆想起刚收的刺青瓜,想洗几条给媳妇儿子解解渴挡挡饿。但是,大儿子很粗暴地制止她往厨房走。老太婆本来是由衷心疼儿子媳妇,被儿子一喝,好像自己就是诚心巴结讨好的意思。老太婆讪笑着说,嫩着呢,尝尝,尝尝呢。老太婆还是步履别扭地去了厨房。

小儿子把老太婆捧上来的水灵灵的刺青瓜,一掌全部打落在地。尝个鬼!

老太婆听不清,好像老二是这样骂的。大媳妇倾身想去捡,后来却改成踏上一脚;二媳妇见状,把其他刺青瓜全部踏烂,她踏踏踏,使劲踏,像是很不解恨。气氛更加恶化了。老太婆讪讪地站着,手足无措。

老大说,我们对你怎样?老母你凭良心说话。

老太婆说，好，很好啊，你们不信去问村里人，我都说我儿子媳妇好啊，是上辈子烧了高香呢，我不是……

好！好！好个鬼去！好就光放在嘴巴上！好！老二说。

老太婆说，我也不是，我是这样想的……

没有人想听老太婆真好假好的分辩。大家关心的在后面。老大把那张有点扯破的存单，重重拍在桌子上。你现在到底还藏了多少？我们是亲儿子，知道一下家里的事情不过分。

没有了，就这些……老太婆说，真的没有了……

四个人互相对看着，看得出，他们对老太婆的话，非常恼火也非常轻蔑。他们没有任何顾忌地交换着对老太婆毫不信任的眼神。

老太婆感到难堪。大儿子说，我告诉你，村里谁都知道，老父那样厉害的人，不可能两手空空地走。这里都是他的儿子和媳妇，老母，我们不是外人！是一家人！你这样东藏西藏，丢了烧了被狗叼了，是我们陈家的钱啊！我再问一句，老父到底给我们留下多少？！

老太婆拼命摇头。

把自己的儿子当小偷防！听都没听说过！真是知人知面不知心，我们做媳妇的，也跟着儿子寒心！大媳妇说话了。二媳妇说，寒什么心！我们就是贼啦！以后少来往就是，省得人家当贼防！反正给她吃给她用，以后都不如喂猪去！

老太婆说，不是这样想啊……

少啰唆！老二大吼一声：到底还有多少！快点！趁大家都在算个清楚！

我们一定要知道。这个不过分！

老太婆掩面。喂以想，老太婆哭了。它去舔老太婆的手，老太婆把它的头狠狠甩开。喂以知道，老太婆只能跟它发脾气了，所以，它毫不介意地又靠过去，小心翼翼地舔老太婆。老太婆忽然蹲下来，抱着黑狗呜咽起来。

老大又在重重拍桌上的存单，要老太婆正面对待问题。老太婆说，你们把那个拿去吧，一家一半分了，老太婆呜咽着，我不要了，一分也不要了。这是增啊给我的，是防老用的，我本来也不想要，是他叫我不要乱用的。我只有这么多了，没有了，真的没有了⋯⋯

儿子媳妇们交换着仇恨和失望的目光。在媳妇面前，儿子们显得更加沮丧。老二走的时候，把老太婆的凳子连续踢翻，最后使劲摔上门，摔得力气之大，使门下面的蝴蝶扣松脱，门就再也关不拢了，只能斜斜地挂着。

儿子媳妇们走后，老太婆站不起来，她是在喂以背部坚定的支撑下，慢慢直起了身。休息了一下，老太婆去收拾地上的烂青瓜，还有倒翻的凳子。老太婆这才知道，自己老了，弯腰和下蹲的动作，没有喂以，她已经难以做到了。

老太婆最后到门口看门，原来想试着修复，但是老太婆改变了主意。老太婆说，不要了，喂以，我们不要了，已经没钱了，要门干什么呢？再说，我有你，有你呢，我还要什么呢？

六

第一个月，在儿子媳妇们还没有把生活费十元拿过来之前，老太婆就有些紧张，怕他们不给了。第一个月过去了，真的没有人过来送生活费，也没有人来看她。那几天，喂以看到老太婆时不时对自己点着头。到了第二个月该送钱的日子前后，老太婆又紧张了，但比第一次好，她知道不大可能了，所以心里只紧了紧，就过去了。从第三个月起，老太婆就慢慢变得踏实了，她知道生活费是不大可能了。老太婆不再盼望，但是，不到第三个月，油和大米也相继没有了。老太婆不敢向儿子们提，用鸡蛋向邻居换了一些，这些蛋，是一只不怎么爱下蛋的乌骨鸡下的，断断续续的，平时老太婆也都是攒了送给两家孙子吃。

老太婆看看自己攒在增啊老花眼镜盒里的钱，数来数去就是二十九块七毛四分钱。老太婆把钱给喂以看，说，你知不知道他们什么时候回心转意呢？他们什么时候才会相信我们没有骗人呢？

喂以无声地看着老太婆。

不能坐吃山空啊，我都看到你又吃人家大便了。老太婆数落喂以。你怎么也是城里的狗吧，怎么也是增啊救回来的狗吧，你怎么可以吃人家的大便？野狗啊那是野狗啦。你以为你舔干净嘴巴我就不知道了？我知道，我什么都知道你。

喂以陪着老太婆到处求短工。绿色蔬菜基地那边的人，一看到老太婆和狗，就让他们走远点，他们很烦，因为季节性短工已经多得令人头疼，那么老还想来挤。老太婆又求那些种马铃薯的承包人，让她来挖马铃薯。终于有一个承包人同意让老太婆去试试。他包的地很偏远，村里的人不爱去。因为马铃薯是抢租东家农闲三个月多的闲地，时间一到，就要还给东家种粮食。因为偏远，老太婆每天和喂以四点多就起来。早饭中饭一起煮好，就上路了。马铃薯地里都是比老太婆年轻很多的人。他们很有力气。正常工一天可以挖六七百斤的马铃薯，厉害的可以挖到八九百斤，甚至还多一点。一百斤工钱是三块，老太婆一天最多也只能挖到两百八十斤，因为她的膝盖和腰都不好使,如果不是喂以,在马铃薯地里,她的弯腰下蹲都是难以完成的。喂以很好,老太婆一叫,就赶紧跟着,好让老太婆撑着自己的背,起起落落,调整劳动姿态。这个当然是很慢的,喂以有时还会溜远玩耍,老太婆看不到喂以,基本上是以趴在地上的姿势挖掘的,她爬着、匍匐着挖,一起下地的人都走了老远,老太婆和喂以还在后面吃力地刨土豆。

小管工开始就不要老太婆,后来看到忠心耿耿的喂以,就摸了摸喂以的鼻子,什么也没有说就算了。喂以后来一看到小管工,老远就摇那个短了一截的尾巴。

老太婆的腰越来越糟糕,回家以后,经常一身土泥就直接躺到床上去,半天都爬不起来。春天的雨水多,老太婆感到腰和膝盖都太痛了,动一下,骨头就碎成刀片了。每天晚上听着屋檐下的雨水声,想到黑摸摸的四点爬起来,到十几里外的雨地里挖马铃薯,老太婆就发怵。喂以,老太婆说,死了就一了百了了。增啊舒服了,他留下你和我受苦呢,喂以……

老太婆说,喂以,锅里还有粥啊,我实在不想起来了……

喂以当然无法取到老太婆放在锅里的粥。老太婆听到喂以到院子里的水井槽喝水的嗒嗒声。老太婆挣扎起来。老太婆说,嗳,讨债鬼啊,就不能让我就这样睡死过去,就不能让我舒服一点吗?讨债鬼啊……

老太婆以为可以干满最后的六十多天,但是,承包人在赶着还地,催命似的,所以,其他快手,就回头把老太婆的活做掉了。老太婆心里很急,但也实在快不起来了。全身的老骨头都散成刀片了,一天也最多挖个两百六十多斤,也就是七块多钱。

而这些钱,都是要全部刨干净交地以后,最后才结算的。

七

四个月来,儿子和媳妇都没有再过来,只是有一天,大孙女过来,借了个漏瓢,孙女说,她哥哥的大学学费又涨了,哥哥都快读不下去了。老太婆不知道孙女是有意还是无心顺口说的,但因为没有能力援助,老太婆就假装没有听到。老太婆想,如果是媳妇派来试口风的,她也只能装傻了。

已经四个月失去生活费还有粮和油了。老太婆就经常煮些地瓜、芋头和紫薯吃。放一点盐和青菜而已。还有七个鸡蛋,老太婆没有舍得吃。增啊的眼镜盒里还有十一块八毛多,老太婆认为只要坚持到马铃薯结算就能转危为安了。

但是,老二出事了。

坏消息传来的那个中午,老太婆没有听到坏消息传来时二媳妇尖利瘆人的哭号。老太婆和喂以晚上收工回来,都快八点了。刚进门,老二家双胞胎中的一个少年,满头冒汗地闯进来说,快!老爸的右手被机器咬掉了!大输血!要救命钱!快!

老太婆就懵了。

孙子大喊一声,钱啊!阿奶!

老太婆也跟着说,钱啊……

老爸这下面都没啦!阿奶!孙子用手砍着自己的手腕,你还藏着钱干吗?!

老太婆在微微摇头。

孙子说,快点!我这就赶进城去!我妈说,先拿五千!快!快点！没时间啦！

老太婆转身到厨房，孙子跟了进去。老太婆把手伸到一个粗瓮里，孙子以为是钱，却看见老太婆手里是鸡蛋。少年困惑了一下，马上就愤怒了，劈手就把老太婆掏出的三个鸡蛋扫到了地上。

钱啊！孙子怒吼：我老爸要死啦！钱！等你去救命的钱啊！阿奶！是救命啊！

老太婆似乎要跌倒了。她疼惜地看着地上打破的鸡蛋，老人微微摇着头说，没有了，阿奶真的没有钱了，哦，还有十一块钱。我去拿哦。蛋也拿去呀，给他打蛋汤。老太婆怕孙子再扫掉她的蛋，迟疑着，把手伸向瓮子。

孙子觉得自己没听清老太婆说的钱的数目，他一边努力在老人消失的音调中追想余音确认数额，一边看见老人把摸出的四个鸡蛋用碗装好，抖抖索索走到屋内。老太婆翻起垫絮，从一个眼镜盒中，拿出了十一元，还有毛票。

冒汗的少年觉得被狡猾的老太婆戏弄了。孩子愤怒地呸了一口，转身，又转身，他一把夺过老人手里的十一元钱，踢门而出。门外，少年恶狠狠地诅咒了一句什么，喂以赶出去看个明白。老太婆没有听清。但她自己给自己点头，不断地给自己点头，像是检讨自己。她让孩子生气了，让儿子媳妇失望了，什么忙也帮不上。老二的手被机器吃掉了？再也没有了？可不可以接？老二会不会把身上的血流光了……

老太婆不知不觉走到了厨房。她看到喂以在拼命地舔吃地上的破鸡蛋。喂以的脖子因为难得的荤腥而兴奋地发抖着。它舔着，一边着急地吐着蛋壳。老太婆忽然就恼了，她抓起桌上的瓮子，就往喂以头上砸去。毫无防备的喂以心思完全在地上,而按老太婆的目标,她是砸喂以的狗头,但是,老太婆没有如愿以偿,她苍老疲惫的手,砸偏了。瓮子擦过喂以的头,在灶头四分五裂,喂以嗷——地逃了出去。

老太婆一屁股坐在地上。

不知道过了多久,坐在地上迷迷糊糊的老太婆感到有毛在蹭自己的脸和手。老太婆没有睁开眼睛,她知道是喂以。老太婆伸手摸了摸,喂以满是蛋腥气的嘴就开始舔老太婆的脸。老太婆也用老脸反蹭着喂以的脸。她感到喂以站起坐下,坐下又站起。反反复复,老太婆知道,喂以是在问她要不要扶它的背脊站起来。

老太婆哭了起来。

八

老太婆一个晚上睡不着,心里惦记着老二,很想去老二家,又怕被媳妇或孙子们赶出来;去城里吧,老太婆觉得不行,没有一分钱,去医院干什么呢?我和喂以也找不到老二的医院。想来想去,老太婆想唯一的办法就是,让马铃薯承包人提早给她结算。老太婆算过了,有三百六十九块钱呢。

一早,老太婆就和喂以往马铃薯地赶。小管工倒是来得不晚,老远看到喂以,就学着喂以一瘸一瘸地晃动身子迎接喂以。马铃薯地里,早来的短工们,都在招呼喂以。马铃薯的田野上,到处是喂——喂——喂——此起彼伏。老太婆和喂以直接向小管工走去。小管工手里把玩着一个巨大的马铃薯,看到喂以走近,就像投篮一样,吓唬喂以。

老太婆说，我儿子手断了。我要先结账。

小管工摸着喂以说，这我管不着，找老板去。小管工又说，找也是白找，多少年了，都是清完才结。他现在只有土豆没有钱。

老太婆说，不行，我要。他在哪里？小管工说，在城里联系土豆怎么卖个好价钱呢。今年土豆多喽！小管工幸灾乐祸地逗着喂以玩，眼睛都不看老太婆。

不行，我一定要先结算。我儿子等不起了。

没用。他现在哪有钱给你？你问他们，小管工指着地里忙碌的人，你才做一次，不懂。好了，快下地吧，你本来就慢，钱都给人家挣光啦。如果不是喂以，你连这一点都挣不到。老板要你，还不是可怜你。真是！

老太婆没心思搭话。她要钱，就到处找人。但老太婆到底没拿到钱。承包人的老婆说话了，当然是卖出马铃薯才有钱。老太婆说，我先借好不好。人家说，有钱还说借不借吗！

当天晚上，老太婆和喂以收工回来的路上，就看到自己家的灯亮着。老太婆心里暖了一下，很快就猜不是好事。两个媳妇在屋里站着，看那样子还翻腾过屋子。老太婆有点不高兴，但马上又觉得翻了也好，越彻底越好，这样你们就知道我真的没有钱了。

大媳妇说，阿母，都到了这时候了，你再藏着钱是没有良心的。我们阿锡好不容易考上大学，没有学费差点念不成书，你舍不得就算了，阿锡现在边读书边打工，没有钱他让同学瞧不起，不念又出不了头。你亲阿奶都不帮就算了，我不说话。但是，我今天要说话，老二救命钱，你再不出，你不得好死！

二媳妇说，五千！多也不要！先来救急！

老太婆都没有力气说我真的没有。她觉得她说了也是没人相信。现在,连她自己都觉得这些听起来真像瞎话。老太婆神经质地摇晃着头,看上去像个理屈词穷的冷血财奴。

你藏!藏!藏棺材去吧!二媳妇突然就暴怒了。她扑向老太婆金耳钉的时候,喂以也反应不过来。大媳妇扑向另一只耳钉的时候,喂以冲了上去,挡在老太婆和大媳妇之间。

九

老太婆摸了摸自己撕开耳垂后微微渗血的耳朵,老眼中浮起一些感伤,但老太婆马上咧了咧嘴,像是有了笑的意思。她去摸喂以被人剪开的耳朵叉,老太婆说,一样呢,我们一样呢。

老太婆事情做得很有条理。她把撕开的耳垂用止血纸贴好,就去找小管工。她千叮万嘱交代说,结账的工钱交给她大儿子,请他代她处理这些钱;之后她回家把自己一辈子最珍爱的物品找出来,头梳啊,照片啊,奖状啊;然后,老太婆就开始领着喂以到增啊的坟边挖坑做自己的坟墓。坟墓虽然小,只是个意思,但对于老太婆的体力来说,也是个持续三天的重大工程。所以,竣工后,老太婆给自己和喂以放假一天。

假日过得很认真。老太婆用最嫩的芥菜叶煮了最后的几个红芋子,把味精的瓶子洗了两遍,也洗了小磨麻油的香油瓶。还在锅里,老太婆品尝的时候,就大呼小叫地对喂以说,哎哟!味道好得不得了哇!老太婆还蒸了一个葱花鸡蛋,倒下了最后一点酱油花,香呢。老太婆说。剩下的三个蛋老太婆连壳煮熟。其中一个弄碎了黄黄白白地拌在了芋子饭里,这是喂以的假日大餐。

老太婆和喂以面对面，在桌子上吃饭。老太婆还没致辞，喂以就一头扎到碗里"后吃后吃"地吞咽，老太婆批评喂以吃相上不了台面，结果自己一口芥菜芋子吞得急，把舌头给烫狠了，老太婆慌忙把黏糊糊的芋子吐回碗里，张着豁牙的嘴拼命吸气。嘿嘿，老太婆难堪地说，增啊要是看见，就丑死喽。老太婆声音粗沉下来：赶去死啊赶这么急！喂以知道是老太婆在学增啊骂人。

老太婆又用自己的语调说，不赶的，迟早都要做的事呢，谁去赶它。是不是，慢慢吃，喂以。

老太婆把自己的芋子芥菜饭又拨了一点儿给喂以，因为没有鸡蛋，喂以意思了两口，没有再发出"后吃后吃"的声音。

老太婆就骂：一下你就刁嘴了，好，我看你明天吃什么！你刁。

十

什么都想明白了，一夜就很踏实，很快地过去了。昨天说的明天，就这样春风微醺地到了。

这是一个春天里的好天，和春天万物花开潜含的力量一样，喂以似乎精力旺盛得无处发泄，在山道上沙沙沙地奔跑，飞速地转身，又奔跑，引颈嚎叫，活像一条快活的狼。

有心人就会发现老太婆今天没有带锄头，不像是去挖笋，而且老太婆头发梳得整齐，衣服穿得干净，还穿了一双平时很少穿的新鞋子。喂以走走就低头去闻闻它，因为它散发着樟木箱子的奇怪味道。

地方是早就选好了。当地人叫它天龙角山，非常的高，巨石多、草多、矮松古藤多，因此，除了采药人，当地人决不到那里去放牛打柴。每年冬天，还不太冷，那个鸡冠形的山顶，就白茫茫地有了微雪。

山路越来越深，空气越来越清凉湿润。老太婆不允许喂以撒欢一样地乱跑了。也许到了不熟悉的地方，喂以也老实安静下来。它跟着老太婆慢慢地走，听着越来越深的山中，交叠着各种清脆而空阔的鸟鸣和鸟翅膀扑腾起飞的动静，还有，老太婆一路絮絮叨叨的说话声。

上山的路越来越陡峭，老太婆气喘吁吁，却还在说话。一句话，有时喘得断断续续，喂以不明白，老太婆怎么话那么多，有几次老太婆都被雨后的草丛滑倒了，哎哟、哎哟叫着。喂以过去帮忙，让她慢慢爬起来，老太婆还没站稳，又开始说了。

……老二你不要看他凶，他就是脾气急，从小就急。那一年，他还小，还没上学。蚂蟥你知道不知道，吸人血的。村里祠堂那片水田里最多了，吸到人腿上，刮都刮不下来。他们两兄弟也在田里抓泥鳅玩，我腿上有了一条。我叫老大拿镰刀来刮，老大握着镰刀，快跑到我前面的时候，怎么绊到了，一刀刮在我的腿上，天嗒，那血啊——给你看看这条疤，这么长——老二一看到我出血就火了，扑过来就打他哥哥。两个人就在水田里厮打起来，打得像泥猴一样……

……

老的人，黑的狗，就这样往天龙角山高处而去。

天龙角山向阳的这一片，包含阳光的细雾氤氲着，巨石和其间隙的矮松树、古藤在阳光下蒸腾着潮热的气息；而背阴的这一片，白色的雾透着青光，这白色的青光一路煞向深不可测的渊底，刀尖一样的大大小小的山峰,若隐若现。

老太婆爬到大半山腰的一块像风帆一样的巨石下,站着。

风帆巨石一边是背阴的山崖,一边是阳光薄亮的缓坡。背阴的山崖中,山势陡峻如插笋、如刀尖,青雾缭绕其间;向阳的这边,坡势稍缓,巨石圆润。老太婆的眼睛,左右看着,最后停留在向阳坡上。老人衰老而疲惫的眼眸,反射着古藤松枝草叶上太阳清新的光辉。……你怎么能知道呢,喂以,他们是好的呀……你不要生他们的气,你不懂啊……你又没有孩子,你又没有父母亲,你怎么知道他们对我的好呢……你不懂啊……那个女人,一直是我的死对头呢……

老太婆似乎决定不往上走了。她抚摸着那至少五人高的风帆形巨型整石,然后,扶着石壁慢慢、慢慢地弓着身子坐了下来。喂以目不转睛地看着老人。它拿不准老人是不是马上要往上走。

……她一贯的,经常偷引人家辛辛苦苦从山上引下来的水,我把它堵回来,她就不高兴了,骂呢,怎么难听怎么骂呢。我也骂她,她就打人家了。女人打架男人不好劝。她个子高人家很多,力气大。把我摔到田里去了……老大和老二,你想得出吗?晚上跑到她家门口,扔了一地西瓜皮哟,还真把她老公摔了。腿摔坏了。他们家说被人害了,我们也不知道。到了很久以后,兄弟才说,摔死她!替阿母报仇呢……

老太婆和黑狗坐在风帆巨石下浅金色阳光中。快到正午了。

老太婆从布包里掏出一个显然是旧的、有点瘪的矿泉水瓶,她倒了些水在瓶盖中。老太婆对无法控制自己的手抖而抱怨:你看还有什么用呢,真是什么用也没有了。老太婆说着把瓶盖水给喂以,喂以伸着舌头，吧嗒、吧嗒舔着喝。它渴了。老太婆让喂以喝够，再举起瓶子自己喝。

黑狗趴在老太婆的旁边。它也累了。老太婆终于停止了絮叨。一老一小安安静静地坐着。放眼空无一人的山野，在无言的人眼和狗眼里，看不尽的是满山遍野远远近近的深绿浅绿，春色连天。远处，在如织的灰蓝云雾下面，是听不到声音的喧闹人烟。

……可是，我们离那边已经很远呢……老太婆说，你记得住么，过了土地公庙要往毛竹林那边拐，那是你回家的路啊……老太婆说。

风帆巨石上还有很高的山崖。按老太婆最初的构想，是一直要走到天龙角山最高的地方去的。现在老太婆已经知道，不可能了，就她的体力已经到了极限，越歇息越感到全身像泡软的米浆。累了，累了，我累了哦，累了……现在，只有躺到云里才舒服了，喂以呀，躺到雾里最舒服了，喂以哦，累喽，累喽。这样就好了。这样就好了。你不能生气，谁也不要生气。这样就好了。这样就好了。能省就省吧，我是不讲究的。你不要生气。你们都不要生气。这样就好了，这样就好了……

老太婆一直抚摸着黑狗喂以。喂以在老太婆的抚摸下，渐渐昏昏睡去。老太婆还在抚摸着喂以。等喂以一觉醒来，太阳已照到了风帆巨石背阴的这一边。原来发青的山岚雾气已经消失无踪。大大小小所有嶙峋的笋石，都露出了狰狞原貌。

老太婆看喂以醒了，把两个煮鸡蛋拿了出来。一看到鸡蛋，喂以嗖地站了起来，它直往老太婆手上的鸡蛋而去。老太婆挡着它把鸡蛋壳剥了，自己咬了一小口，递给喂以。喂以迟疑着，老太婆对它点头,受到鼓励的喂以,张嘴就是一口,把鸡蛋全咬进嘴里。

噎着!老太婆说,你慢慢吃,这个也是你的。

老太婆把另一个鸡蛋也剥了。她把煮鸡蛋刚刚捏成两半,喂以就扑到她手心"后吃后吃",两下就全部吃光,连老太婆手心都舔干净了。老太婆说,好了,喂以,这样就好了。老太婆指着远方烟霭深处,那是我们的家呢,记住啊,过了土地公庙往毛竹林那里拐,竹桥过了再往南,你记住了吗……走吧,你可以回了。以后啊,喂以要是想我们了,就到增啊和我中间坐一下,坐一下就可以了,你要养活自己了,光坐在那里你会饿死掉的——来,扶我站起来哦。

喂以不知道老太婆撑它的脊背起来的时候,为什么要蹭它的脸,蹭着蹭着老太婆站了起来。喂以也不知道老太婆抖抖索索地为什么还绕着风帆石走,不知道老太婆走着走着怎么就不见了呢。好像有动静下去了,喂以试着绕着巨石走了一圈,老太婆还真是不见了。

喂以转了几圈,最后面对深谷坐在地上等。

喂以一直坐在那里。太阳斜得厉害了,但喂以坐得很直。先是黑狗坐在夕阳红霞里,后来夕阳慢慢转青转灰,喂以成了一个剪影。再下来,黑狗渐渐融进黑暗的夜色中了。

三天后,有人采药经过,看到一只黑狗坐在风帆巨石下,面对着嶙峋如刀的深谷,一动不动。采药人嘘了一下,黑狗转头;采药人做出捡石头的样子,黑狗跳起来就跑了,一瘸一瘸的,但是,走远的采药人,无意中回望,那只奇怪的黑狗又坐在原地了。

黑狗的背影很直。

风雨总在彩虹后
——黄博浩同学文档选

一件小事

我外公每天买一份《参考信息》。有一天,他膝盖痛,叫我替他去买。我碰到小头,就一起玩他新买的滑板。那个滑板,尾部很灵活,让小头像竖起来的眼镜蛇一样,扭扭捏捏地前进。我也是。然后我肚子扭饿了,就回家。我外公一看我忘记买报纸,立刻要用手里的筷子抽我,他眦目尽裂须发怒张:又忘!又忘!你脑子里到底有没有装脑浆?!

我仔细看他偷吃什么。这个很重要。外婆不喜欢那个不叫小姨夫的人,所以,在厨房煮了好料,总是贼头贼脑地招我外公和我去吃。外婆一个眼色,我们就魑魅魍魉地溜到厨房。不要有声音,如果你不蹑手蹑脚地吃里爬外,那个不叫小姨夫的人知道了,就会很不礼貌。这是他的家。我们要特别提防不叫小姨夫的那个人的两只狗,可是,小宝和小宝婆的鼻子超级灵,是我们人类的四十倍。所以，我们经常被它们捉奸在厨房。狗就大叫起来，有一次为了消除证据，我外公毅然决然地吞下滚烫的燕丸，食管都烫伤了，很多天不能喝热茶。但是，那个不叫小姨夫的人，过来牵狗只是笑笑。皮笑肉不笑的样子，我也看不出他是宰相肚里能飞船，还是傻乎乎的没有感觉。

有时候，我悲天悯人起来，就说，给他吃一小碗吧，这是他的家……外婆连忙嘘我噤声：他还不是用你小姨的钱！很奇怪，我外婆獐头鼠目时，总显得义正词严。

一阵黑风掠过耳旁，说时迟那时快，我外公的日本筷子暗器一样横扫我的头。你根本看不出这个老态龙钟的人是个孔武有力的暴力王。他原来是小学校长，我一直怀疑他杀人如麻，干掉了很多小孩。但我总是尊老爱幼地看着他，并不想跟他计较。外公反而怨声载道：一个男孩子！买份《参考》的小事都托付不了，长大有屁出息！女儿生得好有什么用，找个不成器的女婿，全部赔光！外公总是这样，我一惹了他，我妈妈就会挨骂，我离婚的老爸也会挨骂，我小姨姨会被牵连，最倒霉的是不叫小姨夫的人。我外公最喜欢对他蜚长流短，骂得大珠小珠落玉盘，飞流直下三千尺。每次都拿他总结他自己一生的愤懑。

不叫小姨夫的人，也活该挨骂。我外公请他玩回来的时候顺便在报刊亭带一张《参考》。他、也、忘、记、了！

可见，这真的是一件小事。

老师批语：

一件小事，主题不集中。

乱用成语的毛病依然严重。

检讨书

今天，我做了一件丧尽天良的事。班长喊起立的时候，我把一只死青蛙，放在周黛诗同学的椅子上，全班全体坐下的时候，周黛诗突然发出毛骨悚然的尖叫，声音拖得像刮玻璃一样，刮伤了全部人的耳朵。她怎么把死青蛙的眼珠子都坐了出来啦？我看了也很恶心。然后，何婷、关冰清她们也蒙起眼睛死鬼一样地尖叫起来，此起彼伏，日月无辉。最令人发指的是，我害得奔过来看的郭老师，才看一眼就冲出教室，弯着腰拼命呕吐。她怀孕了。没想到，我差点儿害到祖国下一代。

我现在已经认识到，今天是我的错。虽然，周黛诗的长发总是弄到我的书本上，那么长，也不剪，整天在我的书本上溜过来滑过去，影响了我的认真学习。但是，我的行为，因小失大，影响了整个班。我影响了一个班的优美秩序，影响了同学们在知识海洋里遨游的信心，影响了他们为建设社会主义特色而奋斗的努力拼搏。

我今天还认识到，我有很多毛病，上课爱讲话，爱做小动作，新来乍到就爱当老大，拉帮结派。还喜欢打瞌睡，上课吃牛肉干、跳跳糖。谢谢郭老师的宽宏大量，让我光彩重生。我一定文过饰非，好好学习，不打瞌睡不吃牛肉干，不讲话不做小动作，也不再把青蛙放在周黛诗的椅子上。我一定要把自己变废为宝，浪子回头金不换，好好报答郭老师，报答张段长，报答社会，报答有社会主义特色的中国。今天，我以二附小为自豪，明天，二附小以我为骄傲！

谢谢老师,给我一个把检讨贴到墙上公开发表的机会,欢迎同学们监督举报。祝郭老师身体健康,同学们学习快乐!

可爱的家

我的家是乌合之众。四个人四个姓。我爸爸妈妈在外地。我的家,有我外公、我外婆,还有一个不叫小姨夫的人。

我外公是个喜欢随手拿起东西变刀枪的人,粉笔用得最像小李飞刀,精准。没有退休的时候,他们学校的师生,每一天的日子都像恐怖片。我小姨姨说的。

我的外婆是个骨灰级的小气鬼。听邻居说,原来不叫小姨夫的那个人单独住在这个屋子里的时候,我们家总是灯火通明。那个不叫小姨夫的人喜欢明亮。现在,我外婆到处关灯,除了不叫小姨夫的人的房间她关不到,其他每个房间都是黑摸摸的,只剩客厅一个八瓦节能灯,我的书桌上还有个作业台灯。因为黑,我们全家在晚上都摔倒磕碰过,医药费合计超过我们家一年水电费,但听说,幸好改革开放,我们家有医保卡。

不叫小姨夫的那个人,黑黑的,是个瘸子。他的左腿被车祸废了,走路一瘸一拐。不过,他很帅。听说,他原来做什么高岭土生意,赚过很多钱。反正,这个房子是他买的。但我外公外婆不高兴。因为他已经多年不上班了,不务正业,玩狗、玩电脑、看书、听音乐,要不就出去和朋友喝酒、看电影、吃深海鱼。我小姨到广州交换岗位两年,就变成他一个人住。我们就是这时候过来的。

我外公外婆反对非法同居,但是没办法,一是我小姨赚很多很多钱,现在有钱就是老大,外公外婆怕了她;二是我要紧急转学。我转学有两个原因,一是我把张乾坤的大门牙打断了,其实,张乾坤的门牙谁都说偏大,打掉并没什么不好,但老师说,我的检讨书都可以出选集了,所以,我也万念俱灰,懒得在那个一般般的学校混下去了;第二,转学是为电脑派位做好准备。我现在转到这个学校,就有三分之一的可能被电脑派到一中,到了一中,我就比别人多了三分之一上大学的机会。我外公说,转了我这辈子就有希望了。

傲骨铮铮响的我外公外婆,原来不想寄人篱下,可是,他们那里忽然楼上和楼下,一起比赛装修,就像疯人院失火一样,吵得外公心脏病高血压椎间盘突出乱箭齐发,他只好陪我转学过来借住。不叫小姨夫的人,并不欢迎我们老少三口大举进犯,可是,他只能忍气吞声。尊老爱幼是我们中华民族的传统美德,再说,我小姨姨比章子怡漂亮,所以,他基本很礼貌。

我外公外婆看人脸色地过了一个月,马上就因为恨铁不成钢地趾高气扬起来。因为,不叫小姨夫的人根本没有人生理想。他既不上班,又肄业于一个什么名牌大学,就是说,他想不上班就不上班,想不念书就不念书了。胸无大志自甘堕落的一个货。有一天,在饭桌上,他和我外公辩论,说玛雅人造纸比蔡伦早,我外公怒斥他无知,顺势批评他游手好闲、坐吃山空、胸无大志、思想颓废。他嬉皮笑脸地说,我挣的够我自己一辈子用了。外公说,你难道不要结婚?他说,结婚也还是原来的我啊,而且我比以前饭量小。外婆说,养小孩不费钱呀!他说,我们说好不要孩子了。那天,我看出我外公握筷子的手上老筋直抖,他当然打不过不叫小姨夫的人了。

所以，我外公外婆叫我不要叫他小姨夫，我就没有叫。

还有，老师，你知道那次，周黛诗的长头发，不肯剪，总是弄到后面我桌子上，害我没有办法写字，我只好在她椅子上放青蛙提醒的那次。案发后，外公外婆都不肯代表家长来学校。我外公说，他血压高不便外事活动；我外婆说，她要戴三副老花眼镜才能出门，而现在只剩下一副看远的，也不宜外出；不叫小姨夫的人就自告奋勇地说他来。外婆说，你不能说是他姨夫啊！他说，那我说我是孩子父亲。外公说，胡闹！不叫小姨夫的人说，我要说是路人甲，怕老师不跟我谈。

外公外婆你看我我看你，如丧考妣。最后一个挥手一个跺脚，嚎叫说：你去！反正不能说是小姨夫！

这就是我可爱的家。

老师点评：
乱用成语的毛病，怎么一直改不了？
老师圈起来的成语，按词典解释，每个抄二十遍！

致贫困山区孩子的一封信

某某（老师你填吗？）同学：

你好！我是群贤小学六年级七班的黄博浩。介绍一下，我是个超级帅男生，爱好广泛，滑板、电脑、音乐、摄影、足球、羽毛球我都不错。我的优点是调皮、有正义感、聪明。缺点是，有一点点粗心大意。今天，厦大支教老师给我们放了你们的DV。我们心潮澎湃、激动万分，没有想到，现在还有人一天只吃一个馍。没想到你们是用泥土堆起来的桌子，凳子长短大小不一，还都是你们自己从家里带来的。而且，你们的本子，是写满了，用橡皮擦擦掉又当新本子用。支教老师说，你们非常穷苦，可是一个个都非常想读书，渴望知识。

相比你们，我们无地自容。就说周黛诗同学吧，她有整整一个柜子的橡皮擦，有的像饼干，有的像果冻、像蔬菜，真是眼花缭乱光怪陆离神气活现。要是把她的橡皮擦寄给你们班，够你们全班人用到大学毕业。再看杨小头，他那个大波浪头的妈妈，已经给他买了六个滑板了，我让他借我玩一天，他还舍不得！像你们贫困地区肯定没有这样的小气鬼。这都是富裕惹的祸，完全不能志同道合。我们还有很多同学，用手机，算了算了，家丑不外扬。老师等下又无故扣我的分。如果你太有才了，在江湖上你就暗箭难防，尤其在我们富裕的地区，人心很坏。下回你来做客的时候，我会一点一点教你。

言归正传，说心里话，我们都是祖国的花朵。做你们贫困地区的花朵，就比较没有营养。我外婆说，投胎就要擦亮眼睛，要比投篮还要准。投不准有钱的，就千万要投准当官的人家。现在，通过我们的"手拉手"的活动，让我们真正能感受到社会就是一个大家庭，一人有困难，大家都应该去帮助。我寄一排铅笔给你，六支。希望你好好珍惜，头悬梁锥刺股，风餐露宿发奋读书。我外公说了，只有读书做官了，你才知道万般皆下品。一柜子橡皮擦算什么？六个滑板又算什么？你不要羡慕我们，等你实现了这些人生理想，你就再也不会一天吃一个馒馍充饥了。这是掏心窝子的话，我愿意做你真诚的朋友。请一定回我的信！

此致

敬礼!

黄博浩

老师点评:

谁说读书就是要做官?

请家长速来一趟学校!

黄博浩竞选卫生委员发言稿

各位同学,大家好。

我是黄博浩。我竞选劳动卫生委员。

我这个人最热爱劳动,不怕脏不怕累。我外婆说了,只有丢人的窝囊废,没有丢人的职业!我觉得,打扫教室、打扫卫生区、打扫走廊等等,都是劳动,尤其是打扫厕所的劳动是——最光荣的!

大家都知道,我们的中华民族是世界上最勤劳勇敢的民族,在中国五千年的历史长河里,中国人的勤劳创造了璀璨的华夏文明和中华文化。也正是由于中国人的勤劳,才有了今天中国经济飞速发展的奇迹!

因此,同样的道理,我们小学生也应当热爱劳动、发奋学习、勤劳勇敢地健康成长。所以我们在家里只要有时间,就应该力所能及地进行家务劳动,比如扫地、擦桌子、倒垃圾、削苹果、帮老人买报纸、穿针、提东西、倒水,等等等等我都爱做。我把这些热爱劳动的好习惯也带到学校里来了。

若我能够成功当选,我会做到以下几点:一,我会保持我们的教室玻璃像没有玻璃一样透亮；黑板，在上课前一个字也没有。二，我要让我们的卫生区内没有一张废纸，成为全年段、全校最干净的地区。三，保持我们的桌椅，永远成竖状一字型；桌子间的空隙要能使一个人轻松通过。四，监督大家回家每天做一件家务劳动。

这样，我就在大家的重用下，逐渐成为一个热爱集体、关心同学、有责任心的人。请同学们投我一票吧！

附录：

竞选失败的自我分析：我失败的原因就是好朋友背后下刀子。小头揭发说我在家从来没有帮我外婆做事，周黛诗才是热爱劳动的人，会帮她妈妈洗碗、倒垃圾，帮她妈妈涂指甲油。其实，他这是拍周黛诗的马屁！我并不反对周黛诗同学当选。我是反对为女人出卖兄弟的小人！

春天来了

今天我和不叫小姨夫的人一起去后山遛狗。我要亲自去观察春天。

春天果然到处一派生机、欣欣向荣、万象更新、道貌岸然。刚下过贵如油的春雨，很冷。地上湿拉拉的春寒料峭，两只小狗都穿着黄色雨衣，人模狗样的像下水道管里刚爬上路面的童工。

后山坡有大片杜鹃花，白色的、红色的、粉色的、紫红色的。不叫小姨夫的人，一路走去，为很多花蕾脱帽子，真的是花的帽子，洋葱皮似的，像个铅笔套。它们自己也会脱，脱掉了才能开放。有时脱不好，小帽子就粘在花瓣上，像一小片烂枯叶。我也蹲下来脱，哇，果然是黏黏的巴着。不叫小姨夫的人，故作深沉地说，唔，你看，花要开放到最美的时候，也要摆脱麻烦的。我深沉地想了想，是啊，我要当劳动委员，小头和周黛诗，不就巴在我身上，不让我开放？

我终于找到了春天为什么发臭的原因。春天的空气里，到处都是烂黄瓜的奇怪味道，原来是一种矮灌木。不叫小姨夫的人指给我看，就是那种白色紫色合伙混开的花，比一块钱硬币大点儿的花。臭得人想撞墙。不过，今年肯定是枇杷大丰收。满山坡的枇杷，不管是不是人种的，都果实累累。现在它们都是暗绿色的，比可乐盖子还小。等再过一两个月熟了，就变成黄澄澄的了。不叫小姨夫的人说，每年，枇杷成熟了，他遛狗的时候，都是看到老人家在树下跳跃，要偷枇杷吃。为什么呢？不叫小姨夫的人说，因为老人家运动惯了、拼搏惯了。那为什么小孩不来偷呢？他说，小孩太忙了。等做完作业，已经是月黑风高没有力气了。

我看到了鸡蛋树。不叫小姨夫的人说，那是泰国国花。很奇怪，有点恶心。它的枝干，怎么看都像断手断脚的残端，顶端稀稀拉拉几片叶子。不叫小姨夫的人说，等夏天叶子长多了就好了，它的花是黄白色的，像炒鸡蛋。我倒想，要是不叫小姨夫的人，到了夏天，脚也能长好，那倒不错。他说那脚没用了。我顿时故作同情。他呵呵笑，说，还行啊，其他部分还挺好。上帝只是提醒我，生命是个瓷器，一不小心就碎啦。我说，所以你就把自己小心轻放，不上班了是吗？他说，不是啊，是我讨厌再赚钱啦。

有个地方，长了四五棵肉松树，春天它就下肉松。满地一撮一撮的，绿褐色、毛茸茸的。好像每个新芽孢都有一团肉松垫着，然后肉松就掉下地了。那一带的整个地面和空气，都是像绿褐色的水彩打过底。如果我们待久点，也会变成绿人。

最后，我们看到大叶紫薇的叶子啦，叶子全部通红。春天里，当所有的树都想变得更嫩更绿的时候，它偏偏就想变红。不叫小姨夫的人说，与众不同有两种啦，一种是为了与众不同而与众不同，另一种是骨子里的天性。说完，我们就在春天的烂黄瓜味道里回家了，回家开窗也是臭，唯一改变的是，我们知道为什么春天臭的秘密了。

老师批语：

春天是美好的，不是臭的。

树上也不会掉肉松，夸张要适度，不是无中生有。

罚抄"道貌岸然"100遍。

致台湾小朋友的信

亲爱的台湾的同学：

你好！

台湾和厦门一水相隔，我很想念你们。我们要团聚在祖国妈妈的怀抱，一起感受祖国妈妈的温暖。一想到这儿，我就忍不住给你们——不知名的朋友写一封信。

今年春节，我吃到了很多个台湾水果，紫红色的大莲雾、释迦果，都很好吃，因此，我更加知道同胞情、民族义、统一理、反"独"志，是合乎历史潮流，合乎两岸人心，合乎中华民族最大利益。我也更加想念自己的亲骨肉——台湾的父老兄弟姐妹。我知道,你们也无限怀念祖国和大陆上的亲人。这种绵延了多少岁月的相互思念之情与日俱增。

春节我还吃到了很多台湾猪脚贡糖,我坚信,只要海峡两岸、海内外的中华儿女能携手共进,勠力同心,必能开创两岸关系和平发展新局面,实现中华民族的伟大复兴,并为全人类文明进步创造崭新的发展模式。

老师说了,我们这里和台湾地缘相近、血缘相亲、法缘相循、商缘相连、文缘相承,我们彼此有深厚的"五缘"关系。我们有个地方叫钟宅湾的,因为思念你们,都改名叫"五缘湾"了。很多人不习惯,不改,的士司机就很生气,说到时不要怪我绕路!慢慢地,全体市民都改过来了,谁不改,就是记不住海峡那边的台湾同胞。

我现在在二附小六年级七班读书。我的学校,四面都是花草树木,好像戴上了绿色的花圈。老师在培育我们茁壮成长。

远方的朋友,让我们跨越大海等着我们团聚的那一天吧。信就写到这儿,如果你愿意和我交朋友,就请你回信,和我们共同描画21世纪的蓝图。

此致
敬礼!
六一儿童节快乐!

黄博浩
5月30日

老师点评:

感情真挚、主题思想正确。有礼有节。

乱用成语的毛病缓解。有进步。

绿色的花环——不是花圈。

我最欣赏的人(博文)

第一篇博文,我决定写"杞人不忧天"。是他教我开博的,而且,他总让我用他的电脑。不小气是他最大的美德。

"杞人不忧天"是我的非法小姨夫,我外公说他,身残志不坚。但是,我非常非常欣赏他。他简直就是身残志不坚的神仙哪。

有一天半夜,小宝、小宝婆在冲着门乱叫,我外公外婆惊恐万状地听到院子里有动静,赶紧报警。结果,110警察和小区保安都冲到我家来,一看,杞人不忧天倒在院子墙下,呼呼大睡、酒气熏天。原来他第二趟出去喝酒,把钥匙手机都丢了,只好爬墙。瘸子翻墙多么不容易呀,加上喝多了,所以,他一翻进来就累得睡着了,吐了一地。

有一天,我抢他爱吃的最后一块烤鱼。他不干,提问说:为什么北极熊不吃帝企鹅?答对了归你。两分钟。我说,帝企鹅毛太多,肉质不好。错。我说,帝企鹅总是团队作战,北极熊寡不敌众。错。帝企鹅会写日记,是知识分子。错。杞人不忧天看着钟,慢条斯理地把烤鱼塞进嘴里。我情急智生:我靠!一个南极一个北极哪嗒!杞人不忧天一听,狂吞鱼,结果,一根鱼刺卡得他呆若木鸡。后来,他把那天晚上吃进去的烤鱼全部吐出来,还是没有吐出那根刺。活该啊！最后，他十万火急狂奔医院去拔刺。

又有一天，我外公外婆去参加老人桥牌比赛。他史无前例地给我做饭。我放学回家一看，厨房做饭台前面，他围着围裙，身边一边一把餐椅，小宝小宝婆一人一边站着视察做饭，他还顺手喂它们还没加盐的菜。这狗毛肯定会到锅里啊。吃饭的时候，果然是狗毛炒排骨，我在排骨上随便就看到了四根狗毛！我大嚷大叫，这个身残志不坚的家伙说，好啦，有毛的我吃。结果，他吃掉了一整盘绿笋排骨！晚上胃暴痛，奄奄一息地打电话跟我小姨姨撒娇。

最后说一个杞人不忧天的糗事。那天，他游手好闲地在小区门口碰到一个推着自行车回收家电的人，是个老阿嬷。他就跟老阿嬷聊天晒太阳。聊呀聊啊，忽然斜刺里来了一个摩托车，把阿嬷的自行车撞倒了，老阿嬷刚收到的一个旧热水器掉下来，破掉啦。摩托车跑了。老阿嬷追不到摩托车，转而要杞人不忧天赔。她说，你赔！不是你拉我拉呱，我早就走了，那我热水器不是好好的？杞人不忧天还想争辩，阿嬷说，你不赔我跟你家去吃饭！杞人不忧天只好给老太婆钱，给了一百块。阿嬷说，车前面"家电回收"的广告牌子也摔裂了，再赔二十块重做。杞人不忧天觉得没天理了，不给。老太婆说，我这么老了，因为穷，还风里来雨里去，你大白天不上班，就是有钱人嘛。你为什么不赔我？

杞人不忧天乖乖又掏出钱包。后来，邻居绘声绘色添油加醋地告诉我外婆，我外婆一听就抓狂了：什么？！一百二？！这跟他有什么关系？！我们家上次回收的热水器加微波炉，两样才五十块！外婆气得小腿一直抽筋。当晚吃水果的时候，外公就发火了：你就这样游手好闲地糟蹋你的大好年华?!

杞人不忧天嘿嘿笑着,一边把芭乐一口口咬给小宝小宝婆吃。他根本不看我气得要吐血的外公外婆。他总是那么平和、无畏、若无其事、置身事外。从他身上,我才知道,死猪不怕开水烫,其实不是骂人啊,是神仙的境界!这个瘸子,简直酷毙啦!

我心目中的大海

我心目中的大海,比我父母还亲。大海就是我的故乡我的家。

第一次见到大海的时候,我忘记了是什么时候。反正我还不会讲话。海风一下就把我的宝宝帽吹掉了,我妈妈说,那时候我还没长什么头发,怕冷。我爸爸追风逐浪去捡帽子,我自己用小手,紧紧保护我的头。

现在,我对大海已经爱到了生命里。我爱浩瀚无垠的蓝色大海,我爱你椰香阵阵的海风;我爱阳光下大海千帆竞发,我爱雨中的大海迷蒙幽深,我爱月光下大海深沉辽远,我爱夕阳下的大海金光闪耀;我爱大海有广阔博大的胸怀,我爱大海深沉的思想。你仿佛圆了我记忆中一个遥远而触不可及的梦。是的,满视野的蓝色,无瑕、透明、纯洁、安静,足以融掉自己的一种颜色,那是自然唯一赋予海的颜色。然而大海拥有的,不仅仅是一种色彩,它所拥有的是一种精神,是生命。海风是它的诗篇,海浪是它的舞蹈。我们赞美大海的浩瀚,是否会想到江河奔流中的坎坷和执拗?啊,大海,我用我全部的热血赞美你,我把我生命的花瓣全部撒向你。

啊,大海,看着你海浪滔滔,我豪情满怀。我们勇战金融风暴、坚守报国理想。当我驾着疲惫的风帆来到你的面前,所有的煎熬都被你轻松地颠覆了。你用蓝色暗示我要有内涵,你用浪花告诉我什么是美丽,你叫海鸥提醒我在生活中应该自由地翱翔,你还说如果没有激情,心会成为死海。

大海啊!如果我离开尘世,一定把我的灵魂带到你的身边,去畅想人类的未来!

老师评语:

除了第一第二自然段,都是哪里抄来的?!

文品即人品!这比乱用成语还要糟!

(黄浩博辩词:上次我说春天臭,老师就批评了。现在我就不敢说大海水黄灰灰的,海面漂满了垃圾,所以上百度求别人帮我写了几段。)

家庭趣事

我外婆和狗不共戴天。

我外公说,我外婆前辈子是根打狗棍。我看也是,因为小宝和小宝婆都极端讨厌她。小宝是黄毛拉布拉多,是个瘸子。小宝婆是个银狐,被人齐脑袋剪掉了一只耳朵。它们都是不叫小姨夫的人的朋友送他的。那个人的动物救助站有很多被人丢弃的猫狗。

狗一下子就认出我外婆是根打狗棍。我们进去它们就像看见恐怖分子似的奓毛大叫。尤其冲我外婆。我外婆长得像青蛙,鼻子扁扁的,慈眉善目。她像外交官一样,似笑非笑地跟它们两个打招呼,结果,它们一低头都扑过来咬她的手。她就不敢挥手致意了。有一次,外婆在饭桌上,津津有味地讲述他们老家怎么杀狗剥皮、怎么大锅花椒桂皮炖狗肉的往事。小宝还是小宝婆突然发飙了,它们从客厅冲进来,排山倒海,我还以为是它们抢骨头打架,可是,实际上,我外婆是战争的唯一受害人,她被小宝撞得滑倒,额头磕到了餐桌腿上。她痛得老泪纵横了。

我外公不讨厌狗,他只讨厌狗毛。银狐小宝婆好像成天在换毛,一天不清扫,我们家就像要筹备圣诞节。小宝婆害怕打狗棍,每次我外婆一声吼,它就慌不择路饥不择食地满地舔食它掉一地的狗毛,像吸尘器一样,一边偷看打狗棍会不会动武。外公趁不叫小姨夫的人不在的时候,踢过它们几次,因为他的眼镜、茶杯、呢帽、绿豆饼上总是有狗毛,他说,他的肺里,肯定积攒了很多狗毛。他相信那毛吸得进呼不出。有一次,他严肃地向不叫小姨夫的人说了毛肺的事,不叫小姨夫的人呵呵大笑,说,那你不就等于多了个狗毛背心?冬天你就不怕冷嘞。外公勃然大怒:你脑子里怎么总是一点常识都没有!

所以,就这一点,外公和外婆结伙反对狗。

不叫小姨夫的人有个大懒人沙发,形状像个水滴,可以满地放。他总是半躺在上面看书、看碟、听音乐。不止一次,我看他在上面睡着了,两只狗,一只睡在他左边,一只睡在右边。三个人一起打呼噜。每一次,我外婆外公看到了,都气得要命,感同身受,觉得自己沦落到与猪狗同屋。更令人发指的是,他们意外发现,外出多日回来的不叫小姨夫的人回屋子,竟然矮下身子对小宝和小宝婆说,嗨!来!亲一个!

外公外婆当晚打电话给我小姨姨,要小姨姨帮助那个人认识人和畜生的正确关系。没想到,小姨姨笑嘻嘻地说,她每次回来也亲狗。外公外婆听得七窍生烟、万念俱灰。他们互相鼓励赌咒说，迟早要让那家伙滚蛋！

老师评语：

大有进步。语言比较生动，乱用词藻得到进一步改进。

但注意主题观点，人狗毕竟有别。

香喷喷的女孩（博文）

我打猪虾的时候，小头乐得花枝乱颤。但是，老师要我赔猪虾眼镜时，他又不肯替我分担了。我靠！这种小人忒不仗义。我是替他去教训猪虾的，是他说猪虾给Z写520（我爱你）肉麻情书的，Z根本讨厌他。小头说，Z说了，我们班，只有我对付得了猪虾。既然Z这么赏识英雄，我太低调也不对称，我当然两肋插刀了。所以，论理，猪虾眼镜是该小头和Z赔的，本来我就两袖清风，基本没有零花钱。要不是杞人不忧天暗中帮忙，我外公外婆又要大闹天宫了。

杞人不忧天冒充家长，替我赔了猪虾两百块，我轻车熟路地又写了深刻检讨，打人风波就过去了。没想到，Z开始明目张胆爱我。没有办法，英雄救美，美人赖上英雄，历史从来都是这样的。

她的头发依然在我桌上扫来滑去，香喷喷得令人心碎。她到我家的笑声也是香喷喷的令人紧张。果然，我外婆外公警犬一样，很快就小题大做，审问我是不是早恋？笑死人了，现在哪个同学不是随口老公老婆地叫，谁也没有去领结婚证嘛。

我妈居然请专门假回来暴打我，完全受控于我外公的阴谋。这个更年期的女人，简直把我往死里打。我大喊，我又不是你私生子，怎么下手这么狠哪你！不就是这一次语数没考好吗？！我妈把电蚊拍挥舞如剑：考不好！考不好！你也知道考不好！都什么时候了！还考不好！你的心思到底在哪里？！你怎么不学那混蛋会读书，光遗传他花心大萝卜？！杞人不忧天一脸坏笑。我外公明察秋毫，立刻把他揪了出来，说，为什么你一直隐瞒这小子打架赔钱的事？！瘸子成了众矢之的。原来，外公出席开家长会时，老师告状说我卷入三角恋的斗殴。

Z居然在我遭遇家暴的时候，打进电话。外婆一接电话就对我妈狂使眼色，我妈一看就抓狂了，要扑过去骂人。我本人英雄气短、爱莫能助，千钧一发之际，杞人不忧天宛若天使拿起电话，温文尔雅地说我不在，说回头让我打过去。瘸子啊，我大恩大德的亲人，男人面子危亡时刻，是他力挽狂澜。

四个大人开了关于我堕落的紧急会议。最后，我被叫进去听决议。他们伪善地看着我。杞人不忧天依然是似笑非笑。我妈问我到底有没有早恋。我还是那句话，神经病！爱我的女生多得要命！我忙得过来吗！我妈忽然眼泪嗒嗒地来抱我，摸我头上的包。真是个没出息的女人啊，难怪她男人会逃跑。

我外公宣布，一，他们信任我；二，我从此不许和Z往来。

看我不表态，我妈扑通一声跪下来，我外公眼明手快，一把拎直她，让她保持老妈的理性和尊严。杞人不忧天皱着眉头说，我还是那句话，你们别把孩子弄成大人了！我外公说，我倒看不出，你还有什么资格管教孩子？！

杞人不忧天笑傲江湖地走了。晚上，我知道杞人不忧天在电话里，和我小姨姨大吵。我在他房间玩电脑。他到阳台上接电话，但是我还是听出小姨姨在里面歇斯底里。他不断把电话挂掉，扔到床上、扔到沙包上，电话不断在床上、沙包上响起来，激励他再接着吵。

一句名言的启示

"细节决定成败"，这是我外公的座右铭。

他说世界首名太空人加加林，就是因为一个错误的小数点，至今尸飘太空。他自己就是因为自行车钥匙随手乱放，永远失去了进步。那天省教育局负责人来学校视察，他迟到了，给对方留下恶劣印象。为什么呢？因为一直找不到自行车钥匙，他只好跑步到公交站，又苦等公交车。最后，他们副校长就因为他自行车钥匙找不到，从此平步青云了。

我一个瘸子朋友曾告诉我一个更加触目惊心的故事。1485年，英国国王查理三世在决定由谁统治英国的波斯沃司战役中被击败，而导致这次失败的根本原因是少了一枚小小的马掌钉。战前，查理的马夫去备马。这个马夫钉马掌时，少了一枚马掌钉，便勉强凑合。结果，两军交锋时，这匹战马在半途中就掉了一只马掌，国王被掀翻在地，成了俘虏。少了一枚铁钉，丢了一个马掌；丢了一个马掌，翻了一匹战马；翻了一匹战马，败了一场战役；败了一场战役，失去一个国家。

我也是这样。纵观我的考试情况，都是小数点、小马掌钉的细小错误，大不了就是自行车钥匙的失误。说起来，错误真的很小，完全可以痛加原谅，忽略不计。可是，加加林不是再也没有回地球？我外公不是郁郁不得志了一辈子？查理不是丢了一个国家？

所以，细节决定一切，细节决定成败，细节就是命运。

所以，这也就成了我的座右铭。

老师批语：

立意不错，选材精当。但是，有关自身，写得太少。这里是重点，要详写。字数也不够。退补完善。

博客小记

今天，小姨姨和不叫小姨夫的人又吵电话架了。他不承认。

本周测验，我的数学第一次超过Z。这是历史的胜利。最近作文得到郭老师表扬两次。第五单元测试，有望超过Z。她就是风花雪月、唐诗宋词插花多嘛。杞人不忧天说，这一类作文，基本是花拳绣腿，不怕。

博客小记

今天不叫小姨夫的人，和我小姨姨电话大吵，手机摔黑屏了，所以他承认吵架了，但是，他不承认是因为我外公外婆的事。因为，手机还没有彻底摔坏，重新开机，又能用了。不过，他也认为，这样吵架很不低碳。他不喜欢这样的折腾。

一件终生难忘的事

我家有两只小狗。男的叫小宝，女的叫小宝婆。

小宝和小宝婆有一项游戏，让我外婆外公非常恼羞成怒，有一次我外公顺手抄起菜刀，要刀劈鸳鸯；我外婆总是借口把我揪进房间，不让我看。其实，不就是爬跨运动么，又不是什么少儿不宜的黄片。是这样的，它们就是互相背对方啦。小宝的博美体型比小宝婆小，银狐出身的小宝婆凶悍顽劣，学富五车的小宝根本没有主动权。小宝婆一不高兴，就把小宝打到床下。嘴里经常咬下一撮撮小宝毛，都可以做几支毛笔了。

那天，我突然发现地板上有几点血迹，仔细看是小宝婆滴漏的。我一时反应迟钝，惊恐大叫，快来人哪！流血啦！我外婆从厨房里奔出来，说，去去去，去写作业！我外婆脸色古怪，充满了启迪，外公赶过来，欲语还休，也充满了不良启迪。我猛然无师自通，难道小宝婆也有了"量多的日子"？

事情就出在那天晚上。我放学回来就发现，小宝和小宝婆很坐立不安，它们时时刻刻站在一起，莫名其妙，顶来顶去，不断地步换身移，又定格发呆，有时同时起跳、闪开。我感觉它们今天要动真格了，所以，我一直借故喝水、小便、吃酸奶地观察进展。在客厅里看电视的外公外婆，毕竟是过来人，他们像猎狗一样警觉地盯视我，根本不许我在忙来忙去的小宝小宝婆身边停留。真是可恶至极。

在我第三次去卫生间时，我外公喝道，你再出来一次，生日那套变形金刚礼物取消！我只好踅回房间。这时，不叫小姨夫的人回来了，我听到他的口哨声，我非常热切地想和他交流。但是，凶神恶煞的外婆外公实在是断了我的科考念头。我听到不叫小姨夫的人洗澡出来的动静，我蹑手蹑脚地拉开一小条门缝，想看看瘌子的感觉。了不得的事情发生了，小宝和小宝婆在沙发后面纠结时，不叫小姨夫的人，竟然出手相助，帮助稳定了小宝婆。小宝婆尖叫一声，挣脱，扭身又找小宝。事情还未重来，我外公已经像巨人一样挡住了我的视线，我听到他的低声斥责：

你一个大男人，无聊不无聊？！你这让小孩子看了像什么！

瘌子声音不大，听上去有点无所谓：好不容易发情一次，成人之美、助狗为乐，应该的。

外公大怒：小孩子在长大，你懂不懂？你有没有一点责任感？

瘌子说，小孩子跟这有什么关系？

外婆生气了，说，这几天，我都害臊，不好意思跟你谈。你知道吗，博浩今天根本没心思做作业！像什么话，弄了两只不三不四的狗……

瘌子说，那我来告诉他小狗是怎么回事。我所以再领养一只母狗，就是想让小宝它们有健康的生活……

外公说，我就不明白，我女儿到底看中了你什么！

外婆说，真是瞎了眼啦！

瘌子说，我想她看中我是因为，我视力很好，对她后面有这么麻烦的老人一清二楚，还能假装瞎了眼。

你知道我外公炮仗脾气，他被瘌子噎得说不出话来，正好小宝小宝婆大叫，外公飞起一腿，想行刺小宝。不叫小姨夫的人挡住了我外公，他像黑社会老大那样，阴沉地、一字千金地说，你要踢它们，我肯定，揍你女儿。

那天晚上，我们一家再也没有人说话。我也赶紧写完作业，洗洗睡了。

但这个事情，我永生难忘。

老师评语：

作文颇具生活气息，观察仔细。但是，人称男女、狗唤雌雄，不可混为一谈。

乱用成语毛病，基本改正。又：一字千金，还不够准确。

致"春光乍泄"生日快乐（博客回复）

我本来打算写作业的，可是我还是打开了电脑，顺手打开了我的博。我也祝你生日快乐。说真的，如今人心不古，过生日都没意思。我现在用的是我小姨姨给我的笔记本，原来用的电脑和它的主人，和他的两只狗都走了。这原来是他的家，现在，他不见了，不知流落到哪个女人手上，人海茫茫，我替我小姨姨忧伤失落。

生日那天，没有得到变形金刚。他们这些人经常一诺垃圾，言而无信。也不怪他们，一个二手电脑就打发我了，说是怕影响我学习。很明显，我的排名超过我老婆，他们还是叽叽歪歪地不给我买。算了。倒是生日那天，我们小区的两个保安老盯着我，还实施了一段跟踪。这就非常可疑，我迅速地回忆了一遍最近的犯罪记录，除了放了郭老师的车胎气，给邻居家的狗吃了块海绵，看了一次黄色网站，还逃过几次公共汽车票，并没再做什么。再说，并且我相信，即使那几件事，我做的应该是神不知鬼不觉的。所以，我转身大喝一声：今天我生日，你们跟踪我干吗？两个保安大笑，恐怖片看多了吧小孩？——快读书去！

在水仙花心起舞

一

阿丹是个轻度弱智，他哥哥说，政府检测机构检测报告单上，阿丹的智商指数是八十九分，就是说，差一分才跨进正常人智力指标。哥哥有时怀疑，有可能搞错了，也许错的还不止一分。你可以到过去的中山大道、现在的慧光大街打听一下，一提起兄弟名剪城，不，不一定要提起名剪城，只要提说一个叫阿丹的，全城几乎每个女人都知道那是个一流的美发师。

其实阿丹已经四十多岁，但是，因为弱智，他的面貌一直都像三十左右。阿丹有着惊人的美貌，如果他低垂着眼帘专注地侍弄头发，或者戴着墨镜，简直找不出天下哪个男人比他更酷更有魅力，那些眼里只有好莱坞男星的时尚女人，在阿丹面前，也难免手足无措，他的帅气散发出金属般的、逼人的光芒。只有你和他的眼眸对望的时候（阿丹几乎不看人），你可能会因为它们过分的单纯，感到无所适从而隐约失望。

但这并不妨碍阿丹，并不妨碍兄弟名剪城一流的专业名望。慕名到那里没有预约的人,就像栖在两大排沙发上的大鸟,一双双眼睛老跟着阿丹。阿丹是从来不理会店里有多少客人的,他可能在楼上睡觉,可能在剪发厅那只他专用的皮革旧沙发上。他可能在玩那把从小放在口袋里的牙剪。那把镀镍脱落的牙剪,永不疲倦地在他手上飞速翻转,每个指头在两个柄孔和剪口辗转穿插。他也可能把那把牙剪藏在贴身口袋里,而专心致志地看着美发厅一角糟糕的电视剧,有时笑得人仰马翻,有时抽噎的动静,电吹风都压不掉。或者他只是安静地在沙发上咬自己手指,他只咬右手虎口前段的食指侧面,那里的肉已经发紫隆起,因为从小到大,他都喜欢咬那块肉,入睡的时候,他必须叨嚼着那块肉才能入睡。

十四岁之前,阿丹没有得到那把牙剪之前,一直有傻瓜丹的外号。据说是三岁的时候,从窗台下摔裂了头的后遗症。阿丹也读书,不爱说话,经常把同学名字叫错,成绩糟糕,但老师说他乖,就没有让他留级,反正那时候也无所谓读书。

比阿丹大六岁的哥哥是通过一次次用针刺破手指,把微量的血挤到尿样里,获得肾病病历证明而逃避农村插队生活的。他躲在城里,就学了理发手艺。两年后,广交朋友的哥哥的美发店小有名气,但十四岁的阿丹偶然到哥哥店里时,他哥哥的专业命运开始了彻底的改变。一开始,阿丹只是站在一边,咬着自己的手指看。洗、吹、剪、烫、焗,什么都看,看得很着迷,碍手碍脚的,碰来碰去的,正在操作的哥哥无数次地把他推开,但他一下子就忘了,又咬着手指靠近前来。他最喜欢看使用牙剪,也许那种明明剪了头发还有那么长的感觉,让他感到惊奇有趣。哥哥就塞了一把牙剪给他,让他走开。

从第一次走进哥哥店里，阿丹再也不愿意离开了。他感到没有什么地方比那里更好玩了。阿丹还是什么都看得眼珠子要掉下去，手里还把玩那把牙剪。他也玩别的剪刀，或者蹲在地上剪掉在地上的头发。阿丹并不认识多少字，但是，他能把发型杂志一看一整天。还有小工说他，一个上午，只看一个女人头。一年后春节前的一天，因为太忙，哥哥对依然不识相的傻瓜丹气急败坏，狠狠把他凑近前来的头打了一下。阿丹摸了摸头，说，我做。

哥哥只想快点把这个二百五弟弟支开，扫了一眼等候的顾客，挑了一个看上去好说话的生客，说，把她头发吹吹干。阿丹就过去了。忙得不可开交又谈笑风生的哥哥根本就把阿丹忘记了。一个多小时后，那个生客笑吟吟地过来交钱，做哥哥的大吃一惊。那女人完全换了一个人，一个刀法极其精致的头发，剪制了一个非常少见的样式，尤其是额前的层次清晰的斜发，处理得非常大胆别致。确实太合适那女人的脸型气质了。女人一边等找钱，一边看着镜子中的自己。那种满足的、自己给自己的笑，哥哥太熟悉了，这是女人对发型的最高褒评。留给你这样一个笑脸的女人，一定就是你的回头客了。

一个准确的发型，能发掘一个女人百分之九十的美丽。哥哥突然悟出了书上这句话的经典意义。哥哥打量着又在咬手指的阿丹。一个十五岁的孩子，也许是凭着他高大的身材，也许凭着他的偶然发挥，赢得了意外的结果。但是，看来不是哥哥的惊奇，哥哥手上正在做的女人，从围裙下伸出食指说，我做她那个发型合不合适呀？那些本来等候的客人，包括熟客，有两个竟然起身悄悄过来对阿丹哥哥说，我时间比较紧，要不我的也让你弟弟试试？

二

请阿丹做头发的女人都知道，阿丹不会马上开剪，他经常是咬着自己的手指，上上下下地看，有时绕着被剪的人走，斜着眼睛环看理发椅子上的女人。阿丹慢吞吞地走，女人们通常会忍俊不禁。阿丹哥哥会用手势制止她们。然后，阿丹像陪女人照镜子一样，站在女人后面，一直盯着镜子。然后，他会笑一笑，知道他习惯的人都会跟着笑笑；不知道而没做出反应的，阿丹会再笑一笑。其他人就会提醒说，笑笑啊，他要看你合适的发型呢。

一年后，也就是十六岁的阿丹，已经在美发界声誉隆起。二十二岁的时候，他获得了华东区第一届的金剪刀奖，成为最年轻的获奖者。这之后几十年，只要是公平公正无须交纳赞助费的美发大赛，阿丹总是赴赛必夺魁。八十年代后期起，这个海滨城市开始有模特大赛、精英大赛、选美大赛等区间赛什么的，那时，兄弟名剪城几乎被那些省内外慕名而来的佳丽们挤满。

可是，二十七年前，也就是阿丹十六岁的时候，发生了一件事。这一件事，阿丹没有和任何人说起，但他心里永远揣着它。阿丹哥哥直到阿丹死去，都没明白怎么回事。阿丹临死时，在他怀里说，不种了。哥哥说，什么不种了？阿丹说，水仙，不种了。

哥哥就点头说好的。其实哥哥也不明白为什么。他只知道，每年春节前种下五个精挑细选的水仙球，是弟弟从十七岁起就开始的习惯。有一年有一球花蕾本来很多，不知为什么患病，花蕾未放前全部蔫枯了。阿丹竟然有一周拒绝工作。后来母亲发现他把那个早夭病死的水仙，连根带叶地藏在枕头底下。母亲生气地把那东西扔了。阿丹竟然蹲在空了的垃圾筒面前,孩子一样哭泣了很久。大家知道傻瓜丹的智力底细,并没有人见怪,也没有人安慰他。

最后的遗言几乎听不见,阿丹哥哥把耳朵贴在弟弟流血的嘴边。阿丹的声音像风中的游丝:不种了……

哥哥说,好,不种了,再也不种了。

三

距离当地六十公里有个大江南钢铁城。那里完全是个独立王国,六七万人的大工厂里,工人上班、买菜、看电影,孩子上学——从幼儿园到高中,反正,那里什么都齐全。它就是一个功能完整的城市,在那个富饶的城中城里,人们经常穿着统一的豆灰色咔叽布工作服,有着比城外人更高的福利,比如分不停的冻猪脚猪排猪肚白糖绿豆水果,还有电影票、冰淇淋票、溜冰票。

阿丹的哥哥由于插队结识了几个干部子弟,虽然他们很快因为父母的官复陆续上调,离开农村,阿丹哥哥只好通过小聪明,不断地伪造肾出血证明,逃避农村。阿丹哥哥喜欢那些干部子弟,尽管不在一个城市,他总会去找他们玩。在八十年代初,阿丹哥哥就算是凭手艺先富起来的人,人家一个月挣三四十元的时候,他有时半个月就挣一千多。但是,他把钱都慷慨地花在那个城市的干部子弟们身上。他一出现在那个城市,就意味着免费的狂欢,所以,干部子弟也真心和他成了好朋友。因为这样的原因,他们带他走进了那个钢铁城,带他进了那些美丽动人的女演员间。

一个六七万人的大工厂,能进宣传队的都是顶尖的人物。如果不是容貌姿色过人,那必定有超群的技艺,最最不济的要有后台。

那批几乎是半脱产的演员们,无论在钢铁城内城外,都是绝对的明星人物,尤其是女演员,分明就是城内外女人们的服饰发型时尚指向标。只要是她们上身的,很快就会在钢铁城女工内流行起来,城外的女人就会学习,很快城外的女人也就都流行开了。

阿丹哥哥基本是个风流倜傥的好色之徒,手艺精,为人机灵慷慨。钢铁城女演员们很快就都把他定为自己的发型师。女演员们本来和那些干部子弟就是权势与美貌相得益彰互相欣赏的关系,阿丹哥哥很自然就成了其中一员。他有时会买两张火车票带上阿丹,后来那边的女人发现阿丹的手艺并不差,就会主动要求带上阿丹。阿丹哥哥也乐意有个帮手,有时他在那里和众朋友通宵歌舞狂欢,阿丹在毫无怨言地勤奋工作,娱乐和赚钱都没耽误。

阿丹是讨人喜欢的。那些生性浪漫轻狂的女演员,一高兴就摸拍少年阿丹漂亮的脸,发型满意了扑上来就死抱。阿丹的脸经常被她们弄得都是口红。阿丹是羞怯的,涨红着脸,假装没感觉地不断玩手上的牙剪。有的女演员见状,就刻意过来用肩头撞他,一脸坏笑地猛烈撞他,阿丹被撞倒了,但坐在地上他也不停地翻转手上的牙剪,目不斜视若无其事。人们就哄堂大笑。这个时候,总是阿丹哥哥哭笑不得又爱怜地把阿丹拉起来。

说不上是什么复杂情感,未必是吃弟弟的醋,阿丹哥哥有时候就是觉得那些泼辣放浪的女演员会把阿丹给吃了。那时候,兄弟名剪城在当地已经是声誉日隆,兄弟俩双双离开去邻城工作嬉戏,已经不被本城女人们答应。慢慢地,阿丹哥哥把阿丹留在家里的时候多了,由母亲负责看店收费,加上雇佣的师傅配合阿丹,倒也撑得住几日;再后来,那些干部子弟下海的、出国的、发财的,那个固定团伙渐渐也散了,女演员们也在日益繁忙的个人生活中,黯淡了姿色,黯淡了扎堆的激情。不过,阿丹哥哥时不时还会过去,有时是某子弟结婚了,某女子小孩满月了,某子弟回国了,某子弟出狱了。反正一年年友情还丝连着。阿丹是早就不再去了。

四

从十七岁的那个春节前,阿丹开始养五个水仙球。开始家人以为他是一时玩兴,就按他的要求,买了五个荷叶造型的薄瓷白盆。阿丹哥哥还送了他一把雨花石。阿丹每天给五个水仙球浇水,晒太阳。那年冬天阴雨绵绵,天气阴冷。人家说,你要是不浇热水,春节开不了花呢。阿丹就小心翼翼地每天浇热水,水温都必须用温度计试温过,正好三十三度然后才浇;一听说出太阳,扔下做一半的顾客的头,狂奔回家,把花盆一一抱到阳台太阳底下晒。

春节的时候,五盆水仙花都开始开了。家人以为可以每个房间分享一盆,客厅可以安排两盆。不料,阿丹回来勃然大怒,把水仙花一盆盆都抢进自己卧房,还把门反锁了。后来家人就看到,阿丹的桌上有两盆,茶几上有一盆,还有两盆竟然放在枕头边。母亲趁他上班,赶紧把枕头上一左一右的花盆移到桌上,但是,阿丹一回家,就怒不可遏地放回原处,而且因为愤怒手重,把花盆里的水都震荡出来,结果,枕巾床单湿了一大片。母亲只好在阿丹不在的时候,把花盆里的水偷偷倒掉一些,以减少危险程度。而且倒水的时候千万要注意,每一盆花每一天所处的位置不同,一旦放错,阿丹一眼就看出。天知道,他是怎么区别那些几乎一模一样的水仙花。有年春节,因为家人不慎错误放置了水仙花盆,他打开煤气灶,几乎要放火烧掉自己的手。

事实上，家人的担心是多余的，二十多年来，和他同床共眠的水仙花，从来没洒出来水过。枕巾和床单总是洁白干净的，枕边，水仙花总是郁郁葱葱，美丽的黄花清香阵阵。一年一季的水仙花花开花谢，阿丹都是安安静静地躺在它们中间，而且容易微笑，就是说，在每一个水仙花睁开眼睛的冬季，他总是在花丛中纯洁地睡去，恬静地醒来，每一个冬天，阿丹的头发和眼睛都充满着水仙的芬芳。

虽说弱智，但阿丹有钱有貌，举止又从不讨人嫌弃，所以，看上阿丹的人家还不太少。家人怕阿丹被欺负，还挑了又挑，力图找个智力正常的厚道人，好把阿丹一辈子托付给她。亲戚所在的一个外省女孩，符合这个条件，眉眼也周正。人家只是家境太穷，才这样选择。没想到，一到冬季，阿丹的枕头边雷打不动的水仙花，还是吓跑了那个富有牺牲精神的厚道女孩。

阿丹哥哥说，我们改种别的吧。三角梅好不好？

阿丹咬着食指。哥哥说，可以让它爬到房顶上。不然种玫瑰？种太阳花也可以，天天开花。

好不好？你选一个，哥哥就去买。保证你喜欢。

阿丹咬着食指走开了。哥哥追过去，茉莉？也是白的花，香啊，香得不得了！

阿丹说，种水仙。

哥哥说，为什么？

就是水仙，就水仙。

五

八十年代初期，女人们都喜欢烫头发，大大小小的女人，总是被烫成一块块方便面。脸蛋标致的女人，经得起方便面的折腾，倒也还是标致，普通的女人，时尚是赶上了，看上去却个个老气横秋，人人顶着一个僵硬的方便面。阿丹从他操起剪刀起，就不轻易让手里女人的头发处于不自然状态，不管是冷烫还是热烫，不管是优质还是劣质的烫发水。他总是喜欢用剪刀，发卷设计得非常节制。事实上，全世界的美发最见功力的境界，也就是剪刀。而剪功是最基础也是最难掌握好的。一把炉火纯青的剪刀，奠定了一流美发师傅的重要根基。这些，阿丹根本不用读那些美发专业书籍，他不用，从一开始他就直赴要害，真正理解头发的生命本质，并在实践中以他天赋直觉和不可思议的领悟力，让一个个平凡的女人扬长避短点石成金，让女人们像昙花一样，令人难以置信地开放。剪刀在他手上，就像被施了魔法，而女人在他手里，统统成了工艺品胚胎。

阿丹十七周岁前几天，是那年国庆前的一周。哥哥带着阿丹到了大江南钢铁城。阿丹哥哥已经不记得了，这样的活动在当时实在很经常，一是友情越来越习惯，二是那里央求他们做头发的女孩越来越多，密集的时候，不到一个月就要去一趟。阿丹哥哥有时是单独去的。预约的头太多，他就会带上阿丹，或者那边有人指定要阿丹做。反正一边玩一边顺便赚钱。阿丹已经不记得哥哥那次是为什么带他去。那一天的上午，他背了个装美发工具的帆布简易包，里面有剪刀、头梳、薄围裙、锡纸、冷烫精、定型水、蜂花护发素什么的。到的那个中午,阿丹为一个女孩修剪了一个被当地师傅烫坏的头,花了很长时间,阿丹有点不高兴,摔了一次女孩自己家的金属皮小电吹风,哥哥在旁边一直哄他。天刚黑的时候,哥哥就带他和一大堆朋友到闽江饭店吃饭,人很多,动不动就一起疯笑,有个涂着很多发蜡的人,站到了椅子上,有人还拍桌子笑。阿丹觉得耳朵痛。吃好饭,一个扎着一条斜辫子的女子在门口等他,那个红白条相间的收腰毛衣,在夜灯中非常醒目。阿丹知道这个女子,但是,和其他工厂宣传队女演员一样,阿丹叫不出她的名字。他想叫也老记不住。哥哥把工具背包交给阿丹,对那个女人说,茄子,你最好是信任他,不要指手画脚,他不喜欢。没有人比他更知道什么发型最合适你了。

穿红白毛衣的茄子,把阿丹领上一辆已经等在门口的旧吉普车上。开车的小伙子开车的时候,屁股一直扭动,头发油油的,搭在耳朵边,从后面看那头像一颗咸橄榄。茄子摸了摸阿丹的脸颊,你喜欢坐吉普车吗?开车的家伙故意扭动了几下身子,夸张了地面的崎岖。茄子伸手打了他的肩头。阿丹说,一个橄榄开汽车。

开车的家伙反应很快,立刻放声大笑,猛踩油门,把驾车弄得像驭马疾驰。茄子紧跟着也笑了,在跌跌撞撞的奔驰中喊:一个——橄榄——开——汽——车——

阿丹没有笑,他已经转移了注意力,他看着车外钢铁城远远近近的灯火和高高低低的锅炉烟囱,眼里眨巴着困惑。他当然不知道,这一颗橄榄驾驶的吉普车,正把他带往一个他一辈子难以忘怀的梦境。

六

钢铁城宣传队的女演员，可能有十几个，其中有两三个和市里那一伙干部子弟经常玩在一起。阿丹从来都无法记住她们的名字，正如他读书时，无法记住同学们的名字一样。但是，二十年来，阿丹哥哥只要一说"茄子她们"，阿丹的脑海里就会浮现几个美丽迷人的女人，她们穿越了时间，她们腰肢美丽，她们在笑，在舞蹈，她们的声音像星空一样辽远而闪亮。

吉普车停在一个像是干涸的堤坝上。前面是个无人的水泥灯光球场，旁边是个独立的院落，院落里面有很多柳树，外面有铁栅栏。吉普车没有开进铁栅栏大门里，车灯照着铁门上的一个木牌子——"技术资料处"。茄子把阿丹拉下车就带他进了那个青砖小楼的二楼。院子和小楼很昏暗，只有二楼的楼梯口有盏昏黄的吸顶灯，灯罩里面都是污渍一样的小虫，她开门的时候说，黑不黑？明年我就搬家了，我们分到了一个小三房。不容易呀，分房子都是打破头的事，你不知道。因为他是技术专家。不过，专家出差了，你见不到。

开了灯，天花板上有四条雪亮的日光灯，看得出，这是个办公室改的宿舍，一大间，长长的，起码有十米长，宽有五六米，最里面是一张大床，然后大衣柜、办公桌、梳妆台、两条三人位的红木沙发环在墙边，中间很空荡，水泥地上铺着仿木纹的塑料地毯，猛看以为是木地板。门口乱七八糟地扔着很多塑料拖鞋。

茄子在梳妆台前坐下。看着阿丹把工具一样一样掏出，然后噙着食指看她。那是一种小动物一样专注而清澈的目光。茄子眨起一只眼睛,逗他。阿丹视若无睹。大约看了六七分钟,阿丹抖开围裙给茄子围上。茄子注意到剪刀大大小小有三四把,阿丹一出手就是用最大口的牙剪,哢哢哢,手张刀合,两寸多长的头发在牙剪口疏疏滑下,整个头发长度没变,但剪下的头发迅速铺了一地。刚才平整划一的齐肩长发,立刻有了微妙的参差。阿丹换了把非常小的剪刀,时快时慢,但动作干净利索,完全是胸有成竹。

阿丹在最外沿的头发尾梢,用了超大的发圈。茄子忍不住叫起来:那不是固定发型用的吗?阿丹皱起眉头,照样在上面涂抹冷烫精,加封锡纸。茄子以为要很长时间,但是,时间不过十分钟,不知道阿丹是凭什么感觉时间的,他忽然就像冲刺一样,双手齐上,很粗暴地把每一个发圈猛烈摘下,啪、啪、啪、啪,满地都是卷发器,好像差一秒钟都很致命似的。

洗净。吹。开始吹头发的时候,院子下面传来杂乱的歌声,还有嘻嘻哈哈的打闹声。茄子说,来了她们!阿丹置若罔闻。打闹和疯疯癫癫的歌声已经从楼梯那边灌了过来,拉拉杂杂的脚步临近了,它们在门口奇怪地停了一下,只听门砰的一响,四个妖娆女人像被倒出垃圾通道的垃圾,随着门被推开,哗啦一声,通通倒堆在门口。歌声又在垃圾里响了起来,有一个人爬了起来,是唱歌的那个,她翘着下巴,向上举着双手,像迎接太阳一样对着天花板灯条吟唱。又有两个互相牵手,站起来,稳定了一下,然后像小天鹅用漂亮的舞步,一起跳将过来。最后一个趴在地上伴奏哼唱——丹、丹、丹、丹低得低得丹,丹——低、得——丹!丹、丹、丹、丹、丹低得低得丹!丹、丹、丹、丹——

她们变成四只小天鹅了,手拉手,交错腾挪着八条长腿,就在阿丹身后转圈。

　　阿丹傻了傻，笑了，停了手。他从来没看到过人的动作可以这么好看。尽管她们一个个散发着酒气醉意蹒跚，但毕竟是专业人员，可以在随便的家常服里，把舞跳得如此有韵致，也许正是醉意，她们跳得格外投入。做头发的茄子也是个好热闹的家伙，她们一跳她就咯咯咯开始疯笑，忽然，她意识到阿丹停工，马上推他：哎，快做啊！

　　一个穿蜡染中式夹衣的纤细女人不扮天鹅了，她要喝水，她说渴，其他几个都不跳了，纷纷说要喝水。说渴的女人叫飞雪，但是，浓密的长发及腰的洋娃娃拼命摇手，叫喊要酒！还要酒！茄子只好起身，她把开水壶和茶具拿过来的时候，看到一个叫蜜蜜的女人，做梦似的闭着眼睛亲吻阿丹的脸颊。手拿电吹风的阿丹拧着脖子，眼睛使劲地歪过去看灯，显然是不知所措。茄子嘿嘿笑着又去酒柜拿出一瓶葡萄酒、两包花生和鱼片干。

　　阿丹目不转睛地看着这几个醉美人。他永远也无法分辨谁是飞雪、谁是洋娃娃、谁是茄子、谁是蜜蜜和蜻蜓，但是，一种从未有过的感觉，在心里毛毛虫一样，温暖地爬动。阿丹偷偷地笑了。坐回椅子的茄子用胳膊肘动他，示意赶紧快吹。脸颊发红的洋娃娃把酒杯端了过来，她要阿丹喝，阿丹用力摇头；茄子就把嘴张开，洋娃娃就把全部的酒倒了下去。一会儿，蜻蜓又把一大杯满溢出来的酒端了过来，阿丹这次喝了一小口，剩下的还是茄子喝了。阿丹似乎有点心神不定，但，即使这样分神，他还是为茄子做出了个非常古典的美丽发型，中分，额前的头发在耳朵后上方，各夹起一束，两束头发的发梢在妩媚地曲卷着，层次感极强的披肩发，尾梢带着弹性十足的微弯，似卷非卷，动感十足，每一阵风过，每一个步幅的跳荡，它们都在轻盈地颤抖，甚至飞翔。

这个发型强化了茄子非常光洁饱满的额头，使她的脸获得了超凡脱俗的光。不知道是酒的作用，还是美丽新发型的陶醉，在梳妆台镜子前，她夸张地左右扭动身子，忽然，她起身到红木沙发那里，再过来，一只提琴已经在颈窝。不知谁把四条雪亮的日光灯条通通灭了。浓密的黑暗很快为三个大窗洒进的清白色的月光所驱赶。窗上的钢条格子，横横竖竖清晰地倒映在地板上。一个轻盈美妙的身影过去，如纱的月光就被穿破。

茄子不知道什么时候赤足站在迎风的窗口，干净的长发被月光吹拂，灌进窗口的夜风，带着星光和琴声一起在屋里飞旋，蜜蜜和蜻蜓在如诉如歌的琴声中开始曼舞，飞雪也加入了，洋娃娃是最后加入的，她开始有点步子飘摇，很快就稳定了。阿丹开始还能分辨这个衣服和那个衣服身影的不同，但是，很快就无法分辨了，先是一个美丽的身影没有了上衣，后来两个如玉的身影在妖娆裸舞，再下来有人把衣服砸到阿丹脸上，等他拨开衣服，眼里已经全是月光下的仙女，纯洁曼妙，裸舞翩翩。阿丹从来不知道，人不穿衣服的样子，原来是这么的好看，从来不知道，人的手脚比画起来是可以这么让他舒适欢乐。她们轻盈灵动、美丽惊人。她们雪白的颈子、肩胛、乳房，她们紧致的小腹、后背，她们纤秀的腰肢、大腿，甚至膝盖和脚趾尖，通通在说话。它们在琴声里诉说，它们在凝神，它们在倾听，它们在婀娜舒展，在夜色中竞相开放。阿丹眼睛都僵直了。一个精灵一样的身影，飘到他身边，两只胳膊像风中的水仙花瓣一样，满含春风轻轻地左轻轻地右，它轻轻地拂动着，阿丹的上衣扣子被解开了，又一个凌波而来的精灵把他牵进了舞蹈者中间，引导他起舞，又一朵花瓣一样的妙曼身影接近了他，上衣彻底脱落了。他感到好像是月亮上吹来的芬芳。阿丹有点慌张，但是，他已经被这些春天的花瓣芬芳埋没，芬芳中，它们娇媚、纯真；它们野蛮、激烈；它们温柔、依偎；它们热情、固执……

如水的琴声渗透在皎洁的月光里，琴声一样的月光，弥漫在月亮和人间的万丈清辉中，洁白的凌波仙子在清波中婉转千姿，如梦如幻芬芳四溢。阿丹脸上和手上、身上，起伏的是和女人头发完全不一样的细腻滋润，波涛着令他战栗的阵阵温柔。

十七岁将满的美少年阿丹，青春的火山骤然苏醒，终于爆发出对这些陌生而美丽生命的最高礼赞。

七

七年后，二十四岁的阿丹在家人的安排下完婚。人们选择了一个水仙花休眠的季节。新娘是个农村的郊区女孩，容貌十分漂亮，智力也正常，但是，初中的时候，这个女孩发生了一起车祸，现在，她只有一条真腿，还有一条从大腿根部起的机械腿骨架，不过穿上裤子，几乎看不出来，只是走路的时候，膝盖有点僵硬。

没有人告诉阿丹美丽的新娘只有一条腿，家人也许以为这不是阿丹会关注的，只要避开水仙花，就可以美满行婚；或者家人跟阿丹说了，阿丹记不住，因为未见那条腿之前，阿丹永远也无法明白什么叫意外，什么是义腿。

令人错愕的是，阿丹在新婚之夜号啕大哭。新娘不知所措。家人赶来，新娘也开始流泪。家人十分惭愧，觉得弱智阿丹不解风情，很对不起人家正常女孩。很久很久以后，新娘的家人才告诉阿丹家人，你们家的傻瓜丹，要新娘子脱光衣服跳舞，新娘告诉他腿坏了，不能跳；他强扯硬脱，结果扯出新娘的那条钢筋义腿，当场他就惊吓了。新娘子绝对没有欺负他，反而还安慰了他，可是他自己看着看着，看着看着就大哭起来。

这样，没有坚持到水仙花发芽的季节，新娘就回娘家了。因为阿丹不许她脱下长裤，只要无意中看到新娘裤脚提高露出鞋子上面的不锈钢小腿骨，他就恐惧，甚至惊叫。他不许她和他一个床睡觉，后来根本不许她来他的房间。更严重的是，在美发厅，有两次他竟然去翻看美丽女人的裙子，还有一次是要求一个漂亮女孩把牛仔裤腿挽起来，这还好，但翻女人裙子实在很要命，阿丹哥哥不得不当着所有顾客面解释说，阿丹受到过假腿的重大刺激，他害怕有这样的顾客进店。庆幸的是，阿丹已经在美发界建立的非常名声，大家还是愿意持理解心态，甚至开玩笑说，幸好自己不是阿丹不欢迎的残疾人。

阿丹哥哥花了很长时间教育弟弟不能随便翻看女人的裙子，阿丹被教育得咬紧牙关，有时竟然泪眼汪汪。哥哥只好和家人商量，同意那个秀丽的残疾新娘回娘家长住，每月给足生活费。算是白娶了个媳妇。

八

兄弟名剪城的十几个洗头女孩和学徒都知道，二老板阿丹是不能随便招呼的。如果他不愿意工作，他会一整天坐在他自己那个专用皮革旧沙发上，咬着手指看电视。他喜欢看音乐节目，最喜欢小提琴的声音。有一次,一个新来的雇佣师傅,不知道二老板习惯,把正在拉小提琴的音乐频道给转了,所有的小工一愣,都扭头看阿丹。阿丹正在一个要拉直头发的顾客头上忙碌。当时他似乎僵了僵,并不抬头,像是被突起的广告声镇住,也可能在困惑,然后,又继续梳起一束头发。大家以为没事了,正要松弛,其中一个师傅还准备过去告诉那个新师傅二老板的习惯。这当儿,阿丹手里拉直头发用的电夹板,忽地飞了出去,因为受制于插头的制约,电夹板飞行不畅坠砸在一个正在焗油的女宾后背,再翻到那个要过去提醒新师傅的老师傅脚面。

阿丹对女人头发具有天生的诠释能力,很多女人会有意识地巴结阿丹,尤其是一些美貌的嘴甜的女人;一些女孩子,干脆丹哥长丹哥短地叫,有时只是路过店里,都会在门口嘹亮地嗨一声,或者进来拍拍阿丹的背。阿丹咬着手指,看着那些如花的女人,眼睛里都是笑。人家拜拜走了,他还会到门口目送到很远。有时阿丹会连续工作一整天,还有几次,陪朋友来做头发的女人,自己并不做头发,阿丹却请求甚至强制陪客做头发,不做就不让出门。应该承认,这些女人,在阿丹的手里从不吃亏,阿丹比她们自己更认识她们自己,她们像一块普通的未琢的玉石进来,阿丹定然让她们翩若惊鸿地出去。

阿丹有时在街上跟随女人。而且他的跟,从来不鬼祟躲闪,就是全心全意地跟。有一次竟然一直跟到咖啡厅,还就那么直截了当地坐在那被跟的女人对面。女人看到他外形俊美,眼睛里又纯真无畏,全无人间烟火气,大部分对他就比较放松,甚是有些微好感。不少女人会说,你为什么跟我?

阿丹有时说，好看呢。有时掏出他随身带的牙剪在自己手上飞快地把玩；有时他抬手就触摸调弄对方头发。这个发生过严重误会。所以阿丹哥哥要求弟弟把兄弟名剪城的名片盒带在身上，并反复告诉阿丹，不要跟追女人；人家问一定要说明自己的身份；千万千万不能随便动女人的头发！

事后，做哥哥的对弟弟行为的解释是，说好看呢——是衷心赞美女人的那个发型；玩牙剪是告诉对方他的身份；摸女人头发是——对女人错误的发型痛惜和不能忍受。兄弟手足相连，阿丹哥哥以为自己完全理解弟弟阿丹，但实际上，他只认识到阿丹内在冰山露出水面的一角。其实，露出水面的那些，并非难以抵达隐秘的水下世界，可是，阿丹哥哥还是忽视了一颗弱智心灵的执拗和丰富。

九

那棵突然死亡的水仙花，是在阿丹结婚的前两年发生的。事情发生后，阿丹一周拒绝到店里工作，怎么哄他都不行。每天，他只守在其他四个水仙花盆的旁边，严禁家人接近。有个要结婚的姑娘，急着让阿丹做新婚美丽发型，听说水仙的事，特意送了三个非常饱满的漳州水仙花球来，还是通通雕刻好了的，切口上还敷着棉花。但是，阿丹看了看，通通拒绝了。姑娘还以为阿丹不识货，一直启发说，要嘛，这是极品水仙呢，你看看，花蕾有多少啊！

阿丹哥哥估计他不认识被雕刻后的曲卷水仙花，就劝说，阿丹，你知道吗，现在雕刻过的才是最时髦的，就像女人烫头发。哥哥一说完就知道错了，因为，不是特别的脸部线条，阿丹从来就不轻易让女人头发乱卷，何况水仙花被割的一侧，结着痛苦而不自然的枯黄色疤痕。

姑娘又送来了没有雕刻过的水仙,阿丹拿在手上看了看,转来转去反反复复看了又看,还是拒绝了。天知道他在看什么。但阿丹总算肯跟那个姑娘回到店里,慢慢地开始恢复了工作。那个时候,阿丹二十二岁。

半个月后,钢铁城那边传来噩耗,茄子和她丈夫回湖北过年时,飞机失事,双双丧生。阿丹哥哥没有想到要告诉弟弟,也没有带阿丹去。反正此行也没有心情去做头发业务。他和那些朋友到茄子父母家,帮忙处理后事。回来也一直没有想到要告诉阿丹,不是怕阿丹难过,他根本也没有想到这事需要跟阿丹说说。后来是春天,那伙干部子弟坐火车下来,约好去看新发现的樱花谷。一大拨人在店门口的交谈中,阿丹才第一次听到茄子——那个在月亮底下拉小提琴的茄子,已经在两个月前死掉了。

没有人注意到阿丹有什么反应。阿丹无声地看着哥哥上车和他们一起去樱花谷。车子已经发动,一个阿丹叫不出名字的美丽女人——也许是蜜蜜,也许是洋娃娃,也许是飞雪,或者蜻蜓,反正不是茄子——下车,过来塞给阿丹一顶灰色紫色相间的格子鸭舌帽,就上车了。车子绝尘而去,阿丹在店门口看着车子跑了很远,拐弯,直到看不见,他的眼睛就泪汪汪起来。

其实,阿丹哥哥对五年前每一次的外访活动,没什么明确记忆,对于十七岁的阿丹终生难忘之行的本身,或者之前之后,他几乎没有记忆,那次之后有没有带阿丹再去过,也许有,也许再也没去过,实在已经模糊淡忘,不过,能肯定的是,慢慢去的越来越少了,当时他自己也忙着盘整个新的大店面,跑变更手续,跑装修材料,购置新的设施、美发洗发器具，很忙；另一方面，朋友们也可能因为开始全民经商，各自奔忙的时候多了起来，相聚自然就少了。

然而，酒醉者是有记忆的。那一个月光皎洁、仙乐飘飘的委婉月夜所凝聚着迷离美丽的梦幻时刻，镌刻在每一个醉意蒙眬的女人心里。那个单纯如乘着月光来的美少年，和四五个妙曼妖娆的身姿，联奏了一曲激越浪漫的生命交响，诞生了一个无法言传的美丽神话。那一年，茄子她们在二十七八岁间，台上台下，都还是扶风摆柳的丰盛青春。

不约而同地，那个月夜之后，她们没有人再请求阿丹哥哥带阿丹来为她们做头发，一个也没有，一次也没有，谁都没有提过。这些，阿丹哥哥都忽略了，应该说，比较正常地忽视了。这些天性孟浪奔放的美丽女人，没有人知道她们究竟顾忌什么，她们彼此也只是有时在似曾相识的月光下面，相视凝眸，互相都读出了对方眼里无语的记忆，但是，她们又都小心翼翼地绕开那个回忆的醉梦纱窗，好像这样才能呵护那一刻至纯至真和生命的无邪，只有这样，才维护了少年那颗毫无人间烟火气的月光心灵。

没有人和阿丹解释这一切。没有人陪他回忆这一切。没有人知道傻瓜丹深刻地记忆着这一切，并在每一个如水的月夜，或者在水仙花瓣的触摸下，独自重返那个记忆深处，重温着那个超凡脱俗的皎白月光。阿丹以为，在那样的月光下，在那样的小提琴声里，一定随时妙曼着凌波仙子的芬芳和美丽。

十

那是什么？阿丹说。

琴啊。阿丹哥哥扭头看电视说,他在拉琴。

什么琴?

哥哥说,小提琴。

对,掉下去了。

什么掉下去了?哥哥说。

茄子。掉下去就不能拉了。

哥哥想了想,一时没明白过来。

我梦见她们了。飞机飞啊,她就从月亮那里掉下去了。她死了。

阿丹哥哥这就明白阿丹在说"茄子她们"的茄子。

这是什么琴?

小提琴。

对。小提琴也碎了。

自阿丹哥哥他们一伙从樱花谷回来,这是阿丹第一次主动地和他谈茄子。那时茄子刚死了几个月。哥哥不太清楚死去的茄子爱拉小提琴,也从没有看过茄子她们的文艺演出,只有一次,那是钢铁厂工会举办的新时代女工时装表演会,他为她们每一个人专门打理了头发。其实,快满十七岁的阿丹自那次回家,已经问过多次店员一个问题:那是什么——只要在电视上出现小提琴,阿丹必定要问。后来他不需要看,只要一听弦起,就知道小提琴声。但是,他一直不能记住它奇怪的名字。那是什么琴?小提琴。——那叫什么?小提琴。——那是什么琴?小提琴。

我知道会死的,那个水仙就死掉了。

你说茄子吗,阿丹?

嗯。

阿丹哥哥感到意外。这一次之后,他才知道弟弟远不是大家以为的那么弱智空心,他是有记忆的,虽然,他还不能知道阿丹的记忆有多么辽远深厚,但是,他渐渐发现,只要他和阿丹谈"茄子她们",阿丹的眼睛就会闪闪有光泽。后来还发现,阿丹消极怠工的时候,只要讲述"茄子她们"的事,阿丹就会重新开始恢复工作。多少年来,店员不时会看见这样的情景:阿丹在一名顾客的身边忙碌,哥哥坐在旁边的美发椅上,娓娓叙说"茄子她们"的什么逸事,弟弟在专心致志地工作,时不时插问一句两句。哥哥如果有事中断叙述,弟弟可能也会中断手上的活,哥哥只好再回头,把说一半的事情慢慢说完。

十一

当叙说"茄子她们"的故事开始并成为习惯,茄子早已魂归云外,但是,阿丹还是需要这个符号。也许是因为他无法识别她们中的每一个人的具体名字,也许他就是喜欢把她们看成一个共同体,也可能只有这样,她们才肯从他十七岁的记忆里,翩跹而出,随时来到他身边。所以,阿丹哥哥时不时还是要用"茄子她们"这个词。

茄子她们啊,最近有麻烦了,发愁。那个洋娃娃的儿子恐怕要去上海治疗了,六七岁的人,干瘦得像个小老头,嘴唇都是黑的,牙又蛀掉了,真可怜。我们要给她一点钱,帮助他手术。心脏这个器官啊,对我们人来说,最重要了,它的位置在这里,对,右边一点。枪毙人杀人都是打这里,所以它非常重要。她儿子满月的时候,我带你去过她家吗,吃满月酒那次?唔,你可能没去。那小孩真是漂亮啊,叫君君。漂亮得不行,跟洋娃娃就像是一个模子倒出来的。医生护士都抢着抱他,又乖,不哭。到幼儿园,更是人见人爱。走在大街上,女人们都爱过去摸君君的脸,又聪明,什么东西一学就会。后来看看不对啊,小嘴怎么整天跟涂了紫色口红似的呢?再一查,不行嘛,心脏有问题!先天性心脏病。他那么小,又不能做手术,要等他长大。洋娃娃惨了,白天不敢哭,怕小孩看见,晚上睡觉的时候偷偷哭,茄子她们说她天天哭啊。现在那个眼睛啊,几乎我每次看到都是肿的。原来她的眼睛多么漂亮啊,月亮湖一样不是?

阿丹点头,或者不点头。阿丹手上的活不停,哥哥知道他在听。哥哥还要自问自答,以后怎么办呢?只能做手术,上海那里才会做得好,但是,就是上海专家做,风险也是很高啊,可是,不做更是死。要多少钱呢?起码几万。茄子她们钢铁厂的效益现在已经开始不那么好了,你知道吗?东西也发得少了,所以,茄子她们希望我们能多帮助洋娃娃一点,对不对,阿丹?我们要多尽点力。

阿丹哥哥觉得不能老说一个人。他有意识地报告她们每个人的不同情况。

茄子她们去杭州旅游啦。上有天堂,下有苏杭,那可是个好地方,出丝绸,喏,就是那女人身上穿的那种,风一过去,飘飘的,穿在身上,滑滑的,就像摸得到的风一样。还有龙井茶啊——是绿茶,和我们这的铁观音不一样。飞雪买了一把很漂亮的纸雨伞。飞雪现在有钱了,你知道吗,她老公开了一个大酒家,我们上去就在那里吃饭唱歌,那里的小妹都是闽东找来的小姑娘,个个都是水灵灵的。

都穿像风一样的丝绸吗？

不穿，穿酒店统一红衣服，黑布鞋。

不是。茄子她们都穿风一样的丝绸吗？

飞雪穿，冰蓝色的。蜜蜜和蜻蜓那天一起吃饭的时候没有穿，后来肯定有穿吧，我回来了，没有看见。女人都是喜欢丝绸的。

像风一样。

对呀，美丽的风。

不穿也是的，一半不穿也是的。

阿丹哥哥想了一下，笑起来。对，阿丹，是这样。女人穿不穿，都是美丽的。

不穿，一半不穿，只穿围巾，都能飞到月亮上面去。

对对！仙女一样。

十二

这个女人的鼻子多像蜻蜓啊，阿丹，别玩剪刀了，她在等你给她做个像蜻蜓那样的头，阿丹？茄子她们的蜻蜓，你记得吗？来吧，我们过去看看。童花头，大眼睛，尖下巴，漂亮的鼻子有点翘。你看她鼻子多像蜻蜓啊，她已经等你半个多小时了，来，人家还要上班呢。她的侧面太像蜻蜓了。

阿丹终于把手上翻转不息的剪刀收起来，慢慢走到那个女孩身边。他看着女孩，女孩是有一个俏皮的鼻子，高高的鼻梁下，颧骨线条细腻。蜻蜓是什么样的？阿丹思索了一下，在阿丹记忆的纱窗后面，究竟哪一个迷人的身姿，有着这样俏丽的鼻梁？其实他是模糊的，纱窗后面，只有月明风清，好多绰约的纤姿，交错在琴声中，影子一样地飘舞。

女孩和阿丹哥哥对望而笑。阿丹噙着食指，开始空洞而专注地看着女孩。

阿丹哥哥在阿丹身边坐了下来。

有一次啊，阿丹哥哥说，蜻蜓到市区的马尾大市场买黑木耳干什么的，走着走着，碰到一个妇女。那妇女问蜻蜓，听说这有个老中医，外号叫神医，有这个人吗？蜻蜓说，我不知道啊。后面就有个男人过来说，找神医？他是我外公呀！你们有什么事？

那个妇女说，啊，我儿子病得快死了，肝病。别人说，只有求老中医神医才可能有救啊。

男人说，对不起，我外公最近身体不好，已经不再给人看病了。

那妇女一听就哭开了，我求求你哪，我的儿子在大医院，已经花了五六万哪，家里的牛都卖了，听说你外公是神医，心肠又好，求求你让我们见他一眼。我身上带的是卖血的钱哪。求求你啦，小兄弟！只看他一眼，他要不肯我马上走。那妇女当街跪了下来。蜻蜓就说，小兄弟，你就好心救人一命吧！人家实在也可怜呢。

那男的不忍心，就说，好吧，我带你去试试，但你们千万不能强求。那妇女擦干眼泪，对蜻蜓说，好心人，你陪我去看看吧。都说这个神医救了好多已经买了寿衣的人。蜻蜓好奇就去了。这一路走去，妇女问了蜻蜓丈夫儿子父母等的家庭情况，一路叹息自己命苦。

到了那地方，那个男人不让蜻蜓她们进屋，而是先进屋去请示外公。后来回话说，外婆不同意，对不起了。那妇女又跪了下来，哭哭啼啼不肯回去。蜻蜓就帮她说。终于那外婆同意让他外孙把情况说说。结果，里面的老神医一下就说出那个病小孩的所有情况，和妇女手上的病历一样。真是神哪！那妇女对蜻蜓说，你这么好心，不如也问问孩子丈夫平安吧。蜻蜓就求问了。没想到，那传话的男子非常惊惶地出来，说，我外公说，你孩子胃里有东西，丈夫脑血管里也有不好的阴影，肯定经常头痛。今年冬天怕是难过关。

蜻蜓吓着了，但不太信，那男子说，唉，你们走吧。我外公说，人各有命啊，只是你可以提醒你丈夫不要一天到晚吃牛肉，这样他的头痛会少一点，最好多吃点洋葱，唉，多一天算一天吧！你那孩子呢，别再一天到晚喝可乐了。我外公说，你也别骂孩子，不是他爱喝那东西，是他胃里的坏东西闹的。这东西不除，恐怕凶多吉少！好，你们请回吧！

蜻蜓吓呆啦！真是名不虚传的活神仙哪。怎么连她丈夫患头痛病、孩子胃口差爱喝可乐都知道得一清二楚！蜻蜓扑通一声跪了下来。她哀求老神医快快帮忙，那妇女也帮忙央求。男子说，我外公说，很难，一家两个，来得太急太凶，他药力恐怕追不上，还坏了他的名声。你们还是到大医院去吧！

这期间，阿丹在全神贯注地剪，他一层层精致地剪，夹子一层层往下撤，看上去他好像没有在听故事，但是，阿丹哥哥知道，他在听。那个要剪蜻蜓曾经的童花头的女孩听上瘾了，连连发出惊疑：后来呢，后来怎么样？她老是忍不住地扭头，阿丹生气地打了一下她的脑袋。

后来很简单，阿丹哥哥笑着，蜻蜓打的回家，把家里所有的金银首饰等贵重物品，价值五千多元的东西，全部交给那男子。那男人说，他外公抱病替她焚香念咒，把那些贵重物品用红布包好，在香火上过来过去。最后，男人说，若要两人平安，必须把东西放在这里过香火一夜，回家后千万不能告诉任何人，否则破了劲道，不仅祸不能除，还会祸害帮助她的人。

女孩听出名堂来了：骗子！

阿丹哥哥说，真聪明喔！是，就是个大骗子。第二天，蜻蜓按时间去取回宝贝，人家早就跑得没影啦。

我更早就知道了。阿丹说。

你知道什么？女孩问阿丹。哥哥替弟弟说，他知道蜻蜓要上当吃亏了。

对。阿丹说。

十三

日子就这样一天天、一季季、一年年地过去了。阿丹哥哥肚子大了，头发微微稀疏，他的女儿也小学毕业升初中了，兄弟名剪城美发厅的规模已经是当年的十倍，四个纵路延伸的、三十来面的椭圆形的高档大镜子，把名剪城四壁映射得日夜温暖辉煌，天花板上也全部是菱形相拼的镜子。一面面墙上，不是大幅欧美模特靓照，就是兄弟名剪城自己做出的精粹发式或者获奖现场照片，一幅幅也是放得很大，还有当事人的亲笔签名。

一流大气的装潢和始终领先时尚的一流水准，成为兄弟名剪城保持着美女集散圣地称号，美发师已经越雇越多，但是，阿丹依然是最有号召力的一字号招牌，但是，几乎全城爱美的女人都知道，要碰上那个帅得不可思议、身怀不可思议绝技的名剪阿丹做头发,完全看运气。有的女人连续来了一周,才等到了阿丹亲自做头发。当然,这有不凑巧阿丹正在忙碌的时候,也有可能碰到阿丹就是怠工期。这样阿丹哥哥就要使出浑身解数,让阿丹工作起来。

阿丹从不开口,但阿丹哥哥知道,阿丹的耳朵随时在寻找和倾听"茄子她们"的逸事,而问题是,这么多年来,哪有说不尽的"茄子她们"呢?何况,他和那个城里的朋友往来越来越少,即使偶尔去了,朋友们也未必事事想起曾经风华正茂的女朋友们。再说,人老了,故事只可能越来越少。只有阿丹还是青春帅气,一把衰老脱漆的牙剪,依然在他手上翻转不停。他的眼睛迷离而单纯。也许他始终不能理解,牙剪剪过了,头发为什么总是不见短?

不知道什么时候起,阿丹哥哥开始兑一点点虚假的东西安排到"茄子她们"头上。毕竟这十几二十年,时间跨度实在太长了。渐渐地,阿丹哥哥关于"茄子她们"的故事中,真的、假的,虚虚实实起来。

洋娃娃家的君君是在第二次手术的时候,死在上海的手术台上,那年,君君14岁。洋娃娃差点自杀。但是,阿丹哥哥没有这么说,只是说,洋娃娃非常难过,大家劝她再养一个。阿丹说,茄子她们哭了吗?

哭了。茄子她们都哭了。

一直哭吗?

是啊,一直哭。

眼睛会肿的。

是啊,她眼睛肿了。茄子她们劝她。我也劝她。洋娃娃哭着说，上海的医生说了，先天性心脏病的孩子，就是奇怪，个个都特别聪明漂亮，天使一样，所以走了特别揪人哪。

眼睛肿了，不好。阿丹说。

对啊，难看。

十四

还记得我告诉你飞雪的老公开了大酒店的事吗？有一天，她突然发现，她老公的内裤上，有一根一尺长的樱桃红色的长头发。飞雪自己是黑的，也没那么长。

09号。阿丹说。哥哥愣了一下，说，对，09号，樱桃红09号。那个后颈翻卷的，你去帮一下好吗？他们总是掌握不好那个剪刀的角度，你只要做几个给小工看就行了。阿丹，我们过去试试？

09号。

对，那么奇怪颜色的长头发。太奇怪了。我们过去做几个就好，人家是冲你做来的，我跟她说了，你累了，但最后你会出手卷的。对吗？阿丹？

阿丹若有所思，慢慢地从那个老沙发上站了起来。哥哥把他从小休息室，引到了灯光明亮的美发大厅，引到那个慕名而来的一个女老板模样的人旁边。洗头工正在按摩她浑厚的后背。女老板一看到阿丹，就指着墙上一个翻翘如底朝天倒置的香菇发型。

09号。

对啊，说到那根09号樱桃红色长头发了。茄子她们说，肯定是其他女人的头发啦。但是，她们不好说什么。过了几天，飞雪又发现了一根！这次是在老公的衬衫上！一样的颜色，一样的长度，茄子她们断定说是同一个人。怎么办呢？飞雪的头发已经不多了，就像……就像……喏，那个人，头发掉了，有点看到头皮了……

阿丹工作的手停了下来。他调整目光去看哥哥指示的、第二排镜子那边那个头发稀疏能看到头皮的女顾客。那女人至少有四十五岁了。看着，阿丹似乎茫然无措，又无助地看着门口的车流。阿丹哥哥忽然觉醒了，阿丹对年轻美丽女性的偏爱，也不是一天两天的事，从来都是这样，其他师傅可能把大款富婆摆在第一服务位置，阿丹不，衣服再考究，再有钱再有势，对于阿丹，通通没用。那些云卷云舒进进出出的美貌的女人，阿丹倒也不特别献殷勤，也许是他不会表达，但是，谁都能感到，阿丹格外的安静和耐心。

为了不影响阿丹的工作情绪，哥哥赶紧去找了瑞丽杂志，里面都是日本美容美发彩页。他找到了一个比较像年轻飞雪的精美女人，过去给阿丹看。喏，飞雪的头发是这样长，那根09号樱桃色的头发，像这个人的头发，到肩膀下来一寸。当然不是一个人嘛，那怎么办呢？阿丹哥哥自问自答，茄子她们说啊，离婚！——就是跟她老公分家，她老公先是不肯，后来同意了，说他因为投资开工厂，亏了本，酒店都抵押出去了。飞雪说，我怎么不知道啊，她老公说，现在如实告诉你，反正现在离婚就是没钱，要，只有债务可分。所以呀，阿丹，飞雪的日子就很不好过呢……

她的头发呢？阿丹说。

不是樱桃色的，阿丹哥哥说，她和以前一样，黑色的。

变少了吗？

不，没变。阿丹哥哥说，茄子她们和以前一样，又多又黑，非常……漂亮。

十五

阿丹哥哥不知道从哪一年起,已经成了水仙花专家。每一年,阿丹关注的重点,就是阿丹哥哥学习和研究的中心。早些年,阿丹只在意有没有人会偷偷动他的水仙;后来是渴望有没有更漂亮的盆子,有没有更美丽的雨花石陪伴他的水仙花;再后来,他比较关注水仙花的叶子和花茎的比例,关注花期如何延长,品种的差异,关注拍摄水仙花最好的光线和角度,怎么塑封和保持每一年的水仙花照片;近年来,阿丹的疑问是,为什么没有一年四季都开花的水仙?

每一年春节前四五十天,家人就会把阿丹的水仙花盆洗净,但阿丹必定要重洗。他用棉花棒,每一个缝隙、每一个雕刻纹路地清洁过去,包括雨花石的清洁也不能含糊。阿丹哥哥儿子的女朋友看到阿丹像钟表匠一样精细地忙碌,就会发笑。女孩说,听说水仙花是天上掉下来的,对吗?

阿丹通常是不说话的,阿丹的侄儿,也就是女孩的男友就会替叔叔说,传说是个司泉女神和一个漳州男子所生的,女神和人间男子共同战胜了天上的邪恶,造福了失水的漳州人民。胜利的时候,水仙花的种子在甘美的泉水上漂来,它们开出了人间从未有过的神奇的花,人们出于对女神的崇敬,就把那个神奇美丽的花叫水仙花。

阿丹说,变成白龙啦。

侄儿想了想,说,对,那个勇敢的男子变成了白龙,才帮助女神战胜了妖怪。

单瓣的水仙,有六个白玉一样的花瓣,像个白盘子,盘子中心有个金黄色的小碗，小碗中心就是花蕊了。闽南人叫这种水仙为金盏；复瓣的水仙，也是白色，只是白色的花瓣，十几瓣卷在一起。阿丹只种了一年的复瓣水仙，从此就都是种单瓣的了。没有人知道为什么。阿丹还有一个习惯，从来反对雕花，但是，他非常感兴趣怎么使叶子长矮，突出花茎。阿丹哥哥经过拜师学习，终于掌握了这门技术。第二年后，阿丹自己就完全掌握了控制叶子的所有物理方法和化学方法。他能准确地使用抑牙丹比例，盐控也掌握得很准，温度、阳光、室温，更不在话下。他的水仙绿叶子，又矮又壮，几乎不超过十厘米高，只有别人水仙花叶的一半高。而那些凌波玉立的亭亭水仙，白中透绿，每一朵都被调理得灵气逼人，好像每一阵阳光，每一阵月光过去，她们都在起舞，美丽的韵律，在每一瓣花瓣间微妙地传递。

前年开始，也就是四十岁的阿丹向他哥哥提出一个问题，也可以说是个要求。他说，为什么我不能天天有？四十岁的阿丹，可能有了花谢的惆怅。阿丹哥哥给他做了解释，说明了水仙花对气候的苛求。做了多次的解释，但每一次解释完，阿丹说，为什么不能天天有呢？哥哥说，真的不能。

能。

哥哥说，不能。

阿丹就看他日益枯黄的水仙。水仙要清盆了。每一年都有这个时候，受阿丹眼神的影响，阿丹哥哥也觉得这是一个感伤的时刻。

十六

阿丹生命终结的符号，来得迅猛而利索。周三，阿丹家人给阿丹过了个不轻不重的四十二岁生日。周五早上，阿丹刷牙后牙龈流血不止，鲜血顺着牙缝红得刺目地流。阿丹紧紧闭上嘴，过了一会儿再张开，满满一口腔鲜血殷红，旁人看了惊恐。阿丹有些不高兴，把牙刷塞进去，狠狠地狂刷一气，刷得嘴角下巴鲜血长流，下半张脸甚至脖子，都红了，整个人活像嗜血的怪兽。

血怎么也止不住，含茶水啊、含冰块啊、躺下啊，通通不行，血就是不断地从牙缝里涌出来，白牙红血地，越来越多人感到害怕了，他们感到阿丹的脸色苍白。阿丹哥哥说，去医院看看牙吧。但阿丹拒绝。他不喜欢去医院。家人就弄了很多清凉补血的东西给他补，以为是上了虚火。

接下来，阿丹刷牙依然时不时大出血，实际上还有便血，因为不喜欢医院，阿丹不再让人看到。两周后，阿丹发出剧烈的呕吐声并再次被家人发现满嘴是血。母亲哭起来。阿丹哥哥从朋友的聚会上赶来，一摸发现阿丹在发高烧。不由分说，阿丹哥哥强制把阿丹送进医院，挂急诊。

急性白血病很快被确定。住院、化疗。阿丹非常苍白虚弱，不时处于高烧中。一个多月后，阿丹出院，病情似有好转，医生交代不要去公共场合，最好不要让人探视病人，严防病毒感染。但是，阿丹哥哥只是挡住了单位的大小几十号员工，没有阻止"茄子她们"。实际上，"茄子她们"，是阿丹提出的，也许，他已经知道自己走到了生命的尽头。

茄子她们。阿丹说。

哥哥说，嗯。

阿丹看着哥哥。哥哥说，她们挺好。哥哥又说，很久没她们的消息了。

阿丹说，打电话。

阿丹哥哥说，大家都忙呢，不打了。

阿丹就不说话了。

几天后的一个深夜，阿丹来到哥哥房间。阿丹脸色苍白地要他到他房间来。阿丹的电视里，是一台音乐节目，一个外国女孩在浪急风高的悬崖边拉小提琴。小提琴声凄厉清凉，夜已经深了，阿丹哥哥赶紧把喇叭调低，把阿丹哄上床。

次日，阿丹哥哥给那边的朋友打了电话，要到了蜜蜜的宅电。电话拨通的时候，他并没有想让她们来看阿丹的意思，实际上，二十六年来，他是第一次给她们打电话，虽说是圈内朋友，但以前都是别人招呼联系，圈外人看他们是好友，圈内人知道他们的关系相对客气。他只是想在电话里，把阿丹多年对她们的惦记聊聊，潜意识里也觉得是帮助阿丹做点什么，带点"茄子她们"的新信息给阿丹。

令他意外的是，三天后，茄子她们——除了二十年前死去的茄子，她们都来了。带了一个大黄色塑料袋的苹果奶粉蜜饯什么的。

阿丹哥哥犹豫着不想带这四个五旬老太太回家，不是她们看上去衰老肥胖而显得不那么整洁干净，而是因为医生的确说了，对于这种病人，接受外人探视是危险的，随便一个感染就非常麻烦。他委婉地说明了医生的意思。

但是，四个疲惫而更显得邋遢松弛的"茄子她们"，异口同声地说，只看看！远远地看看也好！那么乖的孩子。阿丹哥哥只好同意。

在回家的路上,"茄子她们"走在他身边,走着走着,他不由感慨时间的冷酷。当年,和摩登漂亮的她们走在大街上是多么引人注目的啊,尤其自己为她们做了头发后,那种混杂了创造者和男人的心理,实在是个结实而美好的享受。近三十年的时间,已经把那几个风姿绰约的天使,彻底变成了头发稀疏、眼袋浮肿、腰身肥胖而衣着普通的老太婆。而且,奇怪的是,眼睛,原来那一双双弧线漂亮的清澈眼睛,都变成了三角形或眼皮耷拉的眼睛,目光尖利或者迟钝,黯淡的眼睛流露出犹疑谦卑畏缩,毫不自信的光。每一个脸上都布满色斑。蜜蜜和洋娃娃涂了粉底和胭脂,但是,说不出的别扭,也许是粉底打得太白,浮起,超出了衰老的皮肤所能承受。飞雪涂了老式的口红,只有蜻蜓素面朝天,可是,当衰老全面来临,女人是荤荤素素都担不起了。其实,这十几二十年间,阿丹哥哥三年五载还是偶尔有看到"茄子她们"一下,也知道她们在和自己一起衰老,但是,现在,自己和她们走在大街上,当年美好的虚荣一去不返,还是隐约失落。

还没上楼,就听到楼上的小提琴声。阿丹哥哥说,阿丹放的。看来今天精神不错。他天生喜欢小提琴,经常放,有时很吵人。

"茄子她们"互相看了一眼。

十七

阿丹面对着窗口,戴了顶掩饰化疗的帽子。阿丹哥哥轻轻叫了声,阿丹。阿丹慢慢吞吞地转过身来。茄子她们再次感到阿丹苍白而年轻的脸。阿丹哥哥没有让"茄子她们"进屋的意思,所以只在门口说,阿丹,你不是老想知道茄子她们的事吗?你看,她们来看你了。她们知道你生病了。

阿丹的目光在迟缓地移动，在门口四个陌生人脸上身上移动。不知道是哪一个轻声在叫，阿丹。又一个声音在更轻地呼唤：阿丹！声音没有太衰老，阿丹的目光换了，好像是沿着他依稀熟悉的声音通道，在寻找更多的熟悉。

"茄子她们"无声地看着彼此，又看苍白异常的阿丹。她们目光各自湿润了。

阿丹垂下了眼睛。

阿丹哥哥说，好，让他休息吧，到我那边喝茶去。

她们叹着气点头转身移步。忽然听到阿丹后面的呼喊：是——小——提——琴！

阿丹哥哥停下脚步，对"茄子她们"笑了笑，又转过身大声说，对，这是小提琴。她们都听到了。阿丹，是小提琴，很好听。

进来。

阿丹哥哥停了一下，说，不能的，医生说，不可以。

就可以。阿丹说，可以。

真的不可以。

脱了衣服就可以。

阿丹哥哥有点尴尬，但是，"茄子她们"都听到了，她们回到阿丹门口。

可以。阿丹说，就是可以！

门内门外，两边的人僵着。

阿丹，你还是上床休息吧。"茄子她们"说。一个声音说，又有几个声音附和。

门里门外像两军对峙。阿丹哥哥笑了笑,要请"茄子她们"走。

阿丹低垂着眼睛说,跳舞的人,比走路的人好看。

一个阿丹熟悉的声音,就像穿过了二十年,它轻轻响起,它有些微的、外人难以觉察的颤抖,我们跳个舞好吗?把小提琴声调大一点,祝你早日健康,好吗?

阿丹终于被那个熟悉的声音唤醒,他点下了头。阿丹哥哥在摇头苦笑。

有一个"茄子她们"在音乐中舒展了身姿,另外一个把挎包交给阿丹哥哥,也跳了起来。第三个在旋律中摇晃身子,像是打拍子,第四个没有动。她们在客厅里起舞,舞台中心就是阿丹卧室的门。不再是二三十年前的月光,也不再是二三十年前的翩翩裸舞,她们身材虚弱,衣着沉重,脸上不再闪耀着二十年前青春和希望的光芒,但是,她们的举手投足再次唤起了阿丹遥远而不变的记忆。阿丹用手蒙住自己的脸。阿丹哥哥不知所措地发现,弟弟的泪水从指缝里挂了下来。

次日凌晨,阿丹被发现死于床上。医院最后开出的死亡证明是,死于颅内大出血。同夜,阿丹哥哥梦到阿丹反复对他说,不种了,水仙,不种了,不种了。

这是一个准备养殖水仙的季节,春天就要来了。一年一度,多少水仙花的美丽梦想,都装在千家万户准备种下的水仙球茎中,但也只是一季就谢了。

这一年,阿丹家不再种水仙。

灶上还有绿豆羊肉汤

一

如果不是想起来电瓦罐上的绿豆羊肉汤可能没关火,文小明就不大可能回到金星苑小区。他是不可能为了老婆周小杰回去的。当时,也就昨天晚上,周小杰比他早四十分钟摔门而出,四十分钟后,文小明觉得自己火透了,也摔门而出,连钥匙都没带。

今天在姐姐家喝早餐豆奶的时候,文小明忽然被电击了一样发了呆。姐姐看着他。文小明说,灶上的汤……不知道关了没有?姐姐知道周小杰横征暴敛的个性,就大惊失色地赶文小明回家。文小明根据以往的吵架经验,也猜测周小杰肯定不会轻易掉头回家,所以就打的赶回了金星苑小区。那时,太阳刚刚出来,浮在雾气上面照耀着小区。

虽然没有钥匙,文小明还是一路狂奔,他想象家里烟雾弥漫、门和窗火舌黑烟狼蹿的样子。文小明是从小区侧门的铁栅栏翻进小区的,那样到他家要近很多。文小明像有钥匙一样,飞奔上楼。楼道里没有人,文小明站在他家303前。他贴着303的门缝,闻了闻,又贴着一圈门缝仔细嗅了一遍，确实没有烧烤味道。是不是周小杰回来了？是不是她把绿豆羊肉汤喝掉了？或者，周小杰摔门而出之前，先把电源拔掉了？反正，里面没有任何异常气息。文小明又把鼻子贴在门缝里，闭着眼睛连续抽气，焦味是肯定没有了，但是隐约是不是有点羊肉花椒味游丝？文小明再使劲抽气，好像又什么都没有了。

文小明顺着小区中庭花园草径，从小区正门出去。如果，文小明还是违章攀爬铁栅栏出去，他就远远离开小区，什么事也不知道了；但是，他回去的行走路线是文明正确的，结果，他这一整天都待在这里了，他不是失去行动自由，是他自己走不出去了。

小区正门出来就是通往外面世界的主干道，也是外面世界进入小区的唯一正道，能并行两辆小车呢。正门出来往左，两旁的店铺就多了起来，拐过一个缓坡浅弯，就能看到文小明家的那栋楼。远远的文小明就看到十来个人，一律向后仰着头，往楼上瞧着，看那些身影好像有点焦急的意思，文小明不由就想起绿豆羊肉汤，但他马上就否认，当然不是他家的问题，他已经勘察过了，安全；就算汤还在灶上，你想那么一钵子的汤，就他这走出小区的这一小会儿工夫，就马上烟熏火燎起来了？不可能。刚才不是还隐约好像有些汤香味吗？说不定才是靓汤正入佳境时呢。

这么想着，文小明就渐渐接近了那些身影有些焦虑的人群。

二

前天晚上，周小杰下班带回了半个黑羊脖子。周小杰是哼着小调回来的。家里钱不多，练就了周小杰是个淘金式的购物狂，周末的晚上,她总是淘到七八点甚至更晚,买回不少便宜货。文小明就饥肠辘辘地等她给他带的快餐。文小明是个懒惰而不爱生事的人,周小杰是个嘴勤脑勤身子勤的人,这样自然成为家里的实质掌门人。周小杰虽然看上去飞扬跋扈,但是,在卧室里撒起娇来,却是流水行云,每一句话都讲得哼唧哼唧的,酥人骨头。文小明拿她没有办法。周末的晚餐,往往非常潦草,但是,周小杰一定会弄点什么好料做精彩消夜,为一个销魂的夜晚铺垫,比如,昨天的绿豆羊肉汤。

但是,昨天晚上,那个羊肉汤没有达到目的。

起因是,周小杰竟擅自买回了一个手机。

搬到金星苑小区差不多半年多了。搬来时本来不打算再装电话,反正周小杰手里有个小灵通,而文小明单位办公桌上就有个人电话,下班回家周小杰也回来了,不需要。可是,周小杰打听到移机比新装机要便宜,就坚决要移;没想到的是,移机要改号,一改就发现,这个新电话老被串号,五花八门的电话天天都有,因为设置的是,铃声超过五声,就自动转入周小杰的小灵通,几个月来千奇百怪的错误电话令周小杰不胜其烦,一气之下把小灵通扔给文小明。文小明还以为她单纯,没想到才憋了半个月,她就不经商量,给自己买回了新手机。刚装修完,还没缓过劲来,好不容易存了点儿钱,计划好是文小明父母国庆来做客的开销,怎么擅自买了大件呢?文小明非常恼火。周小杰辩称,是存了三千元话费白送的手机,非常合算。文小明说,总共就那么点儿钱,存死了,你让我父母来喝西北风吗?!

这样批评反批评了几个回合,他们就吵起来了。文小明在看电视,边看边吵;周小杰在厨房洗羊脖子,边洗边反击;等羊肉放进电瓦罐,投好佐料,插上电,周小杰就到客厅开始看手机使用说明书,边看还边吵,文小明被刺激得气不打一处来,吵架忽然就升级了。

三

在雾气里虚白的阳光中,文小明往大拐弯那里的人多处走去,不算太喧腾但显然比较焦灼的声音就渐渐进了耳朵。文小明听到一个提着水果篮的男人挥动着胳膊说,不行的不行的!我去打过这家的门啦!没人!一个像咳嗽过多的苍老男声说,什么时候了呀?这不是故意给我们文明小区抹黑吗?另一个很大嗓门的女声响起,她的腔调更加焦急:不行,赶紧弄下来!不然我们这个小区真要给市长丢大脸啦!一定要弄下来!

那一堆人用共同的焦虑的声调交叉说话,他们摇晃着后仰的向上看的身姿。文小明还是不当心,因为他老远就看出,他们家的阳台没有任何烟火,不过,等他渐渐走近那焦急的人堆,嘿,怪了!他们竟然个个都在观察他文小明的家!不止是这些马路中间的人,文小明家对面的这边楼里,楼下所有店门里的伙计、老板,店门以上的各家各户不同楼层的人,都往他家看。那些周末的阳台上的男女们,有的在晾晒衣物,有的在伺弄整理花草,有的在运动身体,反正大家半停半做地关注着他的家。显然,这里发生了比较重要的情况。

文小明顺着大家的眼光,从下往上打量着自己的家。这里看到的是303,也就是文小明周小杰家的阳台。阳台上能有什么呢?一角堆着搬家过来后未及清理的硬皮纸箱;阳台上有几盆花,茉莉和绣球,绿中发黄的枝丛,没多少生机,唯一比较鲜活茂密的是一盆同学祝贺他们乔迁之喜的粉色杜鹃。猛然,文小明明白了事情的严重性:阳台上悬晒着一个棕绿的大浴巾!这么隔着距离看上去,那个图案和颜色老旧的浴巾,有点像一面肮脏的旗子。

但文小明又充满疑惑。浴巾有什么值得这样关注呢?

文小明和这条浴巾的感情非同一般。这是文小明的随身宝贝。大约从幼儿期起,文小明的母亲就发现,文小明就必须捻着这个浴巾——当时是他的小盖被——的一角才能乖乖入睡。他母亲说,哪怕在睡梦中,你给他换一条,他马上就知道,就大哭大闹。所以从小到大,文小明无论跟父母出门走亲戚,还是读职业中专,什么行李都可以忽略,唯独不能遗忘那块可笑可亲的大浴巾。

他们是嫌我的浴巾难看吗?

平心而论,这个棕绿色的浴巾是旧了点,成其为浴巾的小毛圈圈其实几乎都磨光了,剩下经纬细线格子,忽大忽小,筋筋连连,烂猪肺似的,外缘也磨得像毛纸浆,有的边已经挂垂下来,远看就像个杂色破渔网。扔在垃圾堆,不能肯定乞丐一定要它。虽然它是洗干净晾上去的,但它真的有点儿像火车上的拖把,陈旧而肮脏。

现在,站在人群边的文小明,看着看着暗自惊异起来:他的浴巾原来已经那么破旧了。如果不是借着大家的眼睛,他从来没想到它已经是那么的破烂不堪。它老了。老了。毕竟那上面承载了他二十多年揉捻搓擦,遍布着他童年、少年、青年期不同时期的心思和梦想。要知道,任何时候,只要他回到床上,它就在那里等着他的身体,它的温润的带着洗之不褪的母亲皮肤的好闻气息,它的绵软的、弥漫着无边安宁的舒适手感，通过他磨动不已的指尖，电磁波一样向他全身放射，随时抚慰着他尘嚣中返回的身心。

可是，没想到，它竟然已经这么衰老了。看上去，它简直不再具有浴巾的身份，不过一张高悬的、烂糊如纸的、废旧如渔网且颜色可疑的布状物。大家叫它"肮脏的破单子"，谁能理解它是一张心底宽厚的大浴巾呢？现在，怎么看，它都更像一个丢人现眼的丑闻。一个不自量力的疤疤。

文小明有了点羞惭的感觉。

在文小明看来，那个大嗓门的妇女情绪比较激烈，她的语调有点儿像电视里的演说。她说，情况已经非常严峻了。周一，也就是明天上午，全国的文明卫生之城专家考评组要来了。这些专家厉害啊，区里说他们一到这里，根本不要工作人员陪，他们自己打的、坐公交车，他们要自己到处走动啊，整个城市到处走啊，随便向市民提问——也不知道我们居委会发的问答提纲，大家都会背了没有——唉，现在也顾不上了，这个！这么醒目的丢人烂布单子，如果被专家看到，我们小区还有什么文明可言！一票否决呀，大家懂不懂？有的人是不知道这次活动的厉害呀！

文小明知道这个厉害。相当一段时间以来，报纸上紧锣密鼓地宣传争创文明之城，全城早就总动员了，还发了百万份"争创问卷"，文小明所在的单位也贴了人人参与重在夺标的倡议书，只是，文小明不知道已经到了最后冲刺阶段了。以前，区里、市里、省里创卫检查组一到，居委会就会连夜通知说，各家各户——尤其是临街住户，千万不要把拖把挂在凉台上，要藏到卫生间，等检查组走了再恢复正常地位，等等等等，这些，周小杰一贯挺配合的。

怎么到最后这一关,也是最高级别的检查,反而出了这个差错呢?

文小明掉转脑袋,看着这案发现场。这马路中间,马路两边的楼房、一楼到七楼,几乎上上下下,家家户户都有从窗户和阳台上探询出的脑袋,有人还咿里哇啦地打着手势,帮助楼下的准备行动的人群出什么主意。显然,文小明的浴巾成了小区周末早晨的最大关注。它就像一张巨大蜘蛛网中间的令人不安的大毒母蛛,太阳还没出来清楚,它就把小区的人们给一举网住了。简直看不出这是一个星期天休闲的早晨。

现场挺乱的。人们高一声低一句、七嘴八舌。文小明能感受到,大家是发自内心地对那个破布单有意见。有人批评户主不顾全大局、缺乏公民的起码觉悟;有几个人来去奔走,在分头寻找户主,更多的人在自发性地分组磋商,商量要把这个小区污点解决掉。

人们忽然蚁动起来了,原来有人弄来一根长竹竿,似乎要把破布单直接挑落在地。

四

人群中的文小明的小灵通响了。文小明希望是周小杰,但同时肯定不是周小杰。周小杰是多么要强的婆娘啊。果然,是陌生号码。文小明一按,对方说,今天呢?今天路政他们查哪一段?文小明没有像以前那样,不理睬地挂掉,或者咒骂一句:打错!他思考了一下,深沉地说:殿崽尾,还有那个佛光山隧道和懒人弯!

哇噻!对方哀叫起来,这生意还叫人怎么做?!

文小明把电话按掉。他觉得自己像个日理万机却关注公共事务的人。事实上，他看上去，和人群中任何一个热心分子没什么两样。他时不时仰着脖子，眼光里有公允的焦虑，看上去也万分操心着三层楼303阳台上那面破烂肮脏的浴巾样布匹。

灶上的绿豆羊肉汤怎么样了呢？

算算搬进金星苑小区也半年多了，文小明谁也不熟悉，这和他经常翻铁栅栏不走正道有关系，小区保安对他的脸就比较没印象；居委会上门入户登记，都是周小杰接待。周小杰本性是个好交朋友的人，但是，从他们家三月份搬进来住，邻居关系就没有发展好，入住半年多了，提起邻居，周小杰总是既愤懑又不屑的表情。

有一次，文小明加班回来晚了，听到周小杰在楼上吵架的动静，还有用什么东西敲打楼梯铁扶栏的空洞而激烈的声音。文小明从来是个喜欢用浴巾抚慰自己伤口和梦想的人，不喜与人争锋，甚至总是怯场，自然就不愿上楼参加周小杰的斗争。后来才知道，起因是他们家晒的高弹棉絮，被楼上浇花的水淋到了。楼上四、五、六、七层的邻居们，没有一家承认是他们干的；周小杰提着金属衣叉，咣咣咣猛烈打击着铁栏杆，一层层叫嚣着审问上去，就是无人认账，更没有人出来表示歉意。未遂的周小杰把火发在已经回家而躲在家里玩电脑的文小明头上。

周小杰仰天长叹说，就是家里男人不像个威猛男人，所以被恶邻欺负。文小明并不这样看。他觉得，周小杰自己就很威猛了，可那又怎样呢？事实上，比男人还威猛的周小杰今天就是提一把尖头红缨枪，也未必有人买她的账。

还在装修期的一天晚上，文小明和周小杰的两个同学一起过来参观他们家的装修，回去的时候，路过金星苑唯一的带电梯高层时,忽然一个啤酒瓶子从高楼坠下,准准砸在同学的脑袋上。同学不出声地倒下去的时候,大家还没反应过来,他们也听到玻璃瓶的声音,但没明白怎么回事。扶起同学,才发现他头破血流。当时这事也闹得很凶。周小杰声嘶力竭地往楼上喊,喂,谁他妈的乱扔酒瓶子?!喂喂!——砸伤人了你还龟缩着?!另一个同学还吼了粗话,还是没人搭理,从窗口往下看的倒不少。值夜保安听到动静过来了,一看情况就愁眉苦脸了,呃……那个,您让我们找谁赔呢?!

本来这事没那么便宜收兵,后来发现头破血流的同学在一直摇手,大家这才赶紧往医院撤退。后来,周小杰就把那天晚上的急诊挂号费、CT费都打进装修成本了。因为没有人表示对此事负责。周小杰执意让文小明拿着医院发票去找物业理论,文小明不去。他说,谁理你呀。

文小明承认自己不喜欢邻居,周小杰的斗争也是有道理的,但是,周小杰那么厉害,都很少取得胜利,文小明也就更没有信心和邻居发生关系。楼下"川味大王"的油烟麻辣呛,文小明出过力,打过了两次环保举报电话;还有楼下203每天要使用两次的养生按摩机,文小明被要求去亲自和那个退休会计对话,文小明按开门,刚说,你们家那个嗡吱嗡吱的环绕性震撼,实在太扰民了……老会计"砰"地就把门关上了。

还有空调滴水。这是夏天才发现的痛苦事。503家的。他家五楼的空调水,高高地跌落在三楼的文小明家的钢塑雨披上:咚—嗒,咚—嗒!白天吧,声音嘈杂,不太突出;晚上就要人的命了。大暑天的,本来就指望晚上能开窗睡段好觉,可是,咚—嗒!咚—

嗒！咚—嗒的声音，就像有人用凿子，凿你的天灵盖。周小杰也上去理论过，没用。文小明有时觉得，还好有绿豆羊肉汤之类的美好生活因素，要不然周小杰怎么过呢？

　　文小明自己就是靠着那个浴巾，慢慢慢慢地摆脱各色侵扰，走进自己的梦乡的。

五

　　雾气渐渐褪去了，太阳光慢慢变黄变得强硬了。现在，不但小区来来去去的人，在操心303室的破烂事件，看得出，连小区满地上来来去去的人影子、狗影子都充满焦灼。在明亮的太阳照耀下，文小明更加感到，自己的浴巾，确实比火车上的拖把布，是有过之而无不及，它就那么棕不溜丢、癞皮狗一样大张旗鼓地挂在那儿，楼下的人们越为它操心，它似乎越显得神气活现，在小区的阳光下，它简直就是一面挑战文明的旗子啊！

　　文小明不只一遍地问自己，如果我有钥匙，我愿意开门取掉它吗？令文小明困惑的是，开初的惭愧期过去后，他发现自己并不很想把它收掉了。他越来越清楚地发现，他原来并不太想开门藏那份丑。就是不太想，反复问自己，再问也是没感觉。是的，不太想。那不太想就像没事一样，拍拍手走吧，反正也没人认识你。可是，文小明又发现，自己其实也很不舍得离开现场。是灶上的绿豆羊肉汤吗？是吗？好像是，又好像不是。牵挂是有的，有时候还蛮强烈，但毕竟到现在门窗也都还没冒烟。那么，为什么还是不想走呢？文小明最终没有想清楚。

　　文小明站在报刊栏前，边看报栏的《南方周末》，边和众人一起焦虑地看看303阳台上的烂浴巾。他看到，长竹竿拿来的时候，人们先是从对面楼伸过来捅，不够长；人们又吭哧吭哧分别跑到文小明家的左右隔壁去捅，好像因为都有个奇怪的死角，破坏了竹竿的灵巧和力量；连续无数趟都失败了，捅得保安和奋勇的几个居民胳膊发颤、脸冒虚汗；居委会的女人唉声叹气，说，我死了我死了，好不容易才借到这么长的竹竿哪，这么长的竹竿全城也就这一根了吧！怎么你们还不能用好它呢？！我死了我死了！

文小明看着想了想，就对旁边的人说，可以加绑一根钓鱼竿试试。

那人说对，对对。文小明的建议立刻为现场指挥接受了。

人们开始新一轮努力的时候，文小明走到对面卖铁观音茶的小店，一屁股坐在树根雕的椅子上。隔壁开灯具和性用品店的男女店员，眉来眼去的好像在恋爱，男店员对对面楼的那个浴巾，一直牙疼一样地掀着半边脸皮，对那个浴巾表示出十分夸张的不屑，一直说，这年头，这年头！

文小明的小灵通又响了。文小明接。

昨天晚上，陈处、王处都还满意吧，嘿嘿，嘿嘿。

文小明也嘿嘿两声，气定神闲：陈处、王处什么人哪？

那——可不！所以我们不敢有一点点随便不是。嘿嘿，要知道，那些小姐可都是专门挑的。那个……呃，我们的质检报告……呃，嘿嘿，是不是请陈处再……

文小明响亮地咳嗽一声：你以为事情就那么简单吗！

对方说，那是！那是！

文小明就把电话摁掉了。

外面发生重大喧嚣，文小明起身出店。果然出事了，竹竿从三楼失手掉下来，砸到一个追小孩喂饭的妇女。那是个小水果摊老板的老婆，老板去进货了，隔壁日杂店的女老板就风风火火地拿了一瓶老茶油，给被竹竿挂破耳朵的妇女涂擦。那个三岁的肮脏宝宝站在人群中哇啦哇啦地哭。

风来了，文小明的浴巾，笨重地、高高招展在小区的主干道上。

居委会的女干部气愤地为那个被竹竿伤害的妇女拿着暗绿色的老茶油瓶子。她说，你不对，是你不对！你没看到这里在处理这么大的事情吗？喂饭的孩子不长肉！你还满街追着喂呢——还哭！还哭！再哭警察就来了，把你妈妈抓走！这叫破坏小区精神文明建设！

一大堆人都吃吃笑起来。居委会的女干部，回味自己的话，觉得是有点幽默，又自己补笑起来。但她和大家马上就不笑了，都不笑了，一堆人愁容满目地抬头看303阳台上那条糟糕的浴巾。大人的腿丛边，那个臭宝宝还真不哭了，显然，他对那老茶油瓶子发生了兴趣。

六

已经快中午十一点了。小区主干道上现场的人群始终没有减少，而且至少保有十来个的核心分子。警察和消防队员来的时候，围观的人数陡增了三四倍，后来警察和消防人员撤退的时候，人数变回原来的那么多。坐在小店里喝茶的文小明看出来了，核心人数虽然不变，但核心成员是流动变化的，比如现在这拨抓耳挠腮、赶前忙后的奔忙者,绝对不是太阳刚刚照耀小区时忙碌的那一拨人,那一批人很多人是提着油条豆奶袋、菜篮子加入操心行列的;也不是十点左右的那一批人,十点钟的那一拨热心居民中有两个双胞胎中年胖子,就是他们——搞不清究竟是哪一个,失手把竹竿掉下三楼造成险情的,用居委会女干部的话说,要不是居民们深明大义,水果店的妇女,肯定要去医院拍片子。

太阳时隐时现,风一阵阵大了起来,看那浴巾,那个烂猪肺一样的浴巾,不算轻盈地飘动起来,简直有点放肆和挑衅的味道。

坐在小店里的文小明,不时抬头看看天上的浴巾,又看看地面上焦躁的人们。他想周小杰如果看到这个场面,会怎样呢?她是不是能认出哪个热心居民,是他们同楼道的人呢?哪个又是她企图吵架的对手呢?

灶上的绿豆羊肉汤怎样了呢?文小明时不时闪过这个问题,下意识地嗅嗅鼻子,搜索着绿豆羊肉的香味,或是焦煳味的游丝。往阳台上看,家里依然是没什么异常情况出现。周小杰这个土匪,果然又一次离家出走了,这次糟糕在,因为文小明还不知道她那该死的新手机号码。不然,文小明真愿意介绍她回来看看,看看她在现场会有些什么反应。作为一贯想纠正别人不端的她,看到他们家的浴巾,轻而易举就成为这么多人纠偏的对峙力量,她是不是暗自欣欣?

文小明对自己没有带出钥匙这个问题,有阶段性复杂心理。一开始,也就是清晨他喝豆奶时突然想起灶上绿豆羊肉汤的时候,那时候一路狂奔中最锥心的就是懊悔没有钥匙进门;后来他从小区正门出来发现自己的大破浴巾在公众面前丢人现眼时,他也有一闪念：哎呀，有钥匙这不简单多了？但是，天知道什么原因，看着小区热心居民们狼奔豕突的着急焦虑模样，文小明就是越看越兴奋，越看越投入，他后来竟暗暗佩服自己褴褛不堪的浴巾，多么镇定飘洒啊，这个令人恶心的浴巾，它完全超越了周小杰的生活姿态。它多么毫无顾忌自由自在啊。文小明开始为自己没有钥匙而轻快起来，它帮助自己排除了作案嫌疑。可是，随着时间的推移，那个始终恬不知耻的浴巾，似乎过于强大了，以至于文小明慢慢觉得，自己可能有必要参加群策群力，强化公众势力。

正是这个心理，当看到发生了竹竿伤人事件，文小明就到居委会女干部身边像侠客一样轻声说，叫警察。

热心的居民们恍然大悟，冲着居委会女干部一起点头，对对对。

居委会跟警察关系还是不错的，两名警察马上就来了，但是，他们很快就一起摇头了，他们说，这个事，警察还真不好管，强制进屋没有法律依据，搞不好就被老百姓提起行政诉讼了。结果，俩警察就陪居委会女干部和热心居民们站了一会儿，小区主干道上，因为有穿警服的警察在，马上聚拢了很多人。警察调侃了一下那条大浴巾伟大的尊严，就用夸张的爱莫能助的表情，和居委会女干部辞行了。

一个在中午的太阳底下操心得满头汗的居民，悻悻地进茶店喝茶，他抱怨说警察现在像羊羔一样，一点儿用都没有，要他早就一脚破门而入了。警察这么维护浴巾的自由和尊严，文小明颇为意外。想来想去，文小明说，我看可以打119看看。消防队员好像比警察更能爬楼。另一个喝茶的热心居民一听，马上奔出小店，用奔走呼号的身段喊,对啊对啊,他喊,我们打119!我们打119啊!居委会女干部和现场所有核心人员都赞许地交换热烈的眼色,说话之间,已经有三个人掏出手机,按出了119号码。

电话一通,他们就把电话给了居委会女干部。可能对方的受理态度不明朗,女干部冲着电话嚷:你们不是有求必应,有难必帮吗?——当然是不得了的大事!谁还有工夫开玩笑!——要知道这里有多少群众在盼着你们来啊!明天一早考评组专家就要到啦!

十分钟不到,119红色的战斗车,是拉着呜——呜——呜——呜——由低变高、循环不息的警笛从小区主干道那头出现的,结果,它的出现,几乎使小区再没集体荣誉感的人,都离开了午睡的床,大家穿着汗衫拖鞋,陆续聚拢现场,在多云而风高的正午,小区热忱的人们,就那么在路边高高低低仰望着它。文小明觉得大家就像是户外电影场的观众,屏幕当然就是他的破烂浴巾了。

消防队员最终还是走了。他们的中队长承认说,那的确是一块很不文明的布,应该取缔。但是,中队长又说,除非浴巾的主人同意,否则他们擅自架设云梯登高、擅自处置群众室内财产,更是不文明的。一张有主的、在自己阳台上飘荡的浴巾,哪怕再破,那也是合法的。它毕竟不是一个马蜂窝。

人们都十分失望。有人模拟专家出题考中队长和他的队员,争创全国文明城市的精神实质有哪三大核心?国民文明的素质构成基础是?物质文明和精神文明的关系?市民守则的最根本原则是——

中队长说,你们不要考我啦,我们昨天晚上还到三个居民家摘了三个大马蜂窝啊,我们教导员脸都被叮肿了——还半夜一点爬上七楼,为一个忘带钥匙、进不了家的居民开了门呢。我们是一支文明的战斗力量。但那个，中队长指指周小杰的浴巾，真的不是马蜂窝啊。

消防队员在居民的嘘声中撤退了。居民们的情绪也被自己嘘进了最低谷。

七

文小明兜里的电话响了。两份鲍鱼粥！胡椒少放点，油条两根！银行中心19楼1910。

文小明说，好，就来。

再加份红油腌豆角！

文小明说，好咧。

电话又响了。对方是个女声：你到底还爱不爱？

文小明脱口而出，说，爱。

对方说，那我问你，你——还是不是原来的你？到底还是不是？！

文小明说，这是不可能的，每一天，每一个人都在变化中……

对方啪地把电话挂了。

这个雄赳赳的质问，文小明想起了雄赳赳的周小杰。周小杰在哪里呢？这个恶婆。凭良心说，周小杰没搬进这个小区，就是个脾气不好的东西，搬进这个小区，使她的该死的脾气，大大地恶化了，一天到晚像吃了摇头丸，逢人就赌咒痛悔搬到这个金星苑来。搞得借钱给文小明买房的姐姐疑惑地说，自己当时真的手上不宽裕，不然她一定资助他们买周小杰看中的万星湖景。文小明跟姐姐解释，和房子没关系，是和邻居不好相处的问题。姐姐说，是啊，金边银边不如好厝边（好邻居）。但是，说是这么说，周小杰一来诉苦骂娘，说高尚住宅区和普通住宅区人的素质就是不一样云云，姐姐就硬是听出弦外之音，听出有责怪文小明家人不鼎力相助的意思，害她虎落平阳被狗欺。这样来听听夫听听，文小明劝人不成，反而不由得把两边的人心，都往不良心机里猜，猜得自己非常沮丧。

现在已经是下午两点多了，灶上的绿豆羊肉汤怎么样呢？插头拔了？没拔？汤干了？没干？快熬干了？或者，根本没来得及通上电？还是冷冷一钵头清水生肉？——可能性不大，热爱生活的周小杰是多么热爱消夜的美妙好料啊，这是生活的高潮啊——绿豆羊肉汤有充分的理由，在灶上文火中微微地翻滚着。

八

金星苑小区的热心公民，大约从三点多一点儿，又开始三个两个地出现在周小杰的浴巾楼下的小区主干道上。物业的负责人也来了，居委会女干部挺负责的，下午她是第一个回到这里的，而且带回一些不愉快的消息，比如，经查：303户主在居委会登记簿上留下的电话，确认是一方单位的，假日里怎么也打不通。比如，楼里面的居民都自发轮流去按他们家的门铃，有人还放弃了午休。不完全的统计表明，从上午七点到现在的十五点十分，已经陆续有十七人次去按了303家门铃。里面还是没有人。

专家检查组明天肯定会经过这里；经过这里，专家们就肯定会看到这个要命的浴巾；看到这个浴巾，那么小区所有的工作肯定就白做了；整个小区工作白做了，那么精神文明红旗单位也就垮了；

标兵都垮了,市里的其他小区还有什么文明可言?全市的工作可能就垮了,那么,最后冲刺全国文明城市就成了泡影。可以这么说,现在全市能不能夺魁,就看这浴巾能不能拿下!可是,竹竿已经是指望不上了,警察也指望不上了,消防也指望不上了。怎么办呢?

天阴沉下来,风更大了。有人说,风如果再大一点,那个破浴巾说不定自己就被吹到地上了。有人说,那就是老天爷也看不下去啦。

有人建议把小区后门打开,说,反正很多不自觉的居民喜欢爬后门,后门不开就翻爬围墙栅栏呢。干脆把后面打开!赶紧打开!

马上就有人替居委会批评了这个奇谈怪论。专家是微服私访,你有没有搞错啊?难道人家还要走你制定的路线么?

有人说,有了!干脆在他们家阳台上钉一个封闭式遮羞广告牌,上面就写"热烈欢迎创卫专家团来我区视察!"有人不同意,说应当写体现精神文明的句子,好显示小区人的精神境界,"有朋自远方来,不亦乐乎!"有人说,你们都是胡说八道,讲不讲法啦?人家的阳台私人财产——再没素质的居民也有财产权,宪法规定的——你想钉就钉啊?退一万步说吧,就算大敌当前,我们特殊处理,那又怎么爬上三楼去钉呢?

所有人都泄了气,人们又开始愁脸相对。

文小明的电话又响了。

爸爸,我今天可不可以吃比萨?我虽然没考到98分以上,但是全班第一!

全班第十就可以吃啦!让妈妈带你去!

噢!喔!喔!太好啦!——你是……爸爸吗?

是！当然！

文小明刚把电话合上，那居委会女干部和一个大伯站在他面前。文小明一小惊，以为发生了什么对他不利的情况。但看女干部和老伯表情和蔼、有恳求笑意，就放松下来。居委会干部说，没办法了，只能派人踩着二楼的雨披，翻上去挑。因为雨披不吃重，我们要选个灵活的上去，个子要小。看你这么热心，都待这里一天了。你愿意来爬爬吗？我们弄到了一个老百姓的老竹梯。

文小明张口结舌。没想到他们奔忙不息，还注意到他已经在现场待了一天了。群众的眼睛真是雪亮的。这使他心虚心慌起来，为了克服心虚，所以，文小明立刻说，噢，可以，我来试试。

因为底层是店门设计，挑高有四米高。一字竹梯长度只到202室的阳台底边下半米的地方。文小明要灵活地攀上202阳台，阳台里面有几个男人，固定控制着攀爬绳子，文小明捉住绳子，再往上爬上202碰窗顶部，再轻轻踩在雨披上，然后，用一把红缨枪一样的合金铝衣服叉子，探入303阳台碰窗铁栅栏里，把303室的破浴巾挑掉。

居委会女干部做事还是很细心的。她派三个人扶竹梯，护着基础；四个汉子在202阳台敷设攀登绳，接应文小明由此向上攀登；又安排了两个男人在402阳台，悬放并控制着文小明腰上的安全带绳子，防止文小明踩空踩塌掉下来。一米六五的文小明，个子是比较让大家满意，但是，显然，文小明不是那么灵活的人，等爬到202阳台底下，他自己在冒大汗，护手们也在冒汗。这个环节，他三次努力，不能顺利地抓住202汉子们敷设并牢牢控制住的攀爬绳。大家手都酸了，啧有烦言。文小明又吞了口口水，镇定地说，一个人一辈子要几条浴巾呢？一个人怎么能没有一条浴巾呢？

说着，他就蹬了上去，等他站稳在202碰窗顶时，202的接应护手们递给他一个红缨枪衣服叉子。文小明调整好身子，拿起叉子，很快他就可以接近303那个破烂大浴巾了。

这时——也许是叉子和铁碰窗的磕碰动静太大——303的阳台拉门，沙地——沉稳又轻巧地拉开了。

周小杰豁然出现在阳台门口，脸上涂着绿褐色的深海冰泥面膜。

文小明吃惊得差点掉了下去。

周小杰两只黄黄的眼圈里，看不出是否惊奇或恼怒。

文小明说，门铃……你？……羊肉？……

在绿褐色的面膜里面，周小杰看上去不动声色：

门铃我早关了！——有本事，你就爬呀！

图书在版编目（CIP）数据

第五个喷嚏 / 须一瓜著. -- 重庆：重庆出版社，2016.4
ISBN 978-7-229-08388-5

Ⅰ.①第… Ⅱ.①须… Ⅲ.①中篇小说—小说集—中国—当代
②短篇小说—小说集—中国—当代 Ⅳ.①I247.7

中国版本图书馆CIP数据核字（2015）第281257号

第五个喷嚏
DIWUGEPENTI

须一瓜 著

策　　划：	华章同人
出版监制：	王舜平
责任编辑：	黄卫平
责任印制：	杨　宁
营销编辑：	刘　菲　王丽红
封面设计：	主语设计

重庆出版集团
重庆出版社　出版

（重庆市南岸区南滨路162号1幢）

投稿邮箱：bjhztr@vip.163.com
香河华林印务有限公司　印刷
重庆出版集团图书发行有限公司　发行
邮购电话：010-85869375/76/77转810

重庆出版社天猫旗舰店
cqcbs.tmall.com

全国新华书店经销

开本：880mm×1230mm　1/32　印张：12.5　字数：270千
2016年4月第1版　2016年4月第1次印刷
定价：39.80元

如有印装质量问题，请致电023-61520678

版权所有，侵权必究